어린이책 작가되기

COMPLETE IDIOT'S GUIDE TO
PUBLISHING CHILDREN'S BOOKS, 1st Edition
by UNDERDOWN HAROLD;ROMINGER, LYNNE
published by Pearson Education, Inc, publishing as Alpha

어린이책 작가되기

지은이 | 해럴드 D. 언더다운 & 린 로밍어
옮긴이 | 김소연
본문 디자인 | 디자인 J&S
초판 1쇄 인쇄일 | 2003년 12월 1일
초판 1쇄 발행일 | 2003년 12월 8일
발행인 | 박찬익
발행처 | 정인출판사
주   소 | (130-070) 서울시 동대문구 용두동 129-162
홈페이지 |www.junginbook.com
전화 |기획편집 02-922-1334 · 영업 02-925-1334
ISBN 89-89432-22-7 03840
값 | 12,000원

어린이책 작가되기

해럴드 D. 언더다운 · 린 로밍어 지음 | 김소연 옮김

정인 출판사
JUNGIN PRESS

차 례

제1부 어디서부터 시작해야 할까?

제2부 가능성 찾기

제3부 세상 밖으로

제4부 출판사와 일하기

이야기는 기적을 만든다

어린이를 위한 책을 쓰는 법에 대한 솔직하고 정확한 내용을 담은 이 책 속에 해럴드와 린 두 사람은 어린이책 작가가 되기 위해 알아야 할 모든 것을 거의 완벽하게 담아냈습니다.

정말 거의 모든 것을 말입니다.

그들이 언급하지 않은 내용은 세 가지뿐입니다. 기쁨과 수집 작업 그리고 귀찮은 집안일. 도대체 무슨 소리냐고요? 잠시 후면 제가 왜 그런 말을 했는지 이해하실 겁니다.

기쁨. 수많은 작가들이 글을 쓰는 고충을 호소합니다. 피를 말리고 고혈을 짜내는 일이며 지독히 어렵고 외로운 작업이라고 합니다. 제정신으로 생계를 꾸려나가기 힘들 만큼 고된 일이라고 하죠. 하지만 저는 기쁨 때문에 늘 글에 의지하고 삽니다. 생각해보세요. 여러분이 앞으로 쓸 글은 이야기나 시, 또는 재미있는 일화나 인생을 바꿀 수 있는 소중한 정보입니다.

저는 늘 아이들에게 눈으로 본 세상보다 좀더 나은 세상을 남겨줘야 한다고 일렀습니다. 그럼 어느 분인가는 이렇게 세상이 어수선하니 그거야말로 가장 좋은 숙제라고 말씀하시겠죠. 여하간 저는 엄마가 지겹도록 떠든 말을 제 아이들이 가슴 깊이 새겼다고 믿습니다. 그랬으니까 지금 저렇게 선량하고 도덕적인 어른으로 자라나 각자 맡은 일을 하면서 세상을 변화시키고 있겠죠.

사실 그 점에 대해서 저는 자부심을 느낍니다. 지금도 저는 제 이야기와 시를 읽고 실제로 삶이 달라진 어린이들에게 편지를 받습니다. 세상이 정말 변하는지 궁금하다는 내용입니다. 조금씩일망정 확실히 세상은 변합니다. 한 번에 독자 한 사람씩, 분명히요.

예술은 기적을 만듭니다.

이야기도 기적을 만듭니다.

이제 수집에 대해 이야기할 차례군요.

제 아들 애덤(Adam)과 며느리 베씨(Betsy), 귀여운 손녀 앨리슨(Alison)이 사는 곳은 미니애폴리스입니다. 저는 그곳으로 여행을 가면 늘 가족과 함께 지냅니다. 함께 식사도 나누고 친구도 만나죠. 이야기꽃을 피우느라 시간 가는 줄 모릅니다. 참, 신나는 음악을 빼먹을 뻔했군요(애덤은 밴드 두 곳에서 활동한답니다). 글쓰기요? 아예 신경도 쓰지 않습니다.

이메일을 점검하거나 전화를 걸고 받는 등 일상적인 일과는 하죠. 하지만 절대 글은 쓰지 않습니다.

제게 여행은 '수집 기간'입니다. 좋은 글은 작은 일들이 모여 이루어집니다. 그렇기 때문에 컴퓨터와 떨어져 지내며 글쓰기를 멈추는 시간 동안 저는 작은 일을 모으는 수집가로 변합니다. 일부러 찾아다니며 모으기도 하지만 무의식적으로 얻는 경험이 대부분입니다.

어린 손녀 목덜미에서 풍기는 달콤한 파우더 향. 손에 잡히는 것은 무엇이든 움켜쥐려는 딸을 피해 치렁치렁한 머리칼을 흩날리는 아들의 모습. 그 애가 활동하는 아일랜드 밴드에서 아무렇게나 천조각을 덧대 만든 티셔츠를 걸치고서, 연신 땀을 흘리는 존(John). 서로 끌어안고 토닥토닥 등을 두드려주는 며느리와 손녀 앨리슨. 눈물이라도 흘린 듯 눈 밑에 땀이 송송 맺히게 할 만큼 후텁지근한 미네소타의 열기. 거리 위로 활처럼 휘어진 개오동나무.

제가 이런 말을 하면 작가가 고된 글쓰기를 떠나보려고 별 이유를 다 끌어댄다고 할지 모르겠습니다. 솔직히 작가들은 저처럼 말하죠. 하지만 속지 마십시오. 사실은 다 글쓰기에 도움이 되는 일이랍니다.

예를 들어볼까요? 딕 프랜시스(Dick Francis)의 신작 소설을 독파하는 동안 저는 그의 이야기 전개 방식을 가만히 음미합니다. 그러면서 독자들이 도저히 손에서 책을 내려놓지 못할 만큼 그가 출중한 이야기꾼이며 뛰어난 작가임을 깨닫습니다. 마찬가지로 최근 발표된 작품으로 리처드 펙(Richard Peck)에게 뉴베리 상을 안겨준 소설, 《귀뚜라미 Cricket(옮긴이)》를 읽을 때는 '과연 뛰어난 글쓰기란 어떤 것일까?' 하고 곰곰이 생각합니다. 글자 맞추기 놀이를 하면서 새 단어를 발견하고 텔레비전을 보면서 대화를 구상합니다. 동네 사람들이 늘 주고받는 이런저런 소문에 귀를 기울이면서 새 책의 주인공을 생각해내죠.

저는 단 한순간도 작가로서의 촉각을 잠재운 적이 없습니다. 이야기꽃이 만발한 그곳, 백장미의 아련하고 달콤한 향기, 식욕을 자극하는 청어 구이, 거친 돌조각, 새로 의지할 곳을 찾아 아무렇게나 뻗어나간 장미 덩굴, 잿빛 하늘을 등지고 남은 생을 다하는 빛바랜 고성의 첨탑, 가슴속 깊이 간직한 손녀의 작고 앙증맞은 손의 감촉까지. 그 모든 것이 소중한 의미가 되어 언젠가 제가 장면을 구상하고 시를 쓸 때 은유의 대상이 되어 돌아올 것입니다.

언제부터 글을 쓰기 시작했는지는 기억이 나지 않습니다. 저는 타자기 곁을 떠나 있는 동안은 모두 낭비한 시간이라고 생각했습니다. 그런데 언젠가 남편과 함께 유럽과 중동 지방을 돌아다니며 9개월 동안 캠프 생활을 한 적이 있었습니다. 그리고 그때 눈으로 본 것들을 이야기로 옮기기 시작했습니다. 수집 기간이 작가에게 더없이 소중하다는 사실을 깨닫는 기회였죠.

마지막으로 귀찮은 집안일을 말해야겠군요.

저는 종종 글 쓰는 시간을 사소한 집안일 때문에 빼앗긴다고 생각합니다. 다른 작가들도 같은 불평을 하죠. 정말 인생은 참으로 귀찮은 존재입니다.

그런데 에밀리 디킨슨(Emily Dickinson)의 전기를 읽을 때였습니다. 케이크를 굽고 편지 쓰는 일 말고도 집안일을 거들고 조가와 놀아주는 등 온갖 일상사를 거뜬히 해낸 그녀를 보면서 우리 같은 작가들은 반드시 현실 세계에 발을 붙이고 살아야 한다는 생각이 들었습니다. 현실 세계란 케이크, 편지, 돈, 꽉 막힌 변기를 말합니다. 다른 사람들이 쓴 책을 읽고 텔레비전을 보고 글자 맞추기 게임을 하고 전화로 수다 떠는 일을 의미합니다. 또 아이들을 학교에, 치열 교정을 시켜주러, 합창 연습에, 야구 시합에 데리고 가는 일을 말합니다. 세 시, 다섯 시, 여덟 시까지, 아니 늦은 밤까지 계속되는 작업, 고양이와 개 털이 날아다니고 남편의 머리카락이 흐트러진 거실을 진공 청소기로 밀고 슈퍼와 페인트 가게, 신발 가게에 달려가는 일을 말합니다. 치과 의사부터 시작해서 온갖 의사를 만나고 미용실에 가는 일을 말합니다.

그 모든 것이 바로 인생입니다.

우리가 현실 세계에 발을 붙여야 하는 이유는 또 있습니다. 인생이 없다면 우리 같은 작가들은 무엇에 대해 글을 쓸까요?

제인 욜런(Jane Yolen)

화려한 수상 경력을 자랑하는 제인 욜런은 어린이책과 청소년용 책 그리고 성인용 책 200여 권을 쓴 작가다. 욜런의 대표작으로 비평가들의 찬사를 독차지한, 존 쇤헤르(John Schoenherr) 그림의 《부엉이와 보름달 Owl Moon(시공주니어)》은 1988년에 유명한 칼데콧 상을 받는 영광을 안았다. 제인 욜런이 수상한 상 중에는 1992년 가톨릭 도서관 협회(Catholic Library Association)가 어린이 문학에 기여한 공로로 수여한 레지나 상(Regina Medal)과 미네소타 대학교가 그녀의 공로를 인정해 수여한 컬란 상(Kerlan Award)이 있다. 그 외에도 뉴욕 주의 '샬럿(Charlotte)', 네브래스카 주의 '골든 소어(Golden Sower)', 뉴저지 주의 '가든 스테이트 어린이 도서 상(Garden State Children's Book Award)'을 비롯해 각 주에서 수여하는 상을 여러 차례 받았다.

알면 기분 좋은, 그러나 접근하기 어려운 어린이책의 모든 것

해럴드는 어린이책 작가 총회에 참석하면서, 또 어린이책 출판에 대한 정보를 담은 웹 사이트의 운영자로서 많은 작가 지망생들에게 작가로서 첫걸음을 어떻게 내디뎌야 하는지, 출판사는 어떻게 찾고 원고는 어떻게 되돌려 받을 수 있는지 등의 질문에서부터 성공을 위해 작가들이 극복해야 하는 여러 가지 문제에 이르기까지 수많은 질문을 접합니다. 알면 기분 좋은, 그러나 왠지 쉽게 접근하기 어려운 느낌을 주는 어린이책 세계에 대한 정보를 낱낱이 알기란 쉬운 일이 아닙니다. 우리가 이 책을 쓴 이유는 바로 이런 정보를 작가 지망생들에게 전해주기 위해서입니다. 여러분이 지금 손에 쥔 이 책이 올바른 방향 설정에 도움이 되고 더 많은 깨달음을 줄 수 있는 기본 지식과 핵심 정보서가 되기를 바랍니다.

물론 어디까지가 기본 상식인가에 대해서는 사람마다 견해가 다르고 시대마다 필요한 정보도 다릅니다. 그렇기 때문에 우리는 이 책에 수십 가지 출판 용어에 대한 정의와 함께 출판 계약에 대해 자세히 설명했습니다. 또한 작가의 동기가 실제 글쓰기에 미치는 영향에 대해서도 가급적 냉정한 시각으로 다루어 보았습니다.

우리는 어린이책 작가가 되기 위한 책을 함께 만들고 참여할 수 있었다는 사실에 자부심을 느낍니다. 하지만 개인적인 경험으로 미루어볼 때 이제부터 여러분이 해야 할 과제가 많습니다. 부디 여러분이 앞에 놓인 문제들을 해결해나갈 때 이 책을 유용하게 쓸 수 있기를, 그래서 일을 추진하는 방법을 찾느라 시간을 보내는 대신 글 쓰는 일에 정진할 수 있기를 바랍니다.

헤럴드 D. 언더다운 & 린 로밍어

1.

어디서부터 시작해야 할까

직접 참여해보지 않은 사람에게 어린이책 출판은 참으로 모호한 분야다.

제1부는 어린이책 작가로 첫발을 내딛으려는 여러분에게 기초적인 정보를 제공한다.

먼저 여러분은 이 장에서 글 쓰는 법과 최고의 책 혹은 가장 인기 있는 책을 찾아내는 법,

그리고 최근 어린이책의 동향에 대해 배운다. 또한 창작 동기가 글쓰기 자체에 미치는

영향에 대해서도 배운다. 그런 다음 이 책은 여러분을 사무실이라는 현실 공간, 또는

어떤 식으로 글을 전개해야 하는지에 대한 고민과 같은 눈앞의 세계에서 끌어낼 것이다.

출판의 세계가 얼마나 넓은지, 그리고 지금 그곳에서 어떤 일들이 벌어지고 있는지

자세히 가르쳐주기 위해서다. 마지막으로 책이 만들어지는 경로를 자세히 설명하고

각 과정에 대한 정확한 이해를 도울 것이다.

이제부터 해야 할 공부가 많다. 자, 마음을 단단히 먹고 책장을 넘겨보자.

1장... 어른들이 세상을 다스린다

　우선 멋지고 흥미로운 세계, 어린이책의 세계에 첫발을 내디딘 여러분을 환영한다. 이 장의 제목을 책의 제목과 상반되게 정한 이유는 여러분뿐만 아니라 우리 모두에게 어린이책 출판의 본질이 사실은 이율배반적인 모순 덩어리임을 깨우쳐주기 위해서다. 우리의 목표는 분명히 아이들을 위한 책을 펴내는 일이다. 그러나 극소수를 제외하고 정작 어린이책을 만들고 구입하는 사람은 어른이다. 여러분은 지금 자녀, 혹은 한때 어린아이였던 자신을 떠올리며 '이 분야는 자신 있어' 하는 기분으로 한껏 작가가 될 꿈에 젖어 있다. 그러나 여러분이 쓴 글이 책이 되기 위해서는 수많은 어른의 손을 거쳐야 한다.

　여러분의 목표는 어린이책을 펴내는 일이다. 간혹 이미 글을 끝내고 몇몇 출판사에 원고를 보냈다가 퇴짜를 맞은 사람도 있을 것이다. 수년 동안 글을 쓰면서 어느 정도 성공을 거두었지만 왠지 양에 차지 않아 더 큰 발전을 꿈꾸는 사람도 있을 것이다. 어떤 단계에 있든 여러분은 이제 막 첫걸음을 내디딘 초보자다. 어디를 향하느냐에 따라 어린이책 작가로서의 미래가 펼쳐질 수 있다. 또한 색다른 인생 경험이 될 수도 있다. 어떤 경우든 우리는 이 책이 여러분에게 도움이 되길 원한다. 첫걸음을 떼려면 누구나 힘이 든다. 그렇기 때문에라도 많은 정보와 조언, 풍부한 자료와 더불어 수많은 성공 및 실패 사례로 가득한 이 책이 여러분에게 도움이 될 것으로 믿는다.

좋은 원고를 쓰기 위한 네 가지 조건

해럴드의 말에 따르면 한 해 어린이책 출판사로 밀려드는 원고 수천 부가 출판되지 못하고 사장된다고 한다. 좋은 원고로 발탁되기가 그만큼 어렵다는 뜻이다. 절대 사장되는 원고를 써서는 안 된다. 그런 의미에서 아래 네 가지 사항을 반드시 지키도록 하자.

1. 글쓰기에 전념하고 이미 쓴 글이라도 좀더 발전시키기 위해 끊임없이 노력하라.
2. 출판계의 생리를 알아내기 위해 최대한 노력하라.
3. 끈기를 가져라. 몇 년을 기다릴 각오가 필요하다.
4. 행운을 빌어라.

들기만 해도 거창한 목표들이다. 하지만 현실적으로 단 한 권의 책도 내지 못하는 사람들이 부지기수다. 여러분에게 불가능을 뚫고 성공한 사람의 대열에 설 수 있는 기회를 주는 일, 그것이 이 책의 목표다.

어린이책 작가가 되는 지름길을 찾고 싶다면 우선 이 점부터 알아두자. 길이 단 하나는 아니라는 사실이다. 어린이책 작가가 되는 방법은 사람 수만큼이나 많다. 한편으로는 곤혹스럽지만 한편으로는 자유로워지는 과정이다. 스스로 방법을 찾아가야 한다는 점에서는 곤혹스럽지만 자기 자신에게 솔직할 수 있다는 점에서는 자유로운 작업이다. 이제부터 여러분은 진로를 구분 짓고 실천해가는 법을 배울 것이다. 그 길을 따라 충실히 나아가자. 그래야 목표에 도달할 수 있다.

기다림의 미덕 – 많이 깨닫고 성장하고 발전한다

우리는 여러분이 인내의 가치를 깨닫기 바란다. 앞으로 책을 읽어보면 알겠지만 어린이를 위한 이야기꾼이 된다는 것은 밖에서 말하듯 그리 간단하지가 않다. 오히려 뇌수술 전문의가 되는 일에 비할 만큼 고된 일이다. 여러 해 동안 수련을 거치면서 지식을 쌓고 기술을 연마하며 실력을 쌓아가야 하기 때문이다.

그렇기 때문에라도 자신에게 지나치게 엄격하게 굴면 안 된다. 어깨 너머로 힐끗거리며 다른 사람과 나 자신을 비교해서도 안 된다. 어떤 일이든 눈앞에 놓여 있으면 도전으로 받아들이고 충실히 임하자. 나중의 일은 그 다음에 걱정해도 충분하다. 그러다보면 점점 더 많이 깨닫고 성장하고 발전한다. 정작 여러분은 자신이 얼마나 발전했는지 모를 수 있다. 하지만 언젠가 고개를 들었을 때 불과 얼마 전까지만 해도 도저히 오를 수 없을 것 같았던 높은 언덕 위에 우뚝 서 있는 자신을 볼 날이 올 것이다.

'마침내 내가 목표에 도달했구나' 하고 실감하기까지는 각오했던 것보다 오랜 시간이 걸릴 수 있다. 심스 태백(Simms Taback)은 일러스트레이터에게 주는 최고 권위의 칼데콧 상 수상 소감에서 이렇게 말했다.

막상 상을 받으니 놀랍게도 제가 일러스트레이션 세계에 갓 정착한 풋내기처럼 느껴지더군요. 일러스트레이터라는 직업 세계에서 비로소 수련의 딱지를 뗀 느낌이랄까요. 40년 동안 이 일을 해왔는데도 말입니다.

이 말을 마친 뒤 그는 자신의 불운과 시행착오의 경험담을 들려주었다.

이제부터 여러분에게는 엄청난 숙제가 주어진다. 어린이책 출판은 큰 사업이다. 출판사도 많고 책의 종류도 셀 수 없을 정도다. 본문의 내용과 어울리는 표지 글을 정하는 일처럼 단순한 작업에서조차 좋은 방법, 나쁜 방법을 막론하고 수만 가지가 있다. 어린이책 출판은 별개의 세계다. 진정으로 성공을 앞당기고 싶다면 전문 용어를 배우고 그 세계에서 일하는 사람들의 사고방식까지 수용할 줄 알아야 한다.

글쓰기는 그 자체로 고된 작업이다. 그러나 깔끔하게 정돈된 원고를 진짜 책으로 만들고 싶다면 먼저 어린이책 출판 업계의 생리를 알아야 한다. 내가 쓴 글이 어떤 종류이고 출판사가 어떤 글에 관심을 가지는지 알아야 하기 때문이다.

어린이책의 유형에 따라 출판사 파악

어린이책에는 '그림책'과 '챕터 북' 두 가지 기본 유형이 있다. 그림책은 비교적 어린아이들을 위한 책으로 쪽마다 그림이 있으며 글과 그림이 함께 이야기를 전개해나간다. 지면마다 그림이 있으며 어른이 아이들에게 읽어주는 경우가 많다. 챕터 북은 말 그대로 장, 즉 챕터로 구분된 책으로 삽화가 들어 있지만 이야기를 주도하는 것은 글이다. 흔히 어린이나 10대 청소년이 읽는 책이다.

위의 두 가지 기본 유형은 또다시 여러 갈래로 나뉜다. 그럼 내 이야기는 과연 어떤 범주에 해당될까? 솔직히 몰라도 된다. 여러분이 쓴 글의 종류를 놓고 출판사와 여러분 자신이 전혀 다른 생각을 가질 수 있기 때문이다. 하지만 기본 지식이 있으면 도움이 된다. 출판사 중에는 한 가지 유형의 책만 펴내는 곳이 있다. 우리가 출판사에 대해 알아야 한다고 주장하는 이유는 그 때문이다.

지난 10년 동안 출판사들은 계속해서 또 다른 출판사를 탄생시켰다. 그 모습이 마치 끝없이 되풀이되는 인수 합병의 춤판을 보는 듯했다. 대여섯 개의 거대 출판사가 시장을 장악한 듯 보이지만 사실 미국과 캐나다 전역에 걸쳐 출판사는 셀 수 없을 만큼 많다. 우리의 목표는 여러분이 그들을 찾을 수 있도록 도와주는 일이다.

출판사마다 혹은 한 회사 내에서도 부서마다 만드는 책이 다르다. 도서관을 상대하는 회사와 서점을 상대하는 회사, 그리고 가판대나 약국(drugstore:미국에서는 약국에서 약품류 외에 일용 잡화, 화장품, 책, 음료수, 커피 등도 판다. —옮긴이)을 상대하는 회사들은 각기 접근 방법도 다르다. 작가가 원하는 글의 유형에 따라 출판사의 선택 기준도 달라진다. 일반서 전문 출판사는 주로 서점과 거래하지만 간혹 학교나 도서관을 상대할 때도 있다. 반면에 대량 판매용 도서 전문 출판사가 겨냥하는 시장은 훨씬 광범위해서 슈퍼마켓이나 일반 소매점에서도 책을 판매한다. 책 외에 잡지나 전자 출판의 경우도 마찬가지다.

책 시장의 다양성에 대해서는 뒤에서 좀더 자세히 다루도록 하자.

고된 과정은 기본이다

먼저 지금부터 여러분이 하려고 하는 일을 진지하게 받아들이는 마음가짐이 필요하다. 이 일은 취미도 아니고 여가 활동도 아니며 여름 휴가 동안 잠시 짬을 내어 끄적거린 글 따위로 성공을 바라볼 수 있는 일은 더더욱 아니다. 글로 돈을 버는 일이 성공의 기준이라면 그만두자. 앞으로 수없이 듣겠지만 여러분이 본업을 집어치울 수 있는 날이 올 거라는 희망은 버리는 편이 낫다. 어린이책 작가가 되려면 고된 과정은 기본이고 시간과 공간 그리고 헌신이 필요하다. 따로 공간을 마련하고 글 쓰는 시간을 가져야 한다. 또한 내가 이 일을 필요로 하고 할 만한 자격이 있음을 믿어야 한다.

한 가지 여러분이 잊지 말아야 할 사실이 있다. 최소한 책을 내고 싶은 사람이라면 모든 과정이 끝나고 마지막 단계에 이르렀을 때, 그 결과물이 책이나 잡지 또는 그와 비슷한 무엇이든 간에 제발 수천 명에 이르는 그 누군가가 그 물건을 제발 사주었으면 하고 바란다는 점이다. 여러분은 예술가다. 하지만 단 한 사람의 구매자를 위해 독특한 작품을 만드는 예술가도 아니고 혼자만 간직할 용도로 명작을 만드는 예술가도 아니다. 책을 내는 작업은 예술과 상술의 중간 단계에서 이루어진다. 책은 순수한 자아 표현, 그리고 연필이나 비누같이 유용하고 일반적인 물건 수백만 가지를 만들어내는 제조업 사이에 놓인 흥미로운 중간계에서 만들어진다. 어느 정도 창의성을 인정하지만 분명히 독자, 즉 시장을 필요로 하는 일이다. 이때 도움을 주는 존재가 바로 출판사다.

마법은 없다

일단 자신의 정체성을 어린이책 작가라고 결론지은 사람이라면 머지않아 나도 어린이책 작가입네 하면서 시간만 나면 언제든 어린이를 위한 멋진 글을 쓰겠다고 떠벌리는 사람들을 쉽게 만날 수 있을 것이다. 간혹 여러분에게 취미 한번 잘 골랐다며 잘난 척하는 사람도 있을 것이다.

안타깝게도 사람들은 어린이책을 쓰는 일이 신문·방송과 같은 독자적인 조사 보도나 우리가 늘 사용하는 언어로 시를 쓴다든가 하는 다른 형태의 글쓰기 이상으로 중요하고 고된 작업이며 상당한 집중이 필요한 일임을 잘 알지 못한다. 이런 무지몽매한 사고는 어린이는 어른에 비해 미성숙한 존재이고 덜 지혜롭다는 생각에서 비롯된다. 그렇기 때문에 그들은 어린이를 대상으로 하는 글 또한 쉬울 거라고 생각한다. 부디 이런 사고방식에 매몰되는 잘못을 저지르지 말자.

여러분은 지금 진지한 글을 쓰는 사람이다. 성인이 읽는 글에 비해 훨씬 힘든 글을 쓴다. 결론은 이렇다. 여러분은 '어린 시절을 떠올리며 글을 쓰면 되겠지'라고 생각하겠지만 사실 여러분이 쓴 글을 읽을 사람은 지금 여러분과 같은 성인이 아니다. 나와는 '다른' 사람을 대상으로 글을 쓰는 일, 참으로 아이러니가 아닐 수 없다. 나 외에 다른 성인을 대상으로 글을 쓸 때는 남과 주고받는 상호 작용에 기준해서 독자의 반응을 짐작할 수 있다. 하지만 여러분은 그럴 수가 없다. 자신이 하는 일에 부디 자부심을 가지자.

이 책이 여러분에게 도움을 줄 수 있는 부분은 글쓰기를 시작하도록 유도하고, 내게 글을 쓸 만한 동기가 충분한지 깨닫게 해주며, 평가 결과를 얻을 수 있도록 조언해주는 일이다. 하지만 글 쓰는 법을 가르치지는 않는다. 어린이책의 종류는 매우 다양하다. 게다가 이 책이 워낙 광범위한 내용을 다루다보니 설령 일부 지면을 할애해 글 쓰는 법을 다룬다 하더라도 지극히 기본적인 내용만 나열하는 식이 될 것이다. 여러분이 그 내용에 의존하여 결국 구태의연한 이야기를 만들어냈다고 하자. 그러나 구태의연하고 뻔한 줄거리만큼 편집자가 싫어하는 글은 없다. 다행히 어린이책의 장르별로 글 쓰는 법을 다룬 좋은 책이 시중에 많이 나와 있으니 참조하자.

온통 조언과 정보로 가득한 책은 읽는 사람을 짜증나게 만든다. 게다가 실생활에서 얻어지는 이야기가 없기 때문에 제대로 이해하기도 힘들다. 실생활에서 벌어지는 이야기가 있으면 흥미를 끌 수 있다. 그러나 우리가 그런 이야기를 이 책에 실은 이유가 단지 독자들의 관심을 끌기 위해서만은 아니다. 다른 사람들의 성공담을 듣는 일만큼 작가들에게 제대로 방향 설정을 해줄 수 있는 일이 없다고 믿기 때문이다. 세상 일이 그렇듯 실패담 또한 좋은 지침이 된다. 이 책에는 대단한 성공을 거둔 작가의 이야기도 있고 이제 막 작가로서 첫발을 내디딘 사람들, 그 밖에도 두루두루 여러 분야에서 혹은 전문 분야에서 성공을 거둔 작가들의 이야기가 담겨 있다. 필요할 것 같아 출판계 전문가들의 이야기도 함께 실었다.

나무를 보지 말고 숲을 보자

어린이책 작가 줄스 올더(Jules Older 작가, 〈스키 프레스〉와 〈스키 프레스 유에스에이〉지의 편집국장. 어린이책을 스무 권 넘게 썼으며 미국 및 해외에서 많은 상을 받았다.-옮긴이)는 많은 작가들이 처음에 저지르기 쉬운 실수 세 가지를 이렇게 지적한다.

1. 생각의 폭이 좁다.
2. 일에서 즐거움을 찾지 못한다.
3. 현 세대가 아니라 구세대를 위해 글을 쓴다.

어떤 면에서 이 책은 고리타분한 '휴대용 참고서'와 같다. '항상 갖고 다니면서' 볼 수 있는 참고서이기 때문이다. 우리는 이 책을 독자가 원하면 통독할 수 있는 책으로 만들었지만 그렇다고 해서 앞표지에서 뒤표지까지 모조리 읽어주기를 바라지 않는다. 다만 여러분이 이 책 내용 중 어느 부분에 특별히 관심을 가져서 책장에 꽂아두고 필요할 때 꺼내볼 수 있기를, 그리고 1~2년 동안 곁에 두고 '처음 읽었을 때는 잘 몰랐는데 알고보니 너무나 중요한 내용이었네' 하고 깨닫게 되기를 바란다.

비록 여러 가지 정보를 담았지만 우리의 진정한 바람은 이 책을 통해 여러분이 어린이책 출판이라는 큰 숲을 보았으면 하는 것이다. 제각각 생김새가 틀린 나무가 나타나고 사라지는 와중에 어린이책 출판이라는 기묘한 생태계 역시 서서히 변화를 겪어왔다. 여러분은 이 책 속에 자리 잡은 나무들, 즉 출판사와 편집자, 책의 장르에 대한 온갖 정보를 통해 숲의 생김새를 깨달아야 한다. 그래야만 지도 어디에도 표시되어 있지 않은 생경한 지

점에 뛰어들었을 때 헤매거나 굶주리지 않는다. 음식이 있는 곳이 어디며 어떻게 해야 위험을 피할 수 있는지 잘 알기 때문이다. 그럼 나무 한 그루 한 그루를 모두 알지 못하더라도 숲에서 살아남을 수 있다.

최선을 다했다는 자부심이 필요하다

우리가 이 책에서 제공하지 못하는 유일한 점, 그것은 여러분에게 아무 보장도 해줄 수 없다는 사실이다. 밖에 나가보자. 뛰어난 작가들이 수천 명도 넘는다. 그리고 우리가 그들과 직접 이야기를 나누며 알아낸 사실은 '법칙'을 착실히 지켜가며 몇 년 동안 성실하게 글을 써도, 심지어 법칙을 굴복시킬 만큼 창의적인 방법을 동원해도 좀처럼 책을 내기 힘들다는 점이다. 만에 하나 유명 출판사와 계약하고 책을 출판하는 일이 소원인 사람은 지금 당장 포기하자. 소원만으로는 절대 목표에 도달할 수 없다. 최소한 지금 하는 일을 사랑하고 정진하는 자세가 필요하다. 그리고 반드시 재능이 있어야 한다. 그러나 그 모든 것을 갖춘다 하더라도 성공은 보장되지는 않는다는 사실을 기억하자. 여러분이 여행 자체에 가치를 두는 사람이라면 우리는 장비도 골라주고 함께 길을 떠나는 동반자가 되어줄 것이다. 하지만 여러분이 목적지 도착 여부에 여행의 가치를 두는 사람이라면 이야기는 다르다.

무엇보다 J. K. 롤링(J. K. Rowling)의 경우를 떠올리자. 하지만 장차 여러분에게 그녀가 갖고 있는 화려한 경력이 따르지 않더라도 실망하지 말자.

어린이책 출판업계의 규모는 어느 정도일까? 어림잡아 연간 판매 규모가 20억 달러에 이른다. 그중에 랜덤 하우스(Random House), 펭귄 퍼트냄(Penguin Putnam), 골든 북스(Golden Books), 하퍼콜린스(HarperCollins), 스콜라스틱(Scholastic), 사이먼 앤 슈스터(Simon & Schuster) 등 여섯 개 출판사의 실적이 절반을 차지한다. 매년 출간되는 4,000 내지 5,000권의 책 가운데 대형 출판사 책이 절반이라는 뜻이다. 그러나 실제로는 자기 손으로 직접 책을 발행하는 사람들까지 포함하면 수백여 개(혹은 수천여 개)에 이르는 소규모 출판사들이 계속해서 책을 만들고 있다.

그녀의 《해리 포터》 시리즈는 전 세계적으로 수백만 부가 팔려나가는 대기록을 달성했다. 그녀는 성인과 어린이 독자 모두를 사로잡으면서 그 누구도 이루지 못한 큰 업적을 이룬 장본인이다. 그녀에 빗대어 자신의 성공을 평가하지 말자. 불만스러워하지 말자. 아니, 그 어느 작가의 성공과도 비교하지 말자. 중요한 것은 최선을 다했다는 자부심이다.

2장... 글쓰기 훈련과 상상하는 법

눈앞에서 텅 빈 백지가 나를 노려보고 있을 때처럼 두려운 순간이 있을까? 굶주린 채 폭풍우에 갇혀 있는 북극곰도 생각나고 무시무시한 귀신도 떠오른다. 멜빌(Melville)이 모비 딕(Moby Dick)의 흰 빛을 기분 나빠했듯 아무것도 쓰여 있지 않은 종이의 흰색은 공포의 대상이다.

이제부터 여러분은 그 공포의 백지를 채우는 법을 배운다. 내가 쓰고 싶은 글이 과연 무엇이며 글쓰기에 자신이 없는 사람들을 위해 글쓰기 훈련과 상상하는 법을 배우게 된다. 사실 글쓰기 훈련이나 상상 훈련은 스키 연습이나 골프공 치는 훈련과 크게 다르지 않다. 이를테면 글쓰기를 위한 준비 운동인 셈이다. 이 책은 글 쓰는 법을 가르쳐주지 않는다. 하지만 제1부 7장 〈책 속에 무엇이 담겨 있을까?〉와 제2부 1장 〈책의 유형과 연령별 단계〉를 통해 어린이책의 여러 유형을 살펴볼 것이다. 아울러 지금부터는 온전히 집중한 상태에서 글을 쓰기 위해 필요한 조건은 무엇이며, 철저히 준비된 글을 쓰는 법에 대해서 배운다.

내가 읽는 글이 나를 말해준다

글 쓰고 싶은 의욕은 있는데 어떤 글을 써야 할지 모르겠다고? 그렇다면 잠시 짬을 내서 스스로가 어떤 책을 좋아하는지 알아보자. 우리가 "출발"이라고 외치면 여러분은 일어나 책꽂이로 가서 주의 깊게 살펴봐야 한다. 혹시 한 번도 펼쳐보지 않은 책이 있는지? 제본이 너덜너덜 닳은 책,

하도 많이 봐서 책장이 술술 넘어가고 여기저기 깨알 같은 메모가 적힌 책은 없는지? 주로 어떤 책을 읽는지, 가장 좋아하는 책이 픽션인지 논픽션인지, 또는 가벼운 글인지 무거운 글인지? 그렇게 해서 모두 파악이 되면? 제자리로 돌아와 자신이 본 것들을 곰곰이 되새겨보기로 하자. 좋다, 출발!

여러분은 과연 어떤 사실을 알아냈을까? 알고보니 주로 소설을 좋아하더라고? 아니 논픽션이 더 좋다고? 탐정 소설은 무척 좋아하는데 꼭 읽어야 될 것 같은 무게 있는 소설은 아예 손도 대지 않았다고?

글을 쓸 때나 읽을 때나 첫 번째 선택 기준은 써야 되는 글이 아니라 쓰고 싶은 글을 쓰고 읽어야 한다는 점이다. '의무감'은 생각의 흐름을 방해하고 좋은 글을 쓰는 데 필요한 순수한 사고를 가로막는다. 의무감은 당장 벗어 던지자.

예를 들어 여러분이 루이스 토마스(Lewis Thomas 미국의 작가, 생물학자, 의사)가 일반 성인 독자를 겨냥해서 쓴 과학책을 좋아한다고 하자. 그럼 어린이를 대상으로 그런 종류의 글을 쓰면 된다. 단 연구를 게을리하지 말아야 하고 과학 원리를 완전히 이해해야 한다. 어른들이 좋아하는 책은 아이들도 똑같이 좋아한다.

- 연애 소설이 좋다고? 10대들도 그렇다.
- 공상 과학 소설이 좋다고? 아이들도 마찬가지다.
- 전기문에 관심이 많다고? 도서관 관계자들도 전기문이라면 사족을 못 쓴다.
- 차라리 잡지를 보겠다고? 아이들 역시 대부분 잡지를 읽는다.

이만하면 안심이 되었을 테니 이제 쓸 거리를 찾아보기로 하자. 하지만 서두르지 말자. 그리고 처음부터 특정 독자를 겨냥한 특정한 유형의 책을 쓰려 하지 말자. 지금 여러분은 다듬어지지 않은 자연 상태로 재료를 건져 올리는 법부터 터득해야 한다. 그리고 훈련을 통해 앞으로 준칙으로 삼아야 할 습관을 형성하고 계획해가야 한다.

학창 시절 국어 선생님 덕택에 고전 문학에 깊은 관심을 갖게 되었다고 해서 지금 당장 고전을 쓸 필요는 없다. 적어도 아직까지는. 창의성은 쉽게 생겨나지 않는다. 전문가들이 권하는 방법을 참고해서 정말로 내가 쓰고 싶은 글을 쓰자.

일지 형식으로 일상을 담는다

옛날 일기장 한 권 정도는 누구든지 갖고 있다. 하지만 일기장이 단 한 권도 남아 있지 않다고 해서 슬퍼할 필요는 없다. 일기란 평범한 일상을 담은 글이다. 특히 10대들의 일기장은, 일기를 쓴 본인에게는 더없이 중요할지 몰라도 다른 사람에게는 하나도 중요하지 않은 내용들이 많다. 그러나 여러분은 지금 글을 쓰는 작가다. 이제부터는 일기의 좀더 진보된 개념, 즉 일지 형식으로 일상을 담아나가는 일을 진지하게 생각해보자.

일지에는 다양한 내용을 담을 수 있다. 순간순간 머리 속에 떠오르는 생각을 적어보자. 하늘에 떠 있는 구름이 시시각각 변하는 모습에서부터 버스 옆자리에 앉은 10대들의 변화무쌍한 감정 변화에 이르기까지 관심 있게 본 일을 기록해보자. 머리 속에 떠오른 생각이나 마음에 와 닿은 문장을 적기도 하고, 다른 책에서 발췌한 대화 한 토막을 베껴두거나 흥미롭게 읽은 인물에 대한 간단한 묘사도 좋다. 글쓰기에 대한 자신의 감정이나 읽은 책에 대한 소감을 적어둘 수도 있다. 좀더 실질적으로는 실제 글을 쓸 때 시간이 얼마나 걸렸는지, 또 얼마나 효율적으로 썼는지 기록해둠으로써 가장 멋지게 글을 썼던 때를 떠올릴 수도 있다.

일지를 십분 활용하고 싶은 사람은 반드시 규칙적으로 써야 한다. 항상 지니고 다니면 언제든지 쓰고 싶은 내용을 메모할 수 있다. 하지만 거기서

일지(Journal)라는 말은 하루를 뜻하는 프랑스어 주르(jour)에서 비롯되었다. 원어에서 볼 수 있듯 매일 글로 채워나가는 빈 공책이라는 뜻이다. 일지 쓰기는 모닝커피 한 잔이나 저녁 뉴스처럼 작가에게 중요한 일과가 되어야 한다.

멈추면 안 된다. 매일매일 일지에 글을 쓰겠다는 다짐이 필요하다. 가능하면 늘 같은 시간에 쓰자. 그럴 수 없다면 아무에게도 방해받지 않는 시간을 찾아보자.

정해놓은 틀 없이 매일의 일상을 꾸준히 글로 쓰기는 힘들다. 타고난 재능이 없다고 절망하지 말자. 잠시 시간을 내서 틀을 만들어보자. 한 달 정도 시간을 두고 부모나 형제에 대한 감정을 정리하거나 어린 시절 특정한 시기에 있었던 잊을 수 없는 추억을 적어보자. 아니면 아래처럼 그날의 주제를 정해도 좋다.

- 월요일은 가족에 대해.
- 화요일은 친구에 대해.
- 수요일은 글쓰기에 대해.
- 목요일은 자연에 대해.
- 금요일은 계획하는 날로.
- 토요일은 즐거운 날로.
- 일요일은 신앙 생활에 대해.

무엇이든 자신에게 가장 중요한 것을 주제로 택하자. 다만 일지를 철저히 자기 것으로 만들고 그 안에서만큼은 최대한 솔직해야 한다. 그리고 가끔씩 예전의 일지를 꺼내 되돌아보는 습관을 기르자. 그 과정에서 생각이 여물고 관심 분야가 표면으로 떠오르면서 점점 확실한 모습을 드러낼 것이다. 더불어 일지를 쓰면 계속해서 글 쓰는 훈련을 하기 때문에 글 솜씨도 그만큼 좋아진다.

오랜 준비 기간은 필수

일지 쓰기가 글 솜씨를 연마하는 유일한 방법은 아니다. 글의 품질을 높이고 유려함을 연마할 수 있는 방법은 그 밖에도 여러 가지가 있다. 나중에 들춰보면서 고칠 수 있도록 종이에 글을 적어두는 습관은 작가에게 권장할 만한 일이다. 그리고 쉽게, 빨리 쓸수록 좋다.

글쓰기 훈련을 해두면 어떤 프로젝트에 뛰어들 때 큰 도움이 된다. 상당한 양의 '습작' 없이 원고 쓰기에 덤벼드는 작가는 없다. 여기서 습작이란 머리를 짜내고 대강의 윤곽을 짜는 작업을 뜻한다. 픽션과 논픽션 양쪽을 넘나드는 작가 제니퍼 암스트롱(Jennifer Armstrong)의 말을 들어보자.

> 저는 준비 작업에 많은 시간을 할애합니다. 메모나 윤곽 설정 작업에 많은 시간을 투자하죠. 어떤 글을 쓰느냐에 따라 다르지만 등장인물의 성격을 설정할 때도 마찬가지입니다. 저는 책이 나아갈 방향을 정확히 파악하기 전까지는 절대 글을 시작하지 않습니다.

흔히 학교에서는 글을 쓰는 최선의 방법이자 훌륭한 작가들의 공통점으로 자리에 앉아 물 흐르듯 이야기를 풀어나가는 법을 강조한다. 하지만 그런 일은 좀처럼 기대하기 어렵다. 사전에 해야 할 작업이 많기 때문이다. 그뿐인가, 글을 쓴 뒤에도 여전히 할 일은 많다. 이에 대해서는 이 장 끝부분에 가서 자세한 내용을 알아보도록 하자.

다양한 독서는 글쓰기의 밑거름

아이들이 읽는 글을 쓴답시고 어린이책 작가가 쓴 책을 읽는 데에만 치우치면 좋지 않다. 나탈리 골드버그(Natalie Goldberg)가 쓴 《이야기의 골자와 다듬어지지 않은 생각 써나가기 : 작가의 삶 Writing Down the Bones and Wild Mind : Living the Writer's Life(옮긴이)》는 많은 가르침을 얻을 수 있어 실질적으로도 큰 도움이 되는 책이다. 그 밖에 제시카 윌버(Jessica Wilbur)가 쓴 《밀착 보고서 : 소녀와 젊은 여성들의 일지 쓰기 Totally Private and Personal : Journaling Ideas for Girls and Young Women(옮긴이)》를 참고해도 좋다. 제목과 달리 이 책은 연령과 성별에 상관없이 읽을 수 있는 좋은 내용으로 가득하다. 잠시 가까운 서점에 들러 글쓰기와 관련된 책을 훑어보자.

이렇듯 가끔씩 짬을 내어 좋은 서점에 들러 글쓰기에 관련된 책을 훑다 보면 글 쓰는 방법에도 여러 가지가 있음을 알게 된다. 그중에 몇 가지를 소개한다.

생각을 가다듬지 않고 처음부터 술술 글을 써내려가기는 힘들다. 하지만 배우면 가능하다. 한 번도 쉬지 않고, 또 단어나 철자를 고치기 위해 되돌아보지도 말고 5분 동안 계속해서 글을 써보자. 도저히 내용이 떠오르지 않으면 그냥 '쓸 것이 전혀 생각나지 않는다'라는 말로 시작해본다. 펜도 좋고 연필이나 타자기, 컴퓨터도 좋다. 본인만 편하면 필기구는 무엇이든 상관없다. 일지도 좋고 다른 무엇이든 좋으니 어디서든 이 일을 일과로 삼아보자.

어느 정도 훈련을 통해 이 일이 능숙해지면 약간 변화를 주자. 주제를 한 가지 정해 글을 써봐도 좋고 완성할 문장을 써놓고 자신이 어떤 식으로 글을 풀어가는지 살펴봐도 좋다. '나는 어린이책 작가가 되고 싶다. 왜냐하면……'이나 '나는 어린이책 쓰기가 겁난다. 왜냐하면……' 같은 문장이 좋은 예다. 이 일이 어느 정도 익숙해지면 여러분의 자의식은 조금씩 밖으로 모습을 드러내기 시작한다. 그리고 어느 순간 자기 자신도 놀랄 만큼 글을 잘 쓸 수 있게 된다. 연사들이 즉석에서 주제가 주어질 때를 대비해 즉석 연설을 연습하듯이 돈이 들지 않는 이런 식의 지속적인 글쓰기는 긴장을 풀어주고 전반적인 글쓰기 실력을 향상시키는 데 큰 효과가 있다. 본격적으로 글쓰기에 들어간 뒤에도 수정 작업은 필요하지만 이미 그때는 한 단계 높은 단계에 다다른 뒤다. 이 방법을 가르쳐준 나탈리 골드버그에게 감사해야겠다.

시각화 훈련
명확하고 정확한 서술을 할 수 있다면 더없이 기쁘겠지만 그 또한 매우 어렵다. 비바람 몰아치는 어두운 밤을 묘사하거나 새로운 과학적 발견을 서술할 때도 마찬가지다. 이럴 때 눈앞에 그 장면을 떠올리는 훈련을 해두면 묘사력을 한층 향상시킬 수 있다.

일단 눈앞에 그리고 싶은 장면을 떠올린다. 어린 시절이나 비교적 최근에 본 장면은 가능하지만 직접 눈앞에 펼쳐진 장면은 안 된다. 두 눈을 감고 장면을 그려본다. 충분히 시간을 갖고 마음의 눈으로 최대한 불러올 수 있을 만큼 떠올린다. 양에 찰 만큼 떠올리고 나면 이번에는 귀를 기울인다. 어떤 소리가 들리는가? 냄새는 나지 않는가? 무엇이 느껴지는가? 바람의 온도, 주변을 둘러싼 사물의 질감 같은 것이 느껴지는가? 뭔가 먹을 것이 있다면 또 그 맛은 어떠한가?

선택한 장면에 완전히 몰입된 듯한 느낌이 들면 눈을 뜨고 머리 속에서 본 모든 것을 떠올리며 그대로 글로 옮긴다. 절대 꾸미지도 말고 없애지도 말 것! 앞에서 연습한 대로 그저 글만 계속해서 써나간다. 그렇게 몇 장을 메우고 글을 끝마쳤다면 앞부분으로 돌아가 다듬어도 좋다. 이런 훈련을 해두면 이야기의 배경을 상상할 때도 도움이 되고 글쓰기 연습 자체로도 활용할 수 있다. 장소를 바꿔 같은 훈련을 되풀이해보자. 그럼 눈에 익은 장소나 낯선 장소를 떠올리는 능력을 향상시킬 수 있고 대상을 묘사하는 능력도 함께 키울 수 있다.

추억을 더듬는 과정에서 발전이 이루어진다

어린이책 작가들은 흔히 어릴 적 경험이나 추억을 글의 소재로 삼는다. 전혀 그럴 생각이 없는 사람 혹은 역사와 생물학, 스포츠에 대한 글만 쓰기로 작정한 사람이라 하더라도 어린 시절과 그때의 느낌을 떠올리는 훈련을 해두면 독자와 유대 관계를 향상시킬 때 도움이 된다.

어린 시절에 겪은 중대한 사건을 한 가지 떠올려보자. 신발 끈을 혼자서 처음으로 묶었던 날, 칠판 앞에 나가서 어려운 수학 문제의 정답을 적었던 순간, 그것도 아니면 급식 시간에 아주 멋진 말을 해서 근사한 남자아이(혹은 여자아이)가 웃는 모습을 보았던 순간도 좋다. 그때를 눈앞에 떠올리고 글로 적어보자.

삶의 어느 시기를 택해 많은 추억을 되살려내려면 시간이 걸린다. 예를 들어 어린 시절부터 여러분을 늘 귀찮게 했던 어린 여동생이 있었다. 동생에 대한 추억의 실타래를 따라가자면 시간이 필요하다. 추억을 더듬어나가는 일에 몰두하자. 그리고 중심 대상을 바꿔보자. 어떤 때는 아침 식탁을 떠올리면서 가족들의 표정에 집중해보고, 어떤 때는 중국으로 가겠다며 뒷마당에 구멍을 팠던 이야기에 집중해보자. 관심을 끄는 추억의 실타래를 따라가자!

추억을 더듬는 과정에서 발전이 이루어진다. 추억 중에 하나, 혹은 그 이상이 소설의 장면을 이루는 기초가 되고 그림책 전체의 줄거리가 된다. 또는 주변을 둘러싼 세계에서 여러분의 관심을 끄는 대상이 무엇이며 어린이와 여러분 자신, 바라건대 독자들의 관심을 끄는 글을 쓰는 방법도 알 수 있다.

창의력을 단련하면 관심 분야가 보인다

이제 이야기를 쓸 만반의 준비가 되었다고? 어쩌면 이미 글을 쓴 사람도 있을 것이다. 글을 썼든 쓰지 않았든 어린이책의 형태에 대해 감을 잡게 해줄 마지막 훈련 과정이 남아 있으니 참고하도록. 가장 좋아하는 어린이책 한 권을 골라 들고 컴퓨터 앞으로 가자. 그런 다음 책에서 나눈 단락 그대로 단락을 끊어가며 옮겨 적는다. 그림책이면 전체를, 소설이면 한 장 혹은 일부분을 옮겨본다.

이제 모든 준비를 마쳤으니 창의력을 발휘할 차례다. 영감이 떠오르기를 기다렸다가 때가 됐다 싶으면 작업을 시작한다. 오랜 시간을 기다려야 할지도 모른다. 작가는, 특히 뛰어난 작가는 모든 것을 빨리 깨닫기 때문에 그만큼 글쓰기도 빠르다. 글쓰기는 일이요, 통찰력의 번뜩이는 표출이다. 내부의 통찰력을 글로 옮기는 수고가 뒤따르는 일이고 수정을 요하는 일이다. 성공하겠다는 포부를 품고 결과물을 내고 싶다면 다른 직업을 가진 사람들과 똑같이 전력을 다해야 한다.

그러나 9시에 출근해서 6시에 퇴근하는 운 좋은 회사원들과 달리 작가는 등 뒤에서 따가운 눈초리로 일을 감시하는 상사가 없다. 특히 마감일이 따로 없는, 다시 말해 한 번도 책을 내지 못한 작가들이 그렇다. 그러니 여러분이 첫 번째로 낸 책은 전적으로 여러분 자신의 의지의 산물이다. 그리고 출판사와 책을 내기로 계약한 뒤에도, 또 실력 있는 어린이책 작가가 된 뒤에도 아침마다 머리 꼭대기에 올라 앉아 채찍을 휘두르며 "글을 쓰란 말이야!"라고 외치는 사람은 없다. 이제 그만 마치라고 충고하는 사람도 없다. 한마디로 여러분이 택한 일은 헌신을 요한다. 글쓰기 역시 다른 일처럼 계획이 필요하다는 사실을 잊지 말자.

제대로 씻지도 못하고 목욕 가운을 입은 채 밤낮으로 컴퓨터 앞에 앉아 출판사가 채택할지 안 할지도 모르는 원고에 죽자 사자 매달리는 일. 하나도 멋있지 않다. 정말이다. 끝없이 늘어지기만 할 테니까. 우리 역시 글쓰기보다 강아지 씻기는 일이 훨씬 급하다고 생각하던 시절이 있었다. 글쓰기라는 외로운 일에서 성공하고 싶은 사람들은 아래에 제시한 방법을 주목해보자.

- 계획을 세워 꼭 지킨다. '나는 매일 몇 시부터 몇 시까지 글을 쓴다'라고 스스로에게 약속하고 반드시 지킨다. 15분밖에 짬이 없어도 좋다. 매일 쓰기만 하면 된다. 냉장고에 계획표를 붙이고 가족들에게 협조를 구한다.
- 아이들을 포함해서 다른 잡념을 털어버린다. 부모들은 글 쓰는 일과 아이 돌보는 일을 마법처럼 잘 해내고 싶어 한다. 하지만 글쓰기는 엄연히 직업이다. 성공한 작가라면 누구든지 아이와 글쓰기에 동시에 집중하는 것은 불가능하다고 할 것이다.
- 계획을 세운 다음에는 가능한 한 자주 환경을 바꾼다. 집에서만 글을 쓰는 사람은 가끔씩이라도 집 밖으로 바람을 쐬러 나가야 한다. 메모지와 펜을 들고 가까운 커피점이나 도서관으로 자리를 옮겨보자. 계획에 충실하되 집 외의 다른 장소에서 글을 써보도록.

글 쓰는 시간을 정해두는 일이 중요하다고 했지만 그렇다고 빈둥거리는 시간을 아예 없애라는 말은 아니다. 바버라 솔링(Barbara Seuling)도 《어린이를 위한 책을 쓰고 펴내는 법 How to Write a Children's Book and Get It Published(옮긴이)》에서 그런 말을 했다. 글 쓰는 대신 다른 일을 하면서 괜히 죄의식을 가지면 얼마 가지 않아 글쓰기 자체가 큰 부담으로 변한다. 분명히 글쓰기에 전념할 시간은 필요하다. 그러나 글을 쓰지 않는 시간도 필요하다.

스무 권 이상 책을 낸 작가이자 두 명의 사내아이를 둔 제니퍼 베이시 샌더(Jennifer Basye Sander)는 하루 중 글을 쓰는 서너 시간 동안 베이비 시터를 고용한다. 그녀와 함께 책을 낸 린 역시 글을 쓸 때는 어머니에게 어린 네 아이를 맡기거나 아이들이 잠든 시간인 이른 아침이나 늦은 밤을 이용해서 글을 쓴다.

- 이웃과 친구들에게 나는 지금 낡은 영화를 보는 것이 아니라 일을 하고 있다고 알린다. 그렇지 않으면 스스로가 꼼짝없이 집 안에 갇힌 애 보기나 심부름꾼이라는 생각이 든다. 단호한 어조로 이렇게 말할 수 있도록 연습한다. "미안해, 그런데 나 지금 일하는 중이거든. 자기 옷 세탁소에서 찾아오기 힘들 것 같아."
- 자동 응답 전화기를 틀어 전화를 대신 받게 하고 누가 밖에서 벨을 눌러도 대답하지 않는다. 여러분은 지금 집에 없다. 직장에서 일하는 중이기 때문이다.

위에 제시한 방법 말고는 시간 운영에 대해 더 이상 우리가 해줄 수 있는 충고는 없다. 여러분이 해야 할 일은 오직 하나다. 글을 쓰자! 절실한 마음으로 책을 한 권 마치고 싶은 사람이라면 지금 당장 행동에 옮기자.

원고 수정엔 끝이 있어야 한다

학창 시절 책상 앞에 앉아 처음부터 끝까지 단숨에 수필 하나를 완성해서 선생님께 냈던 일을 기억하는지? 직업적인 작가들은 그런 식으로 일하지 않는다. 누구든지 글을 쓰려면 오랜 준비 작업이 필요하다. 조사하고 머리를 짜내고 윤곽을 정한다. 그런 다음 글을 쓰고 수정 단계에 들어간다. 글쓰기의 대부분을 수정 작업이 차지한다고 해도 과언이 아니다. 일단 편집자와 함께 일을 시작하면 여러 차례 원고 수정하는 과정을 거쳐야 한다. 편집 과정에서 생기는 다른 문제에 대해서는 제4부 3장 〈더 좋은 글로〉에서 다뤄보기로 하자. 하지만 작가는 대부분 자진해서 수정 작업을 하겠다고 나서기 마련이다.

어느 시점이 되면 작가는 자신의 글을 다른 누군가에게 보여줘야만 하는 겁나는 순간을 피하려고 자꾸만 수정 작업에 집착하게 된다. 그럼 그만두는 시점을 어떻게 알 수 있냐고? 우선 자신의 작업 습관을 알아야 한다. 단, 별 다른 진척이 없는 수정 작업은 경계해야 한다. 어설픈 땜장이처럼 괜히 종이를 넘겨가며 단어를 이렇게 바꾸고 저렇게 바꾸고 있지는 않은지? 아니면 두 가지 표현을 갖고 이렇게 했다 저렇게 바꿨다 하고 있지는 않은지? 이 두 가지 상태에 속한다면 여러분은 지금 일을 마무리하고 출판사에 원고를 보낼 때가 되었다. 적어도 좋은 피드백을 받을 때가 되었다는 뜻이다. 이에 대해서는 제1부 4장 〈왜 어린이책을 쓰는가?〉에서 다뤄보기로 하자.

3장.... 어린이 문학의 세계에 몰입하기

　어린이책을 쓸 때 가장 중요한 점은 어린이가 읽고 싶은 책이 무엇이며 어떤 책을 읽었는지, 그리고 앞으로 어떤 책을 읽을지 알고 이해하는 일이다. 어린이 문학의 세계에 푹 빠져보자. 좋은 사업 구상을 가지고 있다고 당장 그 일에 뛰어들어 돈을 들이부을 수 없듯이 어린이들이 읽을 책에 대해 좋은 아이디어를 갖고 있는 것만으로는 부족하다. 만약 사업을 시작하고 싶다면 여러분은 어떻게 하겠는가? 아마 전망 좋은 분야부터 찾을 것이다. 그런 다음 경쟁할 대상을 찾아 자신이 하려고 하는 일과 비슷한 업종으로 성공한 사례를 뒤져볼 것이다. 어린이를 위한 글쓰기도 마찬가지다. 몰입이 필요하다.

　지금부터 여러분은 자신이 갖고 있는 가능성을 찾아 항해를 떠난다. 이 책은 여러분에게 고전에서부터 신간에 이르는 어린이 문학 세계 전반의 지도를 보여주면서 어린이책 작가에게 독자를 이해하는 일이 얼마나 중요한지 가르쳐줄 것이다.

고전, 대상 독자층의 폭이 넓다

　여러분은 엄마가 낯선 음식을 앞에 놓고 살살 달래던 때를 기억하는가? "맛있을 테니 한번 먹어봐." 처음 보는 요리를 접시에 담아 들이밀 때 엄마들은 늘 그렇게 말한다. 결국 어릴 적에 엄마 말을 고분고분 들은 덕분에 나중에 어른이 되어 새로 좋아하게 된 음식이 많지 않았던가?

그런 점에서 어린이 문학은 낯선 음식에 도전하는 일과 같다. 지금 여러분에게는 특별히 독자로 겨냥할 개인이나 집단이 없다. 대신 다양한 독서 단계와 연령층, 글쓰기의 유형 그리고 독자층에 대해 배운다. 그 결과 똑똑하고 약아빠진 6학년 남자아이들이 읽는 책에 사용한 어조를 유아용 그림책에 절대 쓸 수 없다는 사실을 깨닫는다. 여기 적절한 사례가 있다. 스콧 오델(Scott O'Dell)이 쓴 역사 소설 《푸른 돌고래 섬 Island of the Blue dolphins(우리교육)》과 마거릿 와이즈 브라운(Margaret Wise Brown)의 그림책 《잘 자요, 달님 Goodnight Moon(시공주니어)》은 둘 다 어린이 문학의 고전으로 평가받지만 대상 독자층은 전혀 다르다.

아장아장 걷는 유아와 열 살짜리, 또 10대 초반을 위한 책이 각각 어떤 관점으로 쓰여졌는지 알려면 직접 밖에 나가 다양한 종류의 책을 접해보고 출판사들이 어떤 식으로 책의 종류를 구분하는지 알아야 한다. 어렸을 때 읽은 책의 기억에 의존하면 안 된다. 오늘날 출판계는 예전과 전혀 다르며 급속히 변화하고 있다.

그럼 어떻게 해야 할까? 우선 평론가와 도서관 관계자들이 최고 중에 최고로 뽑는 어린이책을 알아보자.

어린 시절 읽은 책을 고전으로 여기고 지금 아이들도 똑같이 좋아하리라는 생각은 금물이다. 새로운 고전이 등장하면서 낡은 고전은 퇴보하기 마련이다. 사람들은 '고전'을 전권(全權)을 지닌 신전(神殿)으로 믿는 경향이 있지만 새로운 세대가 등장하면 새로운 입맛과 요구에 맞는 것이 생겨나는 법. 그러므로 어린이에게 무엇이 좋은가 하는 가정도 세대에 따라 달라진다.

어릴 적 베갯머리에서 들은 재미있는 이야기를 어떻게 잊을 수 있을까.

독자층(청중) : 누구든지 글을 쓸 때는 다른 사람들이 내 글을 읽어주리라고 기대한다. 독자는 작가에게 청중이 된다. 작가는 자신의 글을 읽는 청중, 즉 독자층을 정확히 알아야 한다. 특히 어린이책을 쓰는 작가는 책 읽는 능력과 성숙도에 큰 차이가 존재하는 독자층의 일원이 될 수 없기 때문에 더더욱 잘 알아야 한다. 작가의 문체와 어조를 결정짓는 이는 궁극적으로 독자층이다.

린에게 그 이야기는 《라푼젤 Rapunzel》이다. 그녀의 어린 쌍둥이들이 좋아하는 책은 《네가 태어났을 때 On the Day You Were Born(옮긴이)》이고 유치원생 꼬마가 좋아하는 책은 《마들린느 Madeline(시공주니어)》다. 세대를 넘어 사랑받는 책들은 많다. 《아기 오리들한테 길을 비켜주세요 Make Way for Ducklings(시공주니어)》, 《호기심 많은 조지 Curious George(문진미디어)》, 《샬롯의 거미줄 Charlotte's Web(시공주니어)》 등이 그렇다. 좀더 최근작으로는 닥터 수스(Dr. Seuss)의 《그래, 너는 이런 곳에 갈 거야 Oh, the Places You'll Go(옮긴이)》, 리즈 로젠버그(Liz Rosenberg)의 《몬스터 마마 Monster Mama(옮긴이)》 그리고 크리스 반 알스버그(Chris Van Allsburg)의 《북극으로 가는 기차 Polar Express(옮긴이)》부터 주디 블룸(Judy Blume), 버지니아 해밀턴(Virginia Hamilton), 로이드 알렉산더(Lloyd Alexander)의 소설이 고전으로 평가받는다.

물론 성인용 고전이라고 하면 《위대한 개츠비 The Great Gatsby》, 《위대한 유산 Great Expectations》, 《오디세이 The Odyssey》처럼 몇 가지로 간추릴 수 있다. 그러나 연령에 따라 다양한 독자층을 가진 어린이책 중에서 고전을 꼽으라면 엄청난 목록이 나올 것이다. 분야마다 일일이 책을 열거해볼 수는 있겠지만 그럼 이 책은 완전히 다른 용도가 되고 만다. 참고도서를 일일이 뒤적이자니 생각만 해도 지겹다. 그 방법 말고 어린이 문학의 고전 가운데 옥석을 가려낼 방법은 없을까? 바로 코앞에 있는 전문가를 찾아가는 방법이 있다.

취향 발전시키기

지금까지 우리는 여러분에게 전문가와 아이들의 의견, 그리고 베스트셀러 목록을 참조하라고 했다. 그러나 개인적인 경험에서 보면 그 모든 것은 한 가지 방향, 즉 자신의 취향을 발전시키는 방향으로 나아가야 한다. 해럴드는 어린이책 출판업에 처음 뛰어들었을 때 앨리슨 러리(Alison Lurie)가 쓴 《어른들에게 말하지 마라:어린이 문학의 파괴적 힘 Don't Tell the Grown-Ups:The Subversive Power of Children's

Literature(옮긴이)》을 읽었다. 그의 취향을 발전시키는 데 큰 영향을 미친 책이었다. 정작 해럴드 자신도 모르고 있던 취향을 확실하게 일깨워주었기 때문이다.

좋은 어린이책 목록 살펴보기

신문과 잡지, 심지어 텔레비전에서조차 목소리를 합해 사람들에게 도움을 준다면서 '최고 걸작' 목록을 내놓는다. 예를 들어 어린이책 출판계에서 가장 신뢰받는 비평지 중에 하나인 〈스쿨 라이브러리 저널 School Library Journal〉은 새천년을 맞이해 20세기 '주요 도서 100선(選)'을 선정하기 위해 전문가들로 심사위원단을 구성했다. 〈스쿨 라이브러리 저널〉 2000년 1월호에 실은 논문에서 카렌 브린(Karen Breen), 캐슬린 오딘(Kathleen Odean), 제너 서덜랜드(Jena Sutherland) 그리고 엘렌 페이더(Ellen Fader)는 이렇게 말했다.

> 이 목록은 1902년, 피터 래빗이 처음 모습을 나타냈을 때부터 오늘날에 이르는 어린이용 일반서 출판물의 역사를 상징한다. …… 우리는 이 목록에 문학적·예술적 가치가 있는 책을 비롯해서 어린 독자들에게 오랜 세월을 이어오며 사랑받는 책, 참신함으로 뚜렷한 족적을 남긴 책과 어린이책 출판계에 꾸준히 영향을 미친 책 모두를 담았다.

부디 여러분이 이 목록에 실린 책 제목들을 주의 깊게 살펴보고 고전에 대해 깊이 탐구하기를, 그리고 각 책의 저자에 대해 많은 것을 알 수 있기를 희망한다. 참고로 그중에서 여러분이 잘 알지 못하리라고 생각되는 책을 소개하면 다음과 같다.

- 나탈리 배비트(Natalie Babbitt)의 《터크 에버래스팅 Tuck Everlasting》
- 도널드 크루즈(Donald Crews)의 《화물 열차 Freight Train(시공주니

어)》

- 진 프리츠(Jean Fritz)의 《폴 레베어, 그리고 그때 무슨 일이 일어났지 And Then What Happened, Paul Revere(옮긴이)》
- 태너 호번(Tana Hoban 미국 작가. 늘 카메라를 지니고 다니는 그는 아이들 이 일상에서 보는 물건을 새로운 눈으로 볼 수 있도록 노력한다. - 옮긴이)의 《모양과 물건 Shapes and Things(옮긴이)》
- 빌 마틴 주니어(Bill Martin Jr.)와 존 아캠볼트(John Archimbault)의 《치 카치카 붐붐 Chicka Chicka Boom Boom(아가월드)》
- 잔 슬레피언(Jan Slepian)의 《알프레드의 여름 The Alfred Summer(옮 긴이)》

어린이책의 최근 동향 알기

고전에만 몰두하지 말고 지금 막 나온 신간, 즉 현재 아이들이 읽고 있 거나 부모들이 자녀에게 골라주는 책에 대해서도 알아두자. 사실 미국과 캐나다에서 매년 출간되는 어린이책은 4,000여 권이 넘는다. 물론 정확 한 숫자는 아무도 모른다. 오랫동안 사랑받는 책들도 유념해야겠지만 혜 성같이 등장한 신간 도서 역시 새로운 유행의 출현이라는 점에서 자세히 살펴볼 가치가 있다. 게다가 현재 아이들의 기호와 경향까지 알 수 있다. 도서관에 가서 사서에게 지금 가장 인기 있는 책이 무엇인지 물어보자. 정 말로 인기가 있는 책은 반드시 빌려보려고 대기 중인 사람들 명단이 있다.

어린이책의 최근 동향을 알 수 있는 또 다른 방법은 가까운 서점의 어 린이책 코너를 방문하는 일이다. 그곳 점원들은 책꽂이에 책을 채워 넣는 일만으로도 잘 팔리는 책이 무엇인지 안다. 그들은 아이들과 10대 후반 청소년들이 서고에서 뽑는 책을 늘 눈으로 보기 때문에 대부분 부모나 할 아버지 할머니가 골라주는 책과 아이들이 직접 고르는 책이 상당히 다르 다는 사실을 알고 있다. 또한 어린이들을 모아놓고 책 읽기 시간을 가지 면서 어린 고객들이 관심을 가지는 그림책에 대한 아이디어를 얻는다.

최근에 린은 대형 슈퍼마켓의 어린이 코너를 찾아 사전 조사 활동을 하면서 부서 관리자에게 몇 가지 질문을 던졌다. 용감무쌍한 우리의 린은 평범한 독자를 가장, 무턱대고 초등학생들에게 가장 인기 있는 책이 무엇이냐고 물었다. 직원은 즉시 이렇게 대답했다.

"영원히 변치 않는 주제를 다룬 책들이죠. 말하자면 우정이나 갈등을 주제로 한 책이요. 케네스 그레이엄(Kenneth Grahame 영국인들이 자랑스러워하는 대표적인 작가. 태어날 때부터 시력이 약해 앞을 잘 보지 못하는 아들을 위해 지은 이야기가 바로 이 책이다.—옮긴이)의 《버드나무에 부는 바람 The Wind in the Willows(웅진닷컴)》은 어떠세요? 좀더 현대적인 이야기를 찾으신다면 아이들이 너나없이 좋아하고 잘 사가는 책이 있습니다. 팀 르헤이(Tim LeHay)가 어린이용으로 쓴 《남겨진 사람들 Left Behind(옮긴이)》 시리즈예요."

그래서 우리는 고전 한 권과 현대적인 베스트셀러 어린이책 한 권을 골랐다. 참고로 《버드나무에 부는 바람》은 〈스쿨 라이브러리 저널〉이 선정한 100선에 포함되었다. 더불어 그림책도 골라달라고 했더니 점원은 《안녕! Hello!(옮긴이)》, 《잘 자요, 달님》, 《아기 토끼 버니 Runaway Bunny(문진미디어)》 등 마거릿 와이즈 브라운의 책 전부와 고전들, 그리고 유치원 아이들이 책 읽기 시간에 가장 좋아한 책이라며 드비 글리오리(Debi Gliori)의 《아무렴 어때 No Matter What(옮긴이)》라는 따스한 신작 한 권을 내밀었다.

출판사의 영업 사원들은 계절별로 쏟아져 나오는 신간 정보를 서점 판매원들에게 제공한다. 서점 판매원의 지혜를 빌리자. 그러다보면 어느새 정말로 멋지고 참신한 문학 서적과 고전서 더미 속에 파묻혀 있는 자신을 발견할 것이다. 그때 린은 《아무렴 어때》를 샀는데 쌍둥이 꼬마들이 어찌나 좋아하던지 지금도 밤만 되면 읽어달라고 조른다고 한다.

아이들과 책에 대한 이야기 나누기

아이들이 갖고 있는 가장 훌륭한 특질 가운데 하나가 본능적으로 솔직하고 순수하다는 점이다. 아이들은 대부분 정직하고 직선적이다. 어른들을 기쁘게 하는 일이 아이들의 천성이라고 하지만 아이들은 마주 대하고 있는 어른이 편하다고 생각되면 보는 대로 솔직하게 말한다. 아이들과 책에 대한 이야기를 나눌 때는 원하는 답변을 유도해서는 안 된다. 아이들 이야말로 제대로 접근할 수만 있으면 멋진 어린이 문학서를 발견하기에 가장 훌륭한 자산이다. 작은아버지 댁 꼬마들, 사촌 동생들, 이웃집 아이들 그리고 친구 아이들에게 좋아하는 책을 물어보자. 그리고 내 아이들에게도 물어보자. 이러이러한 책이 있다는 식으로 답을 유도해서는 안 된다. 학교에서 읽는 책을 말하게 해서도 안 된다. 마음대로 고를 수 있을 때 손에 잡는 책을 물어보자. 아이들 취향은 그 어떤 영업 전략보다 중요하다. 흔히 《해리 포터》 시리즈가 초기에 인기를 얻은 것도 출판사의 입김이 아니라 아이들의 입과 입을 통해서였다고 하니 참으로 대단하다, 아이들의 힘이여!

어린이는 솔직함을 몸으로 나타낸다. 세 살짜리 아이에게 그림책을 읽어줄 때 아이가 몸을 꼼지락거리면 재미없다는 뜻이다. 아이가 재미없어하는 이유를 찾아내는 일은 어른들 몫이다. 다른 책을 골라 아이가 마음에 들어 하는지를 살핀다. 그보다 연령이 위인 아이들도 마찬가지다. 깊은 관심을 갖고 나중에 들려주는 소감이 아니라 아이들이 그 순간에 몸으로 표현하는 이야기에 귀를 기울이자.

아이들을 불러 모아 특정한 책을 주제로 이야기를 나눠보자. 가까운 선생님에게 부탁하면 선뜻 여러분을 이야기 손님으로 초대해줄 것이다. 아니면 명예 교사로 자원해서 정기적으로 아이들과 만나자. 그림책을 한 아름 싸들고 1학년 교실에 들어가서 30분 정도 책을 읽어주자. 미리 책을 암기한 다음 교실에 들어온 뒤에는 시선을 아이들에게 고정시키자. 그리고 책에 대한 아이들의 관심과 반응을 살펴본다. 이야기를 전달할 때는 조심해야 한다. 지루한 어조로 아이들을 짜증나게 해서는 안 된다. 과장된 몸짓으로 아이들의 반응을 잘못된 방향으로 유도해서도 안 된다. 글과 그림이 함께 줄거리를 전달하는지 주의 깊게 살펴본다. 언젠가 여러분이 어린이책을 쓸 때 독자인 아이들의 반응을 미리 짐작할 수 있다는 점에서 이는 좋은 경험이 된다. 독자의 반응을 예상하기란 쉬운 일이 아니므로 이에 대해서는

제2부 5장 〈비평〉에서 자세히 다뤄보기로 하자.

결국 여러분의 바람은 어린이가 읽는 글을 쓰는 일이다. 아이들이 무엇을 우스워하고 흥미로워하는지, 또 무엇에 끌리는지 알기 위해 노력하라.

4장... 왜 어린이책을 쓰는가?

부모가 되는 일이든 케이크 한 조각을 더 먹는 일이든 우리가 하는 일에는 늘 이유가 있다. 이유가 없으면 하지 않는다는 뜻이니 틀린 말은 아니다. 그러나 자신에게 내재된 동기를 이해하지 못하면 그 동기는 뜻밖의 모습으로, 간혹은 파괴적인 형태로 우리의 행동에 영향을 미친다. 그건 불행이다.

어린이책의 경우도 마찬가지다. 사람이 제각각이듯 어린이책을 쓰겠다는 작가마다 이유와 동기는 천차만별이다. 그러나 현장에 어느 정도 몸을 담가본 사람들의 면모를 살펴보면 대충 몇몇 부류로 나뉜다. 부와 명예를 좇는 사람, 아이들에게 교훈을 주고 싶어 하는 사람, 그리고 자기 표현의 도구로 글을 쓰는 사람.

이 장에서는 동기란 무엇인지 알아보고 동기로 인해 생겨나는 효과를 낱낱이 살펴볼 작정이다. 이 장을 통해 여러분은 자신의 동기가 지금 하고 있는 글쓰기에 좋은 형태로든 나쁜 형태로든 영향을 끼칠 뿐 아니라 작가로서 긴 삶을 사는 동안 현장에서 살아남을 수 있는 능력에도 영향을 끼친다는 사실을 알 수 있다. 더불어 동기를 성공의 받침돌로 삼는 법도 배울 수 있다.

쓰고 싶은 글 쓰기

신문이나 텔레비전을 보면 알겠지만 어떤 작가들은 수십 억을 선인세로 받고 책을 홍보한다며 전국을 돌아다닌다. 하지만 어린이책은 그 정도로 사람들의 관심을 끌지 못한다. 적어도 J. K. 롤링이 쓴 《해리 포터》 시리즈가 나오기 전에는 그랬다. 영국에 있는 한 마법 학교가 배경이 된 그녀의 책들은 각기 수백만 부씩 팔려나갔다. 그런 이야기를 들으면 '정말 이 일이 내게 굉장한 기회가 될지도 모른다' 하는 유혹을 느낀다. 솔직히 어린이들은 어른만큼 읽기에 능하지 못하고 책의 수명도 그리 길지 않다는 점에서(물론 《해리 포터와 불의 잔》은 빼고) 어린이책을 쓰는 일 역시 그만큼 수월해야 마땅하다. 그만하면 부와 명예로 가는 지름길이 아니겠는가!

그것이 여러분의 바람이라면 눈을 크게 뜨고 정신을 똑바로 차리자. 영화 〈퍼펙트 스톰 Perfect Storm〉에 나오는 30미터 높이의 파도처럼, 100년에 한 번 나올까 말까 한 이런 현상이 빚어지기까지는 여러 요인이 작용했다. 《해리 포터》 시리즈만큼 많이 팔린 책은 없었다. 이렇게 말하면 왠지 불안한 생각이 들겠지만 확신하건대 향후 50년 동안은 단행본이든 시리즈든, 어떤 어린이책도 《해리 포터》 시리즈만한 성공을 거둘 수 없을 것이다.

글을 쓸 수 있을 만한 동기 부여가 된 마당에 그런 식의 성공을 지향하고 노력하는 일이 왜 나쁘냐고? 그럼 작가는 위험 요소를 품을 수밖에 없다. 부와 명예를 향한 욕구가 자극제가 되어 결국 시장의 유행과 '인기'만을 좇는 작가가 되기 때문이다. 한 가지 예로 몇 년 전이라면 여러분은 《소름 Goosebumps》 시리즈처럼 공포와 풍자를 가미한 시리즈물을 쓰고 싶었을 것이다. 그러나 막상 작품을 완성하니 시장은 이미 변해 있었고 그 일로 여러분은 큰 상처를 입고 전혀 관심도 없는 소재를 글로 옮기는 처지가 되었을지도 모른다. 책을 내본 작가들은 하나같이 자신이 쓰고 싶은 글을 쓰라고 말한다. 그래야만 온전히 글에 몰두할 수 있기 때문이다.

유행은 도깨비불 같은 허상일 뿐이다. 유행에 따른 원고를 완성해서 출판사로부터 출간 허락을 받았다 치자. 그러나 그땐 이미 새로운 유행이 휩쓸기 마련이다. 시사적인 사건을 소재로 한 이야기만큼 빨리 진부해지는 글은 없다. 좋은 그림책이 나오려면 2년이 걸린다. 일을 시작했을 때 따끈따끈하던 여러분의 소재는 시장에 나올 때쯤에는 차갑게 식어버리기 쉽다.

점잖은 표현을 빌리자면 돈이 자극제가 될 수 있다. 글 쓰는 데 지장이 없을 정도로 경제 문제만 해결되면 작가란 전적으로 시간을 투자해야 하는 직업이다. 혼신의 힘을 기울여야 하고 각종 프로젝트를 지혜롭게 조절할 줄 아는 능력이 필요하다. 또한 언젠가는, 내일 아니면 다음 주, 아니면 내년이든 얼마 가지 않아 영감이 바닥나고 수입이 끊기는 두려움에 맞서 싸울 의지도 있어야 한다. 전업 작가로 픽션과 논픽션 양 분야에서 성공을 거두고 있는 제니퍼 암스트롱(Jennifer Armstrong)의 이야기를 들어보자.

솔직히 나는 영감을 믿지 않습니다. 글을 쓰고 싶은 사람에게든 쓰고 싶지 않은 사람에게든 창 밖에서 날아온 서광이 귓가에 뭔가 속삭여줄 날은 오지 않습니다.

나는 늘 여러 가지 일을 함께 진행합니다. 그렇기 때문에 눈앞에 늘 할 일이 놓여 있죠. 대출금이나 청구서처럼 마감일이 있다는 점은 내게 가장 강력한 자극제입니다. 지금껏 일을 할 수 없도록 나를 몰아세운 문제는 거의 없었습니다. 아마도 나는 어린이와 청소년 독자층을 상대로 글을 써서 실제로 먹고 사는 몇 안 되는 작가 가운데 한 사람일 겁니다. 항상 할 일이 있고 그 일을 해야만 하는 것. 그것이 바로 내 일입니다.

물론 그녀가 이런 결론에 도달하기까지는 수년 간의 경험이 바탕이 되었다. 기존에 성공한 작가들 가운데 글쓰기를 전업으로 삼고 있는 사람은 많지 않다. 하지만 끈기와 훈련만 있으면 불가능한 일은 아니다. 오프라(Oprah)의 북 클럽(1996년에 시작된 TV 프로그램, 책 한 권을 선정해 저자나 초대 손님과 함께 이야기를 나누는 방식으로 진행된다.-옮긴이)에 과연 내가 쓴 책이 선정될 날이 올까 싶겠지만 진심으로 글을 쓰기 원한다면 언젠가는 글쓰기를 전업으로 삼을 수 있을 때가 온다.

현학적인 이야기 한 편
나는 아이들이 뭔가를 물어오면 기분이 좋다. 그리고 요즘 세상에서 아이들을 기르는 방식에 적응할 수 없고 아이들에게 미치는 대중매체의 영향력이 걱정스럽다. 나는 아이들에게 뭔가 가르쳐주고 싶은 욕구를 느낀다. 이것은 매우 가치 있는 동기이다. 하지만 이런 동기가 과연 글쓰기에 어떤 영향을 미칠까? 교훈 전달을 겨냥한 창작 동기는 픽션과 논픽션 모두에 상당한 영향을 미친다.

그림책이나 소설 등의 픽션은 아이들에게 교훈을 줄 수 있는 한 가지 수단이다. 특정한 버릇을 가진 아이에게 나쁜 일이 일어나는 이야기를 통해 작가는 독자들이 교훈을 얻기 바란다. 그러나 이 방법은 매우 효과적일 수도 있고 전혀 효과적이지 못할 수도 있다. 편집자들은 이야기 자체보다 작가의 메시지가 강한 글을 현학적인 글로 치부하고 즉시 되돌려보낸다. 여기 현학적인 이야기 한 편을 예로 들어보자.

말 안 듣던 메리

P. 댄 '틱' 언더다운 지음

옛날에 '메리'라는 이름을 가진 소녀가 살았습니다. 메리는 여섯 살짜리 또래 여자 아이들과 다르지 않았습니다. 메리는 아이스크림도 좋아하고 놀기도 좋아하고 아기 고양이 돌보는 일도 좋아했습니다. 하지만 한 가지, 메리가 다른 여자 아이들과 다른 점이 있었습니다. 엄마 아빠 말씀을 잘 듣지 않았거든요.

하루는 메리가 텔레비전 받침대에 올라 앉아 '보물찾기' 프로그램에 열중하고 있었습니다. 갑자기 사이렌 소리가 들리더니 불자동차가 요란한 소리를 내며 지나갔습니다. 메리의 아기 고양이는 겁에 질려 얼른 소파 밑에 숨었습니다. 하지만 메리는 사이렌 소리를 듣지 못했습니다. 그 다음에 하는 '금 찾기'에 정신이 팔려 있었거든요. 메리는 몇 시간이고 놀이에 매달렸습니다. 메리는 정말 말 안 듣는 꼬마 아가씨였습니다. 엄마가 밥 먹으라고 불렀지만 듣지 않았습니다. 엄마가 또다시 불렀지만 메리는 여전히 말을 듣지 않았습니다. 메리의 밥이 차갑게 식어가자 아빠는 아무래도 말을 듣게 해야겠다며 위층으로 올라와 텔레비전 코드를 뽑았습니다. 잔뜩 화가

난 메리의 엄마 아빠가 소리쳤습니다.

"너는 점점 말 안 듣는 메리가 되어가는구나!"

다음 날 학교에서였습니다. 선생님이 메리 이름을 불렀을 때 메리는 집에 있는 고양이를 공책에 그리고 있었습니다. 메리는 대답하지 않았습니다. 할 수 없이 마에스트라 선생님은 메리의 책상으로 걸어와 물끄러미 올려다보는 메리 앞에서 공책을 덮어버렸습니다. 그리고 말씀하셨습니다.

"넌 정말 말 안 듣는 메리로구나!"

날마다 그런 식이었습니다. 메리는 자기만의 작은 세계에 빠져서 다른 사람이 하는 말은 전혀 듣지 않았습니다. 그야말로 말 안 듣는 메리라는 말이 딱 맞았습니다.

그러던 어느 날, 메리와 친구들은 놀이동산에 가기로 했습니다. 가까운 애완동물 가게에 가서 고양이랑 강아지도 구경하고 아이스크림도 먹을 생각이었습니다. 방학을 해서 기분이 너무 좋았거든요. 친구들을 기다리는 동안 메리는 위층으로 올라가 텔레비전 받침대 위에서 제일 좋아하는 게임을 하기 시작했습니다.

샐리의 엄마가 메리더러 얼른 차에 타라고 했지만 메리는 말을 듣지 않았습니다. 샐리와 샐리 엄마 그리고 샐리 친구들이 모두 함께 메리를 불렀습니다. 하지만 메리는 이번에도 말을 듣지 않았습니다. 메리의 엄마와 아빠는 사람들이 메리를 부르는 소리를 들었지만 아무 말도 하지 않았습니다. 어린 딸이 이참에 따끔하게 혼이 나야 한다고 생각했기 때문이었습니다. 결국 샐리의 엄마는 메리를 포기하고 다른 여자아이들만 태우고 놀이동산으로 떠났습니다. 남은 사람은 메리 혼자였습니다.

한참이 지나 메리는 싫증이 나서 게임을 그만두었습니다. 그리고 밖을 내다봤습니다. 하늘이 어둑어둑해지고 있었습니다. 그러자 놀이동산에 가기로 했던 일이 생각났습니다. 메리는 깜짝 놀라 아래층으로 뛰어 내려갔습니다. 그리고 엄마 아빠한테 말했습니다.

"다시는 아무것도 놓치지 않을 거예요. 이제부터 말 잘 듣는 어린이가 될게요!"

그래서 어떻게 되었냐고요? 메리는 약속을 지켰답니다. 말 잘 듣는 메리가 되었거든요. 그리고 옛날보다 훨씬 행복한 아이가 되었습니다. 여러분도 말을 안 듣는다고요? 조심하세요. 재미있는 일을 놓칠지도 모르거든요.

이 이야기의 문제점은 무엇일까? 우리는 이 글에서 메리가 가진 문제점, 즉 남의 말을 듣지 않는다는 사실 외에는 메리에 대해 아무것도 알 수가 없다. 교훈을 주는 한 가지 사건 말고 메리에게 일어나는 일에 대해 전혀 알지 못하기 때문이다. 더 큰 문제는 작가인 P. 댄 '틱'이 독자의 머리 속에 그 아이가 저지르는 '나쁜' 행동을 계속해서 주입시키려 한다는 점이다. 이 글에는 가벼운 대화 한마디나 웃음이 없다. 과연 이 글을 다시 읽고 싶은 어린이가 있을까.

나도 글을 통해서 아이들에게 뭔가 가르쳐주고 싶었다고? 미리 절망할 필요는 없다. 아주 효과적인 방법이 있으니까. 픽션 작가라면 동화의 고전 《슈트루벨페터 Struwwelpeter》처럼 해학과 과장을 활용해보기를 권한다. 1848년 독일에서 출간된 이 고전 동화는 이야기마다 매우 나쁜 습관을 가진 어린아이가 등장해 마지막에 가면 사자에게 잡아먹히거나 굶어 죽는 등 끔찍한 결과를 맞게 된다는 내용이 실려 있다. 이 책이 판타지 동화임을 아는 아이들은 매우 재미있어한다. 그리고 만화를 통해 흔히 폭력적인 장면을 접하듯이 책 내용 자체를 별로 심각하게 받아들이지 않는다. 그러면서도 아이들은 글의 의도를 자연스럽게 깨닫는다.

아이들은 간접 경험으로 작가의 의도를 읽어낸다

요즘은 예전에 비해 유화적인 접근법을 쓴다. 하지만 나쁜 본보기를 등장시키는 유머나 그들을 통한 교훈 전달이라는 특성은 낸시 칼슨(Nancy Carlson)의 《친구 모두를 잃는 법 How to Lose All Your Friends(옮긴이)》에서 여전히 효력을 발생한다. 데이빗 위스니우스키(David Wisniewski)는 《어른들의 비밀 The Secret Knowledge of Grown-Ups(옮긴이)》에서 어른들이 강조하는 '규칙'에 대한 새로운 이유를 찾아내면서 어른 세계를 풍자한다. 이런 이야기는 어떨까. 방 청소를 전혀 하지 않는 아이가 마지막에 가서 방 안에 갇히게 되는 이야기. 아마도 비슷한 효과를 낼 수 있을 것이다.

그보다 연령이 위인 아이들에게는 규칙에 대한 이야기보다 약간의 유머를 곁들여 상황을 각색하는 방법이 효과가 있다. 아이들에게 마약의 위험성을 가르쳐주고 싶다고? 그렇다면 마약 경험이 있는 사람을 등장인물 가운데 한 명으로 설정하고 소설을 써보자. 그러나 이때 주의할 점은 그 사람의 경험이 자연스럽게 전개되도록 하고 절대 그 일에 대해 좋다 나쁘다 평가해서는 안 된다는 사실이다. 심지어 다른 인물의 입을 빌려 그와 비슷한 표현을 해서도 안 된다. 이야기꾼으로서 자신의 능력을 믿자. 이야기가 모든 것을 말해줄 수 있고 특정한 행동의 결과가 명확히 드러날 수만 있으면 독자는 굳이 밑줄을 긋지 않아도, 그리고 끝에 가서 되새기지 않아도 저절로 깨달음을 얻기 마련이다. 간접 경험으로 작가의 의도를 읽어내기 때문이다.

반면 어린이들에게 지식이나 분별력을 가르쳐주고 싶은 사람도 있을 것이다. 다시 한 번 강조하지만 작가의 의무감은 글을 통째로 삼켜버릴 수 있다. 논픽션이라 하더라도, 아니 특히 논픽션일수록 반드시 재미가 있어야 한다. 백과사전의 도입부를 읽는 듯한 느낌을 주는 사실의 열거나 논문식 표현은 실제 사실을 전하는 방법으로는 훌륭하다. 하지만 그 또한 내용 전달에 치중한 나머지 전하는 방법을 미처 깨닫지 못한 작가에 의해 생명력을 상실한 글이다.

그 대신 가능하면 구어체로 된 단순하고 명확한 글을 쓰자. 이브 번팅(Eve Bunting)의 《아기 오리 Ducky(옮긴이)》를 예로 들어보자. 이 책은 플라스틱 장난감이 담긴 짐 한 개가 화물선에서 바다로 흘러나온 일이 계기가 되어 과학자들이 태평양의 조류에 대해 알게 되었다는 내용이다. 이 책은 플라스틱 오리의 '눈'을 통해 그 사건을 생생하게 살려낼 수 있었다. 사건이나 정보를 전달하는 방법에 대한 통찰력을 얻기 위해 당시의 뉴스 기사와 이 책을 비교해서 읽어보도록. 좀더 연령이 위인 아이들을 위한 책으로는 이야기 형식으로 나비의 한살이와 이동 경로를 설명한 로렌스 프링글 (Laurence Pringle)의 《아주 특별한 삶 An Extraordinary Life(옮긴이)》이 있다. 해럴드가 오처드 북스(Orchard Books)에 근무할 때 작업한 이 책은 정교하게 짜여진 이야기 속에 풍부한 지식을 담고 있다.

그렇다면 논픽션을 반드시 허구적인 형태로 만들어야 효과가 있다는 말인가? 그건 아니다. 하지만 효과적으로 표현해야 한다는 사실 그리고 패트리샤 로버(Patricia Lauber)가 《화산! Volcano!(옮긴이)》에서, 또 수잔 캠벨 바톨레티(Susan Campbell Bartolett)가 《탄광촌에서 자란 아이 Growing Up in Coal Country(옮긴이)》에서 표현했듯 가능하면 구어체를 사용해야 한다는 사실만은 기억해두자.

교훈을 주고 싶다면 좋다. 하지만 여러분의 일차적인 직책은 이야기꾼이며 선생님은 그 다음이라는 사실을 잊지 말자.

갈등을 배제한 원고

나는 아이들 돌보는 일이 좋다. 아니, 이미 아이를 둔 부모다. 그래서 아이들을 행복하게 해줄 수 있고 무엇보다 아이들이 스스로를 행복하게 여길 수 있는 글을 쓰고 싶다. 이 또한 훌륭한 동기 중 하나다. 그러나 그런 이유 때문에 이야기 속에서 갈등과 어려움을 모두 제거한다면 지나친 비약이다.

해럴드는 찰스브리지(Charlesbridge)에서 근무할 때 이야기에서 고통스럽고 위험한 내용을 애써 배제한 원고들을 수없이 보았다. 아래 이야기가 바로 작가의 그런 심리를 반영한 작품이다.

행복한 아이

시럽 E. 언더다운 지음

빌리는 행복한 아이였습니다. 엄마 아빠, 강아지 스팟, 그리고 형 누나들과 함께 커다란 집에 살았지요. 아침이 되어 눈을 뜰 때면 빌리는 활짝 웃었습니다. 오늘도 변함없이 즐거운 하루가 되리라는 것을 알고 있었거든요! 빌리는 학교에 가는 날이든 주말이든 상관이 없었습니다. 어딜 가든 즐겁게 지낼 테니까요.

어느 날 아침, 빌리가 다른 때보다 더 활짝 입을 벌리고 웃었습니다. 할아버지와 함께 낚시를 가기로 했거든요. 빌리는 옷을 입고 깨끗이 씻었습니다. 그리고 '나는 낚시하러 갈 거야!'라는 노래를 흥얼거리며 아래층으로 내려왔습니다. 아래층에 내려온 빌리는 여느 때처럼 "안녕, 엄마!" 그리고 "안녕, 아빠!" 하고 외쳤습니다. 그날 아침 빌리는 정말로 기분이 좋았습니다.

엄마 아빠도 웃으며 대답했습니다.

"안녕, 빌리!"

빌리가 말했습니다.

"제가 왜 이렇게 기분이 좋은지 모르시죠? 할아버지하고 낚시 가기로 했거든요! 스팟도 데려가기로 했어요. 엄청 재미있게 놀다 올 거예요."

"아무렴, 빌리. 엄마도 할아버지와 네가 재미있게 놀다 올 거라고 생각해."

엄마가 대답했습니다.

빌리는 식탁에 앉아 냅킨을 펴고 아침을 먹었습니다. 빌리가 식사를 마치자마자 초인종이 울렸습니다. 빌리는 의자에서 펄쩍 뛰어나와 현관으로 달려갔습니다. 기대했던 대로 할아버지였어요! 빌리가 들뜬 목소리로 외쳤습니다.

"안녕하세요, 할아버지! 빨리 낚시하러 가요."

"그래, 빌리야. 우리 아주 재미있게 놀다 오자꾸나."

할아버지도 웃으면서 대답했습니다.

빌리는 그 모습을 보고 할아버지의 웃음은 그 무엇과도 비교할 수 없다고 생각했습니다. 할아버지 얼굴 위에 있는 가느다란 주름들이 모두 함께 웃고 있었기 때문입니다.

할아버지가 빌리의 엄마(엄마는 바로 할아버지의 딸이랍니다) 아빠, 빌리의 형과 누나 모두에게 인사말을 건네자마자 두 사람은 뒤 베란다에서 낚시 도구를 챙겨 들고서 뒷마당에서 뛰어놀고 있던 스팟을 데리고 차를 타고 저수지로 떠났습니다.

　두 사람은 오늘 하루가 무척 즐거울 거라고 믿어 의심치 않았습니다. 두 사람 생각이 꼭 맞았지 뭐예요! 빌리는 그날 물고기도 많이 잡고 할아버지와 아주 즐겁게 놀았습니다. 그날 밤, 빌리는 너무나 행복한 아이가 되어 잠자리에 들었습니다. 그리고 또다시 낚시하러 가는 꿈을 꾸었답니다.

　이 이야기의 문제점은 무엇일까? 우선 이 글은 이야기라고 할 수 없다. 아무 일도 일어나지 않았기 때문이다. 갈등도 없고 문제도 없기 때문에 빌리가 이뤄낸 일은 하나도 없다. 작가인 시럽 E.는 안락하고 편안한 글을 쓰기 위해 지나치게 조심한 탓에 실생활에서 느낄 수 있는 생동감을 잃고 말았다.

　그럼 어떻게 해야 할까? 아이들에게 진실하고 깊은 위로를 주는 글은 아무 어려움 없는 세상에 대한 이야기가 아니라 등장인물이 실제로 어려움을 극복해나가는 이야기다. 우리들이 믿고 싶어 하는 것과 정반대로 아이들 역시 삶은 어려움의 연속이고 그것을 극복해가는 과정임을 잘 알고 있다. 어찌 아이들이라고 그 사실을 모르겠는가? 아이들은 혼자서는 아무것도 할 수 없었던 아기에서 재치를 겸비하고 자기 확신을 가진 성인으로 한창 자라나는 중이며 그 과정에서 성공과 실패를 함께 경험한다. 그런 아이들에게 좋은 모습으로 포장된 세상만을 보여준다면 직무유기다. 그런 사고를 가지고 있으면 글쓰기 자체도 난관에 부딪칠 수밖에 없다.

　책을 낸 작가들은 그런 사실을 잘 안다. 어린아이가 현실적인 문제를 헤쳐가는 모습을 보여줌으로써 아이들에게 진정한 위로를 주는 일, 그것이 바로 좋은 책들이 갖고 있는 공통점이다. 한 예로 죽음을 앞둔 아이에게 권할 수 있는 책으로는 주디스 바이어스트(Judith Viorst)가 쓴 《바니가 우리에게 해준 열 가지 좋은 일 The Tenth Good Thing About Barney(옮긴이)》과 논픽션 책으로 자넷 보드(Janet Bode)가 쓴 《죽음을 기다리기는 너무 힘들어 Death Is Hard to Live With(옮긴이)》를, 소설로는 캐서린 패터슨(Katherine Paterson)이 쓴 《비밀의 숲 테라비시아 Bridge to Terabithia(대교출판)》가 있다. 아이들은 곁에서 부모들이 돌봐준다. 여러분의 임무는 작가로서 이야기를 전하는 일이다.

자기 표현의 위험성

작가들이 예전이나 지금이나 변함없이 품고 있는 동기가 자기 표현이다. 글을 통해 자신의 감정과 경험을 전달하여 만족을 얻는다는 뜻인데 특히 어느 정도 작가로 활동한 사람들이 그런 성향이 강하다. 그러나 책을 내보지 못한 작가나 책을 낸 작가들이 글을 쓸 때 가장 쉽게 사용하는 이 방법은 결코 좋은 평가를 받지 못한다. 작가 스스로 자신의 글 쓰는 방식에 만족해버리면 외부의 평가는 더 이상 필요하지 않다.

자기 표현의 위험성은 작가가 스스로 추구하는 방식으로만 글을 쓰게 되면서 독자의 취향을 망각하고 그 누구도 아닌 자기 자신을 만족시키는 글을 쓰게 된다는 데 있다. 낯이 두꺼워야 할 때도 있다. 하지만 비평 모임이나 여러분의 글을 담당하는 편집자, 평론가, 혹은 생각이 깊은 어린 독자가 자신의 작품에 대해 의견을 말할 때 완전히 귀를 막아버려서는 안 된다.

자기 표현은 그와는 다른 의미로 쓰일 수 있다.

지적 욕구에 충실하기

여러분은 혹시 특정 분야의 지식에 깊은 관심이 있는가? 어떤 주제에 대해 열정을 갖고 있다면 여러분은 남들에게 뭔가를 확실히 전할 수 있는 촉매를 갖고 있는 셈이다. 자신을 사로잡고 있는 주제의 극적이고 흥미로운 면을 이용해서 독자들을 사로잡아보자.

한 가지 주제를 택해 글을 쓰다보면 그 분야에 대해서 점점 많이 알게 된다. 그러면서 시야도 넓어지고 알고 싶은 분야도 늘어난다. 해럴드는 미국의 유명한 어린이 전문 논픽션 작가 제임스 크로스 지블린(James Cross Giblin)과 함께 그의 최신작, 아돌프 히틀러의 전기에 대해 이야기를 나누었다. 그때 제임스는 찰스 린드버그(Charles Lindbergh 미국의 비행기 조종사. 최초로 무착륙 대서양 횡단에 성공함-옮긴이)의 전기를 쓰다가 이 무시무시하고 매력적인 주인공에게 관심을 갖게 되었다고 고백했다. 찰스 린드버그는 미국의 영웅이지만 나치를 공개적으로 지지했다는 점에서 비난의 대상이 되고 있다. 자신의 지적 욕구에 충실하자. 그리고 깨달은 사실을 다른 사람들에게 전하자.

온 세상에서 영감 얻기

영감을 어디에서 얻느냐는 질문에 대해 시인이자 그림책 작가인 찰스 기나(Charles Ghigna)는 이렇게 대답했다.

> 자연과 아이들, 동물, 스포츠, 여행, 기후, 일상의 삶에서 겪는 기쁨, 그리고 어린 시절의 추억들입니다. 제 글의 편집을 맡아준 분들과 이웃 분들, 그리고 친구들 못지않게 제 아들 칩(Chip)과 아내 데브라(Debra) 역시 제 시에 많은 영감을 줍니다. 간혹 신문이나 잡지, 책을 읽다가 영감이 떠오를 때도 있죠. 그러고보니 온 세상에서 영감을 얻는 셈이군요!

이런 태도를 가진 작가는 늘 자극에 열려 있어 신선한 아이디어가 넘쳐흐른다. 누구든지 개방적인 태도를 키울 수 있다. 잠시 시간을 내 나를 둘러싼 세상을 바라보고 그 세상이 자신을 어디로 이끌 수 있을지 생각해보도록 하자.

내재된 동심

자신의 이름으로 100여 권이 넘는 책을 펴낸 실력 있는 그림책 작가 잰 월(Jan Wahl)은 어린이 책을 쓰려는 사람들에게 이렇게 말한다.

내적 동기 : 작가에게 가장 많은 힘을 실어줄 수 있는 동기는 자기 자신을 표현하고픈 욕구가 바탕이 된 내적 동기다. 알고 싶고 감동받고 싶고 자신의 열정을 표현할 수 있는 신선한 어휘를 찾고 싶은 추진력은 부와 명예를 차지한 뒤에도 변함없이 작가로서 길을 가게 하는 원동력이 된다.

나는 편집자나 도서관 사서나 교사들에게 보이려고 글을 쓰지 않는다. 평론가를 의식한 글은 더더욱 쓰지 않는다. 또한 특정 어린이를 대상으로 하지 않는다. 그건 큰 실수다.

그는 자신의 글에 대한 사람들 반응이 어떻든 개의치 않는다. 자신이 잘 아는 어린아이 한 명이나 한 반 아이들이 자신의 성공 혹은 실패 여부를 가늠할 단서가 될 수 있다고도 생각하지 않는다. 그에게 어린이책을 쓰는 일은 다른 의미를 지닌다.

아이들을 위해 글을 쓰는 일은 매일매일 새롭게, 어린아이로서 내 안에 담겨 있는 우주의 통찰력과 번뜩임을 즐기는 행위다. 작가로서 바랄 수 있는 최선, 그것은 바로 모든 것을 새롭게 느끼는 일이다.

그러나 자기 관심에 충실하고 늘 마음을 열고 내 안에서 들려오는 동심의 목소리에 귀를 기울인다 하더라도 가장 중요한 것은 자신을 표현하는 일이다. 나와 똑같은 관점을 가진 사람, 또는 나와 똑같은 식으로 일을 처리하는 사람은 없다. 스스로를 표현하고 점점 더 그 일에 능숙해지는 일만큼 작가에게 강렬한 동기는 없다. 자신을 표현하는 일에 전념하자. 그리고 발전시키자. 그럼 비록 책을 내지 못하더라도 만족을 얻을 수 있다.

작가로서의 성공이란

몇 년이 걸릴 수는 있지만 성공은 가능하다. 그럼 성공이란 무슨 뜻일까? 작가마다 '성공'의 의미는 다르다. 하지만 작가들 대부분이 중요한 것은 명예나 돈(물론 꾸준히 수입이 생기면 좋기는 하지만)이 아니라고 했다면 여러분은 의외라고 생각할지 모른다.

해럴드의 지인이자 이 책의 공동 저자인 미리엄 배-터미(Miriam Bat-Ami)는 최근 《하늘 아래 두 개의 태양 Two Suns in the Sky》으로 권위 있는 상을 수상했다. 이 책은 제2차 세계대전 당시 뉴욕 주 북부에 있는 유럽 난민들의 포로 수용소를 배경으로 한 역사 소설이다. 그녀의 성공은 어느 날 갑자기 얻어진 것이 아니다. 1990년대 초 해럴드는 그녀가 쓴 그림책과 단편 소설을 출간했다. 그리고 몇 년 뒤, 다른 출판사에서 그녀의 소설 한 권이 나왔다. 《하늘 아래 두 개의 태양》은 그녀가 처음 책을 낸 지 6년 만에 세 번째 출판사를 통해 세상에 나올 수 있었다. 그녀는 책을 마무리하고 올바른 출판사와 올바른 편집자를 만나는 데 그 정도 시간은 필요했다고 말한다. 그렇다면 자신의 성공에 대해 그녀가 가장 감사하게 여기는 부분은 무엇일까? 그녀의 대답은 의외였다.

성공은 참으로 신나는 일이었어요. 인세 명세서의 숫자가 흑자로 돌아서 더군요. 그 반대일 때는 부정적인 서평을 볼 때처럼 절망스러운 기분이 들죠. 하지만 책과 관련된 일을 하다보니 선뜻 '성공'이라고 표현하기는 뭣하지만 잊지 못할 경험을 합니다. 옆 테이블에 앉아 있는 10대 소녀가 제 책을 읽으며 심취해 있는 모습을 볼 때는 정말 기분이 좋았어요. …… 성공이란 어떤 여자아이가 우리 아들에게 다가와 친구에게 빌려주고 싶다며 제 책을 한 권 빌려줄 수 없겠냐고 말하는 것이더군요. 가만히 생각해봤죠. '애야, 돈 주고 사면 되잖아. 아니지, 저 아이는 지금 한 권 더 달라고 할 만큼 내 책을 좋아하고 있어.' 결국 저는 그 아이에게 책을 빌려주었습니다. 하지만 성공의 진정한 의미는 자신에 대한 존중, 그리고 편집자에게 내가 하고 싶은 이야기를 그대로 전달하고 성공적으로 함께 일을 해낸 기쁨 같은 것입니다. 그리고 그 모든 과정을 거쳐 작가로서 나 자신을 인식하게 되었다는 사실이죠.

가치 있는 글쓰기가 되려면

동기가 무엇이든 여러분은 누구나 과연 내게도 책을 낼 수 있는 기회가 올까 하는 궁금증을 갖고 있다. 연간 평범한 출판사 한 곳의 우체통으로 밀려 들어가는 원고 수천 편 가운데 불과 서너 편만이 출판 고려 대상이 된다고 하니 별로 가능성은 없어 보인다. 하지만 여기서 알아둘 사실은 그렇게 제출되는 원고 가운데 90퍼센트는 내용이 형편없거나 출판사를 잘못 선택한 원고라는 점이다. 꾸준히 글을 쓰고 출판사만 잘 선택하면 목표에 도달할 수 있는 기회는 잡은 셈이다. 물론 필요한 요건을 갖춘 사람들과 경쟁해야 한다는 문제가 남아 있다. 여러분은 이 책을 읽음으로써 언젠가는 그들 대열에 낄 수 있을 것이다.

유명한 어린이 논픽션 작가인 스니드 컬라드(Sneed Collard)의 말을 들어보자.

> 글쓰기는 기나긴 여정이다. 지금까지 18년 동안 글을 써왔지만 불과 5년 전에야 비로소 내가 하고 있는 일이 무엇인지 깨닫기 시작했다. 여러 해를 투자하고 계속 성장해나갈 의지가 없는 사람에게 이 일은 어울리지 않는다. 하지만 끊임없이 배우고 성장할 의욕이 있는 사람에게는 대단히 만족스러운 여정이 될 것이다.

또 어린이책 작가 및 일러스트레이터 협회(Society of Children's Book Writers and Illustrators)의 회장을 맡고 있는 스티븐 무저(Stephen Mooser)는 성공으로 가는 길을 이렇게 설명한다.

> 어린이책 작가 및 일러스트레이터 협회에서 수년 동안 일하면서 나는 처음 책을 내고 또 파는 사람들을 수백 명 넘게 만나봤습니다. 하지만 그들이 낸 책 중에 어느 한 권도 쉽게 만들어진 것은 없었습니다. 그들은 시장을 조사했고 기존에 나온 어린이책을 연구했으며 글을 쓰고 고치고 또 쓰고 하는 과정을 계속해서 되풀이했습니다. 힘들어도 포기하지 않았고 결국 성공했습니다. 그중에는 10년이라는 긴 세월이 걸린 사람도 있었습니다. 무수한 경쟁을 뚫기 위해서는 최선을 다해야 합니다. 지금까지 나는 60권의 책을 냈습니다. 하지만 거절당한 것 역시 그만큼은 될 겁니다.

누구도 미래를 보장해줄 수 없다. 여러분에게는 몇 년이고 기다릴 수 있는 인내심과 어느 정도의 재능 그리고 약간의 행운이 필요하다. 여기서 행운이란 글을 쓸 수 있는 창의력과 목표에 도달할 수 있는 운을 뜻한다. 여러분은 과연 그런 필요 요건을 갖추고 있는가? 해보기 전에는 모르는 일. 그러니 어서 시작하자.

5장... 체계적인 작업 및 시간 배분 요령

이제 작가라는 직업의 핵심을 들여다볼 차례다. 칵테일 파티에 참석해서 카나페(치즈, 햄 등을 얹은 크래커 – 옮긴이)와 샤르도네(백포도의 일종 – 옮긴이)를 먹으며 사람들에게 "에, 저는 어린이책 전문 작가입니다"라고 소개하는 모습을 상상해보자. 절로 낭만이 느껴진다. 하지만 여러분이 그날 파티에서 자신에게 부여한 직함은 알고보면 고된 노동과 체계적인 기술, 그리고 끈기와 각종 도구를 비롯해서 자발성이 요구되는 일이다. 아, 금전적인 보상도 약간은 따라줘야겠다. 자, 정신을 똑바로 차리고 작가로서 첫발을 내딛기 위해, 또 출판 '현장'에서 살아남기 위해 필요한 것을 하나하나 배워나가도록 하자.

지금부터는 작가로 성공하는 데 필요한, 특히 출판사와 책을 계약한 이후에 필요한 기술과 혁신적이며 전통적인 도구들은 무엇이 있는지 알아보고 몇 가지 체계적인 작업 및 시간 배분 요령을 살펴보기로 하자.

글쓰기에 필요한 것들

처음 학교에 등교했던 날 담임선생님이 수업을 마치고 알림장에 내일 가져올 준비물을 적어주시던 때가 생각나는가? 그렇다. 사물함이나 필통이 있다고 갑자기 미술 작업복이나 노란색 2호 색연필이 뚝딱 튀어나오지는 않는다. 학교는 새로운 지식을 배우기 위한 곳으로서 준비물과 각종 수업 도구, 예를 들어 수학 시간에 쓸 자나 작문 시간에 쓸 연필 등을 갖취야 했다. 어린이책 작가로 첫발을 내딛으려는 여러분에게도 그때와 똑같이 도구와 준비물이 필요하다.

그렇다면 작가로서 첫발을 내디딜 때 최소한, 그러나 반드시 필요한 물품은 무엇이 있을까? 알고보면 별로 많지 않다. 실제로 아래 적은 목록 중에 대다수는 여러분이 이미 갖고 있는 것들이다.

- 전화기. 글쓰기도 결국 하나의 사업이다. 작가로서 긴 시간을 지내려면 전화를 자주 사용하게 된다. 이는 어린이책 작가도 마찬가지다. 같은 일을 하는 동료와 편집자, 여기저기 연락처 및 연구 자료를 찾기 위해서도 전화는 반드시 필요하다.
- 컴퓨터와 프린터 한 대. 연필로 아무렇게나 갈겨 쓴 원고를 받는 편집자는 없다.
- 컴퓨터를 갖췄으면 반드시 파일을 백업시켜놓는다. 디스크나 백업 테이프에 저장해두거나 인터넷 사이트에 올려놓는다. 그래야만 컴퓨터에 문제가 생겼을 때 원고를 처음부터 다시 쓰는 불상사를 막을 수 있다.
- 집이나 공공도서관, 또는 컴퓨터를 임대해주는 가게 어디서든 인터넷 접속이 가능해야 한다. 그럼 이렇게 생각하는 사람이 있을지 모른다. '나는 지금 아이들이 읽는 책을 쓰겠다 이거야. 상상력 하나면 충분하지! 도대체 왜 인터넷이 필요하다는 거야?' 첫째 온라인으로 많은 자료를 검색하기 위해서이고 둘째 인터넷에는 작가에게 상당히 유용한 자료들이 많기 때문이다.
- 요즘은 이메일이 없으면 편집자와 연락을 할 수 없다. 여러분이 신뢰하는 이 책의 저자, 해럴드와 린 역시 이 책을 쓰는 동안 거의 매일 이메일로 연락을 주고받았으며, 이메일에 원고를 첨부하여 보내는 형식으로 원고를 보냈다.
- 평균적으로 책상 위에 놓여야 할 물품. 프린터, 메모지, 윤곽 설정 및 이것저것 적어두는 데 필요한 종이, 펜, 연필, 파일, 스테이 플러, 클

립, 그 밖에 체계적인 삶을 사는 데 필요한 물품들.

- 문서를 보관하는 캐비닛. 문서 만드는 법과 어떤 문서들이 필요한지에 대해서는 나중에 다루기로 하자.

- 팩스를 활용할 수 있어야 한다. 굳이 팩스를 살 필요는 없지만 최소한 가까이에서 팩스를 이용할 수 있는 곳을 알아둔다. 컴퓨터에 모뎀이 장착된 경우라면 대체로 워드 프로세싱 프로그램과 직접 연결되는 팩스 장비를 설치할 수 있다.

- 카메라. 영감이 언제 예고하고 찾아오는가? 수천 마디의 말보다 사진 한 장이 가치 있을 때가 많다.

- 노트북 컴퓨터. 린이 특히 없어서는 안 된다고 주장한 물품. "논문 서너 편과 책을 한꺼번에 쓰느라 정신없어 죽겠는데 그만 집에 불이 났지 뭐예요. 마침 데스크톱 컴퓨터가 고장 나서 노트북을 쓰고 있어서 천만다행이었죠." 불이 난 당일, 린은 호텔 방에 설치된 인터넷 선을 이용해 이메일로 편집자들과 연락을 취했고 그 결과 무사히 글을 끝내고 마감 날짜를 지킬 수 있었다.

- 명함. 스스로를 작가라고 자신 있게 내세운다. 그렇다고 돈을 들여 그럴싸한 명함을 만들 필요는 없다. 이름과 전화번호, 팩스 그리고 직장, 즉 집 주소 및 이메일 주소를 담아 집에 있는 컴퓨터로 명함을 찍어내면 된다. 다른 작가나 편집자, 혹은 출판사의 연락 담당자들과 만난 자리에서 그렇게 만든 명함을 건넨다고 생각해보라. 생각만 해도 신이 난다.

이런 물품들을 챙길 때 가장 중요한 것은 체계가 잡혀 있느냐 하는 점이다. 자신에게 가장 잘 맞는 체계는 스스로 찾아야 한다. 하지만 '나는 무질서가 체질이야' 하는 식으로 제발 자신을 현혹시키지 말자. 물론 작업장 여기저기에 아무렇게나 물품을 흩어놓고도 쉽게 필요한 것을 찾을 수 있다면 굳이 깔끔하게 정리된 파일 캐비닛이나 책상 서랍까지는 필요하지 않다. 또 글을 쓸 때 꼭 책상 위가 말끔히 치워져 있어야 한다는 뜻도 아니다. 그러나 진정 작가로 성공하고 싶다면 우선 필요한 물품을 모두 갖춰놓은 다음에 글을 쓰도록 하자.

작가들은 일단 일을 시작한 뒤에는 추진력을 깨뜨리고 싶어 하지 않는다. 심지어 잘 깎인 연필을 찾느라―짜증나!―글을 멈추었다가 몇 시간이나 몇 날, 혹은 몇 달 동안 글을 쓰지 못하기도 한다. 그러므로 글을 쓰기 전에 여러 가지를 체계적으로 준비하고 구상해두는 방법이 최선이다. 비행기 조종사가 비행에 대비해서 점검 목록을 살펴보듯 작가도 글쓰기에 필요한 품목을 갖추기 위해 점검 목록을 살펴야 한다. 참고서 및 컴퓨터 관련 용품, 잘 깎은 연필, 메모지, 파일, 여분의 종이, 간식, 그 밖에 가까이에 둬야 할 물건 등. 그래야만 흐름을 깨지 않을 수 있다.

모든 문서를 이메일로 보내기 때문에 종이는 쓸모가 없다고 생각하는 기술 혁신 시대에 살면서도 우리는 지극히 고리타분한 방법, 즉 종이 위에 글을 쓰고 싶어 한다. 그런데 프린터에 종이가 한 장도 없다면 방법이 없다. 또 종이는 있는데 프린터 카트리지에 잉크가 없으면 인쇄를 못한다. 마지막으로 빈 디스켓을 충분히 준비해둘 것. 예나 지금이나 컴퓨터 전원이 갑자기 꺼지는 바람에 작업한 원고가 몽땅 날아가버렸다는 우울한 이야기들이 작가들 입에서 떠날 줄 모른다. 따라서 컴퓨터의 하드 드라이브 외에 백업 자료로 쓸 수 있도록 언제든지 작업장 밖으로 들고 나올 수 있는 디스켓에 모든 원고를 저장해두어야 한다. 위의 세 가지가 완벽하게 준비되었다고 자신 있게 외칠 수 있는 사람은 다음 단계로.

작가로 성공하려면 이 책에 열거한 물품이 모두 있어야 하느냐? 그렇지는 않다. 자신에게 필요한 것과 필요치 않은 것을 구분하자. 하지만 중간에 짜증난다고 일을 그만둘 수는 없는 일. 이것만은 갖추자. 주의를 분산시킬 만한 요인이 없는, 즉 아이들이 들락거리지 않는 조용한 작업실과 쓰고 싶을 때마다 매번 치워야 할 필요가 없는 책상, 그리고 가족과 친구들이 존중해줘야 할 계획표.

연구 자료 및 메모, 그 밖에 글 쓰는 데 필요한 다른 서류들이 모두 손 닿는 곳에 놓였는지? 마음먹고 글을 쓰려고 자리에 앉았는데 이야기 전개에 필요한 중요 자료가 눈앞에 없으면 몹시 짜증이 난다. 모두 다 손 닿는 곳에 있다니 다행이다. 다음 단계로 넘어가자.

체계적인 파일 관리

계속해서 자료를 조사하고 정리해가려면 파일을 체계적으로 관리할 필요가 있다. 그럼 주제별로 개별 파일을 나눈다고 할 때 기준은 어떻게 정하면 좋을까? 아직은 알 수 없다. 앞으로 일해가면서 파일 관리하는 법을 깨닫게 되겠지만 우선은 절대적이지는 않더라도 비교적 확실한 파일 구분 방법을 몇 가지 제시한다.

따로 구분해야 할 파일은…

- 구상한 책별로. 한 가지 구상이 떠오르면 잇달아 다른 구상이 떠오르기 마련. 누구든 줄거리 구상에 필요한 자료나 특정한 책과 관련된 자료를 모은다. 그러므로 작업한 책별로 파일을 분리하면 좋다. 여의치 않으면 파일 한 개나 빈 공책에 구상한 내용들을 모두 모아 적어둔다.
- 주제별 조사 자료. 현재 린은 계획 중인 논픽션 어린이책의 준비 작업으로 50개 주에 대한 자료를 모으고 있다. 구상 중인 책과 관련된 자료가 생길 때마다 그녀는 '50개 주'라는 꼬리표가 달린 책갈피에 철해둔다. 이렇게 하면 글쓰기에 들어가는 날 언제든 그 파일만 꺼내보면 된다.
- 사람별로. 글을 쓰다보면 전문가의 도움이 필요할 때가 있다. 또 특정한 프로젝트를 맡아 일하다보면 그 분야의 전문가를 찾아갈 일이 생긴다. 특정한 책과 연관된 사람들의 파일을 따로 관리하는 작가들이 많다.
- 계약서별로. 출판 계약서에 서명한 뒤에는 반드시 잘 보관한다.
- 원고에 동봉해서 보낸 편지 및 제안서별로. 언제 어떤 출판사에 원고와 편지, 제안서를 보냈는지 잘 알아두고 파일을 따로 만들어 관리한다. 월별로 분류해 답장으로 받은 문서 사본을 함께 넣어 보관하면 훨

씬 체계적이다.

- 지출 내역별로. 작가는 자영업의 일종이다. 전화 요금, 프린터 잉크 카트리지, 그 밖에 일을 하는 동안 사용한 품목들을 파일에 적어둔다.

글 쓸 시간과 공간 만들기

오래 전 버지니아 울프가 자기 공간의 필요성에 대해 글을 쓴 적이 있다. 그녀는 영국 여자들은 글을 쓸 자기만의 공간이나 시간을 찾기가 힘들다면서 여자들은 유망한 작가가 되기 어렵다는 사회 통념을 그 이유로 지적했다. 시대는 변했지만 오늘날 북미 대륙에 사는 어린이책 전문 작가들의 처지 역시 버지니아 울프가 불만을 토로했던 시대와 별 차이가 없는 듯하다.

이 책을 읽는 독자는 대부분 여성일 것이다. 만약 여성이 아니라면 자, 당신은 지금 주로 여성의 영역이라는 지극히 부분적인 이유로 평가 절하된 직업에 뛰어들었다. 모름지기 당신은 지금 자신을 대수롭게 생각하지 않는 사람들에게 둘러싸여 있을 것이다. 심지어 가족조차도. 그렇기 때문에 글 쓸 공간과 시간을 얻기가 그만큼 힘이 든다.

그러나 이것만은 알아두자. 여러분에게는 바로 그런 공간이 필요하다. 책상과 눈에 좋은 불빛, 참고서가 갖춰진 방, 그리고 누구에게 방해를 받거나 불려나갈 걱정을 하지 않아도 되는 시간이 필요하다.

글 쓸 시간이 없다고? 그럼 만들면 된다. 수잔 캠벨 바톨레티는 정식 교사로 근무하면서 여러 권의 책을 써냈다.

글 쓸 시간을 마련하려고 새벽 4시에 잠을 깼습니다. 학교에 출근하기 전에 글을 써야 했거든요. 그 시간이면 우리 집 강아지도 잠들었을 시간이네요! 하지만 여섯 권째 책을 계약한 뒤에는 교사직을 그만두고 글쓰기에만 전념했습니다.

지금도 아침에 가장 능률이 오릅니다. 그리고 새벽 4시에 컴퓨터 앞에 앉으면 글이 제일 잘 써집니다. 전 바깥이 아직 어둑어둑한 이른 새벽이 좋아요. 생각이란 어둠 속에서 자라나는 법이죠. 새벽은 뭔가를 만들어내기 위한 최적의 시간이에요. 아무 형태도 없는 무(無), 그리고 어둠과 빛을 가르는 시간입니다. 저는 늘 빛을 향해 일한다고 생각해요.

강조하건대 시간과 공간은 저절로 주어지지 않는다. 일단 시간과 장소가 마련된 뒤에는 단련과 연마의 과정이 필요하다. 평생을 글쓰기에 매달릴 작정이라면 이 과정은 필수다. 일지를 만들고 글을 채워 넣기 위해서는 반드시 '의자에 엉덩이를 처박는' 시간이 필요하다. 글 쓰는 훈련을 계속하고 프로젝트를 계획하여 실제로 글을 써보자. 앞에서처럼 이번에도 계획을 세우자. 아마도 매일같이 새벽 4시에 글을 쓰러 일어나기는 어려울 것이다. 가족들이 텔레비전을 보는 밤 시간을 골라 일주일에 사흘, 두 시간 정도면 어떨까? 토요일 오후를 포기하면 글쓰기에 매달릴 수 있는 시간은 일주일에 총 열 시간이 된다. 그 정도면 많은 일을 할 수 있다.

돈 많고 유명한 어린이책 작가가 얼마나 될까?

이제 글을 쓰고 나니 머지않아 돈더미 위에 올라앉을 것 같은 기분이 든다고? 하지만 이는 잘못된 생각이다. 어린이책 작가들은 대부분 글쓰기를 전업으로 삼지 않는다. 심지어 전혀 상관없는 직업을 가진 사람들도 있다. 작가를 전업으로 삼고 살아가는 사람들의 경우 축복받은 처지에 놓이기까지는 5년 내지 10년이라는 수련 기간이 있었다. 지금 갖고 있는 직업을 섣불리 그만두지 말라! 작가의 수입으로 스스로를, 아니 간절히 희망하기로는 가족들의 생계까지 책임질 수 있다는 생각에 꾸준히 들어오던 수입을 포기하려 한다면 제발 심사숙고하자.

슬프지만 책을 쓰고 받는 인세나 선인세로 생활비를 책임진다는 생각은 버려야 한다. 실제로 책을 몇 권 낸 뒤에도 이는 마찬가지다. 그중에 한 권이, 또는 여러 권이 잘 팔려도 책으로 생기는 수입은 글의 종류를 막론하고 비정기적일 때가 많다. 꿈을 짓밟는 것 같아 가슴은 아프지만 생각해보라. 과연 돈 많고 유명한 어린이책 작가가 얼마나 있는가? 여러분은 혹여 그런 사람을 알고 있는가? 부자가 될 생각으로 어린이책 작가를 꿈꾼다면 그만두자. 작가로서 남부럽지 않은 생활을 꾸려나가는 일이 과연 가능할까? 절대 아니다. 정말로 신상에 변화가 생기기 전에는 지금 하는 일을 그만둬서는 안 되는 까닭을 깨닫기 바란다.

6장... 어린이책 출판의 변화

오래 전 어린이책 출판이라고 하면 전직 도서관 사서이자 손에 흰 장갑을 낀 귀부인들이 하던 고상한 산업이었다. 지금은 모든 것이 달라졌다. 그것이 많은 사람들이 어린이책 사업 목표의 변화를 바라보는 시각이다.

고상한 산업이었다니 믿어지지 않겠지만 어린이책 업계가 확실히 변했다는 점만큼은 부정할 수 없다. 이제부터 여러분은 어린이책 출판 분야가 어떻게 변해왔는지 배운다. 도서관 시장이 쇠퇴하는 대신 소비자 시장이 부상하고 값싼 보급판 도서가 성장했으며 인터넷이 어린이책 출판업에 얼마나 큰 영향을 미쳤는지도 알 수 있다.

왜 이런 사실까지 알아야 할까? 그건 내 책을 사는 주체를 알아야 하기 때문이다. 지금의 출판계는 예전의 출판계가 아니다.

어린이책의 황금기

출판사는 인쇄기가 처음 생긴 이래로 줄곧 어린이책을 만들어왔다. 그러나 19세기 내내 어린이책은 주력 사업인 성인용 도서 출판의 보조 생산에 머물렀다. 미국에서 어린이책 전담 부서를 만들기 위해 직원을 뽑은 출판사가 처음 생겨난 것은 제1차 세계대전 이후다.

1920년대와 1930년대에 이르자 다른 출판사들이 그 뒤를 따라 도서관 사서를 채용하면서 어린이책 전담 부서를 만들었다. 왜 하필 사서냐고? 당시 어린이책을 사는 곳은 주로 도서관이었다. 그래서 회사는 도서관 시장에 잘 팔릴 책을 만들기 위해 도서관에서 일한 경력이 있는 사람에게 출판할 책의 결정권을 맡겼다. 일리 있는 말이다. 도서관 사서들은 사람들이 원하는 책이 무엇인지 잘 알고 있었다. 헨드릭 빌렘 반 룬(Hendrik Willem Van Loon 1911년 뮌헨에서 철학 박사 학위를 받고 미국으로 돌아와 여러 대학에서 서양사와 근대사를 강의했다. 1914년 제1차 세계대전이 일어나자 AP 통신사에 복직, 벨기에에서 종군 기자로 활동했다. ─옮긴이)이 쓴 《세계사 이야기 The History of the World(옮긴이)》는 단순한 정보서임에도 최초의 뉴베리 상 수상작이 되었으며 아서 래컴(Arthur Rackham) 풍의 삽화를 실은 민화 모음집들도 인기를 끌었다.

별로 골치 아플 일 없는 작은 규모의 사업이었지만 어린이책 출판 부문의 수익성은 꽤 높았다. 적어도 두세 곳 이상의 출판사들이 어린이책의 꾸준한 판매에 힘입어 문학적이기는 하지만 돈이 안 되는 성인용 서적 생산 라인을 유지할 수 있었다. 1940년대에 이르러 어린이들에게 인기를 끌 수 있는 책에 대한 조사가 최초로 실시되면서 어린이책 분야는 활기를 띠기 시작했다. 《잘 자요, 달님》의 밝은 색상은 지금 보면 별스럽지 않지만 처음 출판되었을 때만 해도 획기적인 것이었다. 그래선지 초기에는 별로 성공을 거두지 못했다. 막강한 영향력을 행사하던 도서관 사서들에게 좋은 평가를 받지 못해서였다.

돌이켜보면 그때가 어린이책의 황금기였던 듯하다. 그때는 '상업적인' 시각이 지배 원리로 자리잡기 전이었다. 도서관 사서들이 어린이에게 적합하다고 판단한 고상한 책을 출판하는 일은 당시 출판사들의 대세였다. 그런 분위기가 1950년 초반 무렵부터 바뀌기 시작했다. 세계 최초의 인공위성 스푸트니크호의 발사는 과학 부문의 학교 교육에 대한 투자를 촉발시켰고 도서관에 비치할 논픽션 도서의 기금 지원으로 이어졌다.

보급판 비중 날로 커져

그러다가 1960년대에 이르러 어린이책 출판 사업은 대대적인 변화를 겪는다. 린든 존슨 대통령이 주창한 '위대한 사회'라는 국내 정책 프로그램은 어린이책 출판계에도 작은 지각 변동을 일으켰다. 갑자기 학교 및 도서관에 도서 구입에 쓰기 위한 연방 기금이 지급되었다. 그 덕에 많은 그림책과 창의성 가득한 예술 도서들이 출판되어 나왔다. 그리고 출판사들은 미국인들이 모두 백인은 아니라는 사실을 비로소 깨달은 듯 여러 인종과 민족, 그리고 다양한 문화와 사회를 다룬 책을 대량으로 쏟아냈다. 1963년에 각종 상을 휩쓴 에즈라 잭 키츠(Ezra Jack Keats)의 《눈 오는 날 A Snowy Day(비룡소)》이 변화의 서곡이었다. 지금도 많은 사람들이 좋아하고 사랑하는 이 책은 '피터'라는 흑인 꼬마 아이가 시골 마을에서 눈 오는 날을 기뻐하는 모습을 담은 것으로, 사실적인 등장인물을 그린 최초의 책 중에 하나다.

1960년대에 처음 생겨나 오늘날까지 이어져 내려온 보급판 도서의 부상은 놀랄 만큼은 아니었어도 매우 중대한 사건이었음에는 틀림없다. 그때까지 도서관 시장을 겨냥하던 우량 출판사들은 딱딱한 표지의 양장본만 내놓았다. 양장본은 값이 비쌌기 때문에 일반 가정에서는 선뜻 살 수가 없었다. 하지만 《샬롯의 거미줄》이나 《스튜어트 리틀 Stuart Little(중앙출판사)》과 같은 책이 보기에도 좋고 큼지막한 보급판 형태로 출판되자 사람들이 마구 사들이기 시작했다.

책 시장도 변화하기 시작했다. 그때는 어린이책 전문 서점도 없었고 큰 서점도 드물었다. 백화점에 가면 골든 북스에서 만든 값싸고 인기 있는 책은 살 수 있었지만 도서관에 판매되는 고급 도서류의 보급판은 구할 수 없었다. 이런 종류의 어린이책은 대부분 서점 한쪽 구석에 비치되어 있었으며 서점 주인들은 그 책들 대부분이 선물용으로 팔려나가리라고 기대했다. '좋은' 책들이 보급판으로 등장하기 시작하자 서점에서 어린이책이 차지하는 비중은 점점 커져갔고 어린이책 전문 서점도 나날이 늘어났다. 그러면서 서서히 어린이책 시장에서 서점이 차지하는 비중이 높아갔다.

1967년 이전에는 교사나 부모가 아이들 책을 사려고 해도 딱딱한 표지의 양장본 아니면 저질의 보급판밖에 살 수가 없었다. 그러나 1967년 조지 니콜슨(George Nicholson)이 델 이얼링(Dell Yearling), 즉 일반서의 보급판 프로그램을 내놓았다. 델이 하퍼 앤 로(Harper and Row) 사에 당시로선 엄청난 금액인 3만 5,000달러(한화 약 4,400만 원)를 선인세로 지불하고 보급판으로 처음 발행한 《샬롯의 거미줄》과 《스튜어트 리틀》은 선풍적인 인기를 끌며 대성공을 거뒀지만 하퍼 사의 양장본 판매에 타격을 주지는 않았다. 하퍼 사가 선뜻 그런 내용을 발표하면서 다른 출판사들도 델과 거래를 시작했고 그 다음은 다 아는 대로다. 원래 보급판으로 출판된 책을 포함해서 양장본으로 처음 나온 책의 재판(再版)이 아닌 보급판 도서는 어린이책 시장에서 점점 그 비중이 높아지고 있다.

1975년에는 랜덤 하우스가 그림책의 보급판인 '픽처백(pictureback)'을 저렴한 가격에 내놓으면서 골든 북스의 값싼 양장본과 불꽃 튀는 경쟁을 벌이기 시작했다. 이 책들은 서점에서 불티나게 팔려나갔다. 기술이 발달하면서 값비싼 양장본 그림책이 보급판으로 바뀌는 일이 가능해졌다. 크기도 같고 종이의 품질도 똑같지만 양장본에 비해 값이 절반 내지 3분의 1에 불과한 보급판 그림책은 점점 그 수가 늘어났다. 현재는 대부분의 출판사가 고급 양장본과 보급판을 함께 펴내고 있는데, 양장본이 출판되고 1~2년 후에 보급판이 나오는 식으로 시차를 두고 있으며 드물게는 시차를 거의 두지 않는 경우도 있다. 더 이상 도서관만 겨냥한 어린이책을 펴내는 출판사는 없다.

누가 어린이책을 사는가?

소비자마다 원하는 것이 다르고 거대 출판사들이 시장을 장악하고 있는 상황에서 어린이책이라고 예전과 똑같을 수는 없다. 그렇다고 반드시 나쁘다는 이야기는 아니다. 바라는 바를 충족시킬 만큼은 아니지만 지금 시중에는 다양한 사람들의 경험을 다룬 책이 많이 나와 있다. 예술적 가치가 있고 첨단 기술을 빌린 책들이 서고를 뒤덮으며 우리의 눈을 현혹시키고 있다. 좀더 구하기 쉬운, 그러나 고품격을 자랑하는 책들도 많다. 예전과는 전혀 다른 세계다. 어떤 면에서 어린이책 출판 시장은 성장해왔다고 볼 수 있다. 더불어 좋은 면과 나쁜 면 모두에서 성인용 출판 시장을 점점 닮아가고 있다. 이것은 무엇을 뜻하는가?

도서관에서 책을 구입할 때 공신력 있는 신문에 실린 사려 깊은 서평을 기준으로 삼던 때가 있었다. 지금도 마찬가지다. 그러나 지금은 소비자들도 그런 책을 산다. 어느 정도 소비자의 관심을 얻기 위한 일환으로 제작되는 그림책의 그림이나 어린이 소설과 논픽션 표지에 실리는 표지화가 점점 더 사람들의 눈을 사로잡고 있다.

그림책에 어른을 주 대상으로 삼은 듯한 그림을 싣기도 한다. 책을 사는 주체가 어른이라는 사실을 미루어볼 때 일면 이해가 간다. 그보다 구성이 복잡한 어린이용 소설 중에는 어른들이 함께 읽는 책도 있다. 어린이책 출판사들의 교류 협회나 어린이 도서 협의회(CBC)에서도 '더 이상 어린이들만의 책이 아닙니다!'라는 제목 하에 어른들이 읽을 만한 어린이책 안내 책자를 펴낸다. 책을 판매하는 사람들에게 그 책을 가져가서 그런 식으로 홍보하라는 뜻이다. (우리 나라에도 이런 움직임이 있다. 동화로 출간된 《마당을 나온 암탉(사계절)》은 성인용으로도 홍보한다. ─ 편집자 주)

출판사들은 자사의 어린이책, 심지어 그림책에 대해서까지 성인들 대상으로 마케팅 활동을 벌인다. 〈뉴요커 The New Yorker〉에는 《리틀 릿 Little Lit(옮긴이)》(하퍼콜린스, 2000) 광고가 실렸고 커피점에서는 《폼포 박사의 코 Dr. Pompo's Nose(옮긴이)》(스콜라스틱, 2000)의 무료 엽서가, 《올리비아 Olivia(중앙출판사)》(애서니엄, 2000)의 뒤표지에는 데이비드 호크니(David Hockney)와 미하일 바리시니코프(Mikhail Baryshnikov)가 쓴 과대 광고가 실렸다. 이들이 겨냥하는 대상은 어린이들이 아니다.

1990년대는 브랜드의 시대

독자들은 일단 작가나 일러스트레이터의 이름, 또는 영화의 제목을 안 뒤에는 그 이름이 적힌 책을 사는 경향이 있다. 그 때문에 1990년대는 '브랜드, 즉 유명 상표'라는 달갑지 않은 이름으로 대변된다. 사람들이 많이 알고 좋은 평가를 받는 이름이 책 판매에도 이득이 되고 관련 상품 판매에도 큰 영향을 미친다. 유명 상표는 책이나 작가의 이름이 되기도 하지만 책 외부의 영역에서 들여오기도 한다. 이런 종류의 제휴는 최근에 갑자기 생겨난 현상이 아니다. 루이스 캐롤(Lewis Carroll)이 쓴 《이상한 나라의 앨리스(시공주니어)》의 명성은 '거울 나라의 앨리스(Through the Looking Glass)' 비스킷 통과 같은 상품과 라이선스를 맺은 바 있다.

어린이책으로 유명 상표를 창출해낸 출판사들도 있다.
- '닥터 수스'는 항상 좋은 글을 발표하고 쉽게 작가의 특성을 알 수 있다는 이유로 이름 자체가 유명 상표가 되었다.
- '아서(Arthur)' 역시 책 내용을 기초로 만든 텔레비전 시리즈의 성공으로 유명 상표가 되었다.
- '초원의 집(The Little House on the Prairie)'은 최근 하퍼 콜린스 사의 용의주도한 전략으로 유명 상표가 되었다. 어디서든 초원의 집 그림책과 초원의 집 종이 인형을 살 수 있다.
- 휴턴 미플린(Houghton Mifflin)은 새로운 《호기심 많은 조지》 시리즈를 만들기 위해 작가와 일러스트레이터를 채용했다. 또 다른 '고전' 유명 상표를 창출해내려는 의도다.

출판사들은 다른 회사의 유명 상표와도 라이선스 계약을 맺는다. 〈스타 워즈〉나 〈포카 혼타스〉 같은 영화나 텔레비전 시리즈에 등장하는 주인공들과 책의 출판권을 제휴하는 일은 사람들에게 친숙한 유명 상표와 책을 연관시키는 방법으로 오래 전부터 쓰여왔다.

최근 들어 출판사들은 다른 곳에도 시선을 돌리고 있다. 초기에 성공을 거둔 한 예가 《앰 엔 앰스 카운팅 북 The M&M's Counting Book》이다. 요즘 들어 애니멀 크래커스(Animal Crackers)나 치리오스(Cheerios : 시리얼 상표명), 라이오넬(Lionel : 모형 기차 상표) 기차의 캐릭터를 사용한 책 등 인기 있는 상품이나 장난감과 연계된 책들이 쏟아져나왔다.

이런 추세는 모두 출판사들이 도서관에서의 판매 손실을 보충하기 위해 소비자 시장을 좀더 공략하려는 폭넓은 전략의 일환이다. 출판사들은 도서관 시장을 겨냥한 책 판매 부수를 줄이는 대신 유명 상표를 내건 출판물의 비중을 대폭 확대시켰다. 한 예로 비아콤(Viacom)이 소유하고 있는 대형 어린이책 출판사인 사이먼 앤 슈스터를 보자. 비아콤은 니켈로디언 (Nickelodeon)의 모회사로서 사이먼 앤 슈스터는 니켈로디언에서 많은 책을 넘겨받아 성공적으로 출판했다. 다른 출판사도 마찬가지다. 그중에 몇 가지를 예로 들어보자. 스콜라스틱이 텔레토비와 판권을 맺고 일련의 책을 출판하자 워너 브라더스 텔레비전과 영화, 그리고 만화 전문 방송인 카툰 네트워크(Cartoon Network)가 '관심'을 표명했으며 펭귄 퍼트냄은 드림 웍스와 협약을 맺고 앞으로 출시될 장편 만화 영화에 발맞춰 책을 발행하기로 했다.

우리 친구 해리 포터

장하다 해리! 그는 우리가 이미 알고 있던 사실, 다시 말해 좋은 어린이책이란 아이들과 어른 모두에게 좋은 책이라는 사실을 전 세계에 증명했다. 《해리 포터》는 상상의 힘이 얼마나 위대한지를 우리에게 되새겨주었다. 처음 네 권이 나왔을 때까지는 영화나 라이선스를 얻은 상품이 나오지 않았기 때문에 수백만 명에 달하는 팬들은 그를 두고 마음껏 상상의 날개를 펼 수 있었다. 또한 해리는 우리에게 입소문이 얼마나 무서운지도 가르쳐주었다. 첫 권이 영국에서 선풍적인 인기를 끈 것도 어린이들이 친구에게 책을 전하고 그 아이가 또 친구에게 소문을 내는 식의 입소문을 통해서였다.

그러나 해리의 파급 효과가 과연 영원할까? 물론 지금 이 순간에도 수백 명의 작가가 열심히 글을 쓰고 J. K. 롤링의 뒤를 잇기 위해 안간힘을 쓰고 있다는 사실은 믿어 의심치 않지만 한마디로 단정하기는 이르다. 다만 《해리 포터》 시리즈에 매겨 있던 높은 가격표에 개의치 않았으니 앞으로도 어른들이 어린이책에 2만 원 이상의 돈을 기꺼이 지불할 것이고 그렇게 됨으로써 출판사들은 점점 더 장편의, 그리고 큰 규모의, 아니면 좀더 비싼 책을 만들 거라는 기대가 가능하다. 이런 이유 때문에 어린이책은 점점 더 대중매체의 공략 목표가 되어가고 있으며 이런 추세는 책 시장의 기반을 향후 수년 간 튼튼하게 다져줄 것으로 예상된다.

뉴 미디어에 대한 관심

어린이책 출판물을 통한 사람들의 '뉴 미디어'에 대한 관심이 나날이 높아지고 있다. 뉴 미디어란 콤팩트디스크나 전자책(e-books) 등으로 자료를 출판하고 소개하는 새로운 전자 방식을 말한다. 출판사들은 지금 어마어마한 기회와 무시무시한 위협에 동시에 직면하고 있다. 작가와 일러스트레이터들은 이 낯선 매체 앞에 잔뜩 긴장하고 있으며 나름대로 전문가라고 자부하는 사람들은 잔뜩 신바람이 나 있는 상태다. 매주 새로운 협약이 맺어지고 새로운 판형이 생겨나고 인터넷과 관련된 상업적 웹 사이트가 생겨나고 있다.

아직 전폭적인 기대를 만족시킬 만한 결과는 나오지 않았다. 주로 이 분야는 향후 생겨날 사업 판도의 변화로 예상된다.

3~4년 전, 사람들은 콤팩트디스크가 전통적인 책은 물론 심지어 삽화를 실은 책까지 크게 위협하리라고 전망했다. 많은 회사들이 콤팩트디스크를 이용한 출판에 투자했지만 그 분야로는 이익을 보기 힘들다는 결론을 내렸다. 현재까지 콤팩트디스크를 이용한 출판물로는 참고서가 유일한 성공을 거뒀다. 그리 놀랄 일도 아니다. 콤팩트디스크라고 하면 사람들은 대부분 수십 권에 달하는 백과사전 한 질을 진보시킨 형태로 받아들이기 때문이다. 평범한 소비자들이 전자책이 종이로 만든 책보다 훨씬 편리하다고 믿기에는 아직은 출판사들의 역량이 부족하다.

두 가지 종류의 전자책

전자책 또는 e-북은 인터넷을 통해 퍼스널 컴퓨터(PC)로 볼 수 있는 종류와 특정한 독자를 위한 종류가 있다. 유명 작가 중에 이미 전자책을 펴낸 사람도 있고 출판사들도 전자 출판물을 발행하기 시작했지만 아직 전자책은 사람들에게 생소한 분야다. 출판사들은 이미 전자책 발행 작업에 돌입했다. 해럴드 역시 이 분야의 선두주자 가운데 하나인 아이픽처북스닷컴(ipicturebooks.com)과 작업 중인데 이 회사는 어린이용 그림책을 여러 가지 다양한 전자 형태로 바꾸는 일을 한다. 전자 형태로 만든 어린이 책이 종이로 만든 낱권에 비해 썩 잘 팔리지는 않을 전망이다. 하지만 부모들 가운데 전자책을 원하는 사람이 있을 수 있고 학교나 도서관에서도 인쇄물로는 도저히 보기 힘든 자료를 보기 위해 온라인을 통한 전자도서관에 접속하는 일에 관심을 가질 수도 있다.

전자책을 읽을 수 있는 장치가 되어 있는 손바닥 크기의 휴대용 퍼스널 컴퓨터 또한 조만간 교과서 시장에서 큰 인기를 끌 것으로 보인다. 독자는 약정된 기간에 대해 또는 권당 얼마씩 책 사용료를 내면 된다. 퍼스널 컴퓨터에 비해 휴대가 편하지만 컴퓨터 대신 이 기기를 살 사람은 그리 많지 않을 것으로 보인다. 대신 이 제품의 시장은 전자책 판독기와 퍼스널 컴퓨터를 둘 다 살 수 있는 사람들이나 교과서를 전자책으로 대체할 의향이 있는 학교 관계자들에게 국한될 것이다. 이 기기를 사용하는 사람이 많아지면 머지않아 이런 방법으로 발행된 청소년 소설들이 인기를 누리지 않을까?

주문을 받아 특정한 책을 인쇄하는 주문 출판은 전자 출판의 또 다른 형태다. 주문을 받았을 때 한 권 혹은 그 이상의 책을 최대한 빨리 인쇄하기 위해 전자책 파일에 의존하고 그 파일을 사용하기 때문이다. 학술물이나 전문 서적을 펴내는 출판사의 경우 이렇게밖에는 책을 받을 수 없는 서점에 책을 판매할 때 이 방법을 사용한다. 이런 기술 덕에 출판사들은 많은 부수가 팔리지 않는 소설이나 흑백 논픽션 도서를 '아무 때고 인쇄할 수 있는' 상태로 유지할 수 있게 되었다. 현재까지 이 기술은 색상이 포함된 책은 다룰 수 없으며 가격도 상당히 비싼 편이다.

기술의 발달 속도는 놀라울 정도다. 현재 대부분의 출판사들은 전자 출판을 음성 녹음 테이프나 보급판 문고처럼 다른 형태로 변형시켜 판매할 수 있는 좋은 기회라고 생각하지만 책 자체를 대체할 수 있다고는 보지 않는다.

어린이책은 멋진 신세계임에 틀림없다. 그러나 그와 동시에 거대하고 변화무쌍한 세계다. 비록 어린 시절 우리가 알았던 세계는 아니지만 여전히 그곳은 헌신적이고 창의적인 작가, 바로 여러분 같은 사람들이 둥지를 틀 수 있는 곳이다.

7장... 책 속에 무엇이 담겨 있을까?

먼저 책의 구성 요인에 대해 알아보자. 이 장에서 우리는 여러분을 이끌고 어린이책을 한 장 한 장 넘겨가며 속속들이 살펴보고자 한다. 여러분은 이제부터 저작권에 대한 조항부터 용어 풀이에 이르는 책의 전 부분에 대해, 그리고 현재 출판계에서 사용하는 책의 각 부분에 대한 전문 용어와 정의를 배운다. 각오를 단단히 하자. 지금부터 '책의 해부'를 주제로 특강이 시작된다.

표지, 커버 그리고 책등

서점에 들어가 책꽂이에서 책을 뽑아 드는 순간 우리는 책의 표지를 접하게 된다. 표지란 책의 앞면을 말하며 커버로 둘러싸여 있을 때가 많다. 흔히 "겉표지로 책을 판단하지 말라"고 하지만 사람들은 대부분 표지를 보고 책을 판단한다. 아니, 적어도 표지를 통해 어떤 책인지 구분한다. 출판사 입장에서 책의 표지는 세 부분으로 이루어진다. 앞면, 뒷면 그리고 등이다. 먼저 표지 전체에 대해 알아보자.

책 표지는 양장본을 뜻하는 하드 커버와 종이 표지 혹은 보급판을 의미하는 소프트 커버로 나뉜다. 앞표지에 들어갈 내용은 그 책이 양장본이냐 보급판이냐에 따라 달라진다.

전통적으로 양장본은 장식용 도안을 새긴 것 외에 앞뒤 표지에 아무 내용도 싣지 않았다. 작가의 성과 이름, 출판사 그리고 책 제목 등 책에 대한 정보는 책의 등에 실었다.

　그러나 양장본에는 커버가 딸린다. 《시카고 매뉴얼 오브 스타일》의 열네 번째 판본에 따르면 책 커버가 출판계에 대대적으로 쓰이기 시작한 것은 20세기 이후부터. 오늘날 책 커버는 양장 표지를 보호하는 기능을 하며 매끄럽고 윤기 있는 재질의 종이를 사용한다. 책 커버에는 책의 기본적인 정보, 즉 제목, 작가, 일러스트레이터, 출판사, ISBN(국제 표준 도서 번호), 가격을 표기하며 안으로 접힌 부분에는 책의 광고 문구를 싣는다. 어린이 용 그림책의 경우 커버에 담긴 예쁜 디자인을 책 표지에 똑같이 인쇄하는 경우가 점차 늘고 있다.

　화려한 수상 경력에 빛나는 어슐러 르 귄(Ursula Le Guin)의 《아투안의 무덤 The Tombs of Atuan(황금가지)》 양장본 커버를 살펴보자. 이 책은 양장본 커버에 무엇이 담기는지에 대한 좋은 본보기다.

　종이 표지 본, 즉 보급판에는 커버가 쓰이지 않는다. 양장본 커버의 앞면 과 등에 적힌 사항은 표지에도 똑같이 인쇄된다. 일반적으로 뒤표지에 그 책의 광고 문구를 싣기도 하지만 커버 안쪽에 싣는 경우가 더 흔하다. 표지 안쪽에 광고 문구를 인쇄하는 출판사도 있다.

　이번에는 《아투안의 무덤》 보급판 표지를 보도록 하자. 양장본과 디자인 이 다른데 이런 경우는 소설에서 흔히 있는 일로 이때는 뒤표지의 ISBN도 달라진다.

　표지가 딱딱하고 두꺼운 책을 양장본이라고 한다. 이때 표지 재질은 보통 천을 입힌 두꺼운 마분지나 화학 처리를 거친 종이, 비닐, 혹은 플라스틱이다. 반면 표지가 부드러운 책을 보급판 이라고 한다. 보급판에는 표지 재질은 두껍지만 부드러운 종이, 혹은 니스나 수지, 적층 플라스 틱을 입힌 얇은 마분지가 사용된다.

　책등 : 책을 철한 가운데 부분을 등이라고 한다. 등은 앞뒤 표지를 속지와 이어주고 책꽂이에 꽂혀 있을 때 책의 얼굴이 된다. 책의 속지 역시 전부 등에 연결되어 있다.

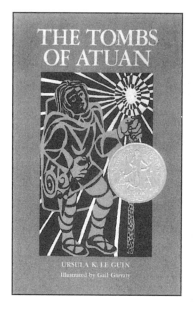
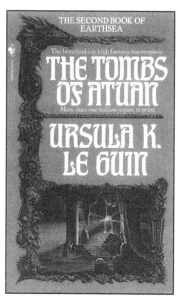

어슐러 르 귄, 《아투안의 무덤
The Tombs of Atuan
(황금가지)》
같은 책이라도 양장본 커버(왼
쪽)와 보급판 커버(오른쪽)는 다
르게 만들 수 있다. 그러나 그
림책은 같을 때가 많다.

속표지

책의 첫 장을 넘기면 흰 백지가 나온다. 표지 안쪽 부분을 포함한 이 부
분을 면지라고 부른다. 책 속에 면지가 필요한 이유를 알아맞혀보시라!
예쁜 종이나 지도를 넣으면 한결 보기 좋을 텐데. 하지만 지금은 이 문제
로 머리 아플 필요가 없다.

계속 책장을 넘기자. 그럼 곧바로 표제지, 즉 속표지가 나온다. 속표지에
는 책 제목 말고도 많은 사항이 담겨 있다. 작가의 이름, 일러스트레이터,
그리고 출판사의 이름 및 때로는 주소까지. 출판사 로고가 있으면 로고도

ISBN : 국제 표준 도서 번호의 약자다. 이는 책이 부여받은 고유 번호로 주문과 배포 때 구분
하는 용도로 쓰인다. 출판사는 R. R. 보커 사(R. R. Bowker Company)와 국제 표준화 기구
(International Standards Organization)에서 정한 절차에 따라 ISBN을 정한다. 양장본의 뒤
커버나 보급판의 뒤 커버, 그리고 저작권 조항이 적힌 페이지에는 바코드와 함께 ISBN이 적혀
있다. (아마존 서점의 경우 ISBN만으로도 원하는 책을 검색할 수 있다. ‒ 편집자 주)

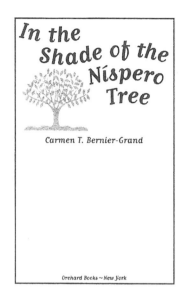

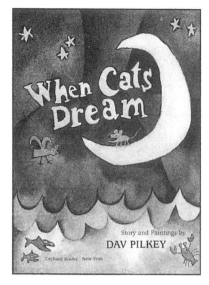

왼쪽) 소설의 속표지는 일반적으로 책 제목과 작가 이름, 그리고 출판사의 이름만 표기한다.
오른쪽) 그림책의 속표지는 소설에 비해 많은 공을 들여 제작한다.

함께 표시한다. 참고로 약자로 통용되는 작가의 경우를 제외하고는 작가 이름은 절대 약자로 표기하지 않는다. 그러나 이 지면의 주요 기능은 제목을 표시하는 일이다.

판권 및 간행 기록

속표지 바로 뒤에는 저작권 페이지 및 간행 기록이 따라 나온다. 디자인 때문에 이 부분을 책 끝부분에 싣는 경우도 있다. 이 페이지에는 각종 정보가 인쇄되어 있다. 그중에서 가장 중요한 사항은 출판사가 그 책의 작가와 일러스트레이터 이름 하에 본문과 삽화의 저작권을 소유하고 있다는 내용이다. 저작권에 대해 자세히 알고 싶은 사람은 제4부 2장 〈저작권의 기초〉를 참조하자.

이러한 책의 구성 요소 대부분은 그 기원이 19세기 혹은 그 이전으로 거슬러 올라가며 별 다른 쓰임새가 없는 지금까지 그대로 유지되고 있다. 예를 들어 속표지만 해도 책을 제본하지 않고 여러 개로 나누어 출판하던 시

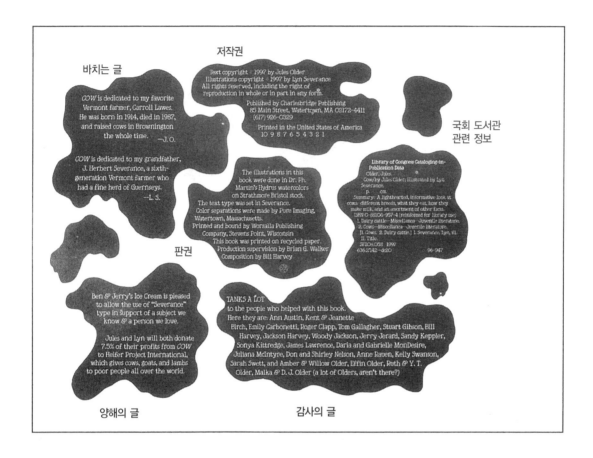

바치는 글

저작권

COW is dedicated to my favorite Vermont farmer, Carroll Lawes. He was born in 1914, died in 1987, and raised cows in Brownington the whole time. —J. O.

COW is dedicated to my grandfather, J. Herbert Severance, a sixth-generation Vermont farmer who had a fine herd of Guernseys. —L. S.

Text copyright © 1997 by Jules Older
Illustrations copyright © 1997 by Lyn Severance
All rights reserved, including the right of reproduction in whole or in part in any form.
Published by Charlesbridge Publishing
85 Main Street, Watertown, MA 02172-4411
(617) 926-0329
Printed in the United States of America
10 9 8 7 6 5 4 3 2 1

국회 도서관 관련 정보

판권

The illustrations in this book were done in Dr. Ph. Martin's Hydrus watercolors on Strathmore Bristol stock.
The text type was set in Severance.
Color separations were made by Pure Imaging, Watertown, Massachusetts.
Printed and bound by Worzalla Publishing Company, Stevens Point, Wisconsin
This book was printed on recycled paper.
Production supervision by Brian G. Walker
Composition by Bill Harvey

Library of Congress Cataloging-in-Publication Data
Older, Jules.
Cow/by Jules Older; illustrated by Lyn Severance.
p. cm.
Summary: A lighthearted, informative look at cows: different breeds, what they eat, how they make milk, and an assortment of other facts.
ISBN 0-88106-957-4 (reinforced for library use)
1. Dairy cattle—Miscellanea—Juvenile literature.
2. Cows—Miscellanea—Juvenile literature.
[1. Cows. 2. Dairy cattle.] I. Severance, Lyn, ill.
II. Title.
SF208.O58 1997
636.2'142—dc20
96-947

Ben & Jerry's Ice Cream is pleased to allow the use of "Severance" type in support of a subject we know & a person we love.

Jules and Lyn will both donate 7.5% of their profits from COW to Heifer Project International, which gives cows, goats, and lambs to poor people all over the world.

THANKS A LOT
to the people who helped with this book.
Here they are: Ann Austin, Kent & Jeanette Birch, Emily Carbonetti, Roger Clapp, Tom Gallagher, Stuart Gibson, Bill Harvey, Jackson Harvey, Woody Jackson, Jerry Jerard, Sandy Keppler, Sonya Kittredge, James Lawrence, Daria and Gabrielle MonDesire, Juliana McIntyre, Don and Shirley Nelson, Anne Rauen, Kelly Swanson, Sarah Swett, and Amber & Willow Older, Effin Older, Ruth & Y. T. Older, Malka & D. J. Older (a lot of Olders, aren't there?)

양해의 글

감사의 글

위는 줄스 올더가 글을 쓰고 린 세버런스(Lyn Severance)가 그림을 그린 《암소 Cow(옮긴이)》의 속표지로 책의 전문(前文)에서 볼 수 있는 사항이 대부분 포함되어 있다.

절, 책을 산 사람이 주로 표지를 만들 때 요긴하게 쓰였다. 속표지 앞에 책 제목만 적은 '반(半) 표제' 페이지를 넣는 것도 전통적인 방법 중 하나다.

여기에는 저작권에 대한 내용 외에 다른 내용들도 눈에 띈다. 과연 위 그

출판시도서목록(Cataloging In Publication=CIP), 우리 나라의 국립중앙도서관 출판시도서목록에 해당됨(2003년 6월부터 시행). 출판사에서 신간 도서를 출판할 때 미국 국회도서관으로부터 신간의 표준 목록을 제공받아 도서의 표제지 뒷면 등 일정한 위치에 넣어 인쇄하는 것. 이 책을 구입하는 도서관에서는 표준 목록을 그대로 활용할 수 있게 됨으로써 도서관별로 동일 자료에 대한 분류, 목록 작업을 중복적으로 실시하는 것을 피할 수 있다. - 편집자 주

림 속에 모든 정보가 들어 있는지 살펴보기로 하자. 우선 출판사의 완벽한 주소가 눈에 띤다. 또 이 책이 몇 번의 인쇄를 거쳤는지 명기되어 있고 미국 국회도서관의 출판시도서목록 및 ISBN, 그리고 저작권 보호 대상 자료를 사용(이 조항은 책의 다른 부분에도 실릴 수 있다)토록 해준 데 대한 감사의 글도 있다. 출판시도서목록 정보를 가진 책은 국내 도서관에 들어갈 수 있다. 출판사가 그 책을 국회 도서관에 제출하면 국회 도서관은 고유 번호를 부여하고 기본 목록 정보를 만들어준다.

그림책이 출판계의 오랜 전통을 되살리고 있는데 그것은 바로 간행 기록의 부활이다. 간행 기록은 책 제작과 관련된 사항을 담은 페이지로 어떤 글 자체를 썼으며 디자이너와 식자공은 누군지, 또 일러스트레이터가 사용한 물감과 종이의 종류가 무엇인지 등이 주된 내용을 차지한다. 종종 저작권 페이지에 이런 사항을 싣기도 하는데 내용이 길 경우 보통은 간행 기록을 따로 만든다.

전문(前文)에 들어가는 내용

■ 바치는 글

작가나 일러스트레이터는 자신의 창작물을 누구에게든 바치고 싶어 한다. 보통 바치는 글은 저작권 페이지 다음에 등장하는데 특히 그림책에서는 저작권 페이지의 첫 번째 사항이 되기도 한다.

■ 차례

저작권 페이지와 바치는 글 뒤에는 가끔 책의 차례가 등장한다. 물론 일반 보드북이나 그림책에는 없다. 그러나 명시 선집이나 챕터 북, 혹은 정보 책을 비롯한 많은 어린이책에는 이런 식의 내용 일람표가 실린다. 이를 간단히 '차례'라고 부른다. 세부 내용이야 출판사가 정하기 나름이지만 여기에는 각 장의 번호와 때에 따라서는 각 장의 제목과 시작 쪽수가 표시된다. 그 책이 여러 항목으로 나뉘어 있을 경우 각 항목도 함께 표기하며 가끔은 각 장 아래에 세분된 소제목을 넣기도 한다. 용어 풀이와 색인, 그 밖에 다른 내용도 함께 포함된다.

■ 서문과 머리말

차례 다음에 등장하는 것이 서문 혹은 머리말이며 때에 따라서는 둘 다 포함된다. 일반적으로 서문을 쓰는 사람은 실력 있는 전문가나 권위자가 대부분이다. 여러분이 만약 천문학에 대한 어린이책을 썼는데 존 글렌(John Glenn 우주 비행사, 미국 최초로 지구 궤도를 돌았다. ─옮긴이)이 여러분의 책에 대해, 그리고 책의 좋은 점에 대해 서너 쪽의 글을 써주었다면 그 글은 서문이 된다.

흔히 작가가 머리말을 쓸 때는 책의 이해를 돕는 데 없어서는 안 될 내용을 제공하거나 책을 만들어내게 된 배경이나 기초를 설명하기 위해서다. 예를 들어 역사 소설 작가는 독자에게 보내는 머리말에서 이야기가 전개되는 시대 배경을 설명할 수 있다.

책의 몸 ─ 이야기 및 그림

출판업 전반에 대한 내용과 실질적인 세부 사항을 살펴보았으니 이제는 정말 재미있는 부분, 다시 말해 이야기, 시, 배우기, 역사와 같은 알짜배기 내용(!)을 배울 차례다. 자, 다 함께 책의 몸을 공부해보자. 단도직입적으로 말해서 그림책의 몸은 이야기 및 이야기에 곁들여지는 그림을 모두 의미한다. 다른 책의 경우는 비교적 구성이 복잡해지면서 다른 요소들도 포함된다.

챕터 북, 다시 말해 어린이용 소설이 지닌 고유의 특성은 책 본문을 여러 개의 장으로 나눴다는 점이다. 삽화가 있는 장도 있고 전혀 없는 장도 있다. 만들기 쉽겠다고? 하긴 선택은 여러분의 몫이다. 이때 각 장은 번호로 구분할 수도 있고 별도의 제목을 붙일 수도 있다. 먼저 여러분 집의 책장을 본보기로 살펴보자. 장의 길이에 대한 감을 키워야 한다. 그걸 어떻게 일률적으로 정하냐고? 나이가 위인 아이들이 읽는 책은 좀더 길게 하면 되지 않느냐고?

책의 몸을 꼭 장으로 구분할 필요는 없다. 작가마다 창의성을 발휘해 내용을 전개하듯 책의 구조 역시 얼마든지 창의적으로 만들 수 있다. 특히 그림책에서 알파벳 글자는 책의 몸을 구분 지을 수도 있고 구성 내용이 될 수도 있다. 한 예로 제리 팰로타(Jerry Pallotta)는 《제트기 알파벳 북 Jet Alphabet Book(옮긴이)》에서 다양한 종류의 제트기를 소개하면서 제트기의 작동 원리를 잘 설명해주고 있다.

일기 형식을 빌린 책에는 연대별 구성이 효과가 있다. 예를 들어 리자 로우 프러스티노(Lisa Rowe Fraustino)가 쓴 《재 Ash(옮긴이)》는 형이 몰락해가는 모습을 보는 한 소년의 일기인 반면 《디어 아메리카(Dear America)》 시리즈의 하나로 패트리샤 맥키색(Patricia McKissack)이 쓴 《자유의 초상 A Picture of Freedom(옮긴이)》은 버지니아의 한 대규모 농장에 사는 노예 소녀의 삶을 다룬 이야기다.

장으로 구분하거나 그 밖의 방법으로 책의 몸을 순서 있게 나열하는 것이 전부는 아니다.

달리 책의 몸에 포함되는 부분은 다음과 같다.

- 제목과 설명이 첨가된 그림
- 표
- 책장을 펼치면 그림이 튀어나오는 등의 특수 장치
- 페이지 맨 윗부분에 표기하는 내용. 독자가 지금 책의 어느 부분을 읽고 있는지 가르쳐준다.
- 표제, 부표제. 이 책 전체를 통해서 볼 수 있으며 각 장을 다시 여러 부분으로 나누는 기능을 한다.

부록

어린이책에는 종종 전문 용어로 '본문 뒤의 부속물'이라는 부분이 포함된다. 여기에는 기본적으로 본문의 의도와 상관없는 정보들이 포함되는

데 용어 풀이, 추천 도서 목록, 색인, 책에 대한 정보, 그 책에 관련된 각종 게임, 그 밖에 다른 내용들로 대부분 작가가 쓰지만 간혹 출판사가 임의로 덧붙일 때도 있다.

만약 여러분이 그림책 작가인데 '연령이 위인 아이들 책이나 논픽션 책에서는 이런 내용을 봤지만 그림책에도 이런 내용이 실린다니 의외인데?'

마지 팩클램(Marge Facklam)이 쓴 《벌레가 밥이 된대요 Bugs for Lunch(옮긴이)》에서 발췌한 오른쪽 예에서 볼 수 있듯 그림책에서 본문 뒤의 부속물 부분에는 책 내용과 연관된 추가 자료나 추천 도서 및 각종 자료, 용어 풀이, 색인 등이 포함된다.

 More About Bugs for Lunch

There are more insects in the world than any other kind of animal. More than 800,000 insects have been studied and named, but scientists believe that there are probably millions that nobody knows about yet. It's a good thing that insects are food for so many creatures, or the world might be overrun with them.

The NUTHATCH is called the upside-down bird because it walks headfirst down tree trunks as it searches for food. With its strong beak, it pries out insects, caterpillars, and insect eggs that are hidden in cracks in the bark.

SPIDERS catch insects in webs and traps made of silk. Each species of spider has a distinctive design for its web or trap. When they catch more than they can eat at one time, most spiders wrap the leftovers in silk to save for a later meal.

BATS fly from their roosts to look for food as the sun goes down. But even in total darkness, they can catch insects. Bats send out a constant stream of sounds that are pitched so high that people cannot hear them. As these sounds hit objects, they echo back to the bat. When an insect flies across this beam of sound, the bat can tell exactly where the bug is and can swoop down to catch it in flight.

A GECKO is a small lizard that lives in warm climates. Many people like to have geckos in their gardens and backyards. They know that geckos will come out of hiding at night to eat moths and other insects that people find pesky.

라는 생각을 갖고 있다면? 분명히 말하지만 그림책 중에도 부속물이 담겨 있는 책은 많다. 특히 민담을 바탕으로 쓴 책일수록 그렇다. 다만 싣는 내용은 매우 다르다. 소설 《시간의 주름 A Wrinkle in Time(문학과지성사)》의 보급판에는 부속물이 별로 없다. 이얼링 북스(Yearling Books)는 이 책의 부속물로 작가 메들렌 렝글(Madeleine L' Engle 1918년 뉴욕에서 작가인 아버지와 피아니스트인 어머니 사이에서 태어나 예술적인 분위기에서 자랐다. 위 책으로 뉴베리 상을, 미국 도서관 협회가 어린이 문학을 위해 많은 공헌을 한 작가에게 주는 마거리 제이 에드워즈 상을 받았다. –옮긴이)이 쓴 소설 네 권에 대한 소개 및 그녀의 그림에 대한 간단한 설명만을 실었다. 좀더 다양한 내용의 부속물을 싣고 있는 책으로는 《20세기 아동 도서 명작 The 20th Century Children's Book Treasury(옮긴이)》이 있다. 그림책 모음집인 이 책은 각 작가에 대한 '약력'과 함께 '독서 연령 안내' 및 '책 제목, 작가, 일러스트레이터 색인' 까지 담고 있다.

책을 볼 때는 특히 부속물 부분을 주의 깊게 살펴보자. 그것도 지금 당장. 각각 대상 연령이 다른 책들을 책꽂이에서 끄집어내 뒷부분을 자세히 살펴보자. 그리고 작가와 출판사들이 각기 어떤 내용을 그 부분에 담았는지 알아보자. 과연 그 내용이 책에 첨부될 필요가 있는지 생각해보자. 왠지 중요한 내용을 빠뜨린 느낌이 드는 책은 없는지? 직접 책을 쓸 때는 늘 이처럼 여러 가지 사항에 유의해야 한다. 책은 온갖 다양한 방법으로 끌어 모은 잡동사니로 만들어진다. 글쓰기의 다른 부분과 마찬가지로 이런 요소들 또한 작가의 창의성에 따라 얼마든지 달라질 수 있다.

2.

가능성 찾기

지금까지는 기본에 대해 알아보았다. 그러나 목표에 도달하려면 그 이상을 알아야 한다. 이제부터 책의 다양한 유형과 연령 단계를 알아보고 순수 판타지 소설에서부터 직설적인 논픽션에 이르는, 앞으로 여러분이 쓰게 될 책의 장르 가운데 몇 가지를 살펴보기로 하자. 또 출판사의 종류 및 시리즈물로 어울리는 책과 단행본으로 효용이 높은 책의 차이점도 알아보자.

1장... 책의 유형과 연령별 단계

　여러분은 지금 어린이책 작가가 되기를 꿈꾸며 고전부터 최신 인기작까지 빠짐없이 섭렵하는 중이다. 지금까지 여러분이 읽은 책은 가까운 서점의 주인과 도서관 사서들에게 친숙한 책이 분명하다. 그렇다면 과연 어떤 글을 쓸 것인가? 이제 챕터 북과 그림책은 확실히 구분할 수 있다고? 그럼 보드 북이나 이지 리더스, 즉 혼자서 글을 읽기 시작한 아이들을 위한 책은 들어보았는지?

　여러분은 이 장에서 어린이책의 다양한 유형 및 개요와 함께 어떤 기준에 의해 책이 각기 다른 연령 단계에 적용되는지를 배운다. 또한 앞으로 여러분이 쓸 이야기가 어떻게 해서 아이들과 어른들이 함께 보게 되는지도 함께 배운다.

온전한 사실을 다루는 논픽션

　온전한 사실 외에 아무 내용이 담겨 있지 않으면 그 글은 논픽션이다. 저널리스트는 논픽션이라는 글을 통해 실제 일어난 이야기와 사건을 전하는 사람이다. 형식상 '이야기'로 취급된다 하더라도 이런 글을 쓸 때 작가는 사실에 충실하고자 노력한다. 〈타임 Time〉지나 〈레드북 Redbook〉에 실린 기사를 읽으면 논픽션을 읽는 것이고 라디오에서 대형 화재 사고에 대한 리포터의 상세한 보도를 들으면 논픽션을 듣는 것이다.

　논픽션의 주제와 표현 방법은 다양하고 광범위하다. 그 가운데 몇 가지를 소개하면 다음과 같다.

- 성인용만큼이나 어린이를 대상으로 한 입문서는 많다. 클루츠 사(Klutz Press)가 그 방면의 전문 출판사이며 스물네 가지 마술 기법을 소개한 《동전 마술 Coin Magic(옮긴이)》이 대표작이다.
- '사실 그 자체'를 다룬 책으로는 공룡을 소개한 로렌스 프링글(Laurence Pringle)의 《희한하고 신기한 동물 공룡! Dinosaurs! Strange and Wonderful(옮긴이)》과 장묘 관습을 설명한 페니 콜먼(Penny Colman)의 《시체와 관과 납골당 : 매장의 역사 Corpses, Coffins, and Crypts : A History of Burial(옮긴이)》 등이 있다.
- 입증 가능한 자료에 바탕을 두고 실존 인물에 대한 이야기를 다루면 전기문이 된다. 전기문은 논픽션에서 큰 비중을 차지하며 바버라 쿠니(Barbary Cooney)의 그림책 《엘리너 Eleanor(옮긴이)》가 그중의 한 예다.

자료를 찾고 뒤지기 좋아하는 사람, 또 배운 것을 글로 옮기기 좋아하는 사람은 논픽션에 도전해보자. 논픽션에 대한 자세한 이야기는 이 장과 다음 장에서 계속된다.

창의성은 논픽션의 기본

픽션에 비해 논픽션은 창의성이 떨어지지 않느냐고? 논픽션 작가 스니드 컬라드는 그렇지 않다고 주장한다.

처음 글을 쓰기 시작했을 때 나는 제멋대로에다가 아는 것 없는 픽션 작가

'정보 도서'라고도 불리는 논픽션에는 역사적 사실을 최소한의 각색을 거쳐 내놓는 글과 지식을 전달하는 글, 또는 특정 활동이나 실험을 소개하는 글 등이 포함된다. 전기문이나 멸종 위험에 처한 생물에 대한 글, 각종 입문서, 그리고 세인트헬레나 산(Mount St. Helens)에 대한 이야기는 모두 논픽션에 해당한다.

였다. 내가 초반에 낸 어린이책 네 권은 전부 픽션이었다. 문제는 내가 생물학자로서 귀한 경험을 많이 했고 그때 일을 글로 옮기지 않고는 배길 수 없었다는 점이다. 일단 논픽션을 쓰기 시작한 뒤로는 그 일이 너무 좋았다. 그러다 보니 생물학에 대해 점점 더 많은 공부를 하게 되었다. 물론 픽션과 마찬가지로 창의성은 기본이었다. 아니, 논픽션 작가가 픽션 작가보다 훨씬 더 창의적으로 글을 쓸 수 있다고 말하고 싶다. 새로운 지평을 연 순수 창작 그림책은 찾아보기 어렵다. 그러나 논픽션이 그 창의적인 가능성을 모두 다 발휘하려면 아직도 멀었다.

크고 작은 거짓말을 더할 때 픽션이 탄생한다

논픽션의 반대는 픽션이다. 사실에 근거했다 하더라도 픽션은 분명히 만들어진 글이다. 여러 권의 소설과 그림책, 시집 외에 많은 책을 낸 유명 작가 제인 욜런은 픽션을 이렇게 설명한다.

> 추억이란 그저 또 하나의 이야기에 불과하다. 그 자체만으로는 좋은 이야기가 될 수 없다. 사포로 곱게 다듬고 물감을 입히고 여기저기 작고 큰 거짓말을 보탤 때 비로소 픽션이 탄생한다.

완벽하게 꾸며낸 사건을 전제로 한 논픽션은 있을 수 없지만 어느 정도 사실에 기초한 픽션은 가능하다. 다만 그 안에 진실이 담겨 있다 하더라도 픽션은 진실이 될 수 없다. 논픽션이라는 스펙트럼 한쪽 끝에 픽션이 있다. 그러나 두 분야 사이에는 여러 가지 재미있는 유형의 글이 존재한다.

논픽션과 마찬가지로 픽션 역시 여러 가지 유형으로 나뉜다. 이 점에 대해서는 이 장 끝부분과 다음 장에서 자세히 살펴보도록 하자.

픽션이란 상상해낸 이야기, 혹은 상상의 요소를 담고 있는 글, 우화, 혹은 꾸며낸 이야기를 뜻한다. 다시 말해 픽션은 '만들어진' 글이다.

픽션에 대한 견해를 피력하면서 제인 욜런은 자신의 픽션물들이 궁극적으로는 삶 속에서 태어났다고 말한다.

남편이 아이들을 데리고 여러 번 부엉이 관찰 여행을 떠난 적이 있는데 《부엉이와 보름달 Owl Moon(시공주니어)》은 그때의 여행기를 편집한 책이다. 또 《바람을 사랑한 소녀 The Girl Who Loved the Wind(옮긴이)》는 내 자신을 우화적으로 풍자한 동화다. 《토드 선장 Commander Toad(시공주니어)》 시리즈는 한바탕 신나는 이야기들로 꾸며져 있지만 내면에 진지한 메시지를 담은 책이다. 실제 기억을 소재로 삼았지만 '좀더 사실적'인 글로 만들기 위해 여러 차례 손질을 해야 했다. 어법상 틀린 말일지 몰라도 어쨌든 내 글들은 진실하다.

남동생에겐 그림책을, 누나에겐 챕터 북을

픽션과 논픽션의 차이점을 알았으니 이제는 책의 유형에 대해 알아보자. 흔히 어린이책은 삽화 비중이 큰 그림책과 삽화가 거의 혹은 전혀 없는 챕터 북으로 나뉜다.

사람들은 어린이 문학 하면 주로 그림책을 떠올린다. 그림책은 엄마 아빠가 잠자리에서 읽어주거나 이야기 시간에 선생님이 들려주던 책이다. 보통 그림 한 페이지당 한두 줄 정도 글이 실리는데 간혹 글이 전혀 없거나 한두 단락 정도로 긴 책도 있다.

그림책은 대부분 길이가 짧다. 독자가 어린아이들이라 오랜 시간 책에 집중하지 못해서 그럴 거라고 생각하지만 단지 그 때문만은 아니다. 그림책은 주로 완전 컬러로 만들어지기 때문에 값이 비싸다. 양면 모두 그림을 인쇄하고 접고 자르는 과정을 거치는 그림책은 16, 24, 32, 40쪽 혹은 그 안팎이 된다. 보통은 32쪽 정도이며 그보다 본문이 길면 챕터 북이나 그림 동화라고 부른다.

숙제를 모두 마친 뒤 도서관 선생님이나 서점 아저씨가 권해준 책을 열심히 들여다보는 어린이, 이럴 때 아이가 읽는 책은 그림책일 가능성이 높다.

아이가 그림책을 떼고 혼자서 책을 읽기 시작했다면, 그것도 여러 장으로 나뉜 책을 읽기 시작했다면 비로소 챕터 북의 세계에 발을 들여놨다는 뜻이다. 초등학생용의 비교적 읽기 쉬운 이야기책부터 10대 청소년들이 읽는 진지한 소설과 논픽션, 또 삽화가 든 단편부터 그림이라고는 찾아볼 수 없는 300쪽 이상 되는 비중 있는 책까지 챕터 북의 종류는 다양하다. 《개구리와 두꺼비와 함께(비룡소)》 시리즈와 《낸시 드루 Nancy Drew(옮긴이)》 시리즈 중 한 권인 《푸른 돌고래 섬 Island of the Blue Dolphins》, 《비밀의 숲 테라비시아 Bridge to Terabithia》 이 세 권은 모두 종류가 다른 챕터 북이다.

글의 수준을 어디에 맞춰야 할까

여러분이 무엇을 궁금해하는지 잘 안다. 이 문제에 대해 확실한 답을 얻고 싶어 하는 것도 잘 안다. 하지만 몇 가지 주의하자. 자신이 쓰고 있는 글이 어떤 종류인지 정확히 알아야 과연 내가 제대로 된 독자층을 겨냥하고 글을 쓰고 있는지 알 수 있다. 또한 출판사에게 제대로 자신의 책을 설명할 수 있다. 아니, 자신의 글에 맞는 출판사를 제대로 고를 수 있다.

반드시 지켜야 할 법칙은 없다. 오직 경험으로 터득해야 한다. 자신의 글이 어떤 연령의 아이들에게 적합한지 궁금한 사람, 특정 연령층을 위해 글을 쓰고 싶은 사람은 아래 사항을 주의 깊게 살펴보자.

- 길이. 흔히 책의 길이가 짧을수록 읽는 연령이 낮아진다. 단 그림책은 주로 부모가 읽어주고 아이들 혼자서는 읽지 않기 때문에 예외가 될 수 있다.
- 문장과 어휘의 복잡성. 책 속의 문장과 어휘는 대상 연령이 높아질수록 복잡해진다.
- 주인공의 나이. 어린이가 다른 어린이의 마음을 읽을 수 있으려면 적어도 그 나이 또래가 되어야 한다. 3학년 아이들이나 읽는 이야기책을 들여다보며 재미있어하는 열세 살짜리가 있을까.

• 주제. 책 속의 주제가 독자의 관심사와 동일한지의 여부.

보드 북과 개념그림책

갓난아기나 아장아장 걷는 아이를 둔 부모라면 보드 북, 즉 가장 단순한 형태의 그림책을 모를 리 없다. 18개월짜리 아기가 잔뜩 골이 나서 방 이쪽에서 저쪽으로 책을 내팽개쳤다. 그렇게 던진 책을 이마에 정면으로 맞아본 사람이라면 지금 우리가 어떤 책을 말하는지 잘 안다. 언제든 그런 일을 당할 때를 대비해서 이런 경구를 적어두자. '날아다니는 보드 북에 맞으면 그 길로 병원으로 달려가 이마를 꿰매야 할지 모릅니다.'

어떻게 어린 아기들이 보는 책을 그렇게 딱딱하고 위험하게 만드느냐고? 실제로 보드 북은 크기는 작지만 얇은 종이가 아니라 이름 그대로 두꺼운 판지나 마분지같이 씹어도 찢어지지 않을 만큼 질긴 재질로 만든다. 아기가 오동포동한 손으로 움켜쥐더라도 좀처럼 닳거나 찢어지지 않게 하기 위해서다. 심지어 플라스틱 재질로 만들어 물 속에서 갖고 놀 수 있는 책도 있다.

흔히 보드 북은 두꺼운 종이 서너 장에 내용은 한두 마디 적혀 있고 페이지마다 삽화가 그려져 있다. 대부분 16쪽을 넘지 않으며 같은 어구가 반복되는 특징이 있다. 예를 들어 앞부분 어디엔가 '고양이 까꿍!'이라는 글이 나오면 뒷장에 '강아지 까꿍!'이 나오는 식이다. 엄마 아빠 무릎에 올라앉아 열심히 이야기에 귀를 기울이는 아기를 상상하고 만들기 때문에 보드 북은 단순하고 직접적이며 간결하다. 바로 그 점이 오랜 세월을 이어온 보드 북의 전형적인 특징이다.

최근 들어 출판사들은 비교적 길이가 긴 어린이 그림책을 보드 북 형태로 바꾸는 작업에 들어갔다. 비교적 초기에 성공을 거둔 예가 마거릿 와이

보드 북은 책 길이가 짧고 두꺼운 재질의 종이로 만든 주로 정사각형 모양의 책이다. 유아나 막 걸음을 걷기 시작한 아이들을 위한 단순한 책이다. 간단한 줄거리를 담고 있거나 색깔이나 숫자 등의 기본 개념을 가르쳐준다.

즈 브라운의《잘 자요, 달님》과《아기 토끼 버니》다. 현재 영아용 책 시장에 뛰어들어 인기 있는 그림책을 보드 북 판으로 제작하는 출판사가 점점 늘고 있다. 이런 추세는 이미 보편화되어 현재 서점에서 볼 수 있는 보드 북은 대부분 다른 책의 변형이다.

보드 북과 그림책 사이에 흔히 '개념을 가르쳐주는 책'이 있다. 이야기 전개에 중점을 두기보다 대상을 정해놓고 개념을 설명하기 때문에 그런 이름이 붙었다. 어떤 면에서 이 책은 어린아기들을 위한 논픽션이다. 태너 호번의《여기도 색깔 저기도 색깔 Colors Everywhere(옮긴이)》이나 서즈 맥도널드(Suse McDonald)의《쪼고 주르륵 미끄러지고 Peck, Slither, and Slide(옮긴이)》가 대표적인 책이다.

그림책

머리 속에 그림이 떠오른다. 온 가족이 깨끗이 씻고 잠자리에 든 시간, 갑자기 "엄마, 나 책 좀 읽어주면 안 돼?" 하는 소리가 들린다. 그럼 엄마는 아이 방으로 가서 예쁜 그림으로 가득 찬 그림책이나 짧고 재미난 이야기를 들려준다. 이럴 때 아이들이 찾는 책은 보드 북에 비해 길다. 그리고 다행히 어른들이 보기에도 재미있는 내용일 때가 많다. 이런 책을 찾을 때쯤이면 아이들은 친밀감에 깊은 관심을 보인다. 그리고 한 가지 보태자면 이 시기에 이르면 이야기를 듣는 아이들보다 어른들이 먼저 싫증을 느낀다.

그림책은 흔히 다른 유형의 책이나 다른 연령층을 겨냥한 책에 비해 어린이 서고에서 차지하는 비중이 크다. 아이들은 언제든 그림책만 보면 졸라대고 부모들 역시 자녀에게 글자를 깨우쳐주기 위한 수단으로 그림책을 선호한다. 아이들 선물용으로, 심지어 어른들 선물용으로도 그림책은 항상 인기다. 창작물이나 논픽션 모두 가능하다. 또한 주로 어른들이 아이들에게 읽어주며 학교에서도 많이 사용한다. 수백 개 단어로 이루어진 책부터 2,000개가 넘는 단어로 이루어진 책까지 길이도 자유롭다. 형식 또한 자유로워 주제의 제한을 받지 않으며 표현 방법도 매우 다양하다.

여러분은 태어나서 처음으로 혼자 책을 읽었던 때의 흥분을 기억하는가? 아이들은 비교적 간단한 문장이 담긴 그림책을 보면서 혼자 읽기를 시도한다. 그러나 일단 혼자서 책을 읽기 시작하면 금세 부모나 형제자매가 읽어주던 책과는 뭔가 다른 책을 찾는다. 좀더 길고 좀더 단어 수가 많은, 그리고 좀더 읽을 거리가 많은 책을 찾는다는 뜻이다. 하지만 주의하자. 절대 이 책의 주 수요층이 소화할 수 없는 글을 쓰면 안 된다. 보충 설명을 하겠지만 다양한 이름을 가진 이런 책은 부모가 읽어주지 않기 때문에 그림책보다 쉬운 단어, 이제 갓 글씨를 읽기 시작한 아이들이 이해할 수 있는 단어로 써야 한다.

읽기책의 단계 파악하기

작가 래리 데인 브림너(Larry Dane Brimner)는 처음 책을 읽기 시작한 어린이들을 위한 책을 다음과 같이 구분했다.

- 읽기 쉬운 그림책 : 32쪽
- 이지 리더스 혹은 얼리 리더스(early leaders) : 48~64쪽
- 초보자용 챕터 북 : 48~64쪽
  길이는 수백 단어에서 1,500단어까지 다양하다.

마크 브라운(Marc Brown)의 《아서 Arthur》 시리즈는 어린이가 고를 수 있는 이지 리더스의 전형적인 작품이다. 다음은 《개구리와 두꺼비와 함께》 시리즈와 《아멜리아 베델리아 Amelia Bedelia(옮긴이)》가 있다. 아니면 사이먼 앤 슈스터 사의 《나도 읽을 수 있어요》 시리즈처럼 프로그램 전체를 택해 그 프로그램이 어떤 기준에 따라 연령 단계를 구분했는지 주의 깊게 살펴봐도 좋다. 논픽션도 포함된다. 하퍼의 '읽고 발견하는 과학 Let's-Read-and-Find-Out Science(옮긴이)' 프로그램은 지금은 사라지고 없는 토마스 Y. 크로웰(Thomas Y. Crowell) 출판사가 1960년에 시작한 프로그램으로 중간에 한 번 출판사가 바뀌기는 했어도 굳건히 40년을 이어내려왔

다. 이 분야에 정열을 갖고 있는 작가라면 직접 책에 빠져드는 방법이 최선이다. 아이들이 이 단계의 쉬운 책에 머무는 기간은 비교적 짧다. 그렇다고 이런 책을 무시해서는 안 된다. 이 책을 읽은 아이들이 조만간 길이가 긴 챕터 북의 수요층이 되기 때문이다.

민담과 전래 동화

부모나 교사, 도서관 사서들은 모두 모음집을 선호한다. 모음집이란 여러 권의 책을 하나로 묶어 펴내는 방식이다. 보통은 낱권으로 살 때보다 모음집으로 살 때 값이 싸다. 이미 발표된 책을 편집자가 임의로 묶어서 낼 때도 있지만 원래부터 모음집으로 출간하는 경우가 더 많다. 그림책에 담기에는 효과가 떨어지고 길이가 긴 책에 싣기에는 다소 짧은 글을 염두에 둔 작가라면 모음집을 기억해두자.

여러분은 〈헨젤과 그레텔〉이라는 동화를 기억하는가? 그럼 〈잠자는 숲 속의 미녀〉는? 이 이야기는 둘 다 민담에 뿌리를 둔 전래 동화다. 민담과 전래 동화는 아이들의 문화와 전통을 양분하는 두 갈래 큰 줄기다. 현재 민담을 전하는 방식과 오래 전 민담을 전하던 방식의 유일한 차이점은 매체다. 지금은 책으로 전하지만 과거에는 입에서 입으로 이야기를 전했기 때문이다.

유명한 민담이나 전래 동화들은 대부분 그림책으로 출간된다. 그러나 좀처럼 독자들의 사랑을 받지 못한다. 나도 그런 글을 쓰고 싶은데 그럼 어떻게 하냐고? 그럴 때 고려해봄직한 우회적인 접근 방법이 바로 모음집이다. 이때는 저작권을 침해할 소지가 없는지 잘 알아봐야 한다. 필요하면 제4부 2장 〈저작권의 기초〉를 참조하자. 버지니아 해밀턴이 쓴 《하늘을 나는 사람들 The People Could Fly(옮긴이)》과 하워드 노먼(Howard Norman)이

민담은 입에서 입으로 전해 내려온 이야기로 아이와 어른 모두 흥미를 가질 수 있는 반면 전래 동화는 민담의 형태를 띠고 있지만 주로 어린이를 위한 이야기로 문학적 요소와 문체적 기교가 많이 가미되어 있다.

쓴 《기러기 꿈만 꾼 소녀 The Girl Who Dreamed Only Geese(옮긴이)》는 민담 모음집의 훌륭한 본보기다.

　모음집의 종류는 그 밖에도 많다. 자칫 잡지 한구석에나 실릴 법한 단편은 책으로 출판되는 과정에서 모음집으로 만들어지기도 한다. 그러나 어린이용 단편 모음집은 극히 드물다. 시 전집 역시 판매가 저조한 편이다. 시집을 출간하는 몇 안 되는 출판사들이 그나마 보편적인 주제와 특정한 스타일을 고집하기 때문이다. 진정으로 '연령 구분 없음'이라고 말할 수 있는 어린이책을 고르라면 아마도 모음집이 될 것이다.

엄마, 나 이 책 읽어도 돼?

　독서 연령이 빠른 아이들은 초등학교 2학년쯤 얼리 리더스, 즉 쉬운 책에서 진정한 의미의 챕터 북으로 옮겨간다. 그중에서 초등학교 중학년 어린이들이 읽을 만한 챕터 북을 고르라면 어린이를 위한 고전 소설로 우리들 기억에 남아 있는 E. B. 화이트(E. B. White)의 《샬롯의 거미줄》, 로라 잉걸스 와일더(Laura Ingalls Wilder)의 《초원의 집(시공주니어)》 그리고 비벌리 클리어리(Beverly Cleary)의 《말괄량이 래모나의 신나는 세상 Ramona the Pest(지경사)》 등이 있다. 비교적 어린아이들이 읽는 챕터 북은 삽화가 곁들여 있으며 길어도 보통 64쪽을 넘기지 않는다. 그러나 간혹 200쪽이 넘는 책도 있다.

　'챕터 북'이라는 용어는 몇몇 사람들이 얼리 리더스와 본격 소설 사이의 책을 가리키는 뜻으로 만들었다. 여기 챕터 북의 전 부문을 소개한다.

- 장(chapter)으로 구분된 이지 리더스 또는 '초보자용 챕터 북' : 48~64쪽 (대략 6~8세)
- 저학년용 : 48~80쪽. 논픽션의 경우는 좀더 길다. (7~9세)
- 중학년용 : 80~160쪽 또는 그보다 약간 길다. (8~12세)
- 고학년용 또는 청소년기 이전 : 중학년용보다 약간 길다. (10~14세)
- 청소년 도서 : 250쪽까지 (12세 이상)

책을 단계별로 확실히 구분 짓기는 어렵다. 그렇기 때문에 글을 써가면서 나름대로 직관을 얻어야 한다. 한 가지, 단어 수에 대한 제인 욜런의 경고를 잊지 말 것.

꼭 지킬 것. 이런 말은 듣기만 해도 끔찍하다. 책은 필요에 따라 얼마든지 길어질 수 있다. 길이를 강제로 정하다니 말도 안 된다. 나는 이야기란 도입부와 중심부, 결말부가 있어야 한다고 믿는다. 단어 수 따위에는 전혀 신경 쓰지 않는다.

청소년용 도서

형태로는 초등학교 중학년 어린이에게 적합하고 내용으로는 좀더 정교한 글을 쓰고 싶다면? 그런 사람은 청소년 독자를 떠올리자. 즉 10대들이다.

출판계가 10대에 주목하기 시작한 것은 비교적 최근의 일이다. 1999년 10월 18일, 출판계 소식을 전하는 잡지 〈퍼블리셔스 위클리 Publishers Weekly〉는 '10대를 표적으로 삼다(Making the Teen Scene)'라는 특집 기사에 이런 내용을 실었다.

1967년 발표된 《아웃사이더 The Outsiders》부터 1998년 《마약 Smack(옮긴이)》에 이르기까지 출판사들은 재능 있는 작가들을 부추겨 10대 독자들을 상대로 교묘한, 그러나 그들의 관심거리를 반영한 이야기를 끊임없이 그리고 집요하게 쏟아놓게 만들었다.

10대들을 위한 책의 역사는 매우 짧다. S. E. 힌튼(S. E. Hinton), 월터 딘

청소년(YA) 도서에 대해서는 굳이 설명이 필요 없다. YA(Young Adult)란 출판계에서 10대를 가리킬 때 쓰는 용어다.

마이어스(Walter Dean Myers) 그리고 주디 블룸 같은 작가들이 1960년대 후반에 10대들을 겨냥한 보다 모험적인 소설을 시도한 일이 계기가 되어 청소년이라는 새로운 독자층이 생겨났다.

이때 발생하는 문제! 과연 청소년 도서를 어디에 꽂느냐 하는 점이다. 실제로 《호밀밭의 파수꾼 The Catcher in the Rye》과 같은 책은 《게이샤의 추억 Memoirs of a Geisha》류와 뒤섞여 성인용 소설 서고에 꽂혀 있다. 그건 별 문제가 없다. 샐린저(Salinger)는 성인용 소설도 함께 쓰는 작가이기 때문이다. 그는 원래 10대를 위한 작가가 아니었다. 하지만 10대들은 자기네들이 읽을 책이 정작 나이 어린 꼬마들이 보는 보드 북이나 그림책과 함께 꽂혀 있으면 자존심이 상한다. 수년 간 출판사와 도서관 사서 그리고 서점 주인들은 청소년 도서를 어디에 배치해야 하는가를 두고 입씨름을 계속해왔다. 청소년 도서를 따로 분류해놓은 곳도 있고 그렇지 않은 곳도 있다. 그러나 여러분 본업은 작가이니 괜히 이 문제로 고민하지 말자.

괜히 청소년 독자를 의식해서 글에 가위질을 하지 말자. 어른들은 종종 10대들의 감수성과 자의식을 과소평가한다. 공식적으로 '청소년 도서' 장르가 생겨나기 훨씬 이전부터 10대를 존중한 작가들은 이미 그들 곁에 가까이 있었다. 1950년대에 J. D. 샐린저가 앞을 내다보고 쓴 소설 《호밀밭의 파수꾼》이 발표되자 어른들 사이에서 논란의 대상이 되었다. 하지만 그 책은 10대 사이에서 폭발적인 인기를 누렸고 지금까지 고전으로 불리고 있다.

좋은 어린이책은 어른들에게도 환영받는다

물론 여러분이 어떤 장르의 글을 쓰든 그 글의 독자는 아이들이다. 그러나 어린이책이라고 해서 아이들만 읽는다고 생각하면 잘못이다. 궁극적으로 아이들에게 책을 골라주는 사람은 부모를 비롯해서 할머니, 할아버지, 선생님 그리고 도서관 사서들이다. 단 자기 용돈으로 어느 정도 책을 사서 볼 능력이 있는 10대들의 책은 예외로 하자. 실질적으로 문지기는 어른이다. 여러분이 쓴 글이 원하는 독자인 아이들의 손에 들어가려면 반드시 그들의 손을 거쳐야만 한다. 그것이 현실이다.

때로는 이런 현실이 걸림돌이 되기도 한다. 여러분이 쓰려는 글이 아이들은 좋아해도 어른들이 선뜻 반기지 않을 수 있기 때문이다. 그러나 여기서 다시 한 번 환기할 사항은 좋은 어린이책이란 아이들뿐 아니라 어른들에게도 환영받는다는 점이다. 언제나 그래왔고 앞으로도 그럴 것이다. 때로는 아이들에게보다 어른들에게 좋은 인상을 주는 책이 있다. 그렇다면 어른을 겨냥하고 글을 쓰라는 이야기인가? 그건 아니다. 그랬다가는 주 대상인 아이들까지 잃어버리는 불상사를 초래한다. 주 독자층에 집중하자. 그런 마음가짐으로 좋은 작품을 만들 때 비로소 어른들 마음을 움직일 수 있다.

2장... 책더미 속으로 파고들기

앞장에서 여러분은 어린이책의 기본 범주에 대해 배웠다. 이번에는 좀더 깊이 들어가보자. 이제부터는 서점과 도서관에서 찾을 수 있는 어린이 문학 작품의 온갖 '분야'에 깊이 빠져들어야 하니 부디 산소 마스크를 준비하도록. 이미 여러분은 어린이책의 여러 가지 유형을 배웠다. 그러나 내가 쓰고 싶어 하는 글이 과연 출판사의 관심을 끌 수 있을지 여전히 궁금한 상태다. 가능성은 무한하다.

이제부터 어린이책의 다양한 장르를 설명하면서 한가한 시간에 정독해 볼 만한 책을 몇 권 소개하려고 한다. 그렇게 함으로써 여러분은 어린이책의 각 분야를 좀더 깊이 이해할 수 있을 것이다.

어린이책에도 품질이 있다

어떤 어린이책도 똑같은 기준에 의해 만들어지는 않는다. 세상 모든 일이 그렇듯 제품 세계에는 다양한 품질이 있다. '좋다'는 표현은 어디서든 품질이 가장 뛰어난 제품을 의미한다. 그건 어린이 문학에서도 마찬가지다. 좋은 어린이 문학서와 저질 도서는 분명히 차이가 있다.

이 문제를 다른 각도에서 살펴보기 위해 이번에는 성인 문학을 예로 들어보자. F. 스콧 피츠제럴드(F. Scott Fitzgerald)의 《위대한 개츠비》와 여성들이 열광하는 작가 니콜라스 스팍스(Nicholas Sparks)의 《노트북 The Notebook》은 품질 면에서 많은 차이가 있다. 전자인 《위대한 개츠비》는 품격 높은 최고급 문학 작품이지만 후자인 《노트북》은 인기는 있되 결코 고급 문학은 아니다.

다음은 고급 문학 작품으로 평가받는 그림책들이다.

- 에밀리 아놀드 맥컬리(Emily Arnold McCully)의 《줄 위의 미레트 Mirette on the High Wire(옮긴이)》
- 로이드 모스(Lloyd Moss)의 《징, 징, 징, 바이올린 Zin! Zin! Zin! A Violin(옮긴이)》
- 에즈라 잭 키츠(Ezra Jack Keats)의 《눈 오는 날 A Snowy Day》
- 레오 리오니(Leo Lionni)의 《으뜸 헤엄이 Swimmy(마루벌)》
- 러셀 호번(Russell Hoban)의 《너, 정말 이러기야? A Bargain for Frances(비룡소)》
- 조지 리틀차일드(George Littlechild)의 《이건 내 땅이야 This Land is My Land(옮긴이)》

여러분이 지금까지 읽은 어린이 문학 작품 가운데 위에 열거한 책이 한두 권이라도 빠져 있다면 당장 찾아서 읽어보도록 하자. 그리고 '이 책들이 뛰어난 문학 작품이 될 수 있었던 이유가 뭘까?' 하고 철저히 분석하고 자문해보자.

여기 수준 높은 문학 작품으로 추천할 만한 어린이용 소설 몇 권을 소개한다.

- 나탈리 배비트의 《트리갭의 샘물 Tuk Everlasting(대교출판)》
- 캐런 커시먼(Karen Cushman)의 《새라는 이름을 가진 캐서린

책의 형태가 그림책이나 챕터 북, 혹은 보급판이나 양장본과 같은 물리적 외형을 구분하는 용어라면 책의 장르는 판타지나 역사 소설, 다문화 문학과 논픽션 등 글의 유형을 구분하는 용어다.

Catherine, Called Birdy(옮긴이)》

- E. B. 화이트의 《샬롯의 거미줄》
- 메들렌 렝글(Madeleine L' Engle)의 《시간의 주름》
- C. S. 루이스(C. S. Lewis)의 《사자와 마녀와 옷장 The Lion, the Witch and the Wardrobe(시공주니어)》
- 로버트 코미어(Robert Cormier)의 《초콜릿 전쟁 The Chocolate War》. 이 책은 청소년 도서지만 훌륭한 어린이 문학 작품으로 추천할 만하다.

이번에도 읽지 않은 책이 있다면 당장 서점으로 달려가 정독하도록.

대중 도서

과연 여러분 같은 어른 중에 공포물을 너무너무 좋아해서 스티븐 킹의 소설을 보며 밤을 지새우는 사람이 얼마나 될까? 또 가냘픈 여주인공과 근육질 몸매를 가진 남자 주인공에 홀딱 반해 슈퍼마켓 가판대에서 선뜻 연애 소설을 집어 드는 사람이 얼마나 될까? 그러나 지금은 그런 시대다. 촉각을 세우고 시류를 감지하자! 대중서의 힘은 막강하다. 엄마 아빠가 늘 셰익스피어의 고전만 끼고 다니지 않듯 아이들도 《비밀의 화원》 같은 책만 읽지는 않는다. 솔직히 왜 꼭 그런 책만 읽어야 하는가? 여러분이 스티븐 킹을 좋아하든 좋아하지 않든 지금 아이들은 《소름》과 같은 책에 열광한다. 또 여러분이 연애 소설을 탐탁치 않게 여기든 말든 지금 아이들은 《러브 스토리》에 푹 빠져 있다.

다음은 비교적 어린아이들이 읽을 만한 대중 도서들이다.

- 마크 브라운의 《아서》 시리즈 가운데 하나
- 루시 커즌스(Lucy Cousins)의 《꼬마 생쥐 메이지 Maisy the Mouse(키즈돔)》 시리즈 가운데 하나
- 《베렌스타인 베어 The Berenstain Bears》 시리즈

다음은 비교적 연령이 위인 아이들이 읽을 만한 책이다.

• 《디어 아메리카 Dear America》
• 《소름》 시리즈
• 맷 크리스토퍼(Matt Christopher)의 스포츠 소설
• 《애니모프스 Animorphs》 시리즈

일반적으로 대중서와 고급서를 펴내는 출판사는 다르며 같은 출판사라 하더라도 최소한 펴내는 부서가 다르다. 작가가 어떤 작품을 쓰느냐에 따라 맞는 출판사도 달라진다는 뜻이다. 그 차이점에 대해서는 다음 장에서 자세히 살펴보기로 하자.

요즘 인기 있는 어린이 소설 주인공은 예외 없이 텔레비전에 등장한다. 1999년 2월 22일자 〈퍼블리셔스 위클리〉에는 'CBS의 토요일 아침 프로그램은 거의 모두 책과 관련된 것뿐이다'라는 기사가 실렸다. 반면 지난해 니켈로디언에 처음 메이지가 모습을 나타내자 '그 시간대의 시청률이 급상승했다'는 보도도 있었다.

어휘의 제한

작가들은 대부분 직접 어휘를 고른다. 하지만 이지 리더스의 경우는 어휘 선정에 특히 신중해야 한다. 《아기 오리들한테 길을 비켜주세요》가 지나치게 진보적이라는 평가를 받으면서도 단순한 운율과 음조로 사람들의 사랑을 받자 《물고기 한 마리, 물고기 두 마리, 빨강 물고기, 파랑 물고기 One Fish, Two Fish, Red Fish, Blue Fish(옮긴이)》 같은 책들이 등장하기 시작했다. 이 책들은 가장 쉬운 어휘로만 쓰였다는 공통점을 갖고 있다. 다시 말해 어휘에 제한을 받는 책이다. 교과서는 정도가 더욱 심하다. 테오도르 가이즐(Theodor Geisel 닥터 수스의 본명)이 처음 글을 읽기 시작한 아이들을 위해 200여 개 남짓의 단어를 사용해서 쓴 《모자 쓴 고양이 The Cat in the Hat》 역시 어휘가 제한된 책이다. 저자는 이 책을 쓸 때

허용된 단어 외에는 전혀 다른 단어를 쓰지 않았다. 출판사 방침이 어휘 제한을 요구할 때는 그들이 제시한 목록에 포함된 단어만 써야 한다. 그러나 어린이책 전문 출판사 중에 이런 조항을 제시하는 곳은 거의 없다.

읽기 수준이 낮은 어린이들을 이해한답시고 《토끼를 만져보세요 Pat the Bunny(옮긴이)》나 제한된 어휘로 쓰인 책을 참고서로 사용하지는 말자. 초등학생쯤 된 아이가 책 읽기가 힘들어 진땀을 흘린다고 해도, 그 아이는 '코흘리개 어린애들이나 읽는 책'으로 돌아가고 싶은 생각은 없다. 고맙게도 출판사들은 '고급과 초급을 겸비한' 책을 만들어냄으로써 그런 아이들의 요구에 부응하고 있다. 그들은 쉬운 단어만으로 좀더 흥미로운 주제를 표현한 책을 만들기 위해 오늘도 애쓰고 있다.

판타지 문학

아무리 반복해도 지나치지 않은 말이 있다. 바로 어른들이 좋아하는 것은 무엇이든 아이들도 좋아한다는 점이다. 분야에 따라서는 어른들보다 아이들에게 훨씬 인기가 높은 책이 있다. 오랜 세월을 거치는 동안 판타지 소설은 어린이 문학 전반에서 세력을 확장해왔다. 하지만 판타지 소설을 펴내는 출판사들은 좀더 연구를 거친 글을 찾는다.

판타지 도서의 몇 가지 부문을 살펴보고 각 부문에 해당하는 책을 알아보자.

지금까지 발표된 책 중에 판타지 소설의 전형으로 평가되는 작품은 J. R. R. 톨킨(J. R. R. Tolkien)의 《호비트 The Hobbit(시공주니어)》다. 린은 지금도 초등학교 4학년 때 담임선생님이 날마다 점심 시간 뒤에 그 책을 읽어주었던 기억을 소중히 간직하고 있다. 그녀는 회상한다.

정말이지 한 번도 보지도 듣지도 못한 희한한 세계로 빠져 들어갔어요.

판타지란 현실 세계와 다른 곳, 즉 동물이 말을 하고 마법이 통하며 기묘한 생물이 존재하는 세계를 배경으로 펼쳐지는 소설의 한 장르다.

도저히 헤어나올 수가 없었죠.

《호비트》외에 전형적인 판타지 소설로 꼽히는 책이 어슐러 르 귄(Ursula Le Guin)의 《어스시 Earthsea(황금가지)》 시리즈다.

그림책에도 판타지 장르를 넘나드는 작품이 있다면! 마녀와 유령이 등장하는 그림책이나 상상 속의 친구가 나오는 이야기책을 집어 들었다면 여러분은 지금 어린이용 판타지 책을 골랐다. 아이들은 아주 어릴 때부터 그런 이야기가 모두 환상이라는 사실을 알면서도 열광한다. 판타지 책은 어린아이들에게 그들이 느끼는 감정이나 성장하면서 겪는 여러 가지 문제에 대한 해결 방법을 제시한다. 예를 들어 괴물은 무엇을 의미할까? 혹시 우리 안에 내재하는 파괴적 충동의 발현이나 외부적인 위협에 대한 우리 자신의 두려움은 아닐까?

의인화 기법

움직이지 않는 물체에 생명을 부여하고 인간의 특질을 부여하는 의인화 기법은 인기가 있지만 대다수의 출판물, 그중에서도 이른바 '좋은' 출판사들이 펴낸 책에 등장하는 요소는 아니다. 요크(York) 공작 부인인 새러 퍼거슨(Sarah Ferguson)의 《헬리콥터 버지 Budgy the Helicopter(옮긴이)》는 의인화를 많이 사용한 전형적인 책으로 한 유력한 출판사가 펴냈다. 내용에 상관없이 유명세가 책을 판 경우다. 그러나 여러분처럼 평범한 작가는 똑같은 책을 쓴다 하더라도 절대 출판사의 허락을 얻지 못할 것이다.

그러므로 의인화는 여러분이 피해야 할 영역이다. 제아무리 잘 썼다 하

인격화(Anthropomorphism)와 의인화(Personification)는 거의 혼용되어 쓰이지만 같은 뜻은 아니다. 인격화란 동물에 감정이나 말할 수 있는 능력과 같은 인간의 특질을 부여하는 표현법이다. 반면 의인화는 생명이 없는 평범한 사물을 사람처럼 주인공으로 등장시키는 표현법이다.

더라도 출판사는 의인화 기법을 사용한 글을 상투적인 글로 취급한다. 많은 초보 작가들이 시계나 차 따위의 움직일 수 없는 사물에 인간의 특질을 부여하는 방식을 선호하기 때문이다.

역사 소설

사실의 옷을 입은 이야기. 흔한 표현은 아니지만 역사 소설을 설명하기에 이보다 정확한 말은 없다. 여러분이 이 장르에 대해 반드시 기억해둬야 할 사항이 있다. 사실이 아니라 꾸며낸 이야기라는 점이다. 비록 이야기 속에 사실을 함께 엮고 그 사실이 놀라울 정도로 상세하다고 해도 이야기 자체는 분명히 픽션이다. 그리고 도서관이나 서점에서도 소설류로 분류된다.

역사 소설 범주에 드는 작품 중에 고전을 꼽는다면 스콧 오델의 걸작 《푸른 돌고래 섬》과 콜리어 형제(Colliers)의 《우리 형 샘은 죽었어요 My Brother Sam Is Dead(옮긴이)》가 있다. 보다 최근작으로는 1200년대를 배경으로 펼쳐지는 캐런 커시먼의 《새라는 이름을 가진 캐서린 Catherine, Called Birdy(옮긴이)》과 캐런 로마노 영(Karen Romano Young)이 1960년대를 배경으로 쓴 《비틀 러브 Beetle Love(옮긴이)》가 있는데 두 권 모두 시대를 초월한 역사 소설의 가능성을 제시한 작품들이다. 넓은 독자층을 겨냥해 정교한 기교와 통찰력을 겸비한 작품으로는 플레전트 사(Pleasant Company)에서 펴낸 《아메리칸 걸스 American Girls》와 스콜라스틱 사의 《디어 아메리카》, 사이먼 앤 슈스터 사의 《아메리칸 다이어리 American

---

제발 새미 스쿼럴(Sammy Squirrel : 다람쥐 새미의 영어 발음)이나 로키 러쿤(Rocky Raccoon : 너구리 로키의 영어 발음)처럼 두운을 맞춘 동물 이름은 피하자. 그 즉시 "또 이거야!"라는 소리가 편집자 입에서 튀어나올 테니까. 두운은 산문체 글에서는 효과가 있을지 몰라도 동물 주인공 이름으로는 뻔한 기교로 전락한다. 스스로 아마추어임을 드러내는 행동을 하지 말자.

Diaries》 시리즈가 있으며 모두 다 아이들이 좋아하는 역사 소설로 호응을 얻고 있다.

다문화 문학

어린이 문학 중 가장 최근에 생겨난 분야가 바로 다문화 문학(multicultural literature)이다. 넓은 의미에서 다문화 문학은 우리가 사는 세상이 다양한 문화와 다양한 인종이 공존하는 세상이라는 전제에서 생겨난 문학의 한 분야다. 서로 배경이 다른 아이들이 모인 교실에서 벌어지는 이야기를 다룬 그림책에서부터 로렌스 엡(Laurence Yep)의 《용의 문 Dragon's Gate(옮긴이)》이나 크리스토퍼 폴 커티스(Christopher Paul Curtis)의 《왓슨 가족 버밍햄에 가다 The Watsons Go to Birmingham(옮긴이)》처럼 특정한 문화를 배경으로 펼쳐지는 이야기에 이르기까지 상당히 많은 책들이 이 범주에 들어간다.

다문화 문학의 정의 및 누가 누구에 대해 어떤 내용을 쓸 수 있느냐 하는 점은 때로 문학계에서 심각한 논란의 주제가 된다. 개인적인 경험 없이 상상 속에서 무엇이든 만들어낼 수 있다고 믿는 작가들이 한쪽이요, 자칫하면 자신이 나고 자란 문화에 대한 글만 쓰게 된다는 걱정과 글의 진실성을 걱정하는 문화 보호주의자들이 다른 한쪽이다.

《탄광촌에서 자란 아이 Growing Up in Coal Country(옮긴이)》와 《광부의 신부 A Coal Miner's Bride(옮긴이)》를 쓴 작가 수잔 캠벨 바톨레티의 고백을 들어보자.

지금 내가 역사 소설과 논픽션에 대해 갖고 있는 애정을 생각하면, 정말

여러분이 역사적 사건에 매료된 아이의 이야기나 다른 시대에 살았던 아이의 삶을 이야기로 쓴다면 역사 소설이 된다. 이때 주인공과 다른 등장인물을 제외한 역사적 배경이나 기타 세부적인 사항들은 긴밀한 조사 작업에 기초해서 만들어진다.

내가 역사 시간만 되면 불평불만으로 입을 내밀던 아이인가 하는 생각이 듭니다. 나는 역사 시간이 싫었어요. 중요한 내용을 받아 적기도 싫었고 교과서는 쳐다보기도 싫었죠. 하지만 지금의 나는 이야깃거리를 찾아 어느 곳을 찾아가든 그곳의 역사와 이야기들, 그야말로 모든 이야기를 낱낱이 알지 않고는 못 배긴답니다.

현실적으로 작가는 중간 위치에 설 수밖에 없다. 3주 동안 다른 나라를 방문한다면 그것은 개인적 경험이 될 수 있다. 그러나 여행객이 가진 외부적인 시각과 다른 눈으로 그 나라에 대한 글을 쓰기는 매우 힘들다. 사회 운동가로서 이민자 사회에 참여해 함께 일하면 그들 사회와 직접 접하는 기회가 되지만 방문자나 도움을 주러 온 입장이라면 24시간 함께 움직이고 일주일 동안 함께 지내는 그들의 일부가 될 수 없다. 하지만 온 정열을 바치면 이 역시 불가능한 일은 아니다. 삽화를 곁들여 라코타 족의 전설을 책으로 엮어낸 폴 고블(Paul Goble)을 예로 들어보자. 원래 영국이 고향인 폴은 이 책을 일생의 역작으로 만들었으며 그 과정에서 인디언 부족의 수장들을 찾아다니며 일일이 검증을 받았다. 자신의 문화가 아닌 다른 문화를 글로 옮기고 싶다면 이방인으로서가 아니라 진정으로 그 문화에 동화된 시각으로 그려야 한다.

논픽션 속의 허구

지금까지 여러분은 사실을 소설에 적용시키는 법을 배웠다. 그렇다면 눈앞의 개념을 좀더 명확히 이해시키기 위해 진실 속에 꾸민 이야기를 접목하는 방법은 어떨까? 태양계의 행성을 주제로 삼아 그 행성에 대한 논픽션을 쓰고 싶은 작가는 사실 속에 이야기를 꾸며 넣을 수 있다. 그것이 바로 '진실 위에 거짓을 입히는' 작업이다. 그렇게 함으로써 어린이들에게 배우는 과정을 더욱 쉽고 재미있게 만들어줄 수 있다. 실제로 작가들이 어린이들을 가르치기 위해 어떤 방법으로 매개체를 사용하는지 알아보자.

가장 확실한 방법이 이야기를 들려주는 형식이다. 인기 있는 텔레비전 프로그램 '신기한 스쿨버스(The Magic School bus)'는 원래 책 시리즈로 인기를 끌었다. 이 프로그램은 허구가 사실을 전하는 매개체로 쓰일 수 있다는 훌륭한 본보기다. 이 책 시리즈에는 프리즐 선생님이 아널드, 피비, 랠프, 그리고 팀을 포함한 다른 아이들을 스쿨버스에 태우고 과학의 세계를 찾아 모험을 떠난다. 아이들을 태운 버스는 공룡 시대로, 사람 몸으로, 태양계로, 그리고 좀더 많은 공부를 위해 먼 곳으로 여행을 떠난다. 근본적으로 이 책에 등장하는 주인공들과 이야기 자체는 교훈과 연관된 보조 장치다. 하지만 어느 누구도 이 책에서 교훈과 연관된 허구의 대단한 능력을 의심하지 않는다. 《신기한 스쿨버스(비룡소)》시리즈와 비디오는 지금도 날개 돋친 듯 팔려나간다.

이런 장르에 대한 이해를 도울 수 있는 책으로는 홀링 클랜시 홀링(Holling Clancy Holling)의 《미시시피 강의 민 Minn of the Mississippi》, 데이빗 매컬레이(David Macaulay)의 《대성당 Cathedral(옮긴이)》과 그와 유사한 책들, 비교적 최근작인 로렌스 프링글의 《아주 특별한 삶 An Extraordinary Life(옮긴이)》, 가이서츠(Geiserts)의 《초원 마을 Prairie Town(옮긴이)》 등이 있다.

《신기한 스쿨버스》시리즈처럼 가벼운 어조로 지식을 전달하는 책이 있는 반면 사실에 지극히 충실하면서 허구의 기교를 빌린 책도 있다.

허구의 기교를 통해 한층 더 생명력을 얻은 논픽션 도서들을 아래에 열거해두었으니 도서관을 뒤지든 서점에서 사든 꼭 읽어보도록.

- 짐 머피(Jim Murphy)의 《대형 화재 The Great Fire(옮긴이)》
- 러셀 프리드먼(Russell Freedman)의 책
- 바버라 에스벤슨(Barbara Esbensen)의 《날개 달린 호랑이 The Tiger with Wings(옮긴이)》

앞장에서 간단히 살펴본 것처럼 직설 화법으로 쓰인 논픽션의 종류는 대

단히 많다. 이 경우 작가나 일러스트레이터는 오직 사실 전달에만 충실한다.

여기에는 입문서도 포함된다. 어린이용 '입문서'는 성인용 못지않게 많다. 전 세계의 요리법을 담은 《요리 면허 Passport on a Plate(옮긴이)》 같은 책이나 레미 찰립(Remy Charlip)과 메리 베스 밀러(Mary Beth Miller)가 함께 쓴 《수화, 손짓 대화와 손짓 언어의 기초 Handtalk An ABC of Finger Spelling and Sign Language(옮긴이)》 또한 그런 입문서 중 하나다. 요리법에서 카드 게임에 이르기까지, 그리고 훌라 춤 추는 법에서 수화에 이르기까지 아이들은 왜 그렇게 배우고 싶은 것이 많은지!

정보 전달을 위한 책도 있다. 서점 계산대 부근에 놓여 있는 《아이들의 모든 것》 시리즈를 눈여겨보자. 《자연에 대한 아이들의 모든 것 Everything Kids' Nature Book(옮긴이)》부터 《돈에 대한 아이들의 모든 것 Everything Kids' Money Book(옮긴이)》 그리고 《우주에 대한 아이들의 모든 것 Everything Kids' Space Book(옮긴이)》에 이르기까지 그야말로 없는 책이 없다. 한 예로 돈에 대한 책에는 돈은 어떻게 해서 생겨났으며 은행은 무엇을 하는 곳인지, 그리고 사업은 어떻게 시작하며 투자는 어떻게 하는지 등 돈과 관련한 온갖 정보를 담고 있다. 이처럼 정보 전달 기능을 지닌 책은 도서관이나 학교에서도 찾을 수 있는데 초등학교 저학년을 겨냥해서 만든 칠드런스 사(Children's Press)의 《트루 북 True Book》 시리즈는 48쪽짜리 책 150여 권 속에 지리와 역사, 지구 과학, 심지어 트럭이나 트랙터에 대한 정보까지 모두 담고 있다.

실제 사람들의 삶을 다룬 이야기도 있다. 전기문으로 알려진 이런 책들은 러셀 프리드먼 원작으로 누구나 존경하는 《링컨의 사진 전기 Lincoln : A Photobiography(옮긴이)》에서 앨릭스 스트라우스(Alix Strauss)가 쓴 인기 연예인 《브리트니 스피어스 Britney Spears》 전기까지 논픽션 분야에서 압도적인 비중을 차지한다. 아이들은 실제 삶을 다룬 이야기와 다른 아이들에 대한 논픽션도 즐겨 읽는다. 그중에서 인기를 누리고 있는 작품이 레베카 하젤(Rebecca Hazel)의 《세계의 어린 영웅들 The Barefoot Book of Heroic Children》로, 이 책에는 역사상 가장 뛰어난 어린이들의 이야기가 함께 실려 있다.

그 밖에 역사를 배경으로 한 이야기도 있다. 이때 작가는 과거에 있었던 사건을 이야기한다. 예를 들어 패트리샤 로버는 최근 있었던 화산 폭발을 두고 사진을 담아 《화산:세인트헬레나 화산의 분출과 치료 Volcano:The Eruption and Healing of Mount St. Helens(옮긴이)》라는 책을 펴냈다.

간단히 말해서 픽션과 논픽션을 함께 엮는 방법은 다양하다. 출판사마다 선호하는 글이 다르다는 사실을 알고 꾸준한 독서를 통해 어떤 글이 자신에게 맞는지 알아내도록 하자.

3장... 출판사의 종류와 하는 일

  내가 쓴 어린이책을 펴내줄 출판사가 있어야겠는데 도무지 그들이 무슨 일을 하는지 모르겠다. 누군가 실제로 내게 전화를 걸어 "에, 귀하의 책을 출판하고 싶습니다만?"이라고 했다. 그 다음엔 어떤 일이 일어날까? 아직도 할 일이 많다. 여기서는 출판사의 핵심 임무와 능력을 개괄적으로 살펴보기로 하자. 또한 책 시장 및 대량 판매용 도서와 일반서의 차이점에 대해서도 알아보자.

과연 출판사는 무슨 일을 할까?

  랜덤 하우스나 사이먼 앤 슈스터 같은 초대형 출판사부터 드래곤플라이(Dragonfly)나 노스랜드(Northland)처럼 소형 출판사까지 모든 출판사는 작가들의 욕구를 해소시켜주는 창구이며 작가들 역시 출판사의 욕구를 해소해주는 존재다.

  출판사는 책을 펴내기 위해 새로운 이야기를 찾는다. 그건 틀림없는 사실이다. 그렇다면 왜 작가 혼자서는 책을 출판할 수 없을까? 도대체 작가에게 출판사가 필요한 이유가 무엇일까? 이 책을 깊이 있게 읽어나가면서 여러분은 그 질문에 대한 몇 가지 해답을 얻는다. 지금은 일단 출판사는 여러분 같은 작가에게 없는 기술과 장비, 경험, 각종 창구, 명성 그리고 돈을 가진 곳으로만 알아두자. 설령 돈이 있다 해도 그들이 갖고 있는 다른 강점을 사기는 어렵다.

그렇다, 출판사는 여러분을 필요로 한다. 하지만 막상 작가에게 출판사가 얼마나 필요한 존재인지 알고 나면 깜짝 놀랄 것이다.

출판사에 원고를 보내면 편지가 제 사무실을 찾아가듯 원고 역시 출판사 사무실로 배달된다. 출판사가 그 원고를 책으로 펴내기로 결정하는 순간부터 길고도 복잡한 과정이 시작되며 그 끝은 바로 서점에 여러분 책이 모습을 드러내는 순간이다.

여러분이 쓴 원고를 출판사가 채택했다고 하자. 출판 용어로는 이 과정을 '원고 취득'이라고 한다. 성인용 도서 출판계에서는 이 일을 담당하는 사람을 흔히 기획 편집자라고 부른다. 기획 편집자는 받아 든 원고를 갈고 다듬기 위해 책임 편집자에게 넘긴다. 굳이 직함을 소개하기는 했지만 일일이 기억할 필요는 없다. 어린이책 전문 출판사에서는 보통 한 사람이 두 가지 역할을 함께 맡기 때문이다. 즉 작가와 계약서에 서명한 사람이 책 편집까지 담당한다는 말이다. 그렇다면 과연 작가에게 원고료를 지불하는 일 외에 출판사는 무슨 일을 할까?

원고 다듬기

이렇게 해서 출판사와 계약을 맺고 원고를 완성했다. 작가의 창의력이 종이 위에 모습을 드러내면 출판사는 그 원고를 넘겨받는다. 작가가 완성해낸 글을 조금이라도 더 좋게 다듬기 위해 편집자는 또다시 작가와 함께 일한다. 그 과정에서 편집자는 작가에게 이야기의 주요 부분을 수정하고 문장의 구조를 바꿔달라고 요구하거나 이런저런 내용을 추가하라고 지시한다. 또는 문장 하나하나를 훑어가면서 필요한 질문을 던지거나 의견을

기획 편집자는 출판사를 대표해서 원고를 채택하고 계약서에 서명하는 사람이고 책임 편집자는 실제 원고를 편집하는 사람이다. 어린이책 전문 출판사는 대부분 편집자 한 사람이 두 가지 일을 함께 맡는다. 고심 끝에 누군가의 글을 책으로 펴내기로 결정한 사람이 그 원고의 편집 작업을 맡는 것이 당연하다고 생각하기 때문이다.

제시하기도 하는데 흔히 이 과정을 행 편집이라고 부른다. 편집자가 일을 마치면 책은 교열 작업, 즉 어법과 구두점, 철자, 그리고 조판 점검 등의 작업을 거친다. 사람들은 보통 편집자가 이 일을 맡아 한다고 생각한다. 그러나 이 일은 출판 단계의 마지막 공정으로 보통은 전문가가 따로 맡는다.

출판 과정에서 일러스트레이터가 필요할 경우 출판사는 일러스트레이터를 선정하고 계약을 맺고 돈을 지불한다. 책 디자인은 출판사 직원 가운데 누군가가 맡아하거나 프리랜서를 고용한다. 디자이너는 글자체 및 책의 스타일과 관련된 요소들을 결정하고 각 쪽이 올바로 보이는지, 또한 일러스트레이터와 함께 일하면서 책에 그림이 제대로 들어갔는지 등을 점검한다. 따로 미술 책임자를 두는 출판사도 있다.

제작

책이 인쇄 준비 단계에 이르려면 앞서 이야기한 과정에 동참하지 않았다 하더라도 또 다른 누군가의 개입이 필요하다. 만약 디자이너가 금색 잉크를 써서 화려함을 가미하자고 제안하거나 표준 크기보다 책을 길게 만들기를 원하면 십중팔구 편집자는 이미 제작 감독이나 코디네이터, 혹은 다른 편집자에게 그 사실을 보고한 뒤다. 이때 보고받는 사람은 출판사마다 직함이 다를 수 있다. 제작 감독은 인쇄소와 거래를 담당하고 비용을 관할하는 사람이다. 이 책은 어떤 인쇄 용지를 쓸까? 이 책의 커버는 어떻게 만들어야 멋있을까? 한 부당 15원만 줄였으면 좋겠는데 A 인쇄소가 나을까 B 인쇄소가 나을까? 책의 종류와 그 사람의 역량에 따라 제작 감독의 역할은 크게 달라진다.

성인용 소설 표준 보급판의 경우 편집자에게 표지 디자인은 더없이 중요한 문제다. 하지만 어떤 종이에 인쇄되느냐는 중요하지 않다. 책 편집에 사용되는 용지는 대동소이하다. 비용과 품질 그리고 경쟁사 방식을 모두 고려해서 결정하기 때문이다.

하지만 어린이책은 문제가 다르다. 두세 살짜리 어린아이에서부터 10대, 그 부모들에 이르는 어린이책 고객층의 연령 분포와 교육 정도, 그리고 생활 경험은 매우 다양하다. 그렇기 때문에 그들의 요구에 부응하는 디자인이나 영업 전략을 세우기 위해서라도 보다 전문화된 제작이 필요하다. 해럴드가 편집자로 근무하는 출판사가 한 예로, 이 회사는 투명한 아세테이트 필름을 책 표지 재질로 사용하기도 한다. 각 장마다 심혈을 기울이는 정교한 미술 작업에서부터 멋진 글자체를 고르고 독특한 질감의 종이를 택하는 일까지 전문적인 일에는 항상 전문가가 필요하고 새로운 재료를 발굴하고 최종 제품을 완성하기 위해 필요한 공정을 수행할 누군가의 손길이 요구된다. 이때 중요한 점은 정해진 예산 안에서 그들에게 들어가는 비용을 충당해야 한다는 사실이다.

그 과정에 또 다른 사람이 참여한다. 편집국장은 최초 원고 상태에서 서점의 책꽂이에 꽂히는 마지막 순간까지 책의 전 공정을 관할한다. 또한 예정된 출판일에 제대로 책이 완성될 수 있도록 시간 관리에 만전을 기한다.

자세한 내용은 제4부 4장 〈그림이 마음에 들지 않으면 어쩌지?〉와 제4부 5장 〈나머지 과정〉에서 살펴보기로 하자. 단, 책 한 권이 세상에 나오기까지는 전문가 여러 사람의 노력이 요구된다는 사실을 잊지 말자. 소비자 눈에는 그들이 하는 일이 잘 보이지 않겠지만 그들이 없다면 우리가 보게 될 책의 수준은 썩 높지 않을 것이다.

마지막 단계, 영업과 홍보

출판사는 책의 유통도 함께 담당하며 그 시작은 바로 판로를 개척하는 일이다. 출판사의 주요 목표는 결국 책을 판매하는 일이다. 출판사의 영업 사원은 반스 앤 노블(Barnes & Noble) 서점에서부터 아마존 닷컴, 그리고 독립 서점에 이르는 모든 고객들과 만나 책을 홍보한다. 그리고 책 인쇄에 들어가기 전에 주문을 받아 당장 필요한 발행 부수를 미리 파악한다.

사이먼 앤 슈스터나 랜덤 하우스 같은 대형 출판사는 지역이나 주 고객별로 대대적인 영업 팀을 구성하여 운영한다. 반면 중소 출판사들은 종종 '위탁 영업 사원'에게 일을 맡기며 이들은 수수료를 받고 여러 출판사의 영업을 동시에 맡는다. 위탁 영업 사원은 각 서점을 돌아다니며 책 구매자를 만나 자신이 들고 온 도서목록에 담긴 신간을 소개한다.

　여러분이 직접 책을 출판한다고 가정하자. 이때는 책을 팔고 서점에 배포하는 책임을 혼자서 감수해야 한다. 대다수 주요 도서 판매상들은 '체계적'이지 못한 책은 받지 않으려 한다. 서점 역시 기존 거래처가 아니면 좀처럼 책을 사지 않는다. 이 말은 출판사와 계약을 맺으면 그만큼 서점에 입성하기 쉽다는 뜻이다.

　영업부 못지않게 홍보부 또한 책을 적절한 곳에 배치하는 일에 전념한다. 여기 전단지가 한 장 있다. 영업 사원은 새로 발매될 신간 전체의 목록을 담은 전단지를 늘 들고 다닌다. 예를 들어 여러분이, 자기밖에 모르는 멋쟁이 물고기가 점차 나누는 법을 배워나가는 내용의 책을 썼다고 하자. 홍보부는 전단지에 그 책의 광고 문구를 써넣고 영업부가 책을 판매할 때 도움이 될 만한 자료를 수집한다. 또한 서점 내의 책 전시 방법도 정한다. 실제 크기로 만든 예쁜 물고기 도안을 서점 천장에 매달거나 창가에 책과 함께 전시하는 등 여러 가지 방법을 동원한다. 특히 어린이책 전문 출판사의 홍보부는 서점이 자사의 책 판매에 집중할 수 있도록 부록용으로 온갖 재미있는 활동을 담은 꾸러미 제작까지 담당한다.

　홍보부가 반짝이는 물고기와 관련된 각종 활동 부록 제작을 맡았다고 하자. 이때는 반짝이 조각과 구슬, 그리고 주인공 물고기의 윤곽선을 그린 그림 사본을 서점에 보낸다. 그러면 아이들은 서점에서 마련한 '책 읽어주기 시간'에 그 그림책을 들으면서 반짝이는 꼬마 물고기를 직접 만들어볼 수 있다.

　활동 꾸러미 제작에서 매장 내 책 전시에 이르기까지 홍보부는 영업부와 협력해 어떻게든 자사의 책을 판매하기 위해 최선을 다한다.

　출판사는 책이 될 만한 원고를 취득하면 완성된 형태로 그 책이 서점 책꽂이에 놓일 예정일을 정한다. 수차례 수정을 거쳐 마지막으로 인쇄되어 구매자의 손에 책이 들어가는 날짜를 발행일이라고 한다.

다양한 종류의 책

어린이책 출판사가 하는 일을 제대로 이해한다는 말은 그들이 늘 똑같은 소비자를 대상으로 삼지 않는다는 사실을 이해한다는 뜻이다. '그건 사과와 오렌지를 비교하는 일이다'라는 속담을 들어봤는가? 일반서와 대량 판매용 도서를 비교하는 일이 바로 그런 경우에 해당한다.

■ 파인애플 – 일반서

여기서 파인애플이란 일반서를 빗댄 표현이다. 출판사 관계자들끼리 모여앉아 하는 말 중에 '일반서'라는 표현이 있던데 도대체 뭘 말하는 걸까? 그들이 말하는 일반서란 일반 독자층을 대상으로 한 비교적 품질이 좋고 값이 비싼, 그리고 서점에서 주로 판매되는 도서류를 통칭한다. 그렇다면 이 책의 대상과 대비되는 독자층은 누구일까? 그들은 바로 학교와 도서관 독자층 혹은 앞장에서 언급했듯이 대중 도서류를 만드는 대량 판매용 도서 출판사들이다. 다시 말해 일반서 출판사는 일반서를 만드는 곳이다. 이들은 자사에서 만든 일반서를 출판 업계의 유통망인 서점을 통해 배포하고 판매한다. 일반서는 다시 양장본과 보급판 두 종류로 나뉜다.

일반서의 보급판과 대량 판매용 도서의 보급판을 혼동하지 말자. 대개 일반서의 보급판은 양장본이 갖고 있는 고품격의 특성을 그대로 유지한다. 또한 일반서는 대량 판매용 도서에 비해 규격이 크다. 그리고 대량 판매용 도서는 슈퍼마켓에 있는 뉴스 가판대에서 살 수 있지만 일반서의 보급판은 살 수 없다. 다시 말하지만 일반서는 서점에서 파는 책이며 값비싼 책을 판매하는 소매상에서 취급한다.

그럼 일반서 출판사는 어떤 책을 취급할까? 그들이 펴내는 책의 장르와 유형을 알려면 실제 그들이 어떤 책을 펴내는지 알아보는 방법밖에 없다. 이에 대해서는 제3부 4장 〈출판계는 미로와 같다〉에서 자세히 알아보기로 하자. 간단히 말해서 앞서 말한 적 있는 '좋은' 책이 일반서 출판사들이 찾는 책이라고 보면 된다.

■ 오렌지 – 대량 판매용 도서

출판계를 하나의 스펙트럼으로 볼 때 이제 그 마지막 끄트머리에 놓인 대량 판매용 도서를 살펴볼 차례다. 대량 판매용 도서란 슈퍼마켓이나 뉴스 가판대에서 흔히 보는 값싼 보급판 책들을 말한다. 그 밖에 대량 판매용 도서를 취급하는 곳은 케이마트(Kmart)나 타깃(Target) 같은 비교적 싼값에 좋은 물건을 구입할 수 있는 소매점들이다. 대량 판매용 도서와 일반서의 가장 큰 차이점은 가격이다. 여러분이 지금 슈퍼마켓 계산대 앞에 서 있다고 하자. 그런데 친구나 가족들 몰래 은밀히 읽고 싶어 몸살을 하던 다니엘 스틸(Danielle Steel)의 신간 소설이 눈에 띄었다. 어라! 반스 앤 노블 서점에서 본 양장본은 자그마치 3만 원이었는데 가판대에 놓인 포켓 사이즈 보급판은 겨우 7,000원이네! 대량 판매용 도서가 인기를 누리는 까닭은 바로 싼값 때문이다. 이런 책은 장식도 없고 눈길을 끌 만한 책 커버도 없다. 그저 값싼 종이로 만들어진 책이다. 한마디로 오렌지에 비유될 수 있는 책으로 그 귀하신 일반서 파인애플 나리와는 거리가 멀다.

어린이를 겨냥한 대량 판매용 도서의 사활은 라이선스 획득에 달려 있다. 대량 판매용 도서 출판사는 어린이들 사이에 인기를 누리는 캐릭터의 사용권을 얻기 위해 안간힘을 쓰며 일단 얻은 뒤에는 캐릭터 종류에 따라 색칠하기에서부터 연습장, 이야기책에 이르기까지 최대한 많은 책을 찍어 낸다. 성인용 대량 판매용 도서 출판사도 크게 다르지 않다. 작가의 인지도가 성공의 관건이다. 어린이책은 디즈니 만화 주인공과 텔레토비 그리고 바니가, 반면 성인용 도서는 다니엘 스틸, 존 그리샴(John Grisham) 그리고 스티븐 킹 등이 대표적이다. 그렇기 때문에 작가는 제약을 받을 수밖에 없

대량 판매용 도서 출판사가 연간 발행하는 어린이 책은 500권이 넘는 반면 일반서 출판사가 발행하는 고품격 어린이책은 50권이 채 안 된다는 사실! 게다가 500권 이상 되는 책의 인쇄량과 판매량 규모를 감안하면 비록 전체는 아닐지라도 일반서 거의 대부분을 수차례 인쇄해도 따라가지 못할 수치다. 그것이 바로 대량 판매용 도서다.

다. 이런 출판사가 원하는 것은 작가를 채용해서 원하는 캐릭터가 등장하는 수십 개의 이야기를 양산해내는 일이지 작가가 지어낸 독창적인 이야기가 아니다.

■ 바나나 − 학교 · 도서관용 도서

일반서나 대량 판매용 도서, 즉 파인애플과 오렌지만 파는 시장은 재미가 없다고 주장하는 독자들을 위해 학교나 도서관, 다시 말해 교육 현장을 대상으로 책을 펴내는 출판사를 소개해주겠다. 이들 출판사의 작업 방식은 일반서 출판사와 비슷하다. 품질 좋은 책을 만들어 서점과 학교에 팔기도 하고 아예 교육 기관만 집중적으로 공략하기도 한다. 카탈로그를 보고 출판사 성격을 알아낼 수 있는 방법이 있으니 제3부 4장 〈출판계는 미로와 같다〉에 그와 연관된 내용이 나오면 주목하자.

모호해지는 경계

출판계는 쉼 없이 변화하고 있음을 주목해야 한다. 여기서 변화란 경계가 점점 모호해지고 있다는 뜻이다. 최근 들어 출판사들은 '품질 좋고 세련된' 대량 판매용 도서를 생산하고 있으며 할인점에 가면 그런 책들이 상품 경계 구역에 놓여 있는 모습을 쉽게 볼 수 있다. 비록 양장본이 아니지만 이 책들은 높은 수준이다. 그에 질세라 일반서 출판사들 역시 자사에서 출판한 양장본을 값싼 보급판으로 제작하면서 대량 판매 시장에 손을 뻗고 있다. 흔히 볼 수 있는 색칠 공부 책만큼 싸지는 않더라도 1만 8,000원이나 하는 양장본에 비하면 확실히 싼 이런 책들은 7,000원 정도로 적정한 값이 매겨진 《잘 자요, 달님》과 같은 고전부터 인기 있는 니켈로디언의 캐릭터가 등장하는 5,000원짜리 보급판 《블루의 가장 무도회 Blue's Costume Party(옮긴이)》까지 전 영역에 걸쳐 맹활약 중이다.

4장... 시리즈용 책을 쓰는 법

여러분 중에는 내가 쓴 글이 과연 시리즈물의 신호탄이 될 수 있을까 궁금해하는 사람이 있을 것이다. 어쩌면 이미 시리즈물을 염두에 둔 사람도 있을 것이다. 이 장에서 여러분은 시리즈용 책을 쓰는 법에 대한 단계별 학습과 함께 과연 시리즈물에 어울리는 글은 무엇이고 어울리지 않는 글은 무엇인지 배운다. 또한 현재 인기 절정의 시리즈물이 대강 어떤 장르인지도 알 수 있다.

편집자는 작가들에게 각종 원고와 편지를 받는 일에 이력이 나 있다. 그들 중에는 이야기 한 편을 완성한 작가도 있고 이야기의 구상만 제시하는 작가도 있으며 인형과 색칠 공부 책을 총망라해 스물네 권짜리 시리즈물을 내겠다고 덤벼드는 작가도 있다. 심지어 시리즈물을 전혀 취급하지 않는 출판사에 책을 내달라고 하는 작가도 있다. 여러분 중에도 시리즈물을 염두에 둔 사람이 있을 것이다. 그럴 때는 어떻게 해야 할까?

낱권과 시리즈물의 차이점

당장 의문부터 생긴다. '낱권으로 낼 책과 시리즈물로 낼 책은 어떤 차이가 있을까?'

따지고 보면 위의 질문은 '한 명의 아기와 다섯 쌍둥이의 차이점은 무엇일까?'와 똑같다. 아기가 세상에 태어날 때는 어느 누구와도 연관되지 않은 고유의 독자성을 지닌 독립된 한 사람이 세상에 등장한다는 뜻이다. 그러나 일란성이든 이란성이든 다섯 쌍둥이가 태어나면 같은 공간에서 엇비슷한 유전자 구조를 갖고 성장한다. 시리즈물도 똑같다. 낱권마다 새로운 내용을 담고 있어도 전체적인 내용과 소재, 형식, 등장인물, 심지어 주제 의식 면에서 일맥상통한 '유전자 구조'를 지닌다. 배수 관계에 있는 숫자들처럼 서로 긴밀하게 연관되어 있다는 뜻이다.

그럼 시리즈물이 갖고 있는 가장 확실한 호소력은 무엇일까? 하퍼 트로피(Harper-Trophy) 사의 편집위원 지니 서(Ginee Seo)는 〈칠드런스 라이터 Children's Writer〉(1997년 12월호)와의 인터뷰에서 시리즈물의 호소력은 "도저히 멈출 수 없는 글, 뛰어난 인물 설정, 그리고 사람을 매료시키는 훌륭한 매력"이라고 주장했다. 사실 이 점은 낱권도 마찬가지다. 시리즈물에 도전하는 일, 혹은 자신만의 시리즈물을 만드는 일은 책 한 권을 내는 일 못지않게 힘들고 고된 도전이다.

한 번 이상 속편이 나왔다고 해서 그 책을 시리즈물로 보면 곤란하다. 전편에 등장하는 인물 대부분이 속편에 등장한다 하더라도 시리즈물은 그보다 훨씬 길게 이어지는 특성이 있다. 로이드 알렉산더의 《프라이데인 이야기 Prydain Chronicles(옮긴이)》 다섯 권은 시리즈물이라기보다는 세트라는 표현이 어울리는 책이다. 하지만 《베이비 시터스 클럽 Baby-Sitters Club》이나 《애니모프스 Animorphs》, 《아메리칸 걸스 American Girls》 등은 시리즈물에 해당한다.

모든 시리즈물은 처음에는 책 한 권으로 시작한다. 그렇지 않은가? 그러나 모든 책이 시리즈물이 되지는 않는다. 어린이책 서고에 꽂혀 있는 책 대다수는 '단 한 번의 충격'을 겨냥한 책이며 또 그래야만 한다. 이런 책을 전문으로 쓰는 작가들은 많다. 실제로 훌륭한 어린이책 중에 한 권으로 시작

엇비슷한 소재, 주제 의식, 인물 설정, 문체, 혹은 내용을 지닌 책은 시리즈물에 포함된다. 시리즈로 연달아 발행되는 책은 위의 요소 가운데 한두 가지 이상은 지니고 있다. 시리즈물 중에는 낱권처럼 각각의 제목이 있는 경우도 있다.

해서 한 권으로 끝난 책이 많다. 에밀리 아놀드 맥컬리의 《줄 위의 미레트》, 페기 래스먼(Peggy Rathmann)의 《버클 경찰관과 경찰견 글로리아 Officer Buckle and Gloria(옮긴이)》, 앨린 세이(Allen Say)의 《할아버지의 긴 여행 Grandfather's Journey(마루벌)》 등이 좋은 본보기다. 매력적인 주인공이 등장하는 이 책들은 단행본으로 출판되어 큰 성공을 거뒀지만 시리즈물로 이어지지 않았다.

누구나 좋아할 만한 주인공이나 아이디어를 택해 시리즈물로 만든다? 생각만 해도 귀가 솔깃하다. 하지만 이는 좋은 생각이 아니다. 낱권으로는 꽤 괜찮다고 생각하는 출판사도 그 책이 시리즈물의 일부일 때는 시큰둥해질 수 있다. 흔히 일반서 출판사는 낱권을 취급한다. 대량 판매용 도서와 기관 도서를 취급하는 출판사들이 바로 시리즈물을 펴내는 곳이다. 시리즈물을 필요로 하지 않는 출판사에 시리즈물을 내겠다고 덤벼드는 일이나 시리즈물만 전문으로 취급하는 출판사에게 낱권용 원고를 제출하는 일 모두 시간 낭비다.

지금은 시리즈 시대

시리즈물과 낱권의 차이점은? 이 질문에 대한 답을 얻기 위해 전대미문의 인기 미스터리 어린이책 《낸시 드루》 시리즈를 예로 들어보자. 다른 시리즈물과 마찬가지로 《낸시 드루》 시리즈 역시 픽션이다. 이 시리즈는 10대 탐정 소녀가 알려지지 않은 이야기를 발굴하고 미스터리를 파헤치는 내용을 담고 있다. 각 권마다 줄거리와 구성은 다르지만 낸시와 미스터리라는 두 가지 요소만은 시리즈 전반을 지배한다. 문체와 형식, 책의 길이도 엇비슷하다. '패키저(packager : 상품의 기획, 제작, 판매를 일괄 취급하는

패키저 혹은 개발사란 출판사와 비슷한 기능을 하는 회사다. 다만 이들의 역할은 원고가 완성되거나 책이 인쇄되는 시점에서 끝난다. 반면 출판사는 책 위에 이름이 올라가며 위의 일이 끝난 뒤에도 나머지 공정을 주관한다.

업자-옮긴이)'나 '개발 사(development houses)' 같은 독립 회사가 만드는 《낸시 드루》 같은 장편 시리즈물에는 책과 책 간의 일관성을 유지하기 위한 '바이블'이 있다. 바로 주인공의 특이한 습관이나 행동, 복장 지침, 내력, 그 밖에 다른 정보를 상세하게 적어놓은 공책이다.

《낸시 드루》 외에 인기를 누리고 있는 《소름》이나 《스위트 밸리 하이 Sweet Valley High》 시리즈를 분석해봐도 마찬가지다. 참고로 이 시리즈들은 대량 판매용 도서 출판사들이 내놓은 야심작이다. 혼자서 책을 읽는 아이들, 초등학교 고학년부터 10대 후반에 이르는 아이들이 직접 이런 책을 사 읽는 독자층이다.

시리즈물을 염두에 두고 쓰는 글과 낱권을 겨냥해서 쓰는 글은 종류가 다르다. 낱권은 그 자체로 충분히 가치가 있다. 그러나 시리즈물을 겨냥하고 쓴 글, 특히 예정된 시리즈물의 경우는 그렇지 못하다. 아예 감자칩 종류의 과자들처럼 순차적으로 팔려나가기를 기대하는 경우도 있다.

해럴드가 몸담은 적 있는 찰스브리지 사를 포함한 출판사의 편집자들은 작가가 "시리즈물의 첫 권입니다"라고 당당하게 내민 글을 달가워하지 않는다. 대부분 단행본만 취급하기 때문이다. 만에 하나 그 책이 대단한 성공을 거두면 시리즈로 연장할 수는 있다. 하지만 처음에는 열두 권짜리 시리즈물의 1권을 계획하는 대신 책 한 권에 온 정열을 쏟아 붓는 작가들을 선호한다.

의도하지 않은 시리즈물

만약에 책을 한 권 썼는데 그 책이 시리즈물로 이어져나가리라고 생각조차 해보지 않았다면? 여러분이 쓴 책이 아이들을 '뒤흔들어놓는' 바람에 빨리 한 권 더 써내라는 성화가 빗발친다면? 소재나 주제가 워낙 흡인력이 있어 독자들에게서 연작 요구가 빗발친다면? 바로 이런 경우가 실제로 일어났으니 바로 로라 뉴머러프(Laura Numeroff)가 쓴 유쾌한 그림책 《만약 생쥐에게 과자를 준다면 If You Give a Mouse a Cookie(옮긴이)》이 그것이다. 아이들은 뉴머러프가 추구한 '만약에, 그래서' 같은 생각을 좋아했다. 마지막에 가면 온갖 엉뚱한 짓을 저지른 생쥐가 한 바퀴를 빙 돌아 다시 처음 자리로 돌아와 과자가 놓인 곳에 도착한다. 책이 나오자마자 아이들은 단순한 발상과 이야기 속에 등장하는 작은 생쥐, 그리고 여자아이의 우스꽝스런 행동에 빠져들었고 다른 책은 없냐고 성화하기 시작했다. 뉴머러프는 아이들의 기대에 부응해 《만약 무스에게 머핀을 준다면 If You Give a Moose a Muffin(옮긴이)》과 《만약 돼지에게 팬케이크를 준다면 If You Give a Pig a Pancake(옮긴이)》, 《만약 고양이에게 컵케이크를 준다면 If You Give a Cat a Cupcake(옮긴이)》을 연달아 발표했다. 낱권이 결과적으로 네 권의 시리즈물로 이어진 예다. 잘 보라! 이 것이 바로 의도하지 않은 시리즈물의 본보기다. 물론 이런 일이 항상 있는 것은 아니지만.

학교 및 도서관 전문 출판사

　모든 시리즈물이 《애니모프스》나 《유개화차 위의 아이들 The Boxcar Children(옮긴이)》처럼 재미있지는 않다. 정말로 딱딱하기 짝이 없는 시리즈물도 있으니까. 아니면 지나치게 교과서 같거나. 지금 우리는 출판사가 학교나 도서관에서 사용하기 위해 특별 제작한 논픽션 시리즈물을 말하고 있다. 그것은 흔히 '교과서' 출판사의 개념과 혼동되어 쓰이는 학교 및 도서관 전문 출판사들의 관행이다. 그렇지만 이들은 교과서 출판사와는 전혀 다르다. 도로시 힌쇼 페이턴트(Dorothy Hinshaw Patent)는 1998년 〈혼북 매거진〉에 이런 글을 기고했다.

　　일반서 출판사들이 과학 도서의 출판 부수를 줄인 틈을 노려 기관 출판사들이 마구 책을 만들어내면서 그 자리를 차지하려고 한다. 그들은 만들어낼 수 있는 것은 무엇이든 시리즈로 찍어내며 특히 동물의 한살이, 세계 각지의 서식처 등 생물과 관련된 책을 집중 양산한다.

　이런 종류의 시리즈물은 제각기 다른 형태로 제작된다. 동물 서식처 열

두 곳에 대한 이야기를 열두 권으로 묶어내는 식의 비교적 길이가 짧고 특정한 주제를 집중적으로 다룬 시리즈물이 있는가 하면 칠드런스 북 프레스 사에서 만든 《트루 북》처럼 디자인과 길이, 어휘 수준에 따라 책을 구분한 시리즈도 있다. 참고로 《트루 북》 시리즈는 수백 권의 책으로 이루어져 있으며 국립공원, 대륙, 교통수단 등의 주제에 따라 또다시 작은 시리즈로 세분되어 있다. 또는 전기문처럼 한 가지 주제를 갖고 연달아 책을 내는 시리즈물도 있다.

논픽션 시리즈는 크게 인기를 끌지는 못하지만 작가에게는 실력을 연마할 수 있는 좋은 훈련장이 될 수 있다. 주목받는 작가 세이모어 사이먼 (Seymour Simon) 역시 처음에는 프랭클린 와츠(Franklin Watts)의 시리즈물부터 쓰기 시작했다. 지금 그는 최고 수준의 일반서 출판사들을 상대하는 작가다.

글 쓰는 경험 자체도 일반서 출판사로 보내는 글을 쓸 때와 차이가 있다. 《용감한 메리 Brave Mary(옮긴이)》, 《공룡의 춤 Dinosaurs Dance(옮긴이)》, 《이메일 E-Mail》, 《철새 가족 A Migrant Family(옮긴이)》 외에도 많은 책을 쓴 래리 데인 브림너는 칠드런스 프레스 사와 같은 도서관 전문 출판사에 글을 쓸 때와 일반서 출판사에 글을 쓸 때 차이를 두느냐는 질문에 예전보다는 차이를 두지 않는다고 대답했다.

겉모습만으로도 학교 및 도서관 전문 출판사가 펴낸 책을 알 수 있던 시절이 있었습니다. 학교에서나 봄직한 '교과서 냄새가 물씬' 풍겼죠. 요즘은 고맙게도 그런 책이 별로 없습니다.

하지만 그는 기존의 시리즈물 성격과 맞지 않거나 다소 낯선 분야를 개척하는 느낌을 주는 글은 환영받기 힘들다고 덧붙였다. 게다가 학교 등의 공교육 시장을 겨냥한 출판사와 함께 일하면 작가는 많은 제약을 받는다. 이러한 출판사와 일할 때와 일반서 출판사와 일할 때가 다르다는 것은 그 때문이다. 이 점을 미리 알고 시작하면 나중에 실망하는 일이 조금이나마

줄지 않을까.

학교 및 도서관 전문 출판사와 일반서 출판사의 차이점에 대한 래리 데인 브림너의 지적을 읽으면 중요하고도 놀라운 사실을 발견한다.

> 경험에 의하면 학교나 도서관에 책을 납품하는 출판사들은 교육계 컨설턴트에 대한 의존도가 높기 때문에 작가는 그만큼 예술적인 표현의 자유를 제한받는다. 작가가 예술적인 표현을 열심히 짜내도 컨설턴트 앞에 가면 고쳐 써야 하기 때문이다. 그들은 작가가 어떻게 접속사로 문장 첫머리를 쓰고 어법에 맞지 않는 문장을 쓸 수 있으며 '학교에서 배우는 언어'에 바탕을 둔 글이어야 교사들이 교재로 활용할 수 있다는 사실을 모르고 있는지 도저히 이해할 수 없다는 식이다. 하지만 일반서 출판사는 다르다. 작가가 마음껏 예술적으로 다듬은 언어로 자신의 생각을 표현할 수 있다.

이지 리더스

다음과 같은 광고 문구를 내건 감자칩 광고를 본 적이 있을 것이다. '한 번 열면 멈출 수 없어.' 어른들은 좋아하는 것은 무엇이든 탐닉하는 경향이 있다. 그것이 감자칩이든 과자든 심지어 책이든 간에. 아이들도 예외가 아니다. 뭔가에 빠지면 더 많이 원한다. 특히 갓 책을 읽기 시작한 아이들은 책읽기에 쉽게 열광한다.

이런 아이들을 대상으로 한 책들이 시리즈물에 승부를 거는 이유는 그때문이다. 단행본인 경우도 있지만 시리즈물이 훨씬 일반화되어 있다. 《개구리와 두꺼비와 함께》 시리즈나 《헨리와 머지 Henry and Mudge(옮긴이)》 시리즈가 한 예다. 이런 시리즈물은 그림이 많지만 그림책에 비해 글이 차지하는 비중이 훨씬 높다. 그리고 흔히 등급별 혹은 연령별로 구분된다.

이런 책들은 몇 가지 공통점을 갖고 있다.

1. 그림이 많다.

2. 그러나 그림은 본문을 보충하는 2차적인 역할을 한다.
3. 갓 책을 읽기 시작한 아이들이 쉽게 읽고 금세 다른 책으로 넘어갈 수 있다.

아이들은 이런 책을 통해 독서에 취미를 붙이고 상상의 날개를 편다.

역사 소설

과연 여러분 중에 따분한 역사 교과서를 처음부터 끝까지 독파한 사람이 몇이나 될까? 역사적인 인물들이 주고받는 심금을 울리는 대사 한마디 없고 흥미를 끌 만큼 개인적인 사건이라곤 전혀 쓰여 있지 않은 그런 책을? 그러느니 차라리 벤자민 프랭클린과 토머스 제퍼슨이 역사를 만들어가며 나눈 대화를 읽겠다고? 과거의 역사와 현재를 연관짓는 일, 그리고 단순한 사실을 넘어선 이야기를 만드는 일은 모든 역사 소설가들이 도전할 만한 과제다. 어린이책 출판 시장에 끊임없이 등장해온 주제인 역사 소설 분야는 현재 플레전트 컴퍼니에서 발행한 《아메리칸 걸스 컬렉션 American Girls Collection》의 성공에 힘입어 활발한 움직임을 보이고 있다.

그렇다고 위인 전기나 자서전 그리고 역사책이 어린이책 시장에서 완전히 소외되었다는 이야기는 아니다. 시리즈물 형태로 된 역사 소설을 쓰는 데 열중하라는 말도 아니다. 짐 머피나 제임스 크로스 지블린, 러셀 프리드먼을 위시한 많은 작가들은 여전히 수준 높은 논픽션에 몰두하고 있으며 그들의 작품은 도서관과 대형 서점에서 환영받고 있다. 그러나 정작 아이들과 교사 그리고 부모들은 온통 《아메리칸 걸스》나 《디어 아메리카》 시리즈, 그 밖에 무서운 기세를 떨치는 온갖 시리즈에 빠져 있다. 이는 극히 일부분만 예로 든 것으로 실제는 그보다 훨씬 심하다.

지금 당장 가까운 서점에 가서 어린이책 담당자를 붙잡고 최근에 발행된 어린이 역사 소설을 모두 보여달라고 부탁해보자. 일단 숫자에 입이 떡 벌어질 것이다. 그중에 한 권을 골라보자. 불과 몇 장 넘기지 않고도 책 속으로 빠져드는 자신을 발견할 수 있을 것이다.

규칙에는 예외가 있다

　자신의 아이디어가 시리즈물이 될 가능성이 충분하다고 판단했다면 이제는 그 아이디어를 출판사에 소개할 차례다. 물론 그 글을 확실히 출판하기 위해서는 출판사의 프로그램을 자세히 살펴보고 제대로 된 출판사를 골라야 한다. 《소름》 시리즈처럼 대량 판매용 도서 시리즈는 출판사보다는 패키저를 통하는 경우가 많다.

　그 다음에는 제안서를 보내야 한다. 앞으로 뒤에 이어지는 여러 장에서 출판사에게 어떤 식으로 글을 띄우며 원고는 어떤 식으로 보내야 하는지에 대해 여러 차례 이야기를 들을 수 있다. 지금 말하려는 내용도 크게 다르지 않다. 하지만 여기서 말하는 제안서는 단지 편지나 원고만을 의미하지 않는다. 여러분은 우선 출판사의 지침부터 확인하고 싶을 것이다. 하지만 지금 여러분이 할 일은 시리즈로 구상해놓은 책에 대한 구체적인 계획과 대략적인 주제, 그리고 그 계획이 성공할 수 있다는 구체적인 근거를 함께 적어 출판사에 보내는 일이다.

　《사이버 닷 키즈 Cyber.kdz》 시리즈를 쓴 작가 브루스 밸런(Bruce Balan)은 '규칙'에는 늘 예외가 있다고 말한다.

　　픽션 시리즈의 경우 작가의 생각을 편집자에게 전하는 제안서가 필요하다. 편집자는 수천 통에 이르는 제안서와 씨름하기 때문에 그의 눈에 띄려면 독창적이고 빼어난 제안서를 보내야 한다. 자신의 시리즈물에 대한 새롭고 신선한 아이디어와 함께 편집자의 눈을 사로잡을 수 있는 기발함을 갖출 수 있다면 더욱 좋다. 나는 《사이버 닷 키즈》에 대한 제안서를 나 자신과 소설 속에 등장하는 어린아이들이 주고받는 이메일 대화 시리즈로 작성해 좋은 결과를 얻을 수 있었다. …… 《사이버 닷 키즈》를 통해 내가 깨달은 점은 항상 '규칙'을 따를 필요가 없다는 사실이다. 예전에 나는 시리즈물을 써본 경험이 없거나 중간 단계의 시리즈물에 들어가는 소설 창작 경험이 없는 사람은 결코 시리즈물을 만들 수 없다는 이야기를 귀가 따갑도록 들었다. 그런 면에서 나는 경험이 전혀 없는 작가였다. 세상 일에는 항상 예외가 있음을 잊지 말자!

지금까지 한 번도 책을 낸 적이 없는 작가는 제아무리 좋은 아이디어를 갖고 있어도 출판사에 고개를 들이밀 수 없다. 지금 여러분에게 필요한 일은 자격을 갖추는 것이다. 시리즈물을 쓰고 싶은 사람들에게 마지막으로 충고 한마디를 전하고 싶다. 기어코 시리즈물을 쓰고 싶다면 작가로서 '재능'을 갈고 닦는 일을 최고의 무기로 삼자. 단행본 같은 다른 종류의 책도 쓰고 때로는 기존 시리즈물에 도전도 해보자. 실제로 많은 패키저들이 시리즈 원작자에게 대강의 개요를 전달받고 작가를 채용해 그 시리즈에 해당하는 책을 쓰게 한다. 기관 출판사들도 다른 작가가 펴낸 신간으로 기존의 시리즈를 늘려가기도 한다. 몸을 던지기 전에 일단 시리즈물의 세계를 찬찬히 둘러보고 배워보자. 그래야 성공할 가능성이 높아진다.

5장... 비평

여러분 가운데 글 잘 쓴다는 칭찬 한마디쯤 들어보지 않은 사람은 없을 것이다. 사람들은 입을 모아 외친다. "정말 재미있네!" 하지만 실전에서 여러분에게 필요한 것은 이웃집 여동생의 의견이 아니다. 올바른 서평을 얻을 수 있는 창구를 찾아야 한다. 서평은 출판사에 당장 가져갈 수 있을 만큼 원고의 질을 향상시켜준다. 여기 글의 수준을 높이고 출판사에 제출할 적절한 시기를 깨닫는 데 도움이 될 만한 몇 가지 방법을 제시한다.

토끼의 친구와 친척들

곰돌이 푸 이야기에는 토끼가 친구와 친척들을 우르르 데리고 등장한다. 하지만 어느 누구도 푸가 구멍에서 빠져나오는 데 큰 도움을 주지 못한다. 토끼처럼 여러분도 가장 친한 친구와 친척들에게 어린이책을 쓰고 싶은 소망을 털어놔보자. 그럼 그들은 기꺼이 여러분을 도와주겠노라고, 창의성을 발휘하는 데 한몫 하겠다고 나설 것이다. 여러분이 일단 종이에 이야기를 적고 나서 자신의 역작을 선보일 요량으로 제일 먼저 찾아갈 사람들 역시 그들이다. 그럼 예외 없이 그들은 외친다. "끝내주는데!" "너무 재밌다, 얘!" "백만 부는 문제없어!" 듣기만 해도 막 기운이 솟지 않는가?

비록 선의에서 비롯된 행동이라 하더라도 내 작품에 대한 솔직하고 믿을 만한 의견을 듣는답시고 친척이나 친구들을 찾아가는 일은 좋은 선택이 아니다. 여러분의 부모나 남편을 비하하려는 의도가 아니다. 대부분 그런 사람들은 글 솜씨 향상에 도움이 될 만한 피드백을 줄 수 있는 소양이 부족하다. 그렇다고 사랑하는 가족이나 친구들의 도움과 성원을 등한시하라는 말은 아니다. 여러분은 절대적으로 그들의 도움이 필요하다. 다만 여러분을 비평해줄 수 있는 다른 전문가에게 귀를 기울이라는 뜻이다. 뭐, 비평을 한다고! 듣기만 해도 기분이 나빠진다. 그러나 비평은 여러분을 좀더 훌륭한 작가로 만든다. 직접 몸으로 부딪치자.

큰 소리로 읽기

작가들은 큰 소리로 자신이 쓴 글을 읽는 일이 크게 도움이 된다는 사실을 잘 안다. 실제로 모든 작가들이 이 방법을 가장 강력한 편집 도구로 사용한다. 린은 글을 쓰지 않을 때는 고등학교에서 학생들을 가르치는데, 학생들에게 작문 숙제를 제출하기 전에 큰 소리로 자신이 쓴 글을 읽어보게 한다. 그녀는 "글을 마음속으로 여러 번 읽어도 이상한 문장이나 쓸모없는 '표현'을 발견하기 힘들 때가 있다"고 하면서 "큰 소리로 읽으면 무엇이 문제고 무엇이 이상한지 비로소 깨달을 수 있다"고 말한다. 자꾸만 어딘가에 매달리거나 뭔가 빼야겠다는 느낌이 들면 글에 문제가 있다는 신호다.

여러분이 쓴 글을 큰 목소리로 제일 먼저 읽어줄 사람은 다름 아닌 여러분 자신이다. 자, 자리에서 일어나자. 그리고 깔끔한 글씨로 쓴, 혹은 프린터로 찍어낸 창의력 넘치는 천재 작가의 글을 들고 큰 소리로 읽어보자. 처음에는 왠지 어색하고 우스운 기분이 들지만 곧 자신의 목소리를 듣는 일에 익숙해지면서 수정할 부분이 어디인지 깨닫게 된다. 혼자가 너무 외롭다면 방 안에 바둑이를 데리고 들어와 함께 들려줘도 좋다.

청중 없는 낭독이 끝나고 필요한 손질을 마친 뒤에는 다른 청중을 데려와 다시 한 번 글을 읽어준다. 언니, 오빠, 삼촌, 이웃집 아줌마 그리고 동료들을 불러 모을 차례다. 하지만 절대 정신 차리고 똑바로 들으라든가 소감을 말해달라고 청하지 않는다. 대신 특별한 임무를 준다. 이야기를 듣는 느낌이 어떤지, 그리고 어색한 단어나 문맥이 이해되지 않는 부분이 있는지 알려달라고 부탁한다. 설문지를 청중에게 나눠줘도 좋다.

여기 여러분의 글을 듣기 위해 모인 사람들에게 나눠줄 만한 설문지의 예를 소개한다. 혹은 먼저 글을 읽어보게 한 다음 여러분의 낭독을 듣고 답을 쓰게 해도 좋다.

1. 이 글을 듣고 어떤 느낌이 들었나요? 글을 읽거나 들으면서 감정의 변화가 있었나요? 있다면 어떤 느낌이었나요?

2. 큰 소리로 글을 읽어주세요. 문맥 어딘가 어색하게 끊어진 곳이 있나요? 있다면 어디였나요?

3. 여러분이 생각하기에 단어를 잘못 썼거나 부정확한 단어를 쓴 부분이 있으면 적어주세요. 바꿔 쓰면 좋을 것 같은 단어가 있나요? 무엇인가요?

4. 이 글이 어떤 나이에 알맞을 거라고 생각하나요?

5. 만약 이 책을 사람들이 살 거라고 생각한다면 왜 그런 생각이 들었나요?

6. 이 글의 독자층은 누구일까요?

7. 아래 사항 중에 결정적인 실수가 있으면 표시하고 고쳐주세요.
   - 쉼표 삽입
   - 수식어가 잘못 쓰인 부분
   - 철자가 틀린 단어
   - 동사 시제의 변경
   - 구두점을 잘못 찍은 부분

글을 쓸 때 종종 작가는 좀더 좋은 원고를 만들기 위해 동료 편집자에게 자문을 구한다. 이때 경험이 거의 없는 작가나 동료들에게 제시할 수 있는 것이 설문지다. 작가는 자신의 이야기를 듣는 사람들을 위해 설문지에 아이디어나 문법적인 문제에 대한 질문을 적는다. 이때 원고를 읽거나 듣는 사람은 설문지에 차례로 답을 적기만 해도 작가에게 문제가 무엇이고 강점이 무엇인지 확실히 깨우쳐줄 수 있다.

- 문장의 흐름
- 어법에 맞지 않는 문장

8. 마지막으로 이 글에서 가장 마음에 드는 부분은? 마음에 들지 않는 부분은? 또 이 부분은 이렇게 고쳤으면 하는 곳이 있다면?

이상하게 들리겠지만 남을 시켜 자신의 글을 큰 소리로 읽게 하면 다른 시각에서 글을 볼 수 있다. 내 글을 남의 목소리로 들으면 새로운 기분이 든다. 게다가 읽는 사람이 원고 내용에 전혀 익숙하지 않아 혼자 낭독할 때보다 문제점을 발견하기 쉽다. 자신이 쓴 글을 직접 읽을 때는 분위기도 띄우고 리듬도 잡을 수 있지만 다른 사람이 냉정한 태도로 내 글을 읽을 때는 그런 외부 요인이 개입될 소지가 없다.

글 쓸 때 가장 염두에 두어야 할 존재, 아이들

혼자서 독백도 해보았다. 또 친구와 가족을 불러들여 읽어주기까지 했다. 이제 여러분의 재주를 제대로 시험해볼 차례다. 자신이 쓴 글을 들고 아이들 앞에 서보자. 결국 여러분의 바람은 아이들이 읽을 책을 쓰는 일이므로. 아이들은 수식어가 잘못 놓였다거나 단어를 잘못 썼다거나 하는 지적은 할 줄 모른다. 그러나 그보다 훨씬 가치 있는 뭔가를 제공한다. 아이들은 글을 들으면 즉각적으로 반응한다. 여러분이 글을 읽어주었을 때 아이들이 열광했다고 해서 그 글이 성공할 거라는 신호로 받아들이면 안 된다. 특히 출판사 사람들이 내 원고를 받고 아이들과 똑같은 반응을 보일 거라고 착각하면 곤란하다. 출판사에 원고를 보내는 사람들은 하나같이 아이들이 자기 글을 무척 좋아한다고 주장한다. 그런 잘못을 저지르지 말자. 아이들을 올바른 비평가로 모시고 싶다면 먼저 아이들의 반응 체계를 이해해야 한다. 아니, 한 걸음 나아가 아이들에게 제대로 반응하는 법을 가르쳐줘야 한다.

전혀 나를 모르는 아이들 앞에 서보자. 여러분 자녀나 이웃집 아이들은 철두철미하게 여러분 편이다. 솔직히 그 반대라면 여러분은 그들을 불러 모아 자신이 쓴 글을 읽어주지 않는다. 그렇지 않은가? 나를 잘 아는 아이들 대신 어린아이 위주로 몇 명을 모아보자. 그리고 그들과 섞여 함께 이야기를 나누면서 자신이 쓴 글을 읽어주고 아무 선입견 없는 순수한 반응을 보여달라고 제안해보자.

아이들 앞에서 이야기를 들려줄 때는 조심해야 한다. 표현력을 높인답시고 지나치게 연기하듯 읽으면 곤란하다. 아이들은 자연스럽게 연극에 끌려들어간다. 그럼 작가는 실제 그 아이들이 열광하는 대상이 연기인 줄도 모르고 마치 자신의 작품에 열광하는 것처럼 착각한다. 여러분의 작품과 다른 사람이 출간한 책 두 권을 골라 짧게 이야기를 들려주자. 그리고 아이들의 반응을 지켜보자. 아이들이 가장 관심을 기울이는 이야기가 무엇인가? 또 연기에 가장 열정적으로 반응할 때는 언제인가?

아이들이 그 이야기를 정말로 좋아하는지 알고 싶으면 가까운 서점을 찾아가 책을 읽어주는 방법이 효과적이다. 서점에 가서 자신이 쓴 글 외에 이미 출판된 책에서 비슷한 유형의 이야기를 골라 함께 읽어주는 조건으로 책 읽기 시간을 이끌겠다고 제안해보자. 그럼 서점 주인은 얼씨구나 하며 반길 것이다.

그렇게 해서 아이들 앞에 서면 최대한 신중한 태도로 글을 읽는다. 이 과정은 아이들에게는 재미있는 경험이 되고 여러분에게는 시장 조사원의 소임을 다하는 보람 있는 경험이 된다. 자신의 글과 유형이 같고 길이도 엇비슷한 글로 최소한 이야기 두 편을 골라둔다. 그리고 마치 자신이 쓴 글처럼 옮겨 쓴다. 미리 원고를 외운 다음 아이들과 시간을 보낼 때는 가능한 한 오래도록 아이들 얼굴에 시선을 고정한다. 그리고 반응을 살핀다. 아이들이 어떤 몸짓을 보이는가? 아무 때나 튀어나오는 "아~"나 "우~" 소리에도 귀를 기울인다. 이야기가 시들하게 느껴질 때 아이들끼리 소곤거리는 소리, 그 밖에 다른 신호에도 귀를 기울인다. 이야기가 끝난 다음의 소감보다 직접 듣는 순간에 아이들이 몸으로 들려주는 이야기가 훨씬 정확하다.

그래도 질문은 필요하다. 아이들에게 어떤 글이 가장 좋았으며, 왜 좋았는지, 그 밖에도 비교할 만한 내용을 이끌어낼 수 있는 질문은 무엇이든 물어본다. 그래야 특정한 글을 마음에 들어 하기 바라는 속내를 아이들에게 들키지 않을 수 있다.

만약 아는 교사 중에 여러분이 쓴 작품이 독자층으로 겨냥하고 있는 학년의 아이들을 가르치는 사람이 있으면 명예 교사 자격으로 책읽기 수업을 하게 해달라고 부탁한다. 그럼 서류에 이것저것 적어 넣고 신분을 증명하기 위해 뒷조사까지 받아야 하는 수고로움, 즉 공식적인 절차를 밟고 허락을 받지 않아도 된다. 그러나 실제로는 주변에 아는 교사가 없는 경우가 더 많다. 그런 사람은 가까운 학교를 찾아가 어린이가 읽는 글을 쓰는 사람인데 내가 쓴 글에 대해 아이들과 함께 이야기를 주고받았으면 좋겠다고 청해보자. 수업을 진행하려면 교장과 교사 그리고 학부모들에게 먼저 글을 보여줘야 할지 모른다. 세상이 워낙 험한 탓에 불행히도 학교 역시 교육자 입장에서 아이들의 보호자 역할에 충실하다. 학교 관계자들은 여러분이 어떤 사람이며 무슨 목적으로 학교를 찾아왔는지 제대로 알 수 있을 때까지 경계심을 풀지 않을 것이다. 하지만 글을 읽고 쓰기 위한 과정과 문학 지향적인 프로그램이야말로 교실에서 반드시 필요한 분야이니 아이들에게 글을 읽어줄 수 있는 학교 찾기가 그리 어렵지는 않을 것이다.

전문가들, 비평 모임

초보 작가든 전문 작가든 작가라면 누구나 작가 모임에 일원으로 참여해 자기가 쓴 글에 대한 비평을 듣는 일이 도움이 된다고 생각한다. 가까운 곳에 있는 작가 모임이나 클럽을 찾아가 함께 참여해보자. 어디에서도 찾을 수 없다면 직접 만들면 된다.

다른 작가들의 예리한 시각과 경험은 작가에게 큰 자산이다. 바꿔 말하면 여러분 역시 함께 클럽에 속한 동료 작가들에게 소중한 도움을 줄 수 있다는 뜻이다. 흔히 이런 클럽에 속한 사람들은 각자의 글을 '탁자 앞으로' 가져와 돌려가면서 읽게 한다. 그런 다음 각자 다른 사람의 글을 읽고 소감을 말한다. 때로 글을 복사해서 나눠주면 다른 구성원들이 집으로 가져가서 읽고 다음 모임에서 그 글에 대한 의견을 나누기도 한다.

그 자체만으로도 큰 가르침을 얻지만 그와는 별도로 구성원 간에는 동료 의식이 싹튼다. 그렇게 생겨난 우정은 모임이나 비평 자체보다 훨씬 큰 재산이 된다. 나처럼 꿈을 갖고 기초를 닦고 글을 쓰고 언젠가는 책을 내고 싶다는 소망을 가진 사람들이 있다는 사실만으로도 위안이 된다. 그들이야말로 여러분이 항상 목표를 향해 정진하고 꿈을 잃지 않도록 격려해주는 사람들이다.

비평 모임 역시 크나큰 도움을 준다. 그러나 두 가지 점에서 반대로 해가 될 수도 있다. 모임의 성격이 지나치게 우호적이어서 글 한 줄 한 줄마다 "정말 멋진 이야기군요"라는 서평을 다는 식이면 모든 사람들이 그 사람의 글에 대해 좋은 인상을 갖기 때문에 작가는 글을 발전시켜나갈 추진력을 얻을 수 없다. 반면 한마디 한마디마다 꼬투리를 잡고 늘어지거나 어떤 작품에도 절대 좋은 평가를 주지 않는 식이면 그 모임에 속한 사람들조차 자신이 어떤 입장을 견지해야 하는지 알 수 없게 된다. 어느 모임에 속하든 중심을 잃지 않아야 한다.

리자 로우 프러스티노의 이야기를 들어보자.

> 성공적으로 오랜 기간 지속되는 비평 모임은 기쁠 때 함께 기뻐하고 단점마저 똑같은 한 가족과도 같다. 성실과 배려는 그들의 활력소다. 사람들은 자신이 쓴 글을 비평이라는 도마 위에 올려놓을 때 상처받기 쉽다. 그러나 그런 과정을 겪어야만 글이 좋아지고 자신도 단단해진다. 그러나 나는 힘 있는 비평 모임이 갖고 있는 가장 좋은 점이 비평 그 자체라고는 보지 않는다. 그보다는 그 안에서 생겨나는 동료애와 든든함이다. 한 달에 한 번 우리는 종이와 단둘이 함께하는 외로움에서 벗어난다.

비평 모임이 지닌 또 다른 가치는 좋은 정보를 자연스럽게 얻을 수 있다는 점이다. 예를 들어 모임의 일원 누군가가 와서 편집자와 책을 낸 작가들이 모여 글에 대해 토론을 벌이는 모임이 있다는 소식을 전해준다. 또 누군가는 어떤 작가가 마을에 와서 모임을 주재한다는 소식을 가져온다. 또 어떤 이는 모 출판사의 편집 담당자가 바뀌었다는 뉴스를 들고 온다. 이런 모임 내의 '수뇌부'는 참으로 멋진 사람이다. 작가로서 창의력을 키워주는 여러 명의 개인 교관을 두었으니까. 무엇을 주저하는가? 당장 원고를 움켜쥐고 작가 모임에 들어가자.

글쓰기 교실

드디어 이 책의 저자들이 강력 추천하는 일에 도착했다. 글쓰기에 관한 한 여러분은 절대로 공부를 멈추면 안 된다. 글쓰기 교실, 세미나, 회의, 모두 다 여러분의 실력을 키우고 기술을 연마할 수 있는 장이다. 해마다 미국 전역에서 작가들이 워크숍을 열고 경력 있는 작가들의 지도를 받아 함께 공부하는 시간을 갖는다. 참석자들이 서로의 글을 통해 가르침을 주고받는 모임도 있다. 이런 환경은 목표 의식을 갖는 데 큰 자극이 되고 때로는 자기가 쓴 글에 대한 숙련된 피드백을 얻을 수 있는 좋은 기회다.

워크숍이나 강좌 외에 작가가 되기 위한, 어린이 문학을 하고 싶은 사람들을 위한 특별 프로그램이 있다. 여러분이 꿈꾸고 바라는 것이 문예창작과의 졸업장이 아니라면 가까운 곳에 있는 종합 대학이나 단과 대학, 혹은 대학교에서 운영하는 평생교육원 등에서 운영하는 작문법 및 글쓰기 교실을 찾아보자.

반면 그룹 학습 방식을 선호하지 않는 작가도 있다. 찰스 기나의 말을 들어보자.

이제 워크숍은 그만 가자. 꼭 해야 한다면 다른 작가의 글을 읽자. 제발 부탁하건대 글 쓰는 법 따위를 내건 워크숍이나 모임은 멀리하자. 최악의 경우 그런 모임은 작가의 창의성을 고갈시킬 수도 있다. 그곳에서 최선의 결과를 얻어봤자 기껏 남들과 똑같은 글을 쓸 수 있을 뿐이다. 얼마 되지 않더라도 어릴 적부터 간직해온 자신의 독창성을 유지하자. 보호하고 가꿔나가고 자유롭게 분출할 수 있도록 놔두는 일, 그것이 작가의 할 일이고 작가에게 필요한 일이다. 글 쓰는 법은 실제로 글을 써야만 깨달을 수 있다.

왕도는 없다. 워크숍이나 모임을 기웃거려봤자 작가가 쓸 수 있는 실제의 글과는 점점 더 멀어질 뿐이다

이것이 《즐거운 하루 : 아빠 거위가 들려주는 시 Tickle Day : Poems from Father Goose(옮긴이)》를 비롯해서 스물다섯 권 이상의 책을 펴낸 작가 기나의 시각이다.

전문가의 비평

그럼 특정 출판사에 속해 있지 않은 프리랜서 편집자나 이미 책을 펴낸 적 있는 작가들에게 서평을 얻으면 어떨까? 여러분 중에는 전문가 몇 사람이 속해 있는 글쓰기 모임에서 이미 돈 한 푼 안 내고 조언을 얻고 있는 사람도 있을 것이다. 그렇다, 왜 수강료를 내야 하는가? 반대로 쓸 만큼 돈을 벌었으면 또 왜 그 돈을 강습료로 내지 않는가? 수업을 들으면 확실히 좋은 가르침을 얻는다. 괜찮은 글쓰기 전문가는 글 솜씨를 향상시킬 수 있는 통찰력을 키워주고 작가에게 상세한 서평을 해줄 수 있으며 그만큼 책을 펴낼 수 있는 가능성을 늘려준다. 방법은 현장으로 뛰어나가 좋은 선생을 찾는 일이다.

문제는 전문가로 사칭하고 수강료나 챙기려고 하는 몇몇 사기꾼과 정말 제대로 된 전문가를 구분하는 일이 온전히 작가의 몫이라는 점이다. 그들은 성공을 열망하는 작가들을 이용해서 먹고 사는 사람들이다. 대부분의 진짜 작가들, 즉 전문가들은 글을 예술 작품으로 생각한다. 그들은 수업료를 받고 비평을 하기는 해도 애송이 작가들에게 경험에서 우러난 지혜를 나눠주기 좋아하며 조금이라도 그들이 성공하는 데 밑거름이 되고 싶어 한다.

또한 스스로를 '대리인'이라고 소개하면서 작품을 평가해줄 테니 '읽는 값'을 요구하는 작자들 역시 조심해야 한다. 그런 돈으로 유용한 대가를 얻고 출판사를 만날 꿈은 꾸지 말자. 그럼 어디를 가야 정직하고 실력 있는 글쓰기 전문가를 만날 수 있느냐? 이제부터 탐정이 되어 본격적인 탐문을 벌여보기로 하자. 쓸 만한 후보를 만났다 싶으면 이렇게 자문해보자. 혹은

그 사람을 붙잡고 물어보자.

- 이 사람을 소개해준 사람이 누구지? 내가 이 사람을 어떻게 만났더라? 만약 같은 글쓰기 모임에 있는 다른 작가처럼 신뢰할 만한 사람이 누군가를 자신 있게 컨설턴트로 추천하고 그 사람에게 실제로 도움을 입은 사람들이 있음을 확실하게 증명해줄 수 있다면 여러분은 개인의 명예를 걸고 자신 있게 내세울 만한 확실한 정보를 얻은 것이다. 그러나 누구에게도 들어본 적 없는 사람이 접근해올 때는 경계하자.
- 그 사람이 한 번이라도 책을 낸 적이 있던가? 그 사람이 낸 책의 제목이 무엇이며 출판사는 어딘지, 또 어디 가면 살 수 있는지를 묻는다. 혼자서 책을 출판한 사람이 아니라 정식 출판사와 함께 책을 펴낸 실적이 있는 작가를 찾는다. 그 사람이 쓴 책을 보여달라고 해서 과연 작가로 재능이 있어 보이는지 직접 판단해본다. 그가 쓴 책의 질이 형편없고 창의성이 없다면 글을 평가해줄 실력이 없다는 확실한 증거다.
- 참고 자료를 요청한다. 그 사람의 도움을 받은 사람들이 또 있는지? 그 사람이 제시한 목록에 이미 책을 펴낸 경력이 있는 신뢰할 만한 작가 이름이 포함되어 있고 그 컨설턴트가 실제로 그 작가에게 도움을 주었는지, 또 그 컨설턴트가 실제로 작가에게 출판사를 소개시켜주었는지 확인할 수 있으면 괜찮다. 그러나 그 사람이 참고할 만한 자료를 전혀 제시하지 못하면 즉시 도망쳐라.
- 이력서를 요청한다. 그 컨설턴트 혹은 대리인이 전에 근무한 곳은 어딜까? 다른 출판사? 편집자로? 아니면 패스트푸드 대리점에서 일했나? 그 사람에 대해 알아낸다. 그 사람이 출판계에서 실력을 쌓은 컨설턴트나 대리인일수록 여러분이 작가의 꿈을 실현시키는 데 도움이 될 만한 확실한 비평을 얻을 수 있는 기회도 늘어난다.
- 마지막으로 꼭 들어가야 되는 비용이 있다면 감수하자. 대부분의 실력 있는 전문 작가들은 별것 아닌 일에 시간과 재능을 소비하는 일을 피하고 본연의 일에 몰두할 시간을 갖기 위해 수업료를 받는다.

전문가를 찾으려면 무작정 여기저기 묻는 방법이 최선이다. 법을 집행하는 공무원들이 장래 경찰이 되겠다는 사람들의 뒷조사를 하듯 여러분 역시 자기 작품의 평가를 담당하는 사람의 뒷조사를 할 필요가 있다. 자신이 쓴 글에 대해 좋은 피드백을 원한다면 그 지역의 어린이책 작가 모임이나 부근 대학의 교직원, 심지어 친구나 가족들처럼 잘 아는 사람들에게 도움을 청하자. 물론 방향 설정은 스스로 해야 한다.

3.

세상 밖으로

일단 글이 완성되면 원고를 출판사에 보내는 방법과 동봉할 편지를 작성하는 법을 알아야
한다. 또 삽화를 보낼지의 여부도 결정해야 한다. 왠지 불안하고 자신이 없다고? 누구나
알 수 있는 유명 인사 이름을 대고 내가 그 사람을 아주 잘 안다고 해볼까 싶다고?
잠시 후면 여러분은 그런 행동이 도움이 될 수도 있고 해를 끼칠 수도 있음을 알게 된다.
지금부터는 몇몇 출판사에 대한 소개와 함께 그들의 카탈로그를 살펴보고 여전히
무궁무진한 가능성을 품고 있는 어린이책 시장의 이모저모를 알아볼 예정이다. 그럼
여러분의 원고가 미로 속에서 제자리를 찾아가는 데 도움이 될 것이다. 마지막으로
작가가 왜 출판사에게 중요한 존재이며 출판사와 쉽게 접촉할 수 있는 방법은 무엇인지,
그리고 처음 일을 시작할 때는 어떻게 해야 하는지 알아보기로 하자. 물론 모든 것은
출판사가 기쁜 소식을 보내온 다음의 이야기다.

1장... 시합에는 규칙이 있다

마침내 원고를 끝냈다. 이제 봉투에 넣어 관심을 가질 만한 출판사 10여 곳을 골라 보내는 일만 남았다. 그것이 여러분의 계획이라면 잠깐. 여러분은 이미 두 가지 기본 규칙을 무시했다. 물론 규칙을 따른다고 성공이 보장되지는 않는다. 하지만 쓸데없는 시간 낭비를 막을 수 있고 겪지 않아도 될 좌절을 예방할 수 있다. 또한 제대로 된 전문가를 만날 가능성도 커진다.

이 장에서 여러분은 원고와 함께 동봉해서 보낼 소개 편지 쓰는 법과 청탁받지 않은 원고와 중복 의뢰 원고에 대해서도 배운다. 또한 소개 편지 및 문의 편지를 쓰는 요령과 함께 출판사의 굳게 닫힌 문을 열 수 있는 몇 가지 방법도 함께 배운다.

원고는 읽기 쉽게

출판사에 원고를 보내기 전에 점검할 사항은 간단하다. 우선 한 행씩 띄어 쓴 원고가 필요하다. 편집자들은 종종 손으로 쓴 원고를 받지만 대부분은 아예 읽어보지도 않는다. 원고 첫 장 좌우 위편에 이름과 주소를 적는다. 봉투와 편지, 원고가 따로 분리될 경우를 대비해서 매우 중요한 일이다. 그런 다음 약간 여백을 두고 제목을 적는다. 또다시 여백을 두고 내용을 쓴다. 원하면 바로 두 번째 장으로 넘겨 본문을 써도 되지만 굳이 그럴 필요는 없다.

원고는 무조건 읽기 쉬워야 한다. 문서 작성 프로그램을 보면 쉽게 선택할 수 있는 예쁜 글씨체가 많다. 그러나 유혹을 뿌리치자. 책에서야 독특한 글씨체가 어울릴 수 있지만 지금 여러분의 목표는 글 읽는 사람의 눈을 피곤하지 않게 만드는 일이다. 분홍이나 형광 빛이 나는 종이, 혹은 특이한 질감을 가진 종이 대신 백지를 선택해야 하는 이유도 그 때문이다.

원고는 단락을 짓고 각 단락 사이에 반드시 여백을 둔다. 반드시 한 장을 끝까지 채운 뒤에 다음 장으로 넘어간다. 책으로 만들었을 때를 상상하고 원고를 작성하면 안 된다. 그림책은 더더욱 그렇다. 내용이라곤 달랑 한 줄뿐인 원고가 서른세 장이나 된다고 가정해보자. 짜증이 나서 도저히 읽을 수 없을 것이다. 책을 어떤 모양으로 만들까 하는 문제는 편집자들의 전문 분야이니 여러분은 기본 형태만 갖추면 된다. 한 장짜리 원고든 200장이나 되는 긴 원고든 이 점은 마찬가지다. 굳이 장을 바꾸고 싶으면 한 줄 정도 여백을 두어도 되지만 그것 역시 참고 사항일 뿐 막상 책이 나올 때는 편집자나 일러스트레이터에 의해 무시될 때가 많다.

일단 원고가 준비되면 복사는 기본이다. 원본을 보내는 일은 절대 없도록 하자.

반송용 봉투

작가는 차라리 출판사가 자신의 글을 탐탁치 않아 한다는 사실을 모르는 것이 속편하다. 하지만 글을 보낸 출판사가 어디고 보내지 않은 출판사가 어딘지 알려면 반송용 봉투를 넣어 보내야 한다. 이때 반드시 우표를 붙이고 자신의 주소를 적어 넣는 일을 잊어서는 안 된다. 그래야 출판사가 회신을 보내거나 원고를 돌려보낼 수 있다. 소설 원고를 보내면서 무게 때문에 우표 값이 많이 나갈까봐 돈을 아낀답시고 '회신 전용' 봉투 하나만 달랑

출판사는 거절한 원고를 반송용 봉투에 넣어 작가에게 돌려보낸다. 작가는 원고 전체가 들어갈 만큼 넉넉한 크기의 반송용 봉투에 정확한 주소를 적고 우표를 충분히 붙인 다음 출판사에 보내야 한다.

넣어 보내는 일은 없도록 하자. 개중에 그런 작가들이 있다. 그러나 출판사에게 작가의 이런 행동은 내 원고를 돌려보내든 말든 관심 없다는 뜻으로 받아들여진다. 물론 복사본 한 부 정도는 보관해두었겠지만 내가 쓴 원고가 쓰레기통에 버려져 폐지 재활용 센터로 실려간다면 기분이 어떻겠는가? 본인이야 그렇게 생각하건 말건 상관없지만 출판사까지 원고를 하찮게 취급하게 해서는 안 된다.

비록 원고를 받아볼 사람의 이름을 모르더라도 간단한 소개 편지는 기본이다. 그것이 전문가다운 예절이다.

원고와 반송용 봉투 그리고 소개 편지를 함께 서류 봉투에 담는다. 원고가 몇 장 안 되면 표준 크기의 문서 봉투에 넣으면 된다. 친구들끼리 편지를 주고받을 때 쓰는 봉투처럼 작은 봉투는 사용하지 말자. 출판은 전문적인 일임을 잊으면 안 된다. 원고가 길면 보통 쓰는 마닐라지 봉투를 사용한다. 주소는 컴퓨터로 인쇄해서 붙여도 좋고 단정한 글씨로 직접 적어도 좋다. 그리고 우체국의 보통 우편을 이용하면 된다.

기다리는 일

한 가지 더 필요한 것이 바로 인내심이다. 하지만 그것까지 원고와 함께 보내버리지는 말자. 끈기를 갖고 기다리자. 요즘 출판사들은 밀려드는 원고를 검토하는 데 3개월은 기본이고 그 이상 걸릴 때도 많다. 출판사가 제대로 원고를 받았는지 알고 싶으면 적은 비용에 우체국 '수신 확인' 서비스를 이용하거나 엽서에 수신자로 자기 주소를 적고 우표를 붙인 다음 '소포를 받으면 즉시 보내달라'는 내용을 담아 함께 보내면 된다.

이제 다 됐다. 소개 편지와 원고 그리고 반송용 봉투와 인내심. 이 네 가지가 작가가 임의로 청탁받지 않은 원고를 출판사로 보낼 때 꼭 필요한 요소들이다.

청탁받지 않은 원고

어린이책 출판은 참으로 희한한 사업이다. 해마다 출판사 출입문으로 들어오는 원고가 수천 부에 이르지만 그중에 출판될 가능성이 있는 것은 20여 부밖에 안 된다. 들어오는 양에 비해 선택되는 양은 지극히 적다. 이렇게 몰려드는 수많은 원고들은 이른바 불필요한 원고들이다. 말 그대로 출판사가 요청한 원고가 아니라는 뜻이다. 그러나 출판사들은 그런 식으로 찾아온 원고를 그냥 버리지는 않는다. 혹시나 마거릿 와이즈 브라운이나 J. K. 롤링의 뒤를 이을 작가를 찾지 않을까 하는 한 가닥 기대 때문이다. 여러분도 그 대상이 될 수 있다.

선택될 가능성은 적지만 어쨌든 성공을 위한 첫걸음은 이렇게라도 원고를 보내는 일이다. 모든 출판사가 작가가 임의로 보내는 원고를 검토하지는 않는다. 그래도 이런 관행 덕택에 어린이책 출판은 대리인이나 출판계에 인맥이 없어도 일정 규칙을 따르고 올바른 출판사만 고르면 작가가 자신의 이름으로 책을 낼 가능성이 있는 곳이다.

원고가 출판사에 도착하면 처음 원고 봉투를 여는 사람은 수습 사원이나 편집 보조 사원이다. 그들은 봉투를 뜯고 원고를 읽으면 바로 위 직급의 편집부 직원에게 넘겨준다. 아, 잔인한 운명이여! 제발 '막강 권력 거물 씨'나 '어린이책 출판계의 대모 여사'가 내 글을 읽어주면 좋으련만. 그렇다고 실망할 필요 없다. 거물 씨나 대모 여사는 이미 그들이 담당하고 있는 작가나 일러스트레이터들을 상대하는 일만으로도 정신이 없다. 그렇기 때문에 만에 하나 그들이 여러분 원고를 읽고 마음에 들어 하더라도 조만간 책으로 펴내지는 않을 것이다. 그 정도 직급을 가진 편집자들은 실제 책으로 펴낼 수 있는 분량을 훨씬 능가하는 '상품 가능성 있는' 원고들과 1년 내내 씨름한다.

다행히 수습 사원에게 원고를 넘겨받은 편집 담당자와 보조 사원이 바로 청탁 받지 않은 원고를 읽는 장본인이자 여러분이 쓴 글의 최종 목적지다. 그들에게는 전담 작가나 이름난 작가가 없다. 가능성 있는 작가를 발굴하는 일만이 그들이 회사에서 출세하는 길이다. 그렇기 때문에 그들은 서류를 정리하고 문서를 작성하는 일에는 최소한의 시간을, 반대로 출판사들이 흔히 산더미처럼 쌓인 원고더미나 청탁 받지 않은 원고로 가득한 파일 서랍을 부를 때 쓰는 슬러시 파일(slush pile : 여기서 'slush'란 깊이 없는 감상적인 이야기를 뜻한다. 한마디로 그런 원고더미를 일컫는 말 – 옮긴이)을 캐는 데 최대한의 시간을 투자한다.

출판사 중에는 청탁하지 않은 원고를 아예 받지 않는 곳도 있다. 그들은 출간 경험이 없는 작가나 대리인 없는 작가의 원고는 읽지 않는다. 빗장을 단단히 잠그고 있는 출판사는 대부분 이미 많은 작가와 일러스트레이터들과 관계를 맺고 있다. 어찌어찌해서 그런 출판사의 편집자와 관계를 맺고 많은 정열과 시간을 쏟아 부어봤자 결국 그들 입에서 "당신 글을 출판할 여력이 없다"는 대답만 들을 뿐이다. 그런 일에 시간을 낭비하지 말고 진정으로 여러분의 글을 필요로 하는 출판사를 찾아보자.

가능성 있는 출판사에만 원고를

이제 준비가 거의 끝났다. 원고도 다 썼고 반송용 봉투도 준비했고 가능성 있는 출판사도 몇 군데 골라두었다. 그런데 경험이 풍부한 작가 친구가 충고하길 출판사에서 회신이 오기까지는 6개월 이상 기다려야 된단다. 제아무리 '초고속'으로 일을 추진하는 회사도 3개월 안으로 회신을 주지 못한다나. 물론 편집자가 내 글을 단번에 마음에 들어 하지 않을 수 있다. 자기 취향과 다를 수도 있고 그날 기분이 최악이었다든가 걸려오는 전화를 받느라 정신이 없었을 수 있으니까. 여러분 글이 임자를 만나기까지는 몇 년이 걸릴 수도 있다. 그러나 이번에도 지혜로운 그 친구가 해답을 준다. 그럼 한번에 스무 군데, 서른 군데 출판사로 원고를 왕창 보내보지 그러냐고.

한꺼번에 여러 곳으로 원고를 보낸다? 그러니까 원고를 복사해서 동시에 여러 출판사로 보낸단 말이지. 귀가 솔깃하다. 어디어디로 보냈는지 잘 알

슬러시 파일은 출판사가 원고 요청을 하지 않은 작가들이 보낸 원고를 통칭한다. 그러나 언젠가는 출판사가 읽어볼 원고다.

아두었다가 한 곳에서 책을 내겠다고 제안해오면 즉시 다른 회사로 그 사실을 통보한다? 그러나 이 일을 실행에 옮기기 전에 한 번만 생각하자. 자칫하다간 슬러시 파일에 파묻혀 사는 출판사를 괴롭혀 괜히 문 닫는 회사를 하나 더 늘림으로써 황금 알을 낳는 거위를 죽이는 결과가 될지 모른다. 서른일곱 부씩이나 원고를 복사한답시고 괜히 종이와 우표 값을 낭비하지 말고 차라리 시간을 갖고 가능성 있는 출판사 서너 곳을 고르는 일에 열중하자. 출판사 중에는 내가 이 원고를 보낸 회사는 '오직' 당신네밖에 없다고 명기한 원고에 한해서 문을 열어놓는 곳들이 있으니까.

그럼 어떻게 해야 할까? 어린이책 작가 및 일러스트레이터 협회 등의 단체에서는 출판사들에게 제출된 원고 검토에 3개월 정도를 할애하도록 권장한다. 대충 그 정도가 지났는데도 회신이 없으면 출판사로 편지를 띄워 원고를 돌려달라고 요청한다. 이때도 여전히 그 회사에서 회신을 받을 가능성은 남아 있다. 보낸 편지와 원고가 제대로 조화를 이루지 못할 가능성이 있기 때문이다. 하지만 이때쯤이면 다른 출판사에 마음대로 원고를 보내도 된다.

원고를 한 곳에만 보낼지 몇 군데 목표를 정해두고 보낼지는 여러분 판단에 달렸다. 그러나 제발 불특정 다수를 겨냥해 마구 원고를 뿌리는 행동은 삼가자. 한때 해럴드가 일했던 찰스브리지 같은 회사에서는 단 한 주도 거르지 않고 소설을 읽고 되돌려보내는 일이 되풀이된다. 심지어 성인용 소설을 돌려보내기도 한다니 알 만하다. 이 일은 출판사 직원과 작가 모두에게 시간 낭비다. 찰스브리지 사는 지금도 그렇지만 과거에도 소설을 취급한 적이 없다. 그쯤이야 조금 귀찮은 일 정도로 생각하면 안 되냐고? 출판사로서는 전혀 불필요한 일이다. 불과 얼마 전, 도서관용 논픽션 도서를 출판하는 제법 큰 출판사인 프랭클린 와츠는 청탁하지 않은 원고를 받지

출판사 한 곳에만 보내는 원고를 독점 의뢰 원고라고 한다. 반면에 두 곳 이상 출판사에 동시에 보내는 원고는 중복 의뢰 원고 또는 동시 의뢰 원고라고 한다.

않겠다고 선언했다. 수없이 밀려드는 픽션 원고를 되돌려 보내는 일에 더 이상 시간을 낭비할 수 없다는 이유였다. 프랭클린 와츠에는 픽션 프로그램이 없다.

여러분이 원고를 보낸 회사가 매년 6,000부에 이르는 원고를 받아 단 60권만 책을 낸다고, 그것도 계속 거래하고 있는 작가들의 작품만 낸다고 해보자. 그 회사가 여러분이 보낸 원고를 읽어줄 가능성은 희박하다. 하지만 그렇게 모여든 원고는 대부분 수준 이하다. 형편없는 글은 물론이고 번지수를 잘못 선택한 글까지. 여러분은 진정으로 읽을 가치가 있는 수백 편의 글 가운데 하나를 써야 한다.

소개 편지 쓰는 요령

방향 설정이 끝났으면 비로소 여러분의 원고를 수많은 원고더미, 다시 말해 원고의 바다로 던져 넣을 차례다. 원고에 이름과 주소도 적었다. 그런데 출판사에 특별히 고맙다는 인사를 할 사람도 없고 누구를 정해놓고 보낼 것도 아닌데 왜 편지를 써야 하지? 그냥 원고만 봉투에 넣어 보내면 안 되나? 편지를 함께 보내면 그만큼 예의 있고 전문가다운 인상을 준다. 겉봉투에 '편집자 귀하'라고 썼다 해도 그건 마찬가지다. 물론 편지의 두서에도 '편집자 귀하'라는 인사말을 잊지 말아야 한다.

소개 편지에 넣지 말아야 할 사항 혹은 봉투에 넣어 보내지 말아야 할 사항으로는 다음과 같은 것이 있다.

- 이력서
- 마케팅 전략
- 추천서
- 아이들이 자신이 쓴 글을 굉장히 좋아했다는(물론 그랬겠지만) 식의 자화자찬
- 경험이 모자란다고 괜히 겸손한 체하는 글
- 장황한 줄거리 나열

좋은 편지는 내용이 간단하고 격식을 갖춘다. 꼭 필요한 내용만 적어 편집자가 지금 하고 있는 일, 즉 여러분의 원고 읽는 일에 지장을 주지 않도록 하자.

흔히 책을 출간한 경험이 있는 작가들은 원고를 보낼 때 간단한 인사말을 적어 포스트잇을 덧붙여 보내면 충분하다고 말한다. 우리 생각은 다르다. 편집자가 아는 사람이라면 물론 상관없다. 그러나 격의 없이 행동하면 주제넘은 사람이 괜히 아는 척하는 것밖에 되지 않는다. 반드시 편지를 쓰자. 그래서 여러분이 전문가요, 인격자임을 보여주자.

맞춤법, 띄어쓰기의 중요성

학교를 떠난 그 순간부터 더 이상 철자법이나 구두점 때문에 고민할 필요가 없다고 생각했다고? 천만의 말씀이다. 출판에서 원고가 어떤 모습을 갖추었느냐 하는 점은 매우 중요하다. 그러므로 철자법이 틀리고 문법이 맞지 않는 글, 심지어 문체가 형편없는 글은 감점을 당할 수밖에 없다. 편집자는 작가가 보낸 편지와 원고로 그 사람의 됨됨이를 파악한다. 편집자들은 철자법도 제대로 모르고 성격도 덜렁대는 작가가 쓴 글을 보는 순간, 만약 이 사람과 일하면 늘 똑같은 문제를 일으킬 거라고 단정해버린다.

해럴드는 슬러시 파일을 뒤질 때마다 항상 이런 작가들을 만난다.

- 자기 글을 '독점 의뢰 원고', 즉 귀사에만 보낸 원고라고 과시하는 작가
- 출판사 이름을 잘못 알고 있는 작가
- 심지어 자기 이름조차 잘못 알고 있는 작가. 물론 흔히 있는 일은 아니다. 하지만 해럴드는 이런 작가를 보면 어떻게 자기 이름조차 살펴볼 시간이 없었는지 도저히 이해할 수 없다고 한다.

또한 그는 문법 실력이 형편없고 문체가 빈약한 작가, 심지어 도저히 읽을 수 없는 상태의 복사본을 보낸 작가들도 많다고 한다. 그렇다고 출판사

들이 철자법에 약한 사람이나 초등학교 때 문법 수업을 빼먹은 사람들을 차별한다고 생각하지는 말자. 다만 작가가 제출한 자료의 겉모습이 바로 작가가 자신의 원고를 얼마나 소중히 여기는지 말해주는 척도가 된다는 점을 강조하고 싶을 뿐이다. 둘러보면 문법과 철자법에 정통한 친구 한두 명쯤은 있을 것이다. 부디 그런 친구를 찾아가서 한번만 내가 쓴 편지와 원고를 봐달라고 할 만큼 사려 깊은 사람, 그 사람이 바로 많은 어린이책 편집자들이 함께 일하고 싶은 작가다.

원고가 중요하다

산더미처럼 쌓여서 쓰러지기 일보 직전인 슬러시 파일이 눈에 선하다. 그 때문에 많은 사람들이 어떻게든 자신의 원고를 튀어 보이게 하려고 온갖 수단 방법을 동원한다. "내 원고를 제일 먼저 읽으면 다른 사람 글보다 훨씬 좋은 인상을 갖겠지." 그러나 현실적으로 나는 초보요 하고 떠벌리는 행동이다. 제발 출판사를 상대로 아래와 같은 변칙 행위는 하지 말자.

- 특급 우편으로 보낸다. 여러분은 원고가 출판사에 도착한 이후에도 오랜 시간을 기다려야 한다.
- 분홍색, 형광색, 그리고 장식이 요란한 봉투를 사용한다. 편집자는 작가가 쓴 글을 평가할 뿐 그의 취향을 평가하지 않는다.
- 음식물이나 박제 동물 또는 장난감을 넣어 보낸다. 이런 물건은 그나마 서랍에 들어가지도 않는다.
- 원고를 팩스로 보낸다. 이렇게 하면 반송용 봉투를 보낼 수 없다. 그리고 읽기도 어렵다.

평범한 봉투와 백지, 그리고 제 값대로 붙인 우표와 반송용 봉투, 여러분에게 필요한 것은 이것뿐이다.

만약 여러분이 집을 짓는데 시공자가 1층 테라스는 나 몰라라 하고 별 필요도 없는, 그러나 보기〔"는 그럴듯한 투명 벽면에만 온 시간과 에너지를 쏟는다면 어떤 기분이 들까? 아마도 일의 경중을 따질 줄 몰라 벽 하나에만 정성을 쏟아 붓고 테라스나 정원은 아예 돌아보지도 않는 사람이라고 생각할 것이다.

그림책 원고는 기껏해야 세 장인데 마케팅 플랜은 자그마치 다섯 장씩 넣어 보내는 작가를 볼 때 편집자들은 바로 그런 기분이 든다. 마케팅은 책이 나올 되면 마케팅 부서에서 다 알아서 한다. 장편 시리즈물에 대한 장황한 계획서를 볼 때도 마찬가지다. 그 편집자들이 몸담고 있는 출판사가 단행본을 선호하기 때문이다. 그 밖에도 자신의 삶을 장황하게 늘어놓은 작가, 시시콜콜한 사항까지 이력서를 적어 보냈는데 막상 글과 관련된 경력은 전혀 없는 작가를 볼 때도 같은 기분이 든다.

해럴드는 큰 출판사 편집부에서 근무한 적이 있었다. 그때 함께 일한 편집부 사람들이 경험을 통해 이런 결론을 내렸다고 한다. "봉투에 들어 있는 내용물 가짓수가 많을수록 원고의 질은 떨어진다." 오직 원고에 열과 성을 다하자. 편집자는 오직 작가의 원고에만 관심을 둘 뿐이다.

반응을 얻지 못하는 글의 유형

아이를 재우려면 책을 읽어주면 된다는 식의 전통적이고 뿌리 깊은 신념을 여러분의 원고를 읽는 사람들에게까지 적용시켜서는 안 된다. 1년에 수백 편에 이르는 원고를 읽어야 하는 편집자들은 지겹도록 뻔한 글을 보는 순간 즉시 잠에 빠져든다. 예외가 있겠지만 여러분이 목표로 삼고 있는 출판사들, 즉 주로 고급 양장본을 펴내는 출판사의 편집자 대다수가 따분해하는 글과 작가는 다음과 같다.

- 귀엽고 털이 복슬복슬한 동물 이야기
- 인기 작가를 모방하면서 자신들이 그의 뒤를 이을 인물이라고 떠들어 대는 사람
- 얄팍하게 포장된 도덕적 교훈을 담은 이야기
- 어린 시절의 추억담

이 밖에 다른 예들도 많다. 하지만 비록 거절 편지를 받을망정 읽는 사람에게 뭔가 반응을 불러일으킬 수 있는 글과 아무 반응을 얻지 못하는 글은 분명 다르다. 여러분은 앞으로 그 차이에 대한 감각을 직접 경험하고 깨달아야 한다. 오후 다섯 시까지 책상 위에 쌓여 있는 원고 100부를 모두 읽어야 하는 불쌍한 편집부 직원의 모습을 상상해보자. 그리고 다음 순간 그녀가 신이 나서 상사의 사무실로 뛰어들어가 "이 글은 좀 다른데요!"라고 외치는 장면을 상상해보자. 여러분이 바라는 것은 그런 반응이다. 솔직히 우리가 말하려는 바는 독특하고 관습에 얽매이지 않으며 좀처럼 출판되기 어려운 글, 그러나 거칠면서도 창의성 강한 글이 안이하게 정해진 규칙에만 충실하고 다른 글과 차별성을 지니지 못한 글에 비해 훨씬 반응을 얻어내기 쉽다는 점이다.

도전하자! 남이 보고 싶어 할 것 같은 글이 아니라 내가 가장 잘 쓸 수 있는 글을 쓰자. 그리고 올바른 방법을 통해 세상 밖으로 내보내자.

2장... 그림은 누가 그리지?

현재 어린이들이 읽는 책에는 정확한 표준에 맞춰 제작한 인쇄와 각양각색의 스타일까지 과거 어느 때보다 뛰어난 그림들로 가득하다. 제법 괜찮은 어린이 서점이나 도서관은 어디든지 눈을 기쁘게 하는 책들로 가득 차 있다. 작가 지망생들에게 이런 책들은 큰 부담이 된다. 원고 외에 그림까지 책임져야 한다는 부담감 때문이다. 여러분 중에는 직접 삽화를 그리고 싶은 사람이 있을 것이다. 아니, 그 정도가 아니라 내가 심혈을 기울인 글이니 꼭 이렇게 그려야 한다고 일러스트레이터에게 일일이 지시하고 싶은 사람도 있을 것이다.

만약 그렇다면 제발 참으라고 말하고 싶다. 마땅찮은 사람들이 있겠지만 작가가 싫어하든 좋아하든 일러스트레이터를 선정하고 관할하는 일은 대부분 출판사의 몫이다. 여러분은 뒤로 물러나 그들이 하는 일을 가만히 지켜보면 된다. 놀라운 결과가 빚어질 때가 꽤 많으니까.

그림 선정은 출판사의 몫

출판 공정의 맨 마지막에 이르러 멋진 그림책이 완성되는 모습을 보면 책 만드는 일이 단순히 원고 하나만 갖고 되는 일이 아니구나 하는 생각이 든다. 작가들은 원고에 반드시 그림을 동봉해야 한다고 생각한다. 그 결과 편집자들은 그림을 준비하지 못해서 죄송하다느니 그 대신 스케치나 컴퓨터 아트를 보낸다느니 등의 내용을 담은 편지를 보내거나 심지어 잘 아는 사람이 그렸다며 아예 그림 완성본까지 보내는 작가 지망생들을 수없이 만난다.

그러나 거의 예외 없이 출판사들은 작가가 원고와 함께 그림까지 보내주기를 바라지도, 기대하지도 않는다. 작가가 책에 들어갈 그림까지 책임질 이유가 무엇인가? 여러분의 소임은 글을 다루는 일이지 물감이나 파스텔을 다루는 일이 아니다.

출판사는 대개 일러스트레이터를 직접 고른다. 그림책이나 삽화가 들어간 챕터 북, 혹은 다른 책도 모두 마찬가지다. 일러스트레이터를 고용하고 돈을 지불하는 주체는 출판사다. 그렇기 때문에 그들 눈에는 작가가 고른 일러스트레이터가 양에 차지 않는다. 그런 행동은 오히려 애타게 바라던 대답을 얻을 가능성을 감소시킬 뿐이다. 넣어 보낸 그림 때문에 글이 제 가치를 100퍼센트 발휘하지 못하기 때문이다. 그뿐인가, 출판사가 이래라 저래라 지시하는 작가를 기분 좋아할 리 없다.

규칙은 간단하다. 아는 사람이 모리스 센닥(Maurice Sendak)쯤 된다든지 그림 이야기를 꺼내는 바람에 글이 편집자 눈 밖에 난다 해도 상관없는 사람이 아니라면 절대 아는 사람이 그린 그림을 넣어 보내지 말자.

이제 매형이라도 불러다 그림을 그리게 해야겠다는 생각은 접었다. 그러면서도 여전히 내 책은 이렇게 만들어야 한다고 주장하고 싶다. 초보 작가는 유명 일러스트레이터의 그림과 짝을 이뤄야 성공할 수 있다는 말이 있다. 여러분 역시 특정 일러스트레이터와 일하고 싶다는 생각을 갖고 있을 것이다. 계약서에 서명한 뒤라면 이런 생각을 담당 편집자에게 알려줘도 손해 볼 일은 없다. 원고와 동봉한 편지에 그런 내용을 적어 보내도 큰 상관은 없다.

다만 자기 취향을 고집하는 태도는 버려야 한다. 어린이 서고를 담당하는 사서나 독서 교사, 또는 하루 일과를 온통 최신간 어린이책에 파묻혀 지내는 사람이 아닌 이상 필시 여러분은 칼데콧 수상자나 오랜 경력을 자랑하는 전문가처럼 빼어난 일러스트레이터를 짝으로 꿈꾸고 있을 테지만 말이다.

간단히 말해서 일러스트레이터 선정은 출판사의 몫이다. 작가에게 이 일은 축복이자 저주다. 일러스트레이터를 선정할 책임이 없는 대신 원하는 일러스트레이터를 주장할 권리 또한 없기 때문이다. 작가로선 받아들이기 힘든 사실이다. 작가는 이야기를 자신의 것으로 생각한다. 그래서 책 자체도 자신의 바람대로 나와주기를 원한다. 하지만 참고 조금만 뒤로 물러나자. 이야기 자체는 물론 작가의 것이다. 그러나 그 이야기를 한 권의 책으로 만들려면 여러 사람의 도움이 필요하다. 또한 어쩌다 지갑을 열어야 하는 처지가 된 출판사의 조율을 받아야 한다. 비단 일러스트레이터뿐만이 아니다. 겨우 두 쪽짜리 원고를 튼튼하게 제본된 32쪽짜리 완전 컬러 그림책으로 만들려면 열 명, 아니 그 이상 되는 사람들의 노력이 요구된다. 그러니 수많은 시간과 돈을 투자해 하나의 작품을 만드는 일이 출판사의 임무임을 깨닫고 일러스트레이터를 결정하는 주체 역시 출판사라는 사실을 담담히 받아들이자. 물론 그런 일을 결정하는 데는 작가인 여러분보다 출판사가 경험이 풍부하다.

제대로 그려야 한다

미술 학교에서 삽화를 배워본 사람이라면 일러스트레이터가 되어보겠다는 꿈이 반드시 허황된 것만은 아니다. 하지만 제대로 배워본 적 없이 독학으로 그림을 그렸거나 몇 번 미술 수업을 들은 경험이 전부라면 자신의 능력을 어떻게 증명할까? 가까운 어린이책 작가 모임에 글을 가져가 비평을 구하듯 직접 그림을 그려 비슷한 모임에 가져가 전문가에게 조언을 구하고 도움을 청하는 방법이 있다.

전문가의 조언을 얻기 힘들면 직접 평가하고 증명하는 수밖에 없다. 우선 자신이 쓴 글에 맞는 출판사를 고른 뒤 그 출판사가 최근에 펴낸 책을 알아본다. 그런 다음 자신이 구상한 그림과 스타일도 비슷하고 물감이나 파스텔 등 착색제도 비슷한 삽화가 담긴 책 세 권을 선택해 가까운 도서관이나 서점에 가서 직접 찾아본다. 이때는 세 권 모두 샅샅이 검토해야 한다. 일러스트레이터들이 제각기 어떤 식으로 인물을 묘사했는지, 다양한 원근법을 사용했다면 어떻게 표현했으며 반대로 사용하지 않았다면 어떤 식으로 표현했는지, 또 그들이 어떻게 재미를 만들어냈는지 등을 철저히 점검한다. 그 일러스트레이터가 몸동작과 얼굴 표정을 어떤 방법으로 묘사했는지 면밀히 살펴본다. 동물 그림이든 사람 그림이든, 또 사실적이든 만화적이든 그 그림이 등장인물을 어떻게 생동감 있고 사실적으로 묘사했는지도 분석해본다.

그런 다음 그림을 시작하자. 과연 여러분이 그린 등장인물에게서도 다른 책에서 본 것과 같은 생동감이 느껴지는가? 왠지 뻣뻣하고 어설퍼 보이지는 않는가? 다채롭고 재미있게 보이는가? 다른 책들처럼 활기를 띠고 있는가? 절정을 향해 가면서 점점 긴장이 되는 기분이 드는가? 한마디로 다른 책에 나오는 그림들만큼 자신의 그림 역시 완성도를 갖췄다고 자부할 수 있어야 한다. 자신이 없으면 절대 원고와 함께 그림을 보내지 말자. 견본조차 넣으면 안 된다. 그렇게 했다가는 전문가다운 인상을 주지 못할 뿐 아니라 편집자에게 자칫 나 말고 어느 누구도 일러스트레이터로 쓰지 않겠다는 생각을 가진 고집스럽고 까다로운 사람으로 낙인찍힌다. 아무래도 상관없다는 의사 표시를 했더라도 그 점은 변하지 않는다. 원하면 언제든 직접 그린 그림을 편집자에게 보여줘도 좋다. 하지만 계약서에 서명할 때까지는 제발 참자. 계약을 맺은 뒤에는 봉투에 그림을 넣어 편집자의 의견을 묻는 편지를 띄워도 된다. 이때 만약 편집자가 긍정적인 반응을 보이면 그 그림을 책에 넣어도 될지 다시 한 번 타진한다.

일러스트레이터로서 자신의 능력이 전문적인 기준에 미달한다 싶으면 이것이 나를 위한 길이다 생각하고 출판사에 원고를 보낼 때 절대 그림을 넣어 보내는 일이 없도록 하자. 해럴드는 편집부에 근무하면서 원고를 검토할 때 수성 물감으로 그렸든 크레용으로 그렸든, 혹은 컴퓨터 아트든 아마추어 냄새가 심하게 나는 그림을 동봉한 원고를 봤을 때만큼 재빨리 출판 불가 통보 용지에 손을 가져간 적이 없었다.

전문가는 예외

전문 교육을 받은 일러스트레이터이거나 독학을 했을망정 재능이 아주 뛰어난 사람이라면 원고를 준비할 때 다소 색다른 방법을 택해도 좋다. 자신이 쓴 글의 일러스트레이터가 되고 싶은 사람은 다양한 방법을 동원해서 실력을 인정받아보자.

가장 쉬운 방법은 직접 그린 그림 몇 점을 원고에 넣어 보내는 일이다. 그리고 소개 편지에 직접 그림을 그리고 싶다고 제안한다. 이때 함께 보내는 그림은 이야기와 연관성이 있어도 좋고 없어도 상관없다. 단 반드시 컬러 사진이나 인쇄된 견본이어야 한다. 종종 이것을 테어 시트(tear sheet)라고 부른다. 그러나 슬라이드는 다루기가 힘들기 때문에 보내면 안 된다. 그림 원본 역시 절대 보내서는 안 된다.

예를 들어 여러분이 자신이 쓴 책에 일러스트레이터로 참여하고 싶다는 의사를 강하게 피력하고 싶다. 그럴 때 가장 확실하게 능력을 보여줄 수 있는 방법은 견본(dummy)을 만들어 보내는 일이다. 사람 모형과 마찬가지로 견본은 실제 책의 형태를 갖추어야 한다. 견본을 준비할 때는 본문을 나누어 완성된 책처럼 만들어야 한다. 속표지 및 저작권 페이지, 그리고 본문 내용 외에 필요한 페이지까지 모두 고려한다. 책에 들어갈 내용이 잘 생각나지 않으면 제1부 7장 〈책 속에 무엇이 담겨 있을까?〉를 다시 한 번 읽어보자. 본문을 따로 떼어 각기 다른 종이에 풀로 붙이는데 이때는 책으로 나왔으면 하는 크기와 형태를 갖추면 좀더 이상적이다. 그리고 삽화가 필요하다고 생각되는 부분에 스케치를 덧붙인다. 견본 제작 단계에서 모든 그림을 완성할 필요는 없다. 완성본은 두세 점 정도면 충분하다. 또 반드시

테어 시트란 원래 잡지나 다른 책에서 오려낸 일러스트레이터나 작가의 작품을 의미했다. 지금은 그런 샘플의 사진 복사본도 함께 지칭한다. 반면 견본은 책 형태로 제작된 원고를 말하는데 책에 들어갈 삽화의 스케치가 모두 담겨 있어야 하며 그중에 최소한 두세 점은 완성본이어야 한다.

컬러 복사를 해놓는다. 그중에 하나라도 분실했을 때 하늘이 무너지는 고통을 겪지 않기 위해서다. 그리고 출판사에는 복사본을 보낸다.

책에 들어갈 삽화를 모두 그려 보내더라도 편집자는 여러분이 그 일에 맞는 사람이라고 인정해줄 뿐 그 이상은 아니다. 편집자는 책에 들어갈 삽화를 구체적으로 구상하기 전에 일러스트레이터를 선정한다. 일일이 그림을 그려 보냈는데 엉뚱하게 다른 일러스트레이터가 일을 맡게 되면 쓸데없이 시간을 낭비한 셈이다. 설령 작가가 삽화를 맡는다 하더라도 출판사에 소속된 전문가들과 함께 일을 해나가는 과정에서 이미 그린 삽화 가운데 일부 혹은 전부를 폐기하고 표현 방법을 완전히 바꿔야 할 수도 있다. 여러 가지 상황을 고려해볼 때 역시 유연한 태도를 갖는 일이 가장 중요하다.

일러스트레이터를 꿈꾸는 사람은

일러스트레이터와 작가의 역할을 동시에 하는 사람은 출판사 입장에서 볼 때 전혀 다른 두 사람이 된다. 책을 쓴 작가가 한 사람이고 일러스트레이터가 다른 한 사람이다. 언젠가는 같은 책에서 두 가지 일을 함께 할 수 있을지 모른다. 하지만 보장은 없다. 상황이 이러하니 무조건 최선을 다하는 수밖에. 그렇지 않으면 결국 말로만 두 가지 일을 하는 사람이 될지 모른다.

때로는 출판사로 하여금 일러스트레이터로서 자신의 능력을 작가의 능력과 별개로 생각하게 만드는 방법이 최선이다. 지금까지 이 책은 작가로 승부를 걸겠다고 결심한 사람들에게 여러 가지 길을 제시해주었다. 일러스트레이터를 꿈꾸는 사람이 할 일도 크게 다르지 않다. 우선 출판사에 편지를 띄워 일러스트레이터가 알아야 할 지침을 보내달라고 요청한다. 견본을 보낼 때는 돌려받을 때를 대비해 소개 편지와 함께 반송용 봉투를 넣어 보내야 한다. 이때도 반드시 나에게 맞는 출판사로 보내야 한다는 점을 명심하자.

일러스트레이터가 할 일은 작가의 일과 다소 차이가 있다.

- 견본은 편집자가 아니라 미술 책임자에게 보낸다. 이름을 모르면 직함을 쓰거나 '미술 담당 부서' 앞으로 보낸다. 그래야 제대로 도착한다.
- 한꺼번에 가능한 한 여러 회사에 견본을 보낸다. 여러분의 목표는 지금 당장 일거리를 찾는 것이 아니라 장래에 생겨날지 모를 프로젝트용 보관 파일에 자신의 그림을 추가하는 일이다.
- 격식을 갖추고 우편물을 보내려니 돈이 너무 많이 든다. 그럴 때는 컬러 엽서를 보내는 방법이 있다. 이때 주소와 전화번호, 있다면 이메일까지 반드시 기입해서 출판사가 원할 경우 다른 견본을 보낼 수 있도록 한다.
- 출판사 중에는 아직도 화가의 작품집을 요구하는 곳이 있다. 여러 회사를 방문할 때 철저한 준비를 거친 자신의 포트폴리오를 보여주는 것도 괜찮은 방법이다.

한 가지, 작가나 일러스트레이터에게 똑같이 적용되는 사항이 있다. 일을 얻기까지 몇 년을 기다릴 각오를 하라는 점이다. 그날이 언제 올지 모르니 늘 준비하는 자세를 갖자.

일러스트레이터에게 지시는 금물

이로써 여러분은 일러스트레이터가 아니라 글을 쓰는 작가라는 사실을 충분히 깨달았다. 하지만 여전히 일러스트레이터에게 해주고 싶은 말이 많다. 그것도 아니면 그가 어떻게 일을 해나가고 있는지 알고 싶어 죽겠다거나 그 일이 내가 생각하던 책의 방향과 맞아떨어지는지 확인하고 싶은 마음이 굴뚝 같다. 그렇다면 그 어떤 충격에도 버틸 수 있도록 마음을 단단히 먹자. 회사마다 방침은 다르지만 대다수 출판사들은 일러스트레이터가 작업하는 동안 작가와 접촉하는 일을 허락하지 않는다. 간혹 스케치 정도는 보여주지만 그조차 허락하지 않는 회사들이 많다. 그런 상황에서 작가가 일러스트레이터에게 영향력을 행사할 수 있을까? 여기 몇 가지 방법이 있다.

글이 거의 없는 책이나 상대적으로 삽화에 많은 비중을 둔 책의 작가일수록 일러스트레이터에게 책 내용에 대해 방향을 제시하고 싶어 한다. 등장인물이 이런 모습을 하고 있어야 한다는 등 일반적인 지시에서부터 여기에는 이런 그림이 들어가야 하고 지면은 어디에서 갈라야 한다는 등등 시시콜콜한 지시까지 내용도 다양하다. 하지만 일러스트레이터에게 의도적으로 방향을 제시하는 행위는 바람직하지 않다.

편집자나 일러스트레이터들은 모두 아무 치장 없는 순수한 원고를 읽으면서 나중에 그 책이 어떤 그림책이 되어 나올지 훤히 꿰뚫을 만큼 노련하다. 경험이 많은 작가들은 그런 사실을 잘 알기 때문에 그림에 관한 한 기꺼이 그들에게 권한을 위임한다. 누군가 일러스트레이터에게 지시 사항을 전달했다는 이야기를 들으면 편집자는 그 작가를 풋내기라고 생각하거나 일러스트레이터가 독립적으로 일하는 데 큰 방해꾼이 될 거라고 예상한다. 어느 쪽이든 작가에게 불리한 결과를 가져올 뿐이다. 원고 속에 한마디 참견하고 싶은 마음은 알겠지만 제발 자제하자.

하지만 적절한 태도로 방향을 설정해야 한다는 점만큼은 잊지 말자.

이 책의 생명은 그림에 있다든지 절묘한 순간에 책장을 넘겨야 이야기가 산다든지 하는 의견은 출판사에 원고를 제출할 때 소개 편지에 일러도 무방하다. 그러나 주인공 머리 색깔은 이렇고 집은 저렇게 생겨야 한다는 식의 잔소리는 부디 책 작업이 들어갈 때까지 참아주기 바란다. 아니, 심지어 나중에 편집자나 일러스트레이터가 전혀 다른 주장을 하더라도 담담히 받아들일 마음의 준비를 해야 한다. 작가는 자신의 생각을 편지나 전화로 전할 수 있다. 하지만 그대로 받아들여질 거라는 기대는 하지 말자.

그렇기 때문에 융통성이 필요하다. 여러분이 쓴 이야기가 어린 시절의 추억에 뿌리를 두었다면 어릴 적에 찍은 스냅 사진을 참고 자료로 제시할 수 있다. 그러나 세세한 부분까지 똑같이 그려질 거라고 기대하면 안 된다. 일러스트레이터는 독자적인 시각을 표현해야 하기 때문이다. 예를 들어 이야기 속에 머리 색깔이 제각기 다른 아이들이 등장하는데 한 명은 금발, 한 명은 갈색 머리, 또 한 명은 까만 머리라고 하자. 이때도 일러스트레이터는 작가의 구상과 상관없이 전혀 다른 색으로 표현할 자유가 있다. 그렇다 하더라도 놀라지 말자.

인쇄를 거쳐 완성된 책의 모습을 미리 구상해보는 작업도 도움이 된다. 이렇게 하면 필요한 부분을 제대로 제공했는지 감을 잡을 수 있기 때문이다. 이를테면 이 일은 완성된 그림책을 다시 컴퓨터로 쳐서 원고 형태로 바꿔보는 역작업 훈련 과정이다. 그 과정에서 작가는 장면 설정이 충분했는지 검토해볼 수 있고 새로운 사건이 발생할 경우 그중에 몇몇 장면은 같은 배경으로 설정해볼 수도 있다.

원고 한 부를 토막 내서 28쪽 정도로 늘어놓아보자. 여기서 28은 그림책에서 가장 흔히 사용되는 쪽수다. 본문을 연이어 배치한 지면도 있을 테고 한쪽 지면에만 본문이 실린 경우도 있을 것이다. 이 정도면 충분할까? 지면이 너무 많나? 뒷장에 어떤 일이 벌어지도록 할까? 줄거리를 계속 이을까, 아니면 전혀 새로운 이야기를 등장시켜 깜짝 놀라게 만들까? 머리 속에 떠오른 구상을 예전에 읽었던 책과 견주어보자.

이렇게 하면 자신의 원고가 책으로 만들어져 나왔을 때의 모습을 짐작하기 쉽다. 그러나 이런 생각을 처음 편집자에게 보내는 서류에 포함시키지는 말자. 아무도 그런 내용을 궁금해하지 않는다. 자신의 생각을 십분 활용하고 그 생각을 통해 깨닫고자 노력하자. 단 혼자서만.

사진책

딱 한 부문, 출판사가 작가를 일러스트레이션 작업에 참여하게 하는, 아니 꼭 해달라고 주장하는 분야가 있다. 삽화 대신 사진을 싣는 책이 그것이다. 여기에는 포토 에세이부터 본문이 지극히 적거나 반대로 상당히 많은 논픽션 그림책, 그리고 중·고등학생용 사진책 등이 해당하며 연령에 큰 구애를 받지 않는다.

논픽션 작가 징어 와즈워스(Ginger Wadsworth)는 사진 조사 작업이 정보 수집 작업 이상으로 중요하다고 충고한다. 쓰고 싶은 사진이 있으면 우선 그 사진을 재사용할 수 있는 권한이 누구에게 있는지 알아야 한다. 사진 소유자는 사설 사진 대리점일 수도 있고 주 정부 대리점 혹은 역사박물관이나 개인일 수도 있다. 언제든 원하는 사진을 사용할 때를 대비해서 예산을 책정해두자. 대부분 출판사가 돈을 지불하거나 최소한의 지원을 해준다. 그녀는 현명한 작가라면 아무리 비싼 사진을 써도 출판사의 OK 사인을 받아낼 수 있다고 말한다.

여러분은 사진 한 장 값으로 36만 원을 낼 의향이 있는가? 그 돈은 내 책《레이철 카슨, 지구를 위한 외침 Rachel Carson, Voice for the Earth(옮긴이)》의 흑백 표지 사진의 사용료였다. 그때 나는 출판사에게 돈을 지불하겠다는 대답을 얻어냈다. 그 전에 돈 한 푼 안 들이고 가족 사진 여러 장을 사용할 권리를 얻어낸 적이 있었기에 가능했다.

여러분이 가령 출판사에 사진이 실린 책을 내고 싶다는 제안서를 보냈다. 이때 만약 그 출판사가 그런 종류의 책만 취급하거나 여러분이 원하는 책이 반드시 그런 형태여야 할 때, 그리고 출판사가 비교적 개방적인 곳일 때는 견본을 함께 보내도 좋다. 그 밖에 여러 가지 쓸 만한 자료도 함께 보낼 수 있다. 출판사가 작가에게 사진 자료를 보내달라고 요구했다면 그 작가가 일을 맡을 준비가 되어 있는지 확인해보려는 의도다.

마법은 일어난다

다정하고 사랑스러운 토끼 가족이 없는《잘 자요, 달님》을 상상할 수 있을까? 물론 불가능하다. 그러나 원안대로라면 그 책은 토끼 가족을 등장시킬 필요가 없었다. 책 제작 초기 단계만 해도 주인공이 사람이었기 때문이다. 그런데 뒤에 가서 주인공은 토끼로 바뀌었다. 물론 거의 모든 책이 여러 번의 수정 작업을 거친다. 그러나 실질적으로 이야기를 전달하고 이야기를 원고 상태였을 때보다 훨씬 좋은 작품으로 만드는 것은 삽화다.

주목받는 그림책 작가 토니 존스턴(Tony Johnston)은 G. 브라이언 캐러스(G. Brian Karas)가 《자전거를 탄 세 꼬마》의 주인공으로 양을 등장시키자 신선한 충격을 받았다. 단 한 번도 상상해보지 않았지만 막상 양이 주인공으로 등장한 그림을 보았을 때 그녀는 무척 즐거웠다고 한다. 부디 마음을 느긋하게 가지자. 글쓰기에 집중하고 자신의 작품이 일러스트레이터의 손으로 넘어간 다음 마법이 일어나기를 기다리자. 제4부 4장 〈그림이 마음에 들지 않으면 어쩌지?〉에서 책 제작 과정에 본격적으로 들어가면 어떤 일이 벌어지는지 자세히 알아보기로 하자.

3장... 나도 그 방면에 잘 아는 사람이 있는데

이제 여러분은 어린이책 출판사 가운데 특히 규모가 크고 유명한 곳일수록 청탁하지 않은 원고를 받지 않는다는 사실을 알았다. 또 출판사들은 해마다 수천 부에 이르는 원고더미를 처리해야 하기 때문에 회신을 받으려면 오래 기다려야 한다는 사실, 그래서 차라리 기대를 하지 않는 편이 낫다는 사실도 깨달았다. 몇 년 동안 글 솜씨를 갈고 닦으면서 신간 서적을 독파했건만 막상 출판사 사정을 알고보니 현실은 너무나 비관적이다.

그래도 여러분 가운데 몇몇은 해결 방법이 있다고 믿을 것이다. 최소한 내가 쓴 원고를 읽게끔은 할 수 있다고. 모름지기 유일하고 확실한 방법으로 지금 여러분은 누군가에게 영향력을 행사할 만한 인맥을 이용하고자 함이 틀림없다. 이 정도면 족집게가 아닐까? 이미 그런 경험이 있는 사람은 그 엄청난 영향력을 잘 안다. 혹은 출판사 쪽에 친구 한 명만 있으면 반드시 뛰어난 글이 아니더라도 책으로 펴내기에 큰 어려움이 없다고 믿는 사람도 있을 것이다. 실제로 한 해 발행되는 어린이책 중에 수준에 못 미치는 책이 수두룩하다. 그런 일이 가능한 것을 보면 인맥을 가진 사람들이 많긴 많은 모양이다.

사소한 진실들이 늘 그렇듯 이런 사고방식에도 일리는 있다. 하지만 본질은 우리가 흔히 생각하는 것보다 복잡미묘하다. 지금부터 슬러시 파일을 건너뛰어 곧장 유력한 책임자의 손에 원고를 집어넣는 데 익숙한 사람들이 구사하는 다양한 전략에 대해 알아보고, 과연 어떻게 하는 것이 효과적인

지 못한지 살펴보기로 하자.

닫힌 문 여는 법

출판사가 청탁하지 않은 원고는 아예 받지 않는다고 하니 누군가의 도움을 빌려 내 원고를 읽어달라고 청하는 방법도 한 가지 묘안인 것 같다. 그런데 막상 아는 사람이 없다. 직접 편집자에게 전화를 걸거나 부탁하는 일 말고 좀더 좋은 방법이 없을까?

얼핏 듣기에 그 방법도 괜찮아 보인다. 하지만 편집자들은 대부분 자신의 아이디어를 열심히 '홍보'하면서 원고를 보낼 테니 한번 읽어봐달라는 작가들의 전화를 좋아하지 않는다. 이런 전화는 서로 시간 낭비일 뿐이다. 유명 편집자들은 워낙 많은 전화에 시달리기 때문에 주로 접수 담당 직원이나 교환원, 아래 직원들에게 대신 전화를 받게 한다. 알지도 못하는 작가들이 걸어오는 전화를 피하기 위해서다.

들어온 원고를 모두 읽어보는 출판사라고 해도 그런 전화는 반기지 않는다. 해럴드는 작가 총회 등에서 작가들을 만나면 제발 원고 좀 보낼 테니 읽어주겠냐는 식의 전화를 걸지 말아달라고 충고한다.

"전화 한 통화 더 걸면 결국 한 번 더 거절당할 뿐입니다. 전화로 원고의 질을 평가할 수 없을 뿐더러 제아무리 좋은 원고라도 전화상으로는 좋은 인상을 줄 수 없어요. 저는 차라리 편지나 원고를 받는 편이 좋습니다. 제가 드리고 싶은 말씀은 그것뿐입니다."

여기서 한 가지 명심하자. 설령 편집자가 "그럼 한번 보내보시죠"라고 대답하면서 원고를 요청했다고 해도 며칠이나 혹은 몇 주 뒤 그가 원고를 읽을 때쯤이면 영향력은 이미 사라지고 없을 가능성이 높다. 편집자는 그 작가와 전화 통화를 했던 기억조차 없을 테니까.

이렇게 말하면 전화보다는 직접 출판사를 찾아가는 방법이 효과적이라고 생각하는 사람들이 있다. 그런 생각은 당장 머리 속에서 지워버리자. 간혹 아주 적극적이고 설득력이 강해서 전화 한 통화로 카리스마 기질이 넘치는 자신의 비상한 재주를 십분 발휘하는 사람들, 혹은 재력이 풍부해서 얼마든지 전화비를 감당할 수 있는 작가들이 어찌어찌 편집자와 이야기할 수 있는 기회를 얻어낸다. 하지만 직접 찾아가는 행동은 전혀 도움이 되지 않는다. 약속 없이 출판사를 찾아가면 접수 담당자 앞도 지나갈 수 없고 기껏해야 원고를 놔두고 오는 정도밖에 할 수가 없다. 그나마 대부분 산더미 같은 슬러시 파일에 묻히고 만다. 그럼 약속을 하고 찾아가면 되지 않느냐고? 약속을 하려면 전화를 걸어야 하는데 간신히 통화가 되었다 하더라도 편집자는 기존에 함께 일하던 사람이 아니면 절대 만나주지 않을 것이다.

그렇다. 여느 영업 사원이라면 판매 전략으로 도전해볼 만한 전화 부탁이나 방문은 최소한 어린이책 출판 분야에서만큼은 전혀 효과가 없다. 그러나 개인적으로 편집자를 만날 수 있는 방법은 그것 말고도 있으니 계속 읽어보자.

책을 출판하기 힘들다는 사실을 알고 나면 많은 작가들이 저작권 대리인을 채용하는 문제로 고민한다. 실제로 청탁하지 않은 원고를 받지 않는 출판사도 대리인에게만큼은 그런 지침을 적용시키지 않는다. 만약 그 대리인이 편집자와 안면이 있을 경우, 대리인을 통해 제출된 원고는 편집자가 잘 아는 작가가 보낸 우편물만큼 후한 대접을 받는다. 물론 누구나 대리인이라고 사칭하고 다닐 수 있기 때문에 꼭 그렇지는 않다.

대리인의 역할은 작가가 출판사 문턱에 발을 들여놓을 수 있도록 도와주는 일에 국한되지 않는다. 그럼 대리인은 과연 무슨 일을 할까? 던햄 리터러리(Dunham Literary)의 제니 던햄(Jennie Dunham) 대리인은 대리인의 역할을 세 가지로 구분했다.

- '출판사에 자료를 제출한다.' 대리인은 작가의 원고를 어떤 출판사에

저작권 대리인은 작가 대신 출판사를 선정, 그 출판사에 편지를 넣어 원고를 보내고 협상하는 등 작가를 적극 지원하는 역할을 한다. 더러 작가와 함께 일하면서 경력을 쌓는 데 도움을 주는 사람들도 있다.

든 제출할 수 있다. 이들은 직접 발로 뛰면서 체득한 풍부한 경험으로 어떤 회사에 어떤 원고가 맞는지 잘 안다.

- '계약을 협상한다.' 대리인은 작가 개개인보다 전문 용어에 밝기 때문에 유리한 조건을 이끌어낼 수 있는 역량을 갖고 있다.
- '돈을 모아 나눠준다.' 대리인은 여러 출판사에서 받은 돈을 관리해주고 인세 관련 계산서를 점검한다.

그러고보니 대리인이 참으로 대단한 일을 하는 사람이라는 생각이 든다. 그렇지 않은가? 문제는 출판사에 원고를 대신 보내줄 사람이 필요하다는 이유로 출판사로 보낼 원고를 대리인에게 보내는 것이 과연 옳은가 하는 점이다.

저작권 대리인은 언제 필요할까

대리인들은 누구든지 문을 두드리면 열어준다. 그러려면 가장 먼저 그 문을 열어야 하는데 이 역시 만만치가 않다. 나를 대신할 대리인을 고르는 일은 출판사를 찾는 일에 버금갈 만큼 어렵다. 이름난 대리인들은 새 고객을 선정할 때 최소한 출판사가 새로운 작가를 발굴할 때 못지않게 까다로운 편이다. 성공할 수 있다는 보장이 없는 상태에서 마땅한 대리인을 찾으려면 마땅한 출판사를 찾을 때만큼 시간이 걸린다. 그러다보면 직접 대리인으로 활동하고 있는 샌디 풀러(Sandy Fuller)의 지적처럼, 혼자 힘으로 그럭저럭 꾸려갈 줄 아는 사람들이 있는 반면 대리인 없이는 아무 일도 할 수 없다고 믿는 작가들이 생겨난다.

지금 단계에서 여러분에게 대리인이 필요하다 필요하지 않다 하고 단정할 수는 없다. 사람마다 상황이 다르기 때문이다. 하지만 도움이 필요한 사람들은 해럴드가 예전에 조사한 자료를 참고하기 바란다. 그것은 책을 낸 경력이 있는 작가 열 명을 대상으로 맨 처음 출판사와 책을 펴내기로 계약했을 때 대리인을 썼냐는 설문 조사였다. 조사 결과 일곱 명은 대리인을 쓰지 않았다고 대답했다. 대리인을 썼던 세 명 가운데 두 명은 출판사와 접촉하고 책을 내자는 제안을 받고 난 다음에 협상에 도움을 받기 위해 대리인을 찾아갔다. 그리고 여덟 명은 처음 책을 내고 몇 년이 지난 뒤에 대리인을 채용했다. 책을 낸 뒤에 대리인 구하기가 훨씬 쉬웠다는 이야기다.

요점은 대리인 도움 없이도 출판사 문턱에 발을 들여놓을 수 있어야 한다는 점이다. 그래서 대리인을 찾는 데 소모되는 시간과 정열을 아껴야 한다. 지금은 대리인이 있으면 편하지만 반드시 성공을 보장해주지는 못한다는 사실만 알아두자.

다음은 알프스 아트 사(Alps Arts Co.)의 대리인 샌디 퍼거슨 풀러(Sandy Ferguson Fuller)가 한 이야기다.

대리인과 계약을 맺느냐 안 맺느냐는 지극히 개인적인 문제라고 생각합니다. 정말 실력 있고 노련한 사람에게 일을 맡길 수만 있으면 대리인과 함께 일할 때 출판 시장에 '발을 들여놓기'가 쉬운 것은 사실입니다. 책을 내려고 덤벼드는 작가들이 워낙 많기 때문에 '청탁'을 받거나 '대리인을 통해' 일을 추진하면 아무래도 효과가 높습니다. 알다시피 대부분의 출판사들은 청탁하지 않았거나 대리인을 통하지 않은 원고는 쳐다보지 않아요. 대리인들은 출판계의 내부 사정에 밝고 효율적으로 일을 추진할 줄 압니다. 또 아는 사람도 많고 계약 전반에 대해서도 잘 알아요. 편집자나 출판사와 확고한 관계를 맺으려면 대리인에게 평균 15퍼센트 정도의 수수료를 지불해야 합니다.

그렇다고 대리인 없이 작가 혼자 힘으로 시장을 뚫고 들어가는 일이 불가능하다는 말은 아닙니다. 시간 여유가 있고 의욕이 있다면, 그리고 잠재성 있는 출판사를 찾아낼 수 있는 혜안이 있다면 계약을 성사시키고 지침에 따라 제대로 글을 쓰십시오. 대리인 없이 문을 두드릴 수 있는 출판사는 아직 많습니다.

편집자는 자신의 판단을 믿는다

혹여 같은 분야에 몸담고 있는 친구가 있다면 여러분은 행운아다. 작가나 일러스트레이터도 좋고 출판사에서 일하는 친구라면 더 바랄 것이 없다. 당연한 이야기겠지만 여러분은 그의 도움이 필요할지도 모른다. 만약 우리 바람대로 여러분이 자신이 쓴 글에 믿음을 갖고 있다면 그 친구가 기쁜 마음으로 원고를 전달해줄 거라고 믿어 의심치 않을 것이다. 사실 그 사람은 친구 입장에서 친구가 쓴 글을 알고 지내는 편집자에게 전해줘야 한다든지, 최소한 소개 편지에 자기 이름 정도는 써넣으라고 해야지 하는 의무감을 갖고 있다. 하지만 그 사람이 이런 생각을 하는 것은 여러분이 쓴 글이 마음에 들어서만은 아니다. 정확히 말하면 그 사람은 여러분에게 도움을 주지 못할 가능성이 높다. 편집자들은 자신과 안면이 있는 누군가를 '추천인'으로 써 보낸 작가의 원고를 받으면 흔히 개인적인 답장 정도는 써 보낸다. 그러나 정작 원고 자체는 산더미같이 쌓여 있는 여타 원고더미에서 아무렇게나 집어 든 것 정도로밖에 여기지 않는다. 어떤 편집자도 작가가 쓴 원고를 그의 친구가 좋아한다는 이유로 덩달아 좋아하지는 않는다. 편집자는 자기 자신의 잣대 말고는 어느 누구의 판단도 믿지 않기 때문이다.

그런 친구가 있다면 위의 방법을 동원해서 한번 접촉을 시도해보자. 하지만 친구를 부담스럽게 해서는 안 된다. 그런 부탁을 할 바엔 차라리 경험담을 들려달라고 부탁해보자. 그럼 그 친구 역시 적극적으로 도와줄 것이다. 세상 어느 누가 자기 이야기를 하기 싫어할까마는 그 친구 또한 자기 이야기를 들려줄 수 있어 기쁘고 여러분은 지식을 키워나갈 수 있어서 기쁠 것이다.

편집자 앞으로 보내는 편지에 주선해준 사람의 이름을 적을 때는 그 사람이 편집자가 정말로 잘 아는 사람인지, 혹은 적어도 금세 알아볼 수 있는 사람인지 확인해야 한다. 해럴드는 종종 이런 편지를 받고 실소를 머금는다. '아무개 씨가 그러는데 선생님께 원고를 보내보라고 하더군요. 그 사람 말이 제 원고가 선생님이 맡고 계신 분야에 딱 맞는다고 했습니다.' 하지만 해럴드는 그 사람이 말한 아무개 씨를 전혀 모른다.

원고는 원고 검토자에게

걸봉에 편집자의 이름을 적어 보내면 과연 도움이 될까? 작가들 중에는 그렇게 믿는 사람들이 있다. 그래서 백방으로 알아보다가 정 안 되면 직접 출판사로 전화를 걸어 편집자의 이름을 확인한다. 그러나 편집자가 그 작가를 모르는 한 원고는 슬러시 파일 속에 처박히기 마련이다. 봉투에 받는 사람의 이름을 적을 때는 철자가 정확히 쓰였는지 반드시 확인한다. 그리고 그 편집자가 아직 일을 하고 있는지도 확인한다. 3년이나 지난 안내서에 의존하는 일이 없도록 하자. 또한 종종 그런 사람이 있어서 하는 말이니 제발 다른 봉투에 편지를 넣는 일이 없도록 조심하자.

대단히 창의적인 발상이라고 믿고 무턱대고 부서의 장이나 사장 앞으로 원고를 보내는 작가들이 있다. 전자는 높은 지위에 앉은 상사가 부하 직원에게 원고를 넘겨주기를 바라는 경우다. 높은 사람이 원고를 전해주면 함부로 다루지 않을 거라는 계산에서다. 미안하지만 그런 원고는 책임자 사무실에서 몇 주 동안 이리저리 밀려다니다가 결국 슬러시 파일 속으로 들어갈 뿐이다. 맡은 업무가 원고를 검토하는 일이 아닌 사람에게 원고를 보내는 일만큼 위험천만한 행동은 없다. 임자를 잘못 알고 온 원고를 받아 든 사람은 보낸 사람을 한심하게 생각하고 무시할 테니까.

자신이 전문가 단체의 일원임을 일부러 밝히는 사람들이 있다. 심지어 출판사에 보내는 원고 봉투에 그런 사실을 적어 보내기도 한다. 이런 행동은 어느 정도 효과가 있다. 단, 미국 어린이 도서 작가 및 일러스트레이터 협회나 캐나다 어린이 도서 작가 · 일러스트레이터 · 연기자 협회의 일원일 때의 이야기다. 두 곳은 전국 규모의 어린이책 작가와 일러스트레이터 단체다. 아무에게나 문을 열어주지 않는 출판사도 이들 두 단체의 일원에게 만큼은 너그럽다. 최소한 이런 단체 회원이면 글도 꾸준히 쓰고 어느 정도 시장에 대한 지식도 갖고 있을 테니 그만큼 재미있고 제대로 방향을 잡은 글을 썼으리라고 믿기 때문이다.

인맥 만들기

마릴린 싱어(Marilyn Singer)는 책 세 권을 연달아, 그것도 아주 빠른 시간 안에 발표했다. 하지만 네 번째 작품 《언제까지나 아프지는 않아 It Can't Hurt Forever(옮긴이)》는 예외였다. 그녀는 그때의 일을 이렇게 이야기한다.

작가에게 한 가지 필요한 것이 있다면 그건 끈기입니다. 그리고 행운과 계약서죠. 처음으로 어린이 도서 작가 및 일러스트레이터 회의에 참석했다가 리즈 고든(Liz Gordon)을 만났습니다. 리즈는 그때 하퍼콜린스 사의 전신인 하퍼 앤 로의 편집자였죠. 저는 이름을 밝히고 글을 좀 보내도 되겠냐고 물었습니다. 그녀가 좋다고 하기에 소설 몇 편을 보냈어요. 얼마 뒤 그녀에게서 답장이 왔습니다. 《언제까지나 아프지는 않아》의 원고를 손을 많이 봐야 할 것 같은데 그럴 수 있겠냐는 질문이었죠. 제가 어떻게 했을 것 같으세요? 물론 기꺼이 그녀의 청을 받아들였습니다. 그렇게 해서 저는 글을 고쳐 썼고 하퍼는 제 글을 책으로 만들었습니다.

마릴린 싱어의 이야기가 말해주듯 작가 총회 등에서 편집자를 만나면 좋은 결과를 얻을 수 있다. 하지만 이때도 좋은 방법이 있고 나쁜 방법이 있다. 우선 이 점부터 알고 시작하자. 편집자 역시 평범한 사람이라 어떻게 해서라도 책을 내고 싶어 안달인 작가들에게 둘러싸여 시달리는 일에 지긋지긋해한다는 점을. 그들은 총회에 참석하고 사람들과 만나기를 기대하지만 수시로 손에 떠맡겨지는 원고나 작가들의 자기 글 홍보에 매번 호의적인 태도를 보이지는 않는다. 심지어 목욕탕 문 밑으로 원고를 밀어넣는 사람들도 있다. 편집자들이 특히 싫어하는 부류는 자기 자신을 줄기차게 선전하는 사람과 자기 집 강아지를 소재로 한 300쪽이 넘는 글을 들고 와서 제발 조언 좀 부탁한다고 졸라대는 사람, 그리고 점심 시간에 불쑥 나타나 다른 사람들은 입도 뻥긋 못하게 하고 대화를 독차지하려는 사람이다.

어떤 총회를 가든 그런 사람 한둘은 있기 마련이다. 그런 사람들은 편집자의 관심을 끌지는 몰라도 결코 좋은 인상은 주지 못한다. 마릴린처럼 정중한 자세는 기본이다. 내가 건네준 원고를 누군가 관심을 갖고 가져가리라는 기대는 애초에 버리자. 회의장은 단번에 기회를 낚아챌 수 있는 기회의 장소가 아니다. 긴 안목으로 보면 차라리 그런 회의를 후원하는 단체에 가입하는 편이 유리하다. 어쩌다 한번 고개를 내밀기보다 회의 준비에 직접 참여하면 더 많은 편집자를 사귈 수 있고 여러분이 갖고 있는 전문적인 식견으로 그들에게 훨씬 강한 인상을 남길 수 있다. 편집자들이 회의장에서 만난 작가의 책을 주로 펴내는 것은 사실이다. 그러나 그들은 오랜 기간 한 분야에서 경험을 쌓은 전문가들이지 어쩌다 한 번 회의장에 얼굴을 내밀고 억지 행동으로 누구를 소외시키거나 만나는 사람 모두에게 아첨하는, 그런 다음 자취를 감추고 두 번 다시 나타나지 않는 사람들이 아니다.

그 밖에 편집자들이 주로 모이는 곳으로는 서점이나 도서관 혹은 어린이책에 조예가 깊은 단체들을 대상으로 출판사가 자사의 책을 홍보하기 위해 개최하는 도서전이 있다. 신간 어린이책을 모두 구경할 수 있는 좋은 기회다. 그러나 편집자와 안면을 익히기에 적당한 곳은 아니다. 도서전에 참가한 편집자들은 주로 자사의 책을 쓴 작가를 만나고 회의에 참석하는 일이 주 임무이며 설령 자기네들과 접촉하면서 글을 홍보하는 사람들에게 깍듯한 태도로 열심히 귀를 기울여주는 것처럼 행동해도 그날 업무가 끝나는 즉시 모두 잊어버린다. 차라리 그 사람들이 가져온 카탈로그나 지침서를 가져가자. 그리고 도서전을 아직까지 잘 알지 못했던 출판사의 면모를 파악하는 곳으로 활용하자. 도서전은 적어도 여러분이 원고를 팔 수 있는 장소는 아니다.

상을 타면 유리하다

아무리 폐쇄적인 출판사도 상을 받은 작가에게만큼은 너그럽다. 그림책 출판사는 마거릿 K. 맥켈더리 그림책 상(Margaret K. McElderry Picture Book Prize)을 수상했다고 하면 그 사람이 무명 작가나 일러스트레이터일지라도 선뜻 계약을 맺는다. 단 그림과 글 모두 동일한 사람의 작품이어야 한다. 이 상은 막 작가의 길에 접어든 사람들을 위한 상이지만 그때그때 정확한 정보를 알아둬야 한다. 해마다 수여하는 상이 아니기 때문이다. 이와 비슷하게 델라코르테(Delacorte) 사가 이와 다른 독자층을 대상으로 수여하는 '최초의 청소년 소설을 위한 델라코르테 프레스 상(Delacorte Press Prize for a First Young Adult Novel)'이 있다. 2000년도 뉴베리 상 수상자인 크리스토퍼 폴 커티스(Christopher Paul Curtis) 역시 이 상이 등용문이 되어 작가로서 발을 내디뎠다. 소규모 출판사도 상을 수여하는데 중간 단계 소설 부문 콘테스트를 후원하는 밀크위드 에디션즈(Milkweed Editions) 사가 그중 한 곳이다. 이런 상을 받지 못하더라도 실망하지 말자. 여러분의 글도 언젠가는 누군가의 눈에 띄어 좋은 소식을 들을 날이 온다.

출판사 외에 어린이 도서 작가 및 일러스트레이터 협회 등의 단체에서도 상을 수여하고 자격을 부여한다. 무명 작가도 얼마든지 혜택을 받을 수 있기 때문에 상을 탄 사람들은 출판사에 원고를 낼 때 그 같은 사실을 자격 증명서로 사용할 수 있다.

나를 드러내는 방법

편집자와 관계를 맺기 위해서라면 앞서 이야기한 방법들이 쓸모가 있다. 그러나 군이 인맥을 맺지 않고도 자신을 드러낼 수 있다. 어떤 방법을 통해 원고를 제출하든 어느 정도 자신의 성격과 맞는 방법을 택해야 한다.

이제 나는 이 방법이 옳다고 생각한다든가 내가 원고를 보낼 곳은 오직 이 회사뿐이라는 생각이 드는가? 자신의 신념에 따라 초지일관 행동할 자신이 있는가? 내가 갈 출판사는 한 곳이고 오직 그 회사와만 일을 하겠다고 결심이 섰으면 밀고 나가자. 브루스 밸런 역시 지금은 다른 곳에 합병되어 사라지고 없는 소규모 출판사 그린 타이거 프레스(Green Tiger Press)와 그런 식으로 관계를 맺을 수 있었다. 그렇게 되기까지 1년 6개월이라는 세월이 걸렸지만 결국 그린 타이거 프레스는 자기 글이 갈 곳은 오직 이 회사밖에 없다는 그의 신념을 받아들였다.

나는 사람을 좋아하는 성격이라고? 사람들을 만나고 사귀기를 즐긴다고? 그렇다면 시간을 내서 작가 총회를 비롯한 다른 활동에 참여하자. 그러나 만나는 출판사 관계자 모두에게 원고를 건네는 잘못을 저질러서는 안 된다. 함께 이야기를 나누며 그들이 무슨 일을 하는지 알아보자. 그리고 항상 관계를 유지하자. 언젠가 그 회사의 성격에 맞는 글을 썼을 때 보여주면 된다. 그들은 여러분 글이 자기 회사의 성격과 맞지 않는다 싶으면 다른 출판사를 소개해줄 것이다. 실제로 많은 사람들이 그렇게 해서 작가의 꿈을 이루었다.

나는 꽤 계획성이 있는 편이라고? 그럼 당장 조사 작업에 들어가자. 연락할 출판사의 목록을 작성해놓고 하나씩 도전하자. 접촉할 수 있을 때까지, 또는 새로운 방법을 써야겠다고 생각할 때까지 포기하지 말고 밀고 나가자.

작가로 성공할 수 있는 방법은 사람 수만큼이나 많다. 신념을 갖고 도전하자. 만에 하나 처음부터 벽에 부딪치더라도 결코 실망하지 말자.

4장... 출판계는 미로와 같다

출판사에 대해 공부하다보면 마치 수많은 이름으로 둘러싼 미로를 지나는 기분이 든다. 출판사들은 각자 규모와 형태도 다르고 조직 구조도 다르다. 이름이 하나인 곳도 있고 여러 부서로 나뉜 곳도 있다. 심지어 여러 부서로 나뉘었을 뿐 아니라 여러 개의 '계열사'를 소유한 곳도 있다. 이쯤 되면 "계열사가 뭡니까?" 하고 궁금해하는 사람들이 있다. 자, 함께 그 정체를 알아보자.

이제부터 여러분은 대규모 출판사들이 관할 회사라는 이름을 갖고 발행하는 책의 종류에 따라 여러 개의 소규모 출판사를 만들어내고 있음을 배운다. 또한 출판사의 카탈로그를 통해 주요 출판사와 소규모 독립 출판사가 어떤 책을 펴내는지도 배운다. 실질적으로 많은 도움이 될 수 있으리라 믿는다.

출판사의 계열사

앞으로 알아야 할 출판사가 수백 곳이 넘는다는 사실만으로도 머리가 지끈거릴 지경이다. 그런데 여러분은 얼마 안 가서 그 회사들 중에 상당수가 여러 조직으로 나뉘어 제각기 다른 이름을 갖고 있음을 알게 된다. 그렇다면 내 원고를 도대체 어디로 보내야 할까? 관할 회사로 보내야 하나? 어린이책 담당 부서로 보내야 하나? 그것도 아니면, 왜 각자 다른 이름을 내걸고 있는지 도무지 이해가 가지 않지만, 어쨌거나 그 회사 내에 또 다른 곳으로 보내야 하나?

　이처럼 한 회사 내에서 또다시 작은 규모로 세분된 회사를 흔히 '계열사'라고 한다. 원래 계열사를 뜻하는 '임프린트(imprint)'라는 말은 속표지와 책등에 실리는 이름을 의미하며 '델 이얼링'이나 '바이킹 북스'가 그중의 한 예다. 두 회사는 모두 큰 회사의 일부 조직으로 각각 랜덤 하우스와 펭귄 퍼트냄 소속이다. 보통 계열사들은 편집부 직원을 따로 두며 곳에 따라 홍보 담당 직원을 따로 두기도 한다. 하지만 다른 업무는 전부 관할 회사와 함께 움직인다. 관할 회사는 소속 계열사들이 일종의 유명 상표처럼 각자 독자적인 색깔을 갖기를 원한다. 누구나 농심 새우깡(원문은 Pepperidge Farm goldfish로 마땅한 표현을 빌려보았음-옮긴이) 하면 맛있고 바삭바삭한 과자를 떠올린다. 그럼 펭귄 북스 하면 무엇이 연상되는가? 아무래도 아직까지는 출판사 이름이 과자 상표만큼 사람들 머리 속에 깊이 자리잡지는 못한 것 같다.

　계열사는 부서가 아니다. 때로 큰 출판사의 어린이책 전담 부서가 계열사가 되는 경우도 있다. '라인(line)'이라는 표현도 틀린 것이다. 라인은 계열사의 한 부분을 일컫는다. 예를 들어 보보 북스(Bobo Books)의 읽기 쉬운 책 라인은 또다시 그림책 라인과 논픽션 라인으로 나뉜다. 아무렇게나 지은 이름이 계열사 이름이 되기도 하고 한때 독립 회사로 존재했다가 큰 출판사에 흡수된 회사의 이름이 그대로 계열사 이름으로 쓰이기도 한다. 그 회사를 흡수한 회사는 독자들에게 이미 상당한 인지도를 갖고 있는 원래 회사명을 그대로 유지하는 경우가 많다.

　출판사 카탈로그에는 책 이름과 함께 가격과 ISBN이 쓰여 있다. 그리고 그 아래쪽에 책의 부차 권리는 누가 갖고 있으며 판권은 누가 갖고 있는지도 쓰여 있다. 출판사 이름과 함께 '모든 권리'라는 어구가 적혀 있으면 그 책은 작가가 직접 출판사에 원고를 보냈거나 출판사로부터 의뢰를 받은 경우다. 때로 대리인이나 외국 출판사, 혹은 책 제작자가 일부 권리를 갖기도 한다. 이 부분을 살펴보면 과연 작가가 제출한 원고로 만들어지는 책이 얼마나 되고 다른 출판사에서 넘겨받은 책이 얼마나 되는지 파악할 수 있다.

아직도 뭐가 뭔지 잘 모르겠다고? 걱정하지 말자. 출판사에 대해 좀더 알면 서서히 감이 잡힌다. 그리고 이 장 뒷부분에서 카탈로그 두 개를 자세히 살펴보면 상당히 도움이 될 것이다.

원고에 개방적인 소규모 출판사

다시 어린이 도서 협의회 소속사들을 살펴보기로 하자. 찾아보니 큰 회사에 속해 있지 않는 출판사가 40여 곳에 달한다. 물론 그 자체로 규모가 상당한 곳도 있다.

이런 출판사들 대부분은 청탁하지 않은 원고에 개방적이다. 간혹 문의 편지를 요구하는 곳이 있기는 하지만 어린이 도서 협의회 소속사 가운데 3분의 2는 작가가 임의로 보낸 원고를 받는다. 다른 방침을 갖고 있는 회사들이 1년에 책 몇 권만 펴내는 매우 특화된 회사임을 감안하면 이 수치는 생각보다 높은 편이다. 개방적인 회사들은 작가가 임의로 보낸 원고에 빨리 회답을 주는 편이다. 여기서 빨리란 한 달에서 석 달 정도를 의미한다. 그리고 직접 연락해서 의견을 제시하는 경우도 비교적 많다.

규모가 작고 독립적인 출판사는 규모가 큰 출판사에 비해 종류가 다양하다. 특정 종교와 문화, 그리고 인종을 위한 책을 만드는 회사들이 여기에 속한다. 지역적인 문제를 주로 다루는 출판사와 특수 교육이 필요한 어린이를 위한 출판사, 또 민화나 미술 분야, 기술 서적을 전문적으로 취급하고 심지어 윌리엄스버그의 역사만 캐는 출판사까지 있다. 이런 출판사들을 찾아보자. 모두 어린이 도서 협의회 소속 회사들이다. 그중에는 대형 출판사들과 어깨를 맞대고 일반 도서 시장에 도전해서 제법 성공을 거두고 있는 출판사도 있다.

독립 출판사, 작지만 일하는 재미는 크다

크고 작은 출판사에서 책을 낸 경험이 있는 알렉산드라 시(Alexandra Siy)는 이렇게 말한다.

찰스브리지 같은 독립 출판사와 일할 때는 정말 재미있었어요. 하지만 막상 법인 출판사 내에 있는 계열사와 일해보니 사뭇 다르더군요. 일단 책이 나온 다음에는 아무도 그 책을 거들떠보지 않는 것 같았습니다. 심지어 함께 책을 만드는 동안에도 편집자와 거의 대화를 나눌 기회도 없었고 레이아웃 작업을 할 때도 아무 역할도 할 수 없었어요. 제가 초보 작가들에게 꼭 해주고 싶은 말은 선인세가 아무리 적어도 소규모 출판사와 일하는 것을 적극적으로 검토해보라는 점입니다. 그들은 편집자나 출판사와 관계를 맺을 때, 그리고 최종 결과물을 볼 때 더 행복해하니까요.

기왕이면 이런 회사를 찾아가 귀찮게 굴면 어떨까? 물론 소규모 출판사는 대형 출판사에 비해 보수도 신통치 않고 마케팅 능력도 떨어진다. 그러나 회사 규모가 작을수록 관심을 끌기 쉽다. 행운이 늘 내 편이라는 확신이 있거나 당장이라도 베스트셀러가 될 수 있는 확실한 글을 갖고 있지 않다면 무명 작가의 책을 내는 데도, 또 뭔가 색다른 책을 펴내는 데도 용감한 소규모 출판사가 훨씬 유리하다는 점을 깨닫게 될 것이다.

소규모 독립 출판사 사례 연구

소규모 독립 출판사인 보이즈 밀스 출판사(Boyds Mills Press)를 예로 들어보겠다. 펜실베이니아 주 혼즈데일에 기반을 둔 제법 괜찮은 이 출판사는 어린이 잡지인 〈하이라이츠 포 칠드런 Highlights for Children〉 발간 회사의 계열사다. 카탈로그를 보면 알겠지만 보이즈 밀스 출판사가 펴낸 책 가운데 몇 권은 이 잡지에서 뽑은 것이다. 사례 연구용 자료로는 2000년 봄과 가을에 발행된 카탈로그를 참조했다. 한 시즌에 많은 책을 펴내는 출판사가 아니기 때문이다. 이 정도 자료면 충분할 테니 이제부터 한 시즌에서 다른 시즌으로 넘어가면서 어떤 변화가 있는지 살펴보기로 하자.

두 카탈로그 모두 각각 열다섯 권 정도의 책이 올라 있는데 발행자는 전부 보이즈 밀스 출판사로 되어 있다. 새로 나온 보급판도 여러 권 있고 이전에 출판된 양장본의 재판도 있다. 작가가 출판사와 책을 내기로 서명하고 워낙 한참 뒤에 일어난 일이기 때문이다. 이런 책은 처음 출판되고 2년 내지 3년, 혹은 그 이상이 지나면 보통 보급판이 되어 돌아온다. 솔직히 이런 책은 독자들의 현 관심사를 반영할 수 없다.

마침 2000년 봄철 카탈로그 목록을 보니 눈에 확 들어오는 내용이 있다. 학년별로 나눈 재고 도서 목록이 그것이다. 이는 보이즈 밀스가 비록 최대 목표는 아닐지라도 교사와 학교 도서관을 상당히 유망한 시장으로 여기고 있음을 의미한다. 사이먼 앤 슈스터 계열사의 목록에서 본 홍보 위주의 문구는 찾아볼 수 없다. 네 권이나 되는 논픽션과 역사를 창작해서 가미한 그림책 두 권, 그리고 학습 내용을 담은 그림책－그 중 한 권은 수학적 개념을 설명한 책이고 숫자 세는 법을 가르치는 책도 한 권 들어 있다－들로 가득한 목록을 보니 과연 학교와 도서관 시장에 치중하는 출판사답다는 생각이 든다. 시집도 두 권 있는데 한 권은 완전히 창작 시로만 이루어져 있고 다른 한 권은 기존 책의 편집본이다. 카탈로그에 따로 칸을 나눠놓지는 않았지만 위의 책들을 소개한 본문을 보니 워드송이라는 계열사를 의미한다는 것을 알았다. 이 책들은 모두 12세 혹은 그 이하의 어린이용이다.

가을철 카탈로그에는 봄철 카탈로그에서 미루어 짐작할 수 있는 결과들이 어느 정도 나타나 있다. 시집이 약간 늘어나고 전집류가 다시 등장한 것으로 봐서 이 회사에 시를 보내려면 먼저 도서관에 가서 이들이 이전에 발행한 시집 가운데 한두 권을 찾아보는 편이 낫다는 결론이 나온다. 여러 가지 활동을 다룬 책과 만들기 책들이 있지만 모두 〈하이라이츠 포 칠드런〉과 연관된 듯하다. 봄철 카탈로그와 마찬가지로 중급 독자를 위한 소설이 들어 있다. 우리는 종교와 관련된 세 권의 책에 특히 관심이 갔다. 성 니콜라스의 일생을 그린 그림책과 예루살렘 역사, 그리고 솔로몬 왕의 이야기가 그것이다. 또 초등학교 중학년 어린이용으로 만든 운동 선수 15인의 자서전 모음집이 있는데 이 책의 주인공들은 모두 뭔가에 '맞서 이겨낸' 사람들이다. 봄철 카탈로그의 재탕이 아니어서 살펴보기를 잘했다는 생각이 든다.

지금까지 우리가 살펴본 것은 주로 학교와 도서관 시장을 겨냥한 카탈로그들로 비교적 서점 시장과는 거리가 멀어 보인다. 유명 인사가 쓴 책이나 유명 상표를 사용한 책은 물론, 거창한 마케팅 전략을 언급한 책도 없었다. 여러분이 만약 역사 창작물을 가미한 그림책이나 시집, 혹은 중학년용 어린이 소설을 쓰고 있다면 이 회사를 자세히 살펴보자. 시집을 출간하는 회사는 따로 있을 수 있으니 시인을 꿈꾸는 사람은 혹시 시 분야는 따로 관리하는지, 담당 직원이 따로 있는지 등을 자세히 알아봐야 한다. 지금까지 청소년 소설이나 논픽션, 그리고 혼자서 글을 읽기 시작한 아이들을 위한 쉬운 책은 한 권도 없었다. 그리고 판타지 동화나 소설도 없었다.

여러분은 과연 우리가 카탈로그를 통해 알아낸 사실을 모두 간파할 수 있는가? 아마 불가능할 것이다. 이제 우리는 무엇을 찾아야 할지, 그리고 왜 그래야 하는지를 알았다. 이제부터 여러분은 지금의 어린이책 시장을 배워가면서, 또 더 많은 카탈로그를 살펴가면서 유익한 정보를 보다 많이 얻어낼 수 있을 것이다.

특정 주제를 연구하기 위해서가 아니면 카탈로그는 계열사가 펴내는 책의 종류, 즉 그 회사가 역사 소설을 펴내는지 이지 리더스를 펴내는지를 알 수 있는 좋은 자료가 된다. 만약 애완동물의 죽음이나 잊을 수 없는 여름방학을 다룬 책이 카탈로그에 실려 있으면 그 회사는 특정한 주제에 대해 강한 관심을 갖고 있지 않다는 뜻이다. 평범한 어린 시절의 경험을 다룬 이야기들은 특정 성향을 갖고 있지 않은 출판사에서 흔히 만드는 책이다.

4.

출판사와 일하기

임의로 원고를 보낸 결과 지금은 출판사와 일을 하고 있다. 아니, 적어도 출판사가
계약서를 보낸 것을 보면 곧 일을 하게 될 것 같다. 이제부터는 출판사와 일을 시작할 때
어떻게 해야 하며 저작권법이 여러분에게 어떤 영향을 끼치는지 알아보기로 하자.
편집자와 일을 시작하면 먼저 원고 수정 작업부터 거쳐야 한다. 지금부터는 여러분이
앞으로 어떤 일을 하게 되며 어떻게 해야 그 과정을 무사히 헤쳐나갈 수 있는지, 또한
편집자가 어떤 사람인지 살펴보기로 하자. 물론 편집자 말고도 함께 일할 사람들이 있다.
일러스트레이터가 작업에 참여하면 어떤 일이 일어나며 작가가 일러스트레이터의 작업에
참여할 수 있을 때는 언제이고 할 수 없을 때는 언제인지 알아보도록 하자. 또한 함께
일하게 될 여러 사람들에 대해서도 간단히 살펴보기로 하자.

1장... 계약서 이해하기

　열심히 글을 쓰고 재능을 키워나간다면, 그리고 약간의 행운만 따라준다면 언젠가는 편집자에게 당신 글을 책으로 펴내고 싶다는 대답을 들을 수 있다. 어느 날 그런 내용의 전화나 이메일, 또는 편지를 받았다고 상상해보자. 흥분을 가누지 못해 애지중지하던 아기까지 덜렁 옆집에다 떠넘기고 초록색 보안용 챙을 걸치고 계약서를 쓰려 들지도 모른다. 누가 당신을 나무라겠는가. 정식으로 작가가 된다는데! 하지만 제발 흥분을 가라앉히고 계약서에 대한 최소한의 기본 상식 정도는 알고 시작하자. 이 장에서는 출판 계약에 대한 모든 것을 알아보고 여러분이 앞으로 어떤 일을 해나가게 되며 출판사에 어떤 것을 요구해야 하는지 그 방향을 제시해주기로 하겠다.

　이번이 처음 계약이라면 솔직히 많은 대가를 기대하기 힘들다. 하지만 적어도 내가 어떤 서류에 서명하고 있는지는 확실히 알아야 한다. 책에서 눈을 떼지 말자. 그리고 필요하다 싶으면 언제든 담당 편집자에게 물어보자.

계약에 대한 기초 지식

　계약서는 보통 사람들이 잘 알지 못하는 복잡한 용어로 가득하다. 계약서에 대해 어느 단계부터 공부해야 할지 살펴보기 위해 간단한 퀴즈를 마련했다. 각 문항에 대해 옳다 아니다로 답한 다음 정답을 확인하고 과연 내 지식 수준이 어느 정도인지 알아보도록 하자.

1. 저작권이란 작가로서 여러분이 쓴 원고를 일컫는다.
2. 인세는 문학과 관련된 상을 수상했을 때 받는 특별 보너스다.
3. 부차 권리란 작가의 작품을 펴낼 출판사의 부속물에 관한 권리, 또는 부서의 권리를 말한다.
4. 공동 회계(joint accounting)란 계약 때 작가가 원하는 조항이며 작가와 출판사가 공동으로 책의 판매를 관리한다는 뜻이다.
5. 중요한 협상 요령은 출판사와 이야기를 나누기 전에 바라는 바를 미리 결정해두는 것이며 원하는 바를 얻지 못하면 자리를 떠나도 된다.

정답은… 물론 각자 이유는 다르지만 모두 틀렸다이다.

1. 저작권이란 원 작품을 복사하거나 베낄 수 있는 권리를 말한다.
2. 인세란 출판사가 책 판매에서 얻는 수익을 작가가 일정 비율로 나눠 갖는 돈이다.
3. 부차 권리란 실질적으로 출판사가 특별본을 제작하거나 작가의 작품을 다른 용도로 사용하기 위해 다른 회사에 팔 수 있는 권리다.
4. 여러분에게 이 조항은 필요하지 않다. 그 이유는 뒤에 가면 안다.
5. 이런 태도는 오히려 역효과만 일으킨다. 협상 요령은 언제든 배울 기회가 있으므로 미리 생각해둘 필요가 없다. 오히려 협상 과정을 통해 미처 생각하지 못한 사실을 깨달을 수 있다. 계약 협상에는 반드시 주고받는 과정이 필요하다.

출판할 때 계약이 필요한 이유는 간단하다. 여러분은 작가로서 재산을 갖고 있다. 결코 집이나 미술 작품처럼 물리적인 재산이 아니지만 여러분은 그 재산을 팔 수도 있고 그 재산의 사용권을 팔 수도 있다. 한마디로 자신의 작품을 베낄 권리를 남에게 팔 수 있는 권리, 그것이 바로 작가의 저작권이다. 참고로 저작권에 대해서는 다음 장에서 자세히 살펴보도록 하자. 출판사는 원고를 취득하면 여러 가지 방법으로 활용할 수 있다. 한 번

쯤 잡지에 실을 수도 있고 각종 방법을 동원해서 오랜 기간 동안 출판시킬 수도 있다. 하지만 그 모든 것에 앞서 출판사는 재산을 사용할 수 있는 권리를 설정해야 한다.

그 일은 계약을 통해 이루어진다. 출판 계약의 핵심은 원고에 대한 작가의 권리가 작가가 하지 못하는 여러 가지 용도로 권리를 행사할 수 있는 출판사로 넘어감을 의미한다. 대신 작가는 그 대가로 몇 가지 보상을 얻는다.

작가가 할 일

여러분은 지금 학기말 고사 시험을 끝내고 홀가분한 심정으로 신나는 여름방학이 오기를 기다리는 학생이 아니다. 출판사는 흔히 작가에게 그 이상을 요구하며 계약서에도 분명히 그런 조항을 넣었다고 강조한다.

그러므로 앞으로는 출판사가 제시하는 기준에 맞춰 원고를 수정할 각오를 해야 한다. 그렇게 고달프고 힘든 작업을 해야 하다니! 정말 고치고 싶지 않은 부분을 자꾸 고치라고 요구하면 어떻게 하지? 계약을 맺는 순간부터 출판사는 그런 요구를 할 권리를 갖는다. 출판사들도 보통은 중요한 부분을 수정할 때 작가와 협의하려고 애쓴다. 하지만 모든 출판사가 출판 준비가 끝나는 시기를 출판사 임의로 결정할 수 있다는 조항을 표준 계약서에 넣어둔다.

또한 출판사가 제시한 마감 기일을 맞춰줘야만 한다. 마감 기일이란 원고를 정해진 시간에 끝내는 일 외에 편집 작업까지를 포함하며 작가는 후에 이어지는 검토 작업에 필요한 각종 자료를 그때까지 맞춰 보내야 한다.

또한 출판사는 책의 홍보를 위해 작가에게 초상권, 즉 사진을 비롯해서

출판사의 표준 계약서에는 출판사 입장에서 계약에 필요하다고 생각되는 모든 조항이 포함되어 있다. 하지만 전적으로 회사의 이익만 고려한 내용은 아니다. 모든 사람들이 원하기 때문에 명기한 조항들이 있다. 이런 조항들을 흔히 '공통 조항(boilerplate)'이라고 하며 보일러 위에 놓인 판처럼 상투적으로 박아놓은 문구라는 뜻이다.

이름과 신상 정보에 대한 사용권을 요청할 수 있다. 대인 기피증 환자가 아니라면 작가 입장에서는 전혀 반대할 이유가 없다. 출판사는 흔히 작가에게 책 홍보를 권장하기는 해도 적극적인 홍보를 요구하지는 않는다.

출판사가 할 일

작가의 노고에 대한 대가로, 그리고 작가의 땀이 어린 창작물을 사용하는 보답으로 출판사는 책을 출판하는 일 외에는 가능한 한 아무 일도 하지 않으려 한다. 출판도 결국 사업이다. 하지만 작가에게도 요구할 수 있는 특별한 권리가 있다. 작가에게 이런 권리를 보장해주지 않는 출판사는 업계에 발을 붙일 수 없다.

보통 출판사는 작가에게

- 책 판매 시에 인세를 지불한다. 보통 1년에 두 번 지급하며 일정 부분을 선금으로 지불하는 것이 관례. 종종 수수료를 받고 일하는 작가들도 있는데 이때는 고용직으로 일하는 경우다.
- 판권을 북 클럽 편집본에 사용하거나 영사 슬라이드로 바꾸는 등 다른 용도로 사용한 대가로 생기는 수익의 일정 부분을 나눠준다.
- 책 제작 과정에서 지속적으로 협의하는 데 동의한다.
- 책이 출판되면 무료로 책을 보내주고 향후 할인된 가격으로 살 수 있도록 한다.
- 작가 이름으로 책 본문에 대한 저작권을 보호해준다.

실제로 출판사는 서평용 책 견본을 보내준다든지 꼭 필요한 때가 아니어도 작가와 협의하겠다든지 등의 내용을 제시함으로써 작가에게 좀더 잘해줄 수 있다. 그러나 어떤 경우에라도 그들은 계약서에 명기한 최소한의 의무만 지키려고 할 것이다.

앞으로 계약을 맺더라도 앞서 우리가 말한 계약서상의 조항들만큼은 분명히 찾아내야 한다. 찾기 힘들거나 이해할 수 없는 조항이 있으면 무조건 물어보자.

원고료 - 출판 계약에서 가장 중요한 부분

여러분은 한 사람의 작가로서 글에서 생겨나는 수입으로 먹고 살아야 한다. 그러나 좀처럼 쉬운 일이 아니다. 많은 작가들이 다른 일을 해서 얻는 돈으로 생계를 꾸려간다. 하지만 여러분의 소망은 기필코 글로 먹고 사는 것이다. 그런 면에서 책에서 얻는 수익에 대한 조항이야말로 출판 계약에서 가장 중요한 부분이 아닐 수 없다.

작가가 받는 돈의 규모는 전적으로 출판사에 달려 있다. 전통적으로 일반서 출판사는 오랫동안 책 판매가에 기준해 인세를 지불해왔다. 양장본 소설이나 작가가 직접 지은 그 밖의 작품의 인세는 대체로 8~10퍼센트이며 그림책은 일러스트레이터와 나눠야 하는 관계로 그 절반 정도다. 신생 출판사나 다른 시장을 겨냥하는 출판사는 종종 정가에 준해서 인세를 책정하는데, 여기서 정가란 그 회사가 실제로 책을 팔아서 받는 돈의 총액을 의미한다. 이때 인세는 10~15퍼센트로 일러스트레이터가 함께 작업했을 경우 역시 절반으로 줄어든다. 비율은 이보다 다소 높을 수 있지만 염두에 둬야 할 점은 출판사가 서점이나 도매업자에게 책을 팔 때 판매가에서 50퍼센트 정도 할인된 가격에 판다는 사실이다. 이런 조건에서 책 한 권을 팔았을 때 작가에게 얼마가 돌아갈지 계산해보자. 그리고 편집자에게 연락해서

인세 또는 저작권료란 출판사가 작가에게 지급하는 돈으로 책의 판매 부수에 따라 책값의 일정 비율을 지불한다. 이때 기준이 되는 것은 책에 표기된 표시 가격, 즉 소매 가격이 될 수도 있고 출판사가 그 책에서 실질적으로 얻는 돈의 규모, 즉 정가(正價)가 될 수도 있다. 그렇기 때문에 작가는 출판료가 지불될 때까지 기다릴 필요가 없으며 출판사는 보통 작가에게 선인세 형식으로 인세의 일부를 미리 지불한다. 하지만 작가에게 추가로 수입이 생기는 시기는 실제로 발생한 인세 수익이 선인세 금액을 넘어서는 시점이다.

일반 할인 비율이 어느 정도인지 물어보자. 계약서에는 흔히 보급판처럼 양장본보다 값이 싼 도서류의 인세를 따로 명기하며 간혹 보드 북이나 일반 책보다 크기가 큰 책 등 기타 도서류의 인세를 따로 정하기도 한다.

작가가 인세를 받기로 계약할 경우 보통은 선인세를 받는다. 선인세란 책에서 얻어질 수익을 예상해서 계산한 돈이다. 예를 들어 소설 한 권을 쓴 작가가 나중에 소매가의 10퍼센트를 인세로 받기로 한 뒤 선인세로 360만 원을 받았다. 책의 소매가를 1만 9,000원이라고 가정하면 작가는 책 한 부당 1,900원을 인세로 받게 된다. 작가가 처음으로 돈을 받는 시점은 발생한 인세 액이 선인세 액을 넘어선 다음이다. 그 정도가 되려면 최소한 2,000부 이상 책이 팔려야 한다는 계산이 나온다. 책이 2,000부 이상 팔릴 정도면 현실적으로 그 작가는 돈을 벌 가능성이 높다.

이런 보기를 예로 드는 이유는 여러분에게 다른 선택권이 있음을 가르쳐 주기 위해서다. 장차 인세를 기대할 수는 없지만 책을 쓴 대가로 일시불을 받는 것도 그리 나쁜 선택은 아니다. 누구나 인세를 받고 싶어 하지만 때에 따라서는 일시불을 받는 일도 고려해볼 만하다. 출판사 중에는 작가에게 이런 조건만 제시하는 곳도 있지만 그렇다고 재정적으로 더 나쁜 상황에 처하지는 않는다. 일시불을 받기로 하고 출판사와 계약할 때는 그 책이 자신의 이름으로 저작권법의 보호를 받게 되는지 확인해야 한다. 특히 대량 판매용 도서 출판사들은 고용직으로 계약하면서 작가를 사원처럼 취급하고 회사 이름으로 책의 저작권을 확보한다. 고용직 신분으로 출판사가 정해준 철저한 지침에 따라 텔레비전 프로그램에 등장하는 주인공에 대한 이

선인세가 소진되었다는 것은 발생한 인세 총액이 선인세로 지불된 금액과 같아졌다는 뜻이다. 예를 들어 그림책 작가가 선인세로 360만 원을 받고 후에 1만 8,000원짜리 소매가를 기준으로 5퍼센트의 인세를 받기로 했다면 4,000부가 팔려나가는 시점이 분기점이 된다. 그 전에 발생된 인세는 모두 선인세로 변제된다. 그러나 분기점을 넘어서면 작가는 책 판매에서 발생하는 인세를 받을 수 있다.

야기를 쓴다면 별 문제가 없다. 하지만 자신만의 독창적인 작품을 쓰는 작가는 절대 이런 조건을 받아들이면 안 된다. 작가는 책을 쓴 사람이 나라는 사실을 세상에 알리고 싶고 책이 인쇄되어 나오면 그 책의 권리를 소유하고 싶기 마련이다.

돈 문제에 관한 한 시기가 중요하다. 작가는 책이 나오기 전까지 인세를 받을 수 없다. 계약서를 쓰는 시점에서 선인세를 지급하는 출판사가 있는데 그건 꼭 작가 입장을 고려해서만은 아니다. 그렇게 하면 작가를 붙잡아두는 효과가 있다. 이때 계약을 해지하고 싶으면 작가는 돈을 변상해야 한다. 원고의 일부를 제출할 때마다 돈을 받는 작가들도 있다. 출판사 중에 상당수는 작가가 원고 검토를 끝내는 시기에 맞춰 선인세의 일부 혹은 전부를 지급한다. 이때는 작가가 이미 상당한 노력을 기울인 뒤다. 반면 출판 시기에 맞춰 선인세의 일부를 지급하는 출판사도 있다. 얼핏 조건이 나빠 보이지만 그래도 인세가 지급되기를 기다리는 일보다 낫다. 출판사와 책의 종류에 따라 초보 작가가 받는 선인세의 범위는 한 푼도 못 받는 사람부터 600만 원을 받는 사람까지 천차만별이다. 선인세를 받으려면 어떻게 해야 하며 선인세가 어떤 이면을 갖고 있는지, 또 어떨 때 선인세를 받을 수 있는지 확실히 알아두자.

부차 권리

다음 장에서 자세히 다루겠지만 작가가 책을 냈다는 것은 자신의 작품

출판사들은 6개월 동안의 책 판매 실적에 근거해 1년에 두 번 인세를 지급한다. 예를 들어 1월부터 6월까지 발생한 인세는 9월에 지급한다. 왜 그렇게 지급이 늦어지느냐? 출판사가 작가에게 줄 돈을 움켜쥐고 있다는 뜻이 아니다. 그들 역시 누군가에게 돈을 받아야 한다. 책 판매상에게서 돈이 나오려면 몇 달이 걸리고 또 반품되는 책도 기다려야 한다. 참고로 팔리지 않은 책은 출판사로 반품되어 돌아온다. 반품 물량이 예상보다 많으면 그 책은 판매 기간 동안 결국 소득 없는 판매고를 올린 셈이다. 책의 유통과 돈 문제는 출판사가 직면하고 있는 큰 문제 중의 하나다.

을 다양한 방법으로 활용할 수 있는 권리를 갖고 있다는 뜻이다. 출판사는 그 권리를 직접적으로 이용해서 책을 펴낸다. 하지만 대부분의 출판사는 부차 권리까지 소유하고 싶어 한다. 부차권이란 작가가 원고를 이용해서 행할 수 있는 또 다른 권리다. 흔히 부차권 조항에 대해 출판사가 내건 협정에 따라 출판사와 일러스트레이터가 함께 수익을 나눠 갖기로 할 때 보통 절반은 출판사가, 나머지 절반은 작가와 일러스트레이터가 나눠 갖는다. 협정 대상이 책 내용에 국한될 경우 작가가 보통 수익의 50퍼센트를 갖는다. 이때 작가는 좀더 많은 권리를 주장할 수 있지만 가능성은 별로 없다. 출판사가 제시하는 보조 협정 항목은 여러 가지가 있다. 그중에 가장 흔한 항목을 골라 살펴보기로 하자.

보조 협정 항목 가운데는 다른 책에 대한 내용도 담겨 있다. 최근까지 많은 출판사가 양장본으로 발행된 책의 보급판 제작을 위해 부차 권리를 팔았다. 지금은 출판사 대부분이 자체 내에서 보급판을 제작한다. 하지만 북클럽이나 학교에서 주최하는 바자회에서도 책을 팔고 외국 출판사에서도 번역본으로 책을 판매한다. 출판사는 이들 때문에라도 부차 권리를 파는 데 혈안이 되어 있다.

잡지 판권은 출판 전에는 최초 연재물로, 출판 후에는 두 번째 연재물 이름으로 라이선스를 얻는다. 출판사들은 보통 최초 연재물의 판권에서 얻어지는 수익에 관대한 편인데 그 이유는 출판되기 전 잡지에 그 책에 대한 기사가 실리면 홍보에 도움이 되기 때문이다. 이때 출판사는 작가에게 '최초 연재'에서 생긴 수익의 80퍼센트를 지불한다. 정해진 기준은 아니지만 그 정도는 요구할 수 있다는 이야기다.

대리인을 두지 않은 작가는 출판사에 부차 권리를 '주었다고' 흥분하면 안 된다. 그 책을 판매하기 위해 전력을 다할 사람들이 바로 출판사 직원임을 명심하자. 출판사 없이 작가가 개인 자격으로 일할 경우 가진 권리를 이용해서 할 수 있는 일은 거의 없다. 출판사에게 권리를 내어주고 팔게 하자. 100퍼센트를 잃는 일보다 50퍼센트를 건지는 편이 낫다.

본문 일부를 인용하거나 규모가 큰 선집에 본문 전체를 인용하는 경우는 승인 대상에 해당한다. 교실에서 일반서를 교재로 사용하는 데 대한 관심이 상당히 커진 상황에서 이런 경우야말로 부차권 판매의 가장 확실한 방편이 될 수 있다. 교과서 출판사들은 종종 출간된 지 몇 년이 지난 책을 자료로 삼기도 한다.

또한 책 내용이 영사 슬라이드에서부터 어린이용 비디오 테이프, 영화, 심지어 텔레비전 쇼에 이르기까지 다양한 형태로 진화되기도 한다. 이런 판매망에 의지하면 안 되겠지만 만에 하나 이렇게 해서 인기를 끌게 되면 돈 버는 것은 시간 문제다.

이제는 전자 출판권에 대해 알아볼 차례다. 현재 전자 출판 분야에는 연일 새로운 포맷과 신기술이 등장하고 있다. 작가와 출판사 사이에 분쟁의 소지가 될 만하다. 출판사들은 전자 출판 형식으로 책을 펴내거나 그 분야로 부차 권을 팔 수 있는 권리를 확보하려고 하면서도 몫만큼은 예전대로 고수하려 한다. 반면 작가들은 향후 전자 출판의 수요가 물밀듯 증가하리라는 생각에 부차 권리를 파는 일에 신중한 자세를 보인다. 상황은 유동적이지만 특별한 거래를 주장해보겠다는 기대는 하지 말자. 출판사는 자신들이 정해놓은 기준을 양보하느니 차라리 작가들과의 협상을 결렬시킬 것이다.

이제 막 작가로 발을 내디딘 사람은 부차 권리를 케이크 위에 덤으로 얹어놓은 크림처럼 생각하기 바란다. 처음으로 책을 내는 사람은 전자 출판에서 얻어지는 수익에 큰 기대를 하면 안 된다. 평상적인 계약 조건을 바꾸려는 시도 역시 쓸데없는 에너지 낭비일 뿐이다. 상황이 그렇다는 점을 이해하고 공연히 큰 문제로 비화시키는 일이 없도록 하자.

계약서의 법률 용어

지금까지 출판사와 계약할 때 명심할 사항과 출판사에게 기대할 수 있는 고료 및 할당 몫에 대해 살펴보았다. 이제부터는 계약서 내용 중에 다소 지루하지만 분량 면에서 결코 무시할 수 없는 항목, 즉 법률 용어에 대해 알아보기로 하자. 계약서 분량은 대체로 6~25쪽 정도이며 간혹 그보다 긴 경우도 있다. 이렇게 차이가 나는 이유는 만에 하나 초래될지 모를, 그러나 실제로는 일어날 가능성이 거의 없는 불의의 상황에 대비해 출판사가 자사의 권익을 보호하려는 차원에서 이런저런 항목을 잔뜩 달아놓기 때문이다.

작가가 그런 조항까지 일일이 신경을 써야 하느냐고? 여러분 중에 혹시 번개에 맞을까봐 노심초사하고 사는 사람이 있는가? 없다고? 하지만 언젠가 효력을 발휘할 가능성이 있기 때문에 작가는 이런 조항까지 신경을 써야 한다. 어쩌면 이런 조항은 출판사 내의 성인 도서 담당 부서나 텔레비전, 또는 인터넷 부서에서 실제로 그런 일이 있었기 때문에 생겼을지도 모른다. 또는 어느 평온한 날, 계약 부서 직원 누군가가 계약 지침서를 읽고 무심코 넣었을지도 모르고.

그렇다면 어떤 내용이 담겨 있을까? 출판사에 따라 차이는 있지만 그중에서 가장 보편적인 항목들을 소개하면 다음과 같다.

- 이미 판 권리 외에 현재 작가가 넘겨주는 권리의 실질적인 주체가 작가라는 보장
- 작가는 어느 누구의 저작권도 침해할 수 없으며 다른 작가를 비방하거나 법에 어긋난 언동을 삼가야 한다는 경고 문구
- 작가와 출판사를 상대로 법적 소송이 발생할 경우 출판사가 할 수 있는 조치
- 계약 만료나 취소는 어떻게 이루어지며 어떤 상황에서 가능한가
- 책이 절판될 경우 발생하는 문제
- 적절한 시기에 책이 출판되지 않을 때 발생하는 문제

그럼 위의 조항을 모두 다 이해해야 한다는 말인가? 물론이다. 마지막의 두 조항은 예외가 될 수 있지만 나머지 조항에 대해서는 작가의 입김이 작용할 수 없음을 알아두길 바란다. 앞서 이야기한 다른 부분들과 달리 법률 조항에 관한 한 편집자는 아무 권리도 행사할 수 없을 때가 많다.

출판사에서 얻어낼 수 있는 것들

그렇다면 작가의 영향력이 미칠 수 있는 부분은 어느 정도일까? 출판사가 제시한 조항을 작가가 바꿀 수 있느냐 없느냐 하는 문제는 전적으로 작가의 능력에 달렸다. 처음 책을 내는 초보 작가는 할 수 있는 일이 거의 없다. 하지만 경력이 있거나 운 좋게 대리인을 둔 작가는 좀더 강한 영향력을 행사할 수 있다. 하지만 이때도 출판사가 허용할 수 있는 한계가 있다. 출판사 입장에서는 굳이 조항을 바꿀 필요가 없다. 경쟁사의 관행과 비교하고 또 초보 작가와 최고 수준의 작가에게 지불하는 비용을 고려해 이 정도면 합리적이라는 판단 아래 제시한 조항이기 때문이다.

영향력이 있고 없고를 떠나서 불만스러운 태도나 지나치게 떼쓰는 듯한 태도는 결코 이롭지 못하다. 중심을 잃지 않으면서도 정중한 자세와 전문가다운 태도를 가져야 한다. 그리고 언제든 할 말은 하고 그들이 내세우는 대체 방안에 성실히 귀 기울일 마음의 자세를 가져야 한다. 그렇게 하면 비록 협상에서 바라는 만큼의 성과를 얻지 못한다 하더라도 출판사의 호감을 얻어내서 나중에 훨씬 유리한 조건으로 계약을 성사시킬 수 있다.

대리인인 샌디 퍼거슨 풀러는 협상에 대해 이렇게 말한다.

선인세 액수에 쓸데없이 집착하지 말고 합리적인 인세 비율을 주장하라. 일반서의 경우 선인세를 포기하고 표준 이하의 인세를 받게 되더라도 일시불 협정과 인세 기준 조건에 대해 확실한 협상을 벌여야 한다.

마감일은 언제든 바뀔 수 있다는 점을 확실히 해둬야 한다. 출판사와 거래할 때 상식을 벗어난 행동을 보이면 좋지 않지만 그렇다고 지나치게 겁먹을 필요는 없다. 부당한 계약 조건을 내세우거나 제대로 협상이 이루어지지 않는다 싶으면 가차없이 돌아서라. 자기가 쓴 글에 확신이 있으면 위험을 감수하고라도 뜻을 관철시켜야 한다. 그것이 좀더 유리한 조건으로 협상을 이끄는 방법이다.

선인세를 좀더 얻어낸다든지 더 많은 책을 무료로 얻는 방법 말고도 출판사에게 얻어낼 만한 것들이 있다. 먼 안목으로 보면 언젠가 여러분은 신축 조항, 즉 에스컬레이터 조항(노동 협약 중에서 경제 사정 변화에 따라 임금의 증감을 인정하는 규정 – 옮긴이)의 수혜자가 될 수 있다. 이것은 책이 일정 분량 팔려나가면 인세를 올려주기로 하는 조항이다. 또한 인도 조항(pass-through clause)을 요청할 수 있는데 이는 출판사가 대규모의 부차권 판매로 실제 돈을 받게 되면 작가가 갖고 있는 몫을 인도한다는 조항이다. 물론 선인세가 다 소진된 뒤의 이야기다. 그렇게 되면 작가는 다음번 인세 계산서를 기다리지 않아도 된다. 대폭 할인된 가격으로 대량 판매에 나서는 '특별 판매' 분에 대해서도 가능한 한 높은 인세를 요구하자. 작가는 특별 판매분에 대해 평소보다 훨씬 적은 인세를 받는다. 끈기 있게 내 몫을 주장하자.

　맛 좋은 당근을 얻어내는 대신 절대 해서는 안 될 금기 사항만큼은 철저히 지켜야 한다. 인쇄 부수가 적다며 출판사가 인세를 줄이겠다고 하면 절대 받아들이지 말자. 물론 출판사가 처음에 받은 돈보다 적은 인세를 제시하면 문제가 되겠지만 에스컬레이터 조항의 혜택을 보지 못한다고 지나치게 억울해할 필요는 없다. 공동 회계도 피하자. 이는 작가의 선인세를 다른 책의 선인세와 한꺼번에 묶어놓음으로써 그 책들이 전부 선인세를 소진한 뒤에 작가에게 인세를 지불하려는 출판사의 얄팍한 술책이다. 또 저작권 소유자가 출판사가 아니라 작가 이름으로 되어 있는지도 반드시 확인하자. 저작권을 사용할 권리를 출판사에 빌려줄망정 소유권 자체를 포기하고 싶은 작가는 한 명도 없을 것이다.

　출판사와 계약할 때 주의할 점에 대해 저작권 대리인인 샌디 풀러와 우리는 다소 견해가 다르다. 여러분은 과연 어떤 생각인지 모르겠다. 어느 쪽이든 무엇이 가장 중요한지 진지하게 생각해야 한다. 하지만 자신이 바라는 바를 얻지 못했다고 밖으로 뛰쳐나오면 안 된다. 오히려 좀더 좋은 결과를 이끌어내기 위해 노력해야 한다. 계약서 내용을 조금도 바꿀 의사가 없다며 요지부동으로 나오는 출판사라 하더라도 함께 일할 만한 가치가 있다. 그러니 지금은 쌍방이 만족하면 최선이라고 믿고 계약 협상에 최선을 다하자. 언제든 타협할 수 있다는 마음가짐으로 상대방에게 귀 기울이는 자세를 가지자. 또한 상대방 역시 내게 귀 기울여주고 적극적으로 타협할 거라는 희망을 잃지 말자. 계약과 협상을 거듭하면서 매번 왠지 억울하다는 생각이 들면 출판사를 잘못 골랐거나 기대치가 너무 높다는 뜻이다. 비슷한 입장에 있는 작가들과 이야기를 나눠보자. 그 다음에 밀고 나가든 태도를 수정하든 그것은 작가 마음이다.

2장... 저작권의 기초

  행여 내가 책으로 펴낼 멋진 아이디어를 다른 사람이 훔쳐가면 어떻게 하지? 작가라면 누구든지 이런 걱정을 해보았으리라. 사실 어린이책 소재로 쓰일 만한 뛰어난 아이디어가 넘치는, 즉 천부적인 재능을 갖춘 사람은 거의 없다. 그래선지 많은 사람들이 남의 아이디어를 훔친다. 하지만 현행 저작권법에 따르면 아이디어 자체로는 저작권을 주장할 수 없기 때문에 그런 행위는 별 문제가 되지 않는다. 작가가 실제로 만든 작품, 즉 종이에 옮겨놓은 글이 훨씬 중요하다. 머리 속의 아이디어를 글이라는 형식으로 옮겨놓을 때 비로소 작가는 자신의 작품을 보호하고 자신만의 독창적인 아이디어를 보호할 수 있다. 이제부터 작가의 아이디어에 형식을 부여한 창작물이 법적으로 어떻게 보호받는지 살펴보기로 하자. 더불어 작가가 낸 원고를 출판사가 '도둑질' 할 경우 이득은커녕 큰 손해를 초래하는 이유에 대해서도 알아보자.

아이디어는 보호받지 못한다

  여러분 중에는 분명 누군가 자신의 아이디어를 '훔칠' 일이 걱정돼서 아무에게도 자기가 쓴 이야기를 들려주지 않는 사람이 있다. 다시 말해 어린이책에 쓰려고 머리 속에 고이 간직한 아이디어를 남에게 털어놓기 꺼리는 사람들 말이다! 어떻게 알았냐고? 왜 없겠는가. 한 번도 책을 내지 못해서 어떻게 하면 책을 낼 수 있을까 늘 전전긍긍하는 사람들이 특히 그런 생각에 사로잡혀 있다. 그러나 아직 출판되지 않은 작품과 책에 대한 '아이디어'는 차이가 있다. 린은 최근 의욕적인 두 예비 작가를 만났다. 편의상 교사 A와 교사 B로 나누어 그들의 이야기를 옮겨본다.

동료 교사 두 명은 린이 이미 여러 권 책을 펴냈고 잡지에도 수차례 기사를 낸 적이 있다는 사실을 알고 그녀를 찾아왔다. 책을 내기 위해 조언을 얻을 생각이었다. 두 사람에게 도움을 주고 싶은 생각에 린은 그들이 갖고 온 아이디어가 과연 흥미를 끌 만한지, 그래서 자신의 대리인에게 보여줄 만한 값어치가 있는지 알아보기 위해 두 사람에게 물었다.

"갖고 계신 아이디어를 들려주시죠?"

학교에서 신문방송학을 가르치고 리포터로서 신문에 기사를 낸 적이 있는 교사 A는 시리즈물로 구상하고 있는 책에 대해 솔직하게 털어놓았다. 그러나 교사 B는 순간 묘한 표정을 지으며 이렇게 대답했다.

"글쎄요, 저도 말씀드리고 싶지만 혹시라도 선생님이 제 아이디어를 훔쳐가면 어쩌죠?"

이 정도면 가히 '편집증' 환자라고 말해도 되지 않을까? 이 사람은 결국 린이 당신의 '아이디어'는 안전하다, 그리고 재능이 있는 작가는 절대 남의 아이디어를 '도둑질'하지 않는다는 확답을 한 뒤에야 마지못해 책에 대한 구상을 털어놓았다. 유감스럽게도 이 사람이 가진 '도둑질'에 대한 편집증은 한 번도 책을 내지 못한 작가 사이에 팽배해 있는 감정이다.

많은 작가들이 자기 작품에 대해 정식으로 저작권 표시를 얻기 전에 저작권 협회를 찾아가 확실히 증명을 받아두어야 한다고 생각한다. 하지만 그건 잘못된 생각이다. 사람들이 그렇게 생각하는 이유는 작품의 창작자로서 자신의 권리를 다른 사람에게 확실히 주지시켜야 한다고 믿기 때문이다. 실제로 저작권 표시를 사용할 때 미국 저작권 사무소(U.S. Copyright Office)의 사전 허가를 받거나 등록할 필요는 없다.

결과적으로 작가의 아이디어는 저작권법의 보호를 받지 못한다. 거트루

드 스타인(Gertrude Stein 미국의 전위 작가 - 옮긴이)에게는 미안하지만 아이디어는 아이디어일 뿐, 그 이상도 이하도 아니다. 지금 당장은 저작권 사무소가 원망스럽겠지만 현실이 그렇다. 생각해보자. 세상에 정말로 독창적인 아이디어가 있을까. 중요한 것은 그 아이디어로 무엇을 할 수 있느냐 하는 점이다. 작가라면 누구든 이 말에 고개를 끄덕이리라.

마음을 단단히 먹자. 초보 작가들이 흔히 저지르는 실수가 바로 이것이다. 실제로 해럴드가 자신의 웹 사이트에서나 총회에서 단상에 섰을 때 가장 많이 듣는 질문 가운데 하나가 "어떻게 해야 다른 사람이 내 독창적인 아이디어를 훔쳐가지 못하게 막을 수 있나요?"이다. 그럴 때 그의 대답은? "글쎄요, 그건 막을 방법이 없습니다"이다. 그러나 '독창적인 표현', 다시 말해 최종 형태로 옮겨놓은 아이디어는 보호를 받을 수 있다. 쉽게 말해서 글로 옮겨놓은 아이디어는 보호를 받는다는 뜻이다.

그럼 이렇게 묻는 사람이 생긴다. "어차피 내 아이디어인데 독창적인 표현으로 인정받기 위해 굳이 '형식을 갖출' 필요가 있습니까?" 다시 한 번 강조하지만 세상에 독창적인 아이디어로 만들어진 이야기는 거의 없다. 누구나 알고 있는 이야기를 떠올리며 '핵심 아이디어'를 요약해둔다고 그것이 독창적이 될 수는 없다. 《괴물들이 사는 나라》를 예로 들어보자. 이 책은 한 아이와 괴물들에 대한 이야기다. 세상에 아이들과 상상 속의 괴물이 등장하는 이야기가 얼마나 많은가. 어린아이가 생전 처음 애완동물을 키우면서 겪는 이야기는 또 얼마나 많은가. 처음 학교에 간 날? 새로 동생이 태어난 이야기? 각 부문별로 최소한 열 가지는 넘지 않을까? 막상 찾아보면 이야기 소재 자체는 그리 다양하지 못하다. 그럼 이 말은 사람들이 모두 다른 사람의 독창적인 이야기를 훔치고 있다는 뜻일까? 그건 아니다. 아이디어

작가의 아이디어가 '독창적인 표현'이 되려면 갖고 있는 아이디어를 책이나 이야기, 조각품, 교향곡과 같은 실제 형태로 바꿔줘야 한다. 독창적인 표현은 온전히 작가 소유로 인정되고 절대적 독창성을 인정받아 저작권법의 보호를 받을 수 있다.

에 차별성을 부여하는 것은 그 아이디어를 글로 옮기고 실제로 창작해낼 때 작가가 얼마나 독창성을 발휘할 수 있느냐 하는 점이다.

저작권법 – 독창적인 표현 보호

형식을 갖춘 창작물을 작가가 보호할 수 있도록 하는 장치가 저작권이다. 창의적 노력에 대한 현대인의 생각을 미리 내다본 조상들은 저작권이 필요한 이유를 헌법 1조 8절에 이렇게 설명했다. '저작자와 발명자에게 그들의 저술과 발명에 대한 독점적인 권리를 일정 기간 확보해줌으로써 과학과 유용한 기술의 발달을 촉진시킨다' 이 조항은 법으로 소위 '지적 재산권'을 보호한다는 뜻에서 제정되었으며 저작권법과 등록상표법 그리고 특허법의 형태로 효력을 발휘한다. 어느 나라든 이와 비슷한 법을 제정해두고 있다. 현재 예술 창작물을 자신의 독점적인 예술 창작물로 확보하기 위해 사람들은 미국 저작권 사무소로 떼 지어 몰려들고 있다.

간단히 말해 저작권법은 독창적인 표현을 보호한다. 그건 작가에게 어떤 의미를 지닐까? 미 법률 17장에는 작가들에게 '원저자의 독창적인 작품'을 보호한다고 쓰여 있다. 한편 저작권 법령 106항은 저작권이 인정되는 작품에 대해 저작권 소유자에게 몇 가지 양도할 수 없는 권리를 부여한다. 기본적으로 저작권자는 자기 작품의 재판 제작 및 유통과 판매 그리고 공연에 대한 권리를 가진다. 그렇기 때문에 작가의 작품을 사용하고자 하는 사람은 누구든 작가의 승인을 얻어야 하고 작가가 수락한 경우에도 반드시 대가를 지불해야 한다. 그것이 바로 사업으로서 출판이 갖고 있는 기본 개념이다. 작가는 저작권을 인정받은 작품의 사용권을 출판사에게 내주는 대신 보상을 받는다.

제조업자나 판매업자가 자신의 상품에 대해 경쟁사와 차별성을 높이기 위해 독특한 디자인과 어구, 또는 편지를 사용할 경우 그 회사가 출시한 상품을 보호하는 장치를 등록 상표(trademark)라고 한다.

계속 공부하기에 앞서 한 가지 짚고 넘어갈 내용이 있다. 일반서 출판은 창의적이며 개인적인 표현에 대한 저작권을 기본으로 이루어진다는 점이다. 그러나 대량 판매용 도서 출판의 기본은 다르다. 그것은 또 다른 종류의 '지적 재산권'으로 등록 상표라고 부른다. 비록 저작권을 인정받는다 하더라도 대량 판매용 도서로 분류되는 글들은 그 화려한 독창성 때문에 팔리는 것이 아니다. 사람들이 그런 책을 사는 이유는 등록 상표의 의미를 잘 알고 있거나 골든 북스 사와 같은 출판사의 상표 가치를 알기 때문이다. 또는 디즈니나 포켓몬, 심지어 치리오스처럼 다른 매체에서 얻은 인지도 때문이다.

■ 저작권 표시를 책에 넣는 이유

첫째, 사람들에게 이 책이 저작권의 보호를 받고 있음을 즉시 알려주기 위해서다.

둘째, 작품이 알려지고 누군가 그 내용을 마음대로 도용할 경우 도둑질한 사람이 '모르고 저지른 침해 행위'라고 주장하지 못하게 원천 봉쇄하는 장치다. 모르고 저지른 침해 행위가 뭐냐고? 이는 다른 사람의 창의적 재산을 사용한 측이 그 작품이 저작권법의 보호를 받는다는 사실을 몰랐을 때 주장하는 말이다. 이것은 민감한 사안이다. 만약 침해 행위가 의도적이면 침해를 저지른 사람이 추가로 발생할 수 있는 손해까지 책임을 져야 하기 때문이다.

민담이 갖고 있는 문제

다른 사람의 독창적인 표현을 이용해서 글을 쓰는 일이 옳지 못함에도 아직까지 어린이책의 상당 부분은 본질적으로 기존 이야기의 재탕이다. 원전과 비교해보면 미세한 부분에서 차이가 나기는 하겠시만 핵심 아이디어 외에도 상당히 많은 부분이 서로 공통점을 갖고 있는 것이 현실이다. 그중에서도 특히 이런 문제가 자주 발생하는 분야가 민담이다.

여러분 중에는 어린 시절에 누군가에게 들었거나 여행하다 우연히 들은 이야기, 또는 일부러 찾아다니면서 알게 된 옛날이야기를 각색해서 쓰고 싶은 사람이 있을 것이다. 그럼 어떻게 해야 할까? 솔직히 여러분도 그 이야기에 관한 한 '원래의 독창적인' 아이디어의 소유자가 될 수 없다는 점을 잘 안다. 한 가지 반가운 소식은 대부분의 민담은 사회 공유 재산이라는 사실이다. 이는 저작권법의 보호를 받지 않으며 많은 사람들이 어느 누구의 허락 없이 어떤 방법으로든 사용할 수 있다는 뜻이다. 저작권의 효력은 영원하지 않다. 만들어진 지 75년이 지난 작품은 예외 없이 사회 공유 재산이 되며 이 점은 다른 예술 작품도 마찬가지다.

민담의 상당 부분이 구전으로 전해지기 때문에 그중에는 수십 년, 심지어 수백 년 동안 전해 내려온 이야기도 있다. 본질적으로 민담은 누구나 자기만의 문체와 해석으로 이야기를 꾸밀 수 있으며 이렇게 해서 만들어낸 이야기로 저작권까지 확보할 수 있다. 그러나 한 가지 주의할 점! 최근에 옛날이야기 형태 그대로나 익숙한 각색본으로 발표된 책이 있다면 문제는 다르다. 민담은 어린이책 출판계에서 왕성한 활동을 보이는 분야로 전 세계에서 매 순간순간 새로운 시각으로 쓴 글들이 생겨나고 있다. 그 과정에서 직접 내용을 인용하지 않더라도 구성이나 표현을 본뜬다면 그건 누군가의 저작권을 침해하는 행위다.

그렇기 때문에 세심한 주의가 필요하다. 내 책의 원전이 정말 아주 오래전 모음집으로 나온 책이라면? 그렇다면 문제는 없다. 아주 최근에 나왔다 하더라도 그 외에 여러 개의 원전이 존재한다면? 그 역시 OK다. 각주에 그 책들의 제목을 모두 적고 그중의 어느 하나에 치중하는 일이 없도록 한다. 그런 다음 선수를 치듯 어느 원전에도 치우치지 않았노라고 확실히 밝힌

창작물이 저작권법의 보호를 받지 못할 때는 사회 공유 상태에 있기 때문이다. 다른 사람이 사용하더라도 그 작품의 원저자는 어떠한 대가도 받을 수 없으며 사용자 역시 승인을 얻을 필요가 없다. 어떤 의미에서 이 작품은 대중의 공유 재산이다. 반면 저작권이 인정되는 작품은 여전히 작가의 재산으로 남는다.

다. 역사 소설 작가들이 원전을 쥐 잡듯 뒤지듯 민담의 부활자인 여러분 역시 원전을 샅샅이 뒤지고 그 책들을 참고 자료로 사용했음을 명백히 밝혀야 한다. 또한 다른 사람이 저작권을 갖고 있는 작품만을 유일한 원전으로 삼아 작업하지 않았음을 확실히 밝혀야 한다.

이미 사회 공유 재산이고 시중에 다양한 각색본이 나와 있다 하더라도 사용하기 전에 몇 가지 주의할 사항이 있다. 여러분은 과연 이야기 발생지의 문화에 대해 얼마나 알고 있으며 이야기의 배경으로 삼을 지역의 문화는 또 얼마나 알고 있는가? 만약 알고 있지 않다면 여러분의 이야기는 그 문화에 속한 구성원 어느 누구도 만든 적 없는 도덕률과 상황 설정, 아무도 겪지 않는 일상을 담은 가짜 이야기가 되고 만다. 그리고 여러분은 민담이 어떻게 생겨나는지 충분히 알고 있는가? 유명한 민담 작가 아론 셰퍼드의 말을 들어보자.

민담을 멋지게 살려내고 싶으면 자신이 살려내고자 하는 이야기에 익숙한 정도로는 부족하다. 일반 민속에 대해 많이 알고 있어야 한다. 그렇지 않으면 작가는 절대 제대로 살아난 민담을 만들 수 없다. 내 말은 작가는 그 어떤 편집자보다도 민속에 대해 훤히 알고 있어야 한다는 뜻이다.

도둑질이 어리석은 이유

아직까지도 출판사에 원고 보내는 일을 미적거리면서 혹시라도 출판사가 내 글을 꿀꺽하면 어쩌나 하고 걱정하는 사람이 있는지? 제발 걱정은 붙들어 매자. 이제부터 주체가 출판사이든 여러분 당사자이든, 혹은 다른 작가이든 남의 글을 도둑질하는 행위가 얼마나 어리석은 짓인지 가르쳐 주겠다.

우선 저작권법은 작가를 보호하기 위한 법이다. 여러분의 창작물을 훔치려면 도둑은 말 그대로 여러분 작품을 통째로 가져가야 한다. 이때 명백하고도 확실한 결말은 그 도둑은 반드시 잡힌다는 사실이다. 어린이 그림책을 훔치고 싶다면 이때도 도둑은 말 그대로 책 전체를 몽땅 훔쳐야 한다.

책에서 좀 길다 싶은 문장을 훔쳐서 교묘하게 말을 바꿔 썼다간 저작권을 침해하는 행위가 된다. 이 경우 피해자나 피해자가 소속된 출판사는 법정으로 달려가 그 도둑을 철창에 가둬버릴지도 모른다. 특히 출판사는 작가의 아이디어나 원고를 '도둑질'해서 얻을 수 있는 것이 거의 없다. 아니 오히려 잃는 것이 많다.

생각해보자. 여러분이 어떤 출판사에 원고를 보냈는데 답장이 왔다. "미안합니다만 우리 회사는 이런 글을 출간하지 않습니다" 그리고 3년이 흘러 가까운 서점에 가보니 그때 썼던 글이 단 한 글자도 바뀌지 않고 일러스트레이터가 글, 그림을 담당했다는 글자가 찍혀 버젓이 책꽂이에 꽂혀 있다. 생각만 해도 악몽을 꾸는 기분이다. 하지만 실제 그런 일은 일어나지 않는다. 왜 출판사가 그런 짓을 하겠는가? 이렇게 해서 출판사에게 돌아오는 이득이 얼마나 된다고. 아마 작가에게 족히 수천 달러를 배상해야 할 것이다. 그뿐인가! 그런 짓을 했다는 사실이 드러나면 회사가 입게 될 손해는 그야말로 상상을 초월한다. 애써 쌓아온 명성을 하루아침에 잃는 것만큼 회사에게 치명적인 일은 없다. 출판사가 책으로 시장을 공략하고 돈을 벌려면 많은 작가들과 일러스트레이터, 유통업자, 판매상, 편집자, 제작 감독, 그 밖에 출판 업계에서 일하는 사람들의 절대적인 신뢰를 얻어야 한다. 작가의 원고를 훔치고 명성을 더럽히는 일은 절대 출판사의 전공이 아니다.

마지막으로 출판사에는 명망 있는 작가들이 보낸 좋은 이야기들이 넘쳐난다. 그렇기 때문에 원고를 받고 계약도 하지 않으면서 한 번도 책을 내본 적 없는 무명 작가의 성공을 좌절시키고 어쩌고 할 틈이 없다. 출판사 사람들은 뉴스 편집실에서 일하는 사람들처럼 온갖 귀찮고 힘든 일에 치여 미쳐버릴 것처럼 바쁜 스케줄에 따라 움직인다. 아무도 작가의 글을 훔칠 시간이 없다. 다들 알고 있는 사실이지만 도둑질이라면 출판보다는 영화 등의 다른 매체에서 자주 일어난다. 무슨 차이일까? 영화와 출판의 가장 큰 차이점은 영화는 종종 아이디어만 나온 상태에서도 제작이 가능하다는 점이다. 이때 영화사는 시나리오를 거듭 수정해 결국 어느 누구도 그것이 자기 작품이라고 주장할 수 없도록 만든다. 대부분의 성인 도서 출판계를 비롯해서 어린이책 출판 분야가 아직까지 원작자를 존중한다는 사실이 참으로 다행스럽다.

표절 – 의도적인 행위 혹은 그 반대

만약 여러분과 같은 작가가 도저히 머리가 돌아가지 않아 다른 사람의 표현을 자기 것처럼 도용한다면? 다른 사람의 글을 자기 글 속에 인용하는 행위는 때로 '공정 사용'의 범주에 들어간다. '공정 사용'의 범주 안에서 작가는 특별한 승인 없이 남의 글을 인용해 글의 풍미를 살리거나 주제를 뒷받침할 수 있으며 그 외에 다른 용도로도 사용할 수 있다. 그러나 공정 사용의 범주를 벗어난 도용 행위는 표절 시비에 휘말린다.

예를 들어 여러분이 1960년대를 배경으로 한 청소년 소설을 쓴다고 하자. 그런데 신문 기사나 다른 책에서 문장을 골라 내가 표현하고자 하는 주제나 요점을 뒷받침하고 싶다. 흔히 이럴 때는 문제가 없다. '공정 사용'이기 때문이다. 이런 식으로 여기저기서 몇 줄씩 글을 뽑아 사용할 때는 원작자의 승인을 얻지 않는다. 큰 덩어리에서 아주 작은 부분만 인용하기 때문이다.

그렇다면 노래 가사는 어떨까? 다시 예를 들어보자. 위에서 말한 1960년대를 배경으로 한 청소년 소설에서 여러분은 장(chapter)의 제목으로 롤링 스톤스의 노래 가사 한 줄을 인용하고 싶다. 딱 한 줄인데 안 될까? 이 정도면 '공정 사용'에 해당될 텐데. 답은 NO! 아마 이 경우 미국 작곡가 작가 및 출판인 협회(ASCAP)에 사용료를 내야 할지도 모른다. 전체 가사가 스무 줄밖에 안 되는 노래에서 한 줄을 인용한다는 것은 창작물의 상당 부분을 인용하는 행위이기 때문이다.

다른 사람이 쓴 전기문에서 특정 구절을 인용할 필요가 있을 때는 그냥 진행해도 큰 문제가 없다. 그러나 공정 사용 범주에 들어가는 경우와 저작권자의 허락이 필요한 경우를 구분할 때는 반드시 출판사와 상의해야 한다. 픽션 작가는 공정 사용의 범주를 확실히 알 때까지 저작권 보호를 받는 글의 사용을 자제하는 편이 낫다. 끝끝내 소설 속에 롤링 스톤스 노래 가사를 넣고 말겠다고? 제발 참자, 지금은 아니다.

저작권이 갖고 있는 좋은 면은 작가와 그의 작품을 보호한다는 점이다. 여러분이 우리가 지적한 상식적인 지침만 따라준다면 저작권 때문에 어려움에 처할 일은 거의 없을 것이다.

저작권법이 저작권이 인정된 작품을 보호할 때 한 가지 예외를 두는 경우가 바로 공정 사용으로 인정될 때다. 이때는 저작권법의 보호를 받는 작품 중에 적당 부분이 사전 승인이나 대가 없이 다른 작품에 인용될 수 있다. 물론 작가는 인용한 사실을 책 속에 반드시 명기해야 한다. 반면 작가가 작품을 자신의 것으로 주장하면 그 작품은 표절 작품에 해당한다.

3장... 더 좋은 글로

일단 책 계약이 끝나면, 간혹은 계약이 이루어지기 전에도 편집자는 작가에게 원고 수정을 요청할 수 있다. 당황하지 말자. 여러분이 초보자이기 때문도 글 솜씨가 형편없기 때문도 아니다. 편집과 수정 작업은 좋은 책을 만들기 위한 핵심 공정이다. 모순된 말처럼 들리겠지만 겉보기에 가장 공들이지 않고 쓴 글이 실제로는 가장 땀 흘려 만든 글일 때가 있다. 여기서는 작가가 쓴 글을 좀더 좋은 글로 만들기 위해, 그리고 작가에게 좀더 효율적으로 일할 수 있는 요령을 가르쳐주기 위해 편집자가 작가와 함께 수행하는 다양한 업무 방식에 대해 알아보기로 하자.

수정 작업

글쓰기는 수정 작업과 고쳐 쓰기를 반복하는 과정이다. 작가라면 누구라도 이 말에 고개를 끄덕일 것이다. 첫머리에 적은 단어가 끝에 가서도 그 자리에 있다는 보장은 없다. 작가들 중에는 혼자 힘으로 수정 작업을 완벽히 마치고 편집이 거의 필요 없는 상태로 원고를 넘겨주는 사람들도 있다. 그러나 나머지 작가들은 수정 작업을 편집자와 함께 하기를 선호하며 그 과정에서 수없이 원고를 고친다. 그런가 하면 두 가지 과정을 모두 거치느라 소설 한 권을 고치면서 원고를 몇 상자씩이나 만들어 창고를 가득 채우기도 한다.

수정 작업이라고 하면 대단한 일을 해야 될 것 같은 느낌을 준다. 사실이다. 하지만 진정한 작가는 이 과정을 즐긴다. 뭔가를 끄집어내서 종이 위에 옮겨 적는 일이 그보다 훨씬 고되다는 사실을 잘 알고 있기 때문이다. 그렇다면 즐기면서 일하자. 그럼 압박감이 완전히 사라지지는 않더라도 어느 정도는 줄어든다. 일단 눈앞에 일거리가 생기면 이리저리 돌려보고 생각해보고 온갖 다양한 아이디어를 동원하자. 그럼 반드시 좋은 글이 나온다. 아니, 최소한 좋은 글이 나올 거라는 최면을 걸어야 한다.

수정 작업은 글쓰기의 중요 과정이자 정수(精髓)다. 하지만 우리가 한 말을 전적으로 신봉하라는 뜻은 아니다. 많은 그림책을 냈고 소설과 시집의 저자이기도 한 제인 욜런은 수정 작업이란 "작가가 처음 글을 쓰기 시작했을 때 떠올랐던, 그러나 막상 글로 옮기려고 했을 때는 사라지고 만 반짝이는 영감에 가장 가까운 감상을 되살려내는 과정"이라고 지적했다.

작가 래리 데인 브리머 역시 그녀의 의견에 동조하면서 자신의 글 속에서 이렇게 표현했다.

진정한 흥분은 말의 유희에 있다. 나는 문장을 써놓고 혹시라도 그보다 예리하고 명쾌하고 아름다운 표현으로 바꿀 수 있을까 고민할 때 비로소 즐거움을 느낀다. 내가 가진 즐거움과 글 쓰는 기술은 고쳐 쓰기에 있다.

그런가 하면 제인 욜런은 수정 작업에 대해 이렇게 말한다.

물론 내 머리 속에 떠도는 어휘들은 찬란하기 그지없었다. 하지만 일단 종이에 옮겨질 때가 되자 그 어휘들은 엄청난 재구성을 필요로 했다. 아이작 아시모프(Isaac Asimov)는 절대 글을 수정하지 않는 작가로 유명하다. 그렇다면 그는 머리 속에서 이미 모든 작업을 끝마쳤음에 틀림없다. 나는 수정 작업을 거치면서 조금이라도 나아지지 않은 문장을 보지 못했다. 내 책 《부엉이와 보름달》에 대해 언젠가 어린이 문학의 대가 빌 마틴(Bill Martin)이 '그릇된 단어가 없는 완벽한 그림책'이라고 말했다지만 그 책도 약간은 수정할 필요가 있었다. 나는 그 책을 아이들에게 읽어줄 때 서둘러 수정해서 읽는다.

혼자 또는 편집자와 함께 수정하기

　대부분의 수정 작업은 작가가 직접 한다. 그리고 경력이 쌓일수록 다른 사람의 도움 없이 혼자 힘으로 작품을 윤색하는 일이 점점 쉬워진다. 가능한 한 이 작업을 많이 해서 이 장 뒷부분에서 설명하게 될 다양한 편집 과정 모두를 혼자 힘으로 해낼 수 있도록 하자. 출판사에 제출하는 원고의 완성도가 높을수록 편집자의 관심을 이끌어내기 쉽고 출판 과정에 돌입하는 시기도 빨라진다. 손질이 많이 필요한 글은 짬이 날 때까지 편집자의 손길이 닿기 어렵고 결국 출판 목록에 오르기까지 오랜 시간을 기다려야 한다.

　작가이자 교사인 바버라 솔링은 글을 쓸 때 수없이 수정 작업을 되풀이한다.

　　　수도 없이 고치고 또 고치죠. 사실 난 그 과정을 무척 좋아합니다. 한 번 두 번 고칠 때마다 나 자신이 점점 좋아진다는 느낌이 들거든요. 나는 글을 고칠 때마다 진정으로 '다시 보기'를 합니다. 내게는 더없이 가치 있는 시간입니다.

　반드시 그녀처럼 여러 번 수정 작업을 거쳐야 한다는 이야기는 아니다. 하지만 할 수 있는 한 최선을 다해 노력하자.

　수정 작업 중에 편집자에게 도움을 청할 수도 있다. 편집자는 작가의 글에 참신한 시각을 제시해주는 사람이다. 객관적 시각이 아니라 뭔가 다른 시각, 어찌 보면 처음 작가의 글에 반응하는 독자의 시각과 좀더 가까운 시각을 가진 사람이다. 편집자가 하는 일은 틀린 철자법을 바로잡는 일에 그치지 않는다. 어떤 면에서 편집자는 작가의 작품에 스스로가 직관적으로 반응한다는 사실을 인식할 줄 아는 노련한 독자다. 그들은 글의 결함을 발견해내고 불완전한 인물 설정을 지적해주며 애매하고 어색한 표현을 꼬집어낼 줄 안다. 때로는 문제를 제시하는 데 그치지 않고 해결책을 제시해주기도 한다.

이상적으로 말하면 작가와 편집자가 함께 참여하는 수정 작업은 최선의 완성 작품을 만들기 위해 작가와 편집자가 공동 전선을 구축하는 과정이다.

좋은 편집은 작품의 질에 큰 차이를 가져온다. 편집자의 말을 무시함으로써 황금 같은 기회를 결코 잃어버리는 일이 없도록 하자. 바버라 솔링은 《어린이를 위한 책 쓰는 법 How to Write a Children's Book(옮긴이)》에서 이렇게 말했다.

> 종종 편집자의 눈이 작가의 눈보다 뛰어날 때가 있다. 편집자는 작가의 작품을 가까이에서 보고 어느 부분에 수정이 필요한지 짚어낼 줄 안다. …… 자기 방식을 고집하면서 단어나 문장 그리고 단락 하나, 심지어 인물의 성격조차 고치려 들지 않는 작가는 몇 안 되는 기교적 어구를 지키기 위해 책 전체의 성공을 포기한 사람이다.

모든 작가들이 한 번은 빠져들 법한 함정이 바로 자신의 글과 사랑에 빠지는 일이다. 이때 작가는 자신의 글을 완벽하다고 믿으며 이미 절대적인 수준에 도달한 글이기 때문에 단 한 글자도 보태거나 뺄 수 없다고 주장한다. 공을 들일 대로 들이고 수차례 수정을 거듭하고 작가 모임에 가져가 조언도 들었다면 더 이상 고칠 수 없다고 믿는 것도 당연하다. 하지만 엄밀한 의미에서 그건 사실이 아니다.

그렇다고 편집자의 제안을 곧이곧대로 받아들이라는 이야기는 아니다. 편집자가 제기한 문제가 실제로는 그가 제안하지 않은 방식으로 해결되는 경우도 있다. 예를 들어 차분한 성격을 가진 주인공이 특별한 이유 없이 이야기 중간에 난폭한 행동을 보였다. 편집자가 그 점을 문제로 제기했는데 진짜 문제는 그가 지적한 부분이 아닐 수도 있다. 작가는 주인공이 바로 그런 행동을 보이도록 설정했고 그래야 된다고 믿기 때문에 전혀 바꿀 의사가 없다. 대신 새로운 사실을 발견한다. 주인공의 성격을 특정한 상황에 처하면 갑자기 난폭해지는 것으로 설정했다 하더라도 이야기 앞부분에 미리 그런 상황을 설명해두었어야 했다. 이처럼 주의 깊게 귀를 기울이면 편집자가 이야기 어느 부분에서 뭔가 지적해냈을 때 그 지적을 이용해 다른 부분까지도 전체적으로 수정할 수 있다.

일단 수정 작업에 들어갔고, 사소한 철자 몇 개를 고쳤다고 해서 편집자가 "이제 원고는 완벽합니다"라고 환호할 거라는 기대는 하지 말자. 그건 편집자의 일이 아니다. 원고가 완벽한 모양새를 갖추지 못하면 작가는 세 단계에 이르는 편집 절차를 감수해야 한다. 원고의 전체 구조, 문장과 단락의 흐름, 그리고 추가 작업에 속하는 철자, 문법 등등의 교정까지.

힘들겠다고? 물론이다. 하지만 진정한 작가는 이 일을 기쁘게 받아들인다. 바버라 솔링은 자신에게 뭔가 말해줄 수 있는 편집자가 훨씬 좋다고 말한다.

제가 만난 편집자 중에는 내 원고 내용을 한 글자도 건드리지 않고 아무 말도 해주지 않은 사람들이 있었습니다. 그런 사람은 왠지 신뢰가 가지 않았어요. 다른 작가들도 저와 비슷하게 말합니다. 벼랑 밑으로 떨어질 때가 되어서야 손을 내미는 사람은 믿을 수 없어요. 작가에게 편집자는 없어서는 안 될 사람입니다. 어구 하나도 그냥 넘어가지 않고 한 줄 한 줄 진지하게 살펴보면서 작가의 마음속 의도가 무엇이며 그 의도를 달성하기 위해 무엇을 도와줘야 하는지 잘 아는 편집자는 정말 끌어안아줘도 부족하죠.

원고의 구조 바꾸기

편집을 하다보면 원고 구조 전체를 바꿔야 할 때가 있다. 등장인물을 새롭게 넣고 빼다거나 새로운 장을 추가해야 할 때도 있고 아예 구성을 다시 해야 할 때도 있다. 이런 식으로 원고를 바꾸는 작업은 소위 구조 편집, 또는 발전 편집(developmental editing)에 해당한다. 이때 편집자는 작가에게 편지나 전화로 몇 가지 질문을 하는데 예를 들면 이런 내용들이다.

- "후반부에 윌리엄에게 무슨 일이 있나요? 갑자기 이야기에 나오지 않네요."
- "1장을 아예 빼버리고 2장 중간 부분부터 시작하면 어떻겠어요?"
- "제트기의 기본 원리에 대해 좀더 자세히 설명해주면 안 될까요?"
- "수와 나오미가 갈등을 빚는 상황에서 말다툼이 굳이 네 번씩이나 필요할까요?"
- "1인칭 소설로 바꾸면 어떻겠습니까?"
- "폴이 아버지에게 의지한다는 사실을 단순히 이야기 형식으로 전달하지 말고 다른 방법을 택하면 어떨까요?"

보기야 얼마든지 더 들 수 있겠지만 이 정도면 대충 감을 잡았으리라고 본다. 작가는 편집자에게 이런 질문을 받으면 진지하게 생각해야 한다. 그리고 편집자의 의견에 따라 글을 고칠 때도 또 한 번 심각하게 고민해야 한다. 그의 말대로 글을 바꾸고 나면 혹시 다른 부분까지 바꿔야 하는 것은 아닐까? 그렇다 싶으면 주저 없이 마저 바꿔야 한다. 아니, 최소한 편집자와 상의해야 한다.

길이가 짧은 그림책 원고에도 구조 편집이 필요할 때가 있다. 해럴드는 래리 프링글(Larry Pringle)의 《박쥐 : 신기하고 놀라운 동물 Bats : Strange and Wonderful(옮긴이)》 원고를 편집하면서 어느 단락엔가 포함된 문장 몇 줄을 도입 부분에 넣으면 훨씬 좋을 거라고 생각했다. 그래서 작가에게 자신의 의견을 전했고 래리는 해럴드의 충고대로 그 문장을 옮기고 좀더 다듬어 훨씬 좋은 글로 만들 수 있었다. 그 결과 이 책의 도입부는 빼어난 문

가급적 수동적인 표현보다 능동적인 표현을 사용하자. '갑작스럽게 불어닥친 한파로 수많은 병사들이 죽음을 당했습니다' 보다는 '갑작스런 한파가 많은 병사들의 목숨을 앗아갔습니다' 가 낫고 '아기 고양이는 칼라의 보살핌을 받고 있었어요' 보다 '칼라는 아기 고양이를 보살피고 있었어요' 가 훨씬 좋다.

장 덕택에 많은 평론가들에게 극찬의 대상이 되었다. 작가와 편집자가 협업을 잘해 성공한 경우다. 여러분도 그렇게 되도록 노력하자.

구조 편집 단계에서의 원고 수정 작업은 무엇보다 작가의 사려 깊은 태도를 요구한다. 편집자들은 수정 요구에 즉각 반응을 보이는 작가를 훨씬 인정해준다.

원고 다듬기

원고가 어느 정도 좋은 모습을 갖춘 뒤에는 다듬는 과정이 필요하다. 꼼꼼한 편집자는 이때 문장 한 줄 한 줄을 훑어가면서 묘사를 정확한 표현으로 다듬고 수동적인 표현을 없애며 장황하게 긴 문장을 적절히 자르는 등 대체로 읽기 편한 문장으로 만든다.

이 과정에서 편집자는 여러 가지 기호를 사용하는데 작가에겐 참으로 생경해 보인다. 대부분 그런 기호는 원고 교열 편집자들이 쓰는 표준 기호이며 편집 과정 후반에 이르러 교정 작업이 본격적으로 시작되면 접할 기회가 훨씬 많아진다. 편집자는 편집 과정 내내 교정 기호를 사용한다. 워낙 익숙해 있기 때문이다. 그리고 원고 여백이든 본문 한가운데든 가리지 않는다. 그리 복잡하지 않기 때문에 작가도 익혀서 사용하면 글 쓸 때 도움이 된다.

행 편집까지 끝났으니 이제는 편집자의 입에서 원고가 마무리되었다는 소리가 나오겠구나 하고 기대하겠지만 천만에. 원고는 또다시 교열 편집자에게 넘어간다. 바야흐로 교정 기호의 진면목을 알 수 있는 기회다.

출판 과정에서 원고 교열 편집자는 문체 및 구두점, 철자와 문법, 나아가 장의 제목이나 표제 그리고 디자인 관련 부문 등을 세밀하게 검토한다. 글자체가 결정되면 교정자는 교정쇄가 정확히 원고 내용과 원고 교열 편집자의 주석대로 작업이 되었는지 점검한다.

고증

역사 소설이나 민담도 때로는 사실 확인 작업이 필요하다. 특히 논픽션일 경우 많은 출판사들이 작가가 토대로 삼은 자료가 과연 명확한 근거가 있는지 확인해보는 작업을 한다. 전형적인 사실 확인 작업은 사실 확인자(fact checker)가 원고에 담긴 사실 중에 감정 가능한 부분을 집중적으로 검토하면서 작가가 참조한 자료와 자신이 직접 찾아낸 자료를 일일이 대조하는 방식으로 이루어진다.

그러나 사실 확인이 좀처럼 힘든 글이 있다. 만약 여러분이 17세기 영국을 배경으로 한 역사 소설을 썼다면 출판사는 그 시대를 전문으로 연구하는 역사학자를 찾아간다. 또 오레곤 해변, 해수가 드나드는 조그만 늪지에 사는 생물의 일생과 썰물의 모습을 묘사한 시를 썼다면 편집자는 그 지역에 정통한 해양 생물학자에게 원고를 보낼 것이다. 어떤 경우든 사실 확인자는 전체적인 느낌을 의견으로 단다. 하지만 사실 하나하나를 일일이 점검하지는 않는다.

담당 편집자는 작가에게 사실 확인자의 의견을 전달하며 작가는 경우에 따라 그 의견을 우선으로 검토해야 할 때가 있고 그렇지 않을 때도 있다. 작가에게는 부담스러운 일이지만 한편으로는 좋은 기회다. 잘못 적어둔 내용이나 단순화하려는 의도에서 비롯된 사실 왜곡을 걸러낼 수 있는 마지막 과정이기 때문이다.

정신 집중이 필요한 편집

편집자와 함께 일한다고 해서 글의 주제와 구성, 어구의 변화 등에 대해 늘 열띤 토론을 벌이는 것은 아니다. 편집자는 매우 바쁜 사람이다. 필시 10여 권이 넘는 책과 씨름하면서 무거운 책임감에 시달리고 있을 것이다. 또 그중에는 남보다 훨씬 더 적극적인 사람들도 있다. 그러므로 만에 하나 편집자에게 뭔가를 원할 때는 부탁하는 형식을 취해야 한다. 때에 따라서는 수없이 부탁을 되풀이해야 할지도 모른다. 쑥스러워할 필요는 없지만 그렇다고 불쾌한 느낌을 주어서도 안 된다. 정중하면서도 끈기 있는 자세가 필요하다.

편집자가 감당할 업무가 점점 늘어나면서 예상되는 가장 부끄러운 결과 중에 하나가 필요한 편집 과정을 거치지 못한 책들이 양산된다는 점이다. 성인 도서 출판계에 비하면 아직까지 어린이책 출판계는 심각한 편은 아니 다. 듣기로는 성인 도서 출판을 담당하는 출판사들 가운데 상당수가 원고 를 취득하면 순식간에 교정 작업을 끝내고 바로 제작 단계로 넘긴다고 한 다. 그러나 글 자체 못지않게 편집 또한 느긋한 상태에서 정신 집중이 필요 하고 오랜 시간이 필요한 작업이다. 하지만 요즘 출판계에서 그 두 가지 면 을 찾아볼 수가 없다. 어떤 편집자는 아예 하루 시간을 내서 원고를 집에 가져가 편집 작업을 하는 편이 효율적이라고 주장한다.

편집자들이 워낙 과다한 업무에 시달리다보니 원고에 큰 문제만 없으면 아예 편집 과정을 생략하고 원고를 넘겨버리고 싶은 유혹을 느낀다. 말도 안 되는 일이라고 생각되면 주저하지 말고 우려를 표명하자. 어딘지 모르 게 원고 한 부분이 찜찜하다 싶으면 편집자에게 연락해서 의견을 들려달라 고 청하자. 그의 입에서 이만하면 괜찮으니 걱정 말라는 대답이 돌아오더 라도 순순히 받아들여서는 안 된다. 그리고 내가 원하는 것은 그런 대답이 아니라고 명확히 밝히자. 내가 필요한 것은 당신의 전문성이라고 확실히 말해야 한다. 또한 자신이 생각하는 문제점에 대해 가능한 한 자세히 설명 하자.

마감일이 필요한 이유

여러분 가운데 대다수는 마감일을 목표로 원고를 수정하거나 출판사가 제시한 날짜를 기준으로 서명한 실제 원고 제출일에 맞춰 일하게 된다. 마감일은 두 가지 이유로 필요하다. 출판사는 1년 동안 책을 여러 권 펴내 야 하기 때문에 안정적인 프로그램 유지가 필수적이다. 그것이 한 가지 이유고 나머지 한 가지는 작가가 작품을 끝마치도록 도와주기 위해서다. 마감일만큼 확실한 자극제는 없다. 그럼 한번 정한 마감일은 절대 바꾸지 못할까? 그렇지 않다. 작가들은 흔히 마감일을 지나친다. 그럼에도 작가에게는 마감일이 반드시 필요하다. 정해놓은 마감일 없이 출판되는 책은 거의 없다. 마감일을 지킬 수 없으면 다시 새 마감일을 달라고 요청하자. 그리고 출판사가 도저히 지키기 힘든 마감일을 제시하면 곤란하다고 확실히 의사를 전하자.

작가와 편집자의 관계

편집자와 작가는 실제 원고 편집 작업을 떠나서도 좋은 관계를 유지할 수 있다. 편집자는 작가에게 또 다른 글을 기대하고 작가 역시 다른 책을 썼을 때 그 편집자와 다시 일하고 싶어 한다. 그렇기 때문에 관계를 발전시켜나가야 한다. 좋은 아이디어가 떠오르면 편집자에게 가장 먼저 연락하자. 향후 이야기의 주제로 무엇이 좋을지 물어보고 당신이 해주는 조언이 내게 큰 도움이 된다고 말해주자. 그리고 편집자의 관심사가 무엇인지도 알아두자. 그럼 둘 사이에 공유할 수 있는 영역이 넓어진다. 편집자와 친구 관계를 만들어나가면 훨씬 생산적인 관계가 될 수 있다.

작가와 편집자의 관계는 사람마다 제각각이다. 그림책과 소설책 작가인 팸 무뇨즈 라이언(Pam Munoz Ryan)의 말을 들어보자.

오랫동안 내가 함께 일해온 편집자는 열다섯 명이나 됩니다. 마치 열다섯 명의 친구를 사귀듯 개개인마다 맺고 있는 관계가 달랐죠. 간혹 업무적인 관계만 유지하기도 하는데 그럴 때는 둘 다 작가와 편집자 역할에만 충실했습니다. 공식적인 말투로 방향을 제시할 뿐 친구끼리 주고받는 잡담은 전혀 없죠. 그렇게 만든 책들은 그럭저럭 괜찮았어요. 반면에 좀더 친근하고 협동적이고 아주 즐거운 관계도 있었습니다. 그렇게 만든 책은 훨씬 더 성공적이었죠. 간혹 편집자와 좋은 관계를 유지하지 못해서 아무 일도 못한 채 저와 제 원고가 들러리처럼 이 편집자 저 편집자를 전전한 적도 있습니다. 결국 제대로 관심을 기울여준 사람 하나 없이 책이 나와야 했죠. 그렇게 나온 책은 아니나 다를까 썩 신통치 못했습니다. 하지만 저는 운이 좋은 편이었어요. 구세주 같은 사람들과 팀을 이뤄 일할 수 있었으니까요. 앞을 내다보는 안목과 영감을 지닌 훌륭한 편집자들과 함께 일할 수 있었죠. 그때 만든 책이 상을 휩쓸고 저의 베스트셀러가 된 것은 당연한 결과입니다.

팸처럼 어린이책 출판계에 계속 몸담다보면 누구나 다양한 경험을 한다. 그러나 어떤 상황에 처하든 최선을 다하자. 두 번 다시 함께 일할 것 같지 않은 편집자라 하더라도 가능한 한 많은 가르침을 얻어내고 최대한 좋은 책을 만들자. 물론 모든 과정을 즐거운 경험으로 생각하는 것은 기본이다. 그래야만 작가와 편집자가 '손발이 척척 맞을 수' 있으니까.

일단 편집자와 일을 시작한 뒤에는 그들이 제시한 원고 제출 '규정'을 꼭 지키지 않아도 된다. 좋은 이야깃거리가 떠올랐다고? 이러저러한 원고를 보낼 테니 받아주겠느냐는 질문 대신 즉시 편집자에게 전화를 걸어 상의하자. 원고가 완성될 때까지 기다리게 하지 말고 대충 완성된 원고 몇 장을 먼저 보내자. 편집자는 작가의 작업에 참여하고 싶어 한다. 그들에게 공간을 주자. 편집자가 정말로 바빠서 못할 때는 언제든 연락을 줄 것이다.

4장... 그림이 마음에 들지 않으면 어쩌지?

여러분은 출판사에 원고를 제출할 때 삽화를 보내지 않아도 되고 일러스트레이터를 지목하거나 제안할 필요가 없음을 알았다. 조만간 책이 되어 나올 원고를 갖고 출판사와 함께 일하기 시작하면 어떤 일들이 벌어질까? 출판사는 나에게 무엇을 기대할까? 과연 내가 관여할 수 있는 일은 어디까지일까? 이제부터 삽화 제작 과정에서 작가가 관여할 수 있는 일과 할 수 없는 일의 모든 것을 살펴보기로 하자.

원고가 완성되면

원고를 완성했다고 책이 다 만들어진 것은 아니다. 그림책을 만든다면 삽화를 넣는 과정이 남아 있다. 소설이라면 커버에 들어갈 그림도 제작해야 하고 경우에 따라 작은 '즉석' 삽화도 필요할 수 있다. 마찬가지 이유로 다른 책에도 삽화는 들어가야 한다. 어린이책 중에 그림이 없는 책은 거의 없다고 보면 된다. 겉표지 한 장에도 반드시 그림이 담겨 있기 마련이다.

작가가 삽화 제작 과정에서 큰 목소리를 낼 수 있는 분야는 논픽션뿐이다. 작가로서는 좀처럼 받아들이기 힘든 일이다. 작가는 이야기를 온전히 자기 것으로 믿기 때문에 어디까지나 자신의 구상대로 책이 만들어지기를 바란다. 물론 이야기의 처음 주인은 작가다. 그러나 이야기를 책으로 바꾸는 과정은 여러 사람의 협동으로 이루어진다는 사실을 잊지 말자. 그림책 작가 토니 존스턴의 말을 들어보자.

저쪽 끝에 있는 사람이 누구든, 작가는 그 사람을 믿어야 한다.

책 제작을 관할하는 주체는 출판사요, 돈을 지불하는 주체도 출판사다. 결국 많은 시간을 들여 책 한 권을 만들어내고 그 과정에서 소요되는 비용을 부담하는 일은 전적으로 출판사 몫이라는 이야기다. 그 점에서 출판사가 삽화를 담당할 사람에 대한 결정권을 쥐고 있음은 당연하다. 솔직히 그런 결정을 내리는 데는 작가보다 출판사가 훨씬 경험이 많다.

출판사들은 보통 원고 수정 작업이 끝나면 더 이상 작가가 할 일이 없다고 생각한다. 그들은 작가가 글 속에 창의력을 쏟아 부었으니 이제는 다른 누군가가 그림에 창의력을 쏟아 부을 차례라고 생각한다. 여러분은 출판사에 완성된 그림 사본이나 스케치를 보여달라고 요청할 수는 있지만 당연한 권리인 양 주장해서는 안 된다. 그랬다가는 실망스러운 대답을 듣거나 두 번 다시 계약을 못할 수도 있다. 소위 인기 있고 경력 많은 작가들도 그림에 관한 한 의견을 제시할 뿐 그 이상은 요구하지 않는다. 작가에게는 그림을 이래라 저래라 할 권리가 없다.

물론 작가와 일러스트레이터를 떨어뜨려놓는 이유가 꼭 일러스트레이터에게 미적 표현의 자유를 주기 위해서만은 아니다. 관여하는 사람이 적을수록 출판사는 능률이 오르고 시간 손실을 줄일 수 있다. 어쨌거나 그것이 현실이다.

괘씸해서 이라도 갈고 싶다고? 그럴 필요까지는 없다. 작가가 개입할 여지가 전혀 없다는 말은 아니니까. 굳이 함께 작업하고 싶으면 얼마든지 요청해도 된다. 다만 너무 큰 기대는 하지 말라는 이야기일 뿐.

작가는 보통 자기 책에 그림을 넣을 일러스트레이터에게 큰 기대를 건다. 적어도 그 사람이 자기만큼 열정적이고 재능이 있기를 바란다. 풍부한 경력을 자랑하는 일러스트레이터 메건 핼시(Megan Halsey)는 자신이 가장 좋아하는 원고에 대해 이렇게 말한다.

좋은 글은 확실하고 명쾌한 시각적 이미지를 담고 있습니다. 글을 읽으면 마음의 눈으로 그 이미지가 보입니다. 저는 재미있는 요소를 갖춘 좋은 이야기와 빨리 그림으로 표현되고 싶어 하는 시각적 이미지를 갖춘 이야기를 좋아합니다.

일러스트레이터란 이미 만들어진 건물 위에 집을 짓는 사람이다.

글 작가와 그림 작가의 만남

삽화 준비 과정은 출판사와 편집자, 혹은 미술 책임자가 일러스트레이터를 선정하고 채용하면서 시작된다. 작가가 얼마만큼 이 일에 참여할 수 있느냐는 출판사의 결정에 달려 있으며 편집자의 입김도 어느 정도 작용한다. 대량 판매용 도서 출판사들은 흔히 제작 일정을 촉박하게 잡기 때문에 전 과정에서 작가를 배제시킨다. 일반서 출판사에 근무하는 편집자들은 작가에게 후보 일러스트레이터들의 견본 작품을 보여주기도 하지만 그렇더라도 결정권은 회사가 갖고 있음을 분명히 밝힌다.

일러스트레이터 선정에 작가가 행사할 수 있는 영향력은 얼마나 될까? 그것은 편집자와 어떤 관계를 갖고 있느냐와 어떻게 접근했느냐, 그리고 작가의 위상에 따라 다르다. 작가에게 미리 그림 견본을 보여준 편집자는 웬만하면 작가에게 그림을 보여주지 않는 일러스트레이터를 뽑지 않으려고 한다. 그러나 작가가 어느 누구도 마음에 들지 않는다며 편집자 눈에는 탐탁치 않은, 또는 도저히 교섭이 불가능한 일러스트레이터를 고집하면 그것으로 작가의 운은 끝이다. 편집자가 제시한 선택권을 작가가 모두 거절할 경우 결과는 두 가지다. 하나는 작가와 편집자가 취향이 다른 경우로 이때 편집자는 자신의 취향대로 일을 추진한다. 또 하나는 염두에 둔 사람이 아니라며 작가가 아무도 받아들이지 않는 경우인데 이때 역시 편집자는 자기 취향대로 행동할 것이다.

해럴드는 딱 한 번 작가의 제안을 받아들였다. 작가가 제시한 사람이 글의 성격과 너무나도 잘 맞아서였다. 해럴드가 일러스트레이터를 구하던 책은 에블린 콜먼(Evelyn Coleman)이 지은 《풋 워머와 까마귀 The Foot Warmer and the Crow(원래 풋 워머란 이불 밑에 넣어 발을 따뜻하게 하는 화로를 뜻하나 이 책에서는 주인의 발을 따뜻하게 해주는 노예를 의미함 - 옮긴이)》라는, 노예 신분에서 벗어나는 남자를 주인공으로 한 호소력 있는 책으로 오래전부터 전해 내려오는 이야기의 분위기를 풍겼다. 그래선지 해럴드는 마땅한 일러스트레이터를 찾을 수가 없었다. 그래도 가장 낫다 싶어 경험이 풍부한 그림책 일러스트레이터 한 사람의 그림 견본을 에블린에게 보여주었다.

하지만 에블린은 대니얼 민터(Daniel Minter)라는 무명 화가를 추천했다. 해럴드는 마지못해 그녀에게 연락해서 그림 견본을 보내달라고 요청했다. 뒤에 그림을 뜯어본 해럴드는 밝은 색채로 새겨 넣은 대니얼의 판화에 강한 인상을 받았고 그 즉시 이 사람이라고 확신했다.

특별히 원하는 일러스트레이터가 있으면 의사 표현은 하되 반드시 편집자에게 어느 정도 여지를 주도록 한다. 마음속으로 내 이야기에는 알렌 세이(Allen Say)의 고상한 유화가 어울린다고 생각하면 편집자에게 그런 느낌을 주는 그림이면 좋겠다고 제안하거나 항상 그의 그림을 좋아했다고 말해도 좋다. 몰라서 그렇지 알렌의 풍과 비슷한 그림을 그리는 화가들은 많다. 만약 작가와 의견이 같다면 편집자는 그들을 찾아나설 것이다. 전시회를 열어도 될 만큼 많은 일러스트레이터의 작품을 갖고 있는 사람, 서랍이 온통 그림 견본으로 가득 찬 사람이 바로 편집자다.

글에 맞는 그림 선택은 편집자의 몫

예의상 견본을 볼 수는 있겠지만 대부분 작가는 삽화에 대해 거의 혹은 아무것도 주장할 수 없습니다. 맞는 말입니다. 작가들은 보통 자신들이 실제 알고 있는 것보다 훨씬 더 그림에 대해 잘 안다고 생각하죠. 그림책 작가가 반드시 명심해야 할 사실이 있습니다. 그림책은 작가와 일러스트레이터의 합작품이라는 점입니다. 물론 문맥과 그림이 제대로 조화를 이루는지 확인해보기 위해 일러스트레이터가 사전에 제작해둔 스케치 정도는 보여달라고 할 수 있습니다.

이는 그림책 작가이자 민담 작가이기도 한 아론 셰퍼드(Aron Shepard)가 《어린이를 위한 글쓰기 사업 The Business of Writing for Children(옮긴이)》에서 한 말이다.

하지만 편집자는 생각이 다를 수 있다. 이야기가 다르면 그림도 달라져야 한다. 가볍고 신나는 이야기에는 수채 물감을 사용한 자유로운 터치의 만화다운 그림이 어울리지만 무겁고 극적인 이야기에는 사실적인 느낌을 주는 유화나 아크릴 물감을 사용한 그림이 어울린다. 이야기에 어울리는 그림을 찾는 일은 경험에서 나오는 본능적인 반응이기 때문에 편집자는 때로 이야기의 어조와 상반되는 스타일의 그림을 고르기도 한다. 그 일은 전적으로 편집자의 몫이니 만에 하나 함께 참여하게 되더라도 편집자의 의도에 보조를 맞추는 정도에서 끝내도록 하자.

확실하게 의견을 전하되 최대한 유쾌한 분위기와 자신 있는 태도를 보이자. 편집자가 제시한 방안을 거부하기보다는 대안을 제시하자. 상의는 좋지만 요구는 하지 말자. 그 결과 마음에 들지 않는 일러스트레이터가 선정되더라도 그때까지 가졌던 편견을 없애고 아량 있는 태도를 갖도록 힘쓰자. 마지막에 가면 예기치 않은 놀라운 결과가 생길지도 모른다. 그리고 아직은 갈 길이 멀다.

그림은 스케치부터 시작

삽화 제작 과정 하나하나에 일일이 참견하면서 일러스트레이터에게 이래라 저래라 하는 출판사가 있는 반면 마음껏 자유롭게 일하도록 내버려두는 출판사가 있다. 처음 일을 맡으면 일러스트레이터는 글의 문맥을 파악하고 일련의 그림을 구상한다. 그런 다음 특정 장면에 사용될 다양한 대안을 실험한다. 보통은 20~30장의 그림을 뚝딱 만들어내는데 아주 작은 그림에서부터 조금 큰 그림, 그리고 대충 그린 스케치를 만들어가면서 어떤 그림이 좋을지 판단한다. 최근 급부상하는 일러스트레이터 제프 홉

킨스(Jeff Hopkins)는 그 작업을 "종이 한 장을 채우기 위한 브레인스토밍 (brainstorming 아이디어를 내놓아 최선책을 결정하는 창조 능력 개발 방식—옮긴이)"이라고 말한다. 어느 정도 방향을 정하면 일러스트레이터는 각 지면에 들어갈 그림을 대강 제작해서 출판사에 제출한다. 이 역시 아주 작고 간략한 형태의 그림이다.

출판사는 보통 이 단계의 그림을 작가에게 보여주지 않는다. 주로 다양한 구도를 실험하고 책의 전체적인 구성을 보기 위한 용도이기 때문에 이 단계의 그림은 전혀 다듬어지지 않은 상태다. 등장인물들의 자세를 이렇게 바꿔보면 어떨까? 이야기 진전이 자연스럽다는 점을 부각시키려면, 또 지면에 배치된 그림과 글을 균형 있어 보이게 하려면 어떤 장면을 넣어야 할까? 시각적인 장면 분할과 이야기 전개상 적절한 순간에 지면을 바꾸는 작업도 이때 이루어진다.

실제로 쓰일 삽화의 스케치를 볼 수도 있다. 일러스트레이터 중에는 곧장 이 작업으로 들어가는 사람들이 있다. 이때 그림은 완벽하게 다듬어졌을 수도 있고 그렇지 않을 수도 있다. 일러스트레이터마다 이 단계를 다르게 활용하기 때문이다. 그러므로 이때는 겉으로 보이는 그림의 질에 중점을 두면 안 된다. 출판사 사람들은 이미 그런 사실을 고려하고 있으며 스케치는 완성작이 되면 달라진다. 작가는 등장인물과 배경이 자신의 글과 일치하는지, 적어도 상반되지는 않은지 점검하기만 하면 된다.

예를 들어 여러분이 역사적인 배경을 가진 글을 썼다고 하자. 이때는 스케치가 그 시대의 의복과 건물 양식을 제대로 묘사하고 있는지 확인한다. 하지만 잊지 말아야 할 사실은 일러스트레이터가 자기 기대와 다소 차이가

종종 편집자나 미술 책임자는 일러스트레이터에게 썸네일(thumbnail), 즉 아주 작게 그린 그림 견본을 요청한다. 일러스트레이터의 실력을 확인하기 위해서가 아니라 정식 크기로 스케치를 그리기 전에 대충 작업해둔 초소형 스케치를 보기 위해서다. 대강의 레이아웃과 장면 분할도 이때 결정된다.

나는 그림을 보여주더라도 절대 불평하면 안 된다는 점이다. 일러스트레이터는 자신의 의도대로 그릴 권리가 있다.

최종 그림에 문제 제기는 금물

작가는 최종 그림을 보기 어렵지만 보여달라고 요청한다고 해서 크게 실례가 되지는 않는다. 그림 자체를 보기는 힘들어도 컬러 복사본이나 출판사 내에서 스캔한 프린트는 볼 수 있다. 이쯤 되면 이미 많은 수정을 요구할 수 있는 단계가 아니다. 하지만 작가는 다른 사람들처럼 또 다른 눈으로 그림을 볼 수 있다. 작가는 원고를 누구보다 잘 알고 있기 때문에 다른 사람 눈에는 보이지 않는 그림과 글 사이에 존재하는 직접적인 모순을 찾아낼 수 있다.

때로는 삽화 작업 과정의 어떤 단계도 작가에게 보여주지 않는 출판사가 있다. 그림이 완성될 때쯤이면 출판사가 목표로 정한 책의 출판 시기가 코앞에 닥쳐 있다. 그만큼 늘 시간에 쫓긴다는 뜻이다. 그 때문에 스케치 단계에서 작가에게 삽화를 보여준 출판사가 정작 완성된 삽화는 미처 못 보여줄 때가 있다. 사실 작가는 굳이 삽화를 볼 필요가 없다. 문제가 있었다면 이미 스케치 단계에서 지적이 되었을 테고 혹여 스케치에서 명백하게 드러나지 않았을 때는 편집자에게 문제를 제기하고 후에 그림을 완성했을 때 주의 깊게 살피도록 지시했을 테니까. 이미 새로 일을 시작하기에는 너무 늦은 시기다.

심지어 대량 판매용 도서 출판사와 함께 일할 때는 책이 완성될 때까지 도대체 어떤 삽화가 들어가는지 작가가 전혀 모르는 경우도 있다. 이런 출판사는 작가에게 삽화 작업이 이루어지고 있는 과정을 짬을 내서 알려준다거나 작가에게 잔소리를 들을 시간적인 여유가 없다. 원래 등장인물은 사람이었는데 막상 동물로 둔갑해 있다든지, 인물이 뒤바뀌어 있다든지, 혹은 그림의 분위기가 처음에 상상했던 것과 너무나 차이가 난다든지 하면 작가는 절망할 수밖에 없다. 하지만 실제로 이런 일은 비일비재하다. 절대 출판사가 작가를 착취하거나 무시해서가 아니다. 감정적으로 대응하지 말

자. 다른 시각을 갖고 되도록이면 그런 풍토에 익숙해지도록, 더 나아가서 감사하게 받아들일 수 있도록 마음을 갈고 닦는 일이 필요하다.

표지에만 그림을 싣거나 표지를 포함해서 책 여기저기에 작은 크기로 삽화를 조금씩 넣은 책들도 많다. 마케팅의 주요 수단으로 커버를 활용하는 출판사들도 있다. 그런 회사들은 책의 내용을 정확하게 나타낼 수 있는 그림보다는 사람들 눈을 잡아끌 수 있는 겉표지에 정성을 쏟는다. 심지어 일러스트레이터가 책을 다 읽어보기는커녕 아예 구경도 못하는 경우도 있다. 그 밖에도 미술 책임자에게 세부 지시를 받고 작업하는 일러스트레이터와 책 내용의 요약본을 받고 작업하는 일러스트레이터들도 있다.

논픽션은 일러스트레이터가 작가에게 자료 요구 가능

논픽션 제작 과정은 픽션과 다소 차이가 있다. 작가가 쓴 논픽션 책에 삽화가 필요할 경우 출판사는 작가에게 밖으로 나가 책에 들어갈 사진을 찾아오라고 시키지는 않는다. 그러나 도움을 요청하는 경우도 있고 때로는 작가의 도움을 전적으로 필요로 하기도 한다. 여기에는 그만한 이유가 있다. 자료 수집 과정을 거치는 동안 동물 사진이든 시대 복장이든 작가는 일러스트레이터가 사용할 만한 좋은 자료를 접할 기회가 풍부하다. 그런 상황에서 굳이 일러스트레이터에게 밖으로 나가 처음부터 자료를 찾아보라고 할 까닭이 무엇이겠는가? 만약 작가가 쓸 만한 시각 자료를 찾아내지 못했다면 필시 어디에도 그런 자료는 구할 수 없다고 보면 된다.

해럴드는 언젠가 한 출판사의 악몽을 목격한 기억이 있다. 여기서 악몽이란 책 제작은 계속 늦어지고 돈은 자꾸 들어가는데 절대 회복할 방법이 없는 상태를 말한다. 일러스트레이터가 그린 그림의 최종 승인 권한을 작가에게 준 것이 실수였다. 해럴드는 직접 이름을 거론하지 않으려 했지만 그 책에는 세 사람의 일러스트레이터가 있었고 그중에 한 사람이 그림을 완성했는데 그만 작가가 퇴짜를 놓았다. 그 책을 작업한 출판사 직원들은 망연자실했다. 그 책에 실린 그림들은 정확하게 작가가 원했던 것이었기 때문이다. 작가에게 그림에 대한 결정권을 줘야 한다면 차라리 출판 계획을 취소하겠다는 출판사까지 있는 실정이다.

출판사는 이 점을 분명히 알 필요가 있다. 그럴 경우 작가는 사진을 구하지 못한 내용을 수정해서 다시 쓰기도 한다.

또한 책의 배경이 되는 지역이나 문화에 대해 작가가 개인적인 지식이나 경험을 갖고 있는 경우가 있다. 이때는 사진 작업에 큰 도움이 된다.

《구름에 잠긴 숲 Forest in the Clouds(옮긴이)》의 저자 스니드 컬라드는 코스타리카 산간 지역, 높은 고도에 있는 '운무림(습기가 많은 열대 지방의 삼림─옮긴이)'을 찾아가는 이야기를 담은 이 책을 만드는 동안 단 한 권의 책도 참고하지 않았다. 대신 직접 그곳을 찾아가 사진을 찍었다. 일러스트레이터 마이클 로스먼(Michael Rothman)이 작업에 들어갈 즈음 스니드는 수십 장이 넘는 슬라이드를 그에게 넘겨주었다. 마이클도 직접 인쇄물 자료를 찾아다녔지만 스니드가 건네준 슬라이드만큼 참고 자료로 유용한 것은 없었다.

그림이 만들어내는 마법

그림책을 그림책답게 만드는 사람은 일러스트레이터다. 다른 책에서도 일러스트레이터의 역할은 중요하다. 일단 작가로서 자신의 원고에 최선을 다한 이상 그들의 일은 그들에게 맡기자.

삽화는 연출된 표현이다. 아주 간단한 문장일망정 그것을 해석하고 연출하는 방법에는 여러 가지가 있다. 이 점을 실감나게 느껴보고 싶다면 서점에 가서 세 사람의 일러스트레이터가 각각 그린 《메리에게는 어린 양 한 마리가 있었어요 Mary had a little lamb(옮긴이)》를 찾아보자. 토미 드 파올라(Tomie dePaola)의 간결하고 대담한 그림, 브루스 맥밀란(Bruce McMillan)의 밝은 사진들, 그리고 샐리 메이버(Salley Mavor)의 3차원 입체로 만든 섬유 예술. 이 책들을 찾기 어려우면 어린이책 담당 사서를 찾아가 혹시 민담 중에 각기 다른 그림책으로 여러 권 발표된 책이 있는지 물어보자. 책마다 어떤 그림을 담고 있으며 그 차이점은 무엇인지 자세히 살펴보자. 특별히 마음에 드는 그림이 있을 것이다. 그렇지만 마음에 든다고 해서 그 그림이 옳고, 다른 그림은 틀리다고 말할 수 있을까?

그건 여러분 책에도 똑같이 해당된다. 여섯 명의 편집자가 머리를 맞대고 여러분 책에 가장 알맞은 일러스트레이터를 찾아냈다고 했을 때 정작 당사자인 여러분은 다른 여섯 명의 일러스트레이터에게 마음을 두었을 수 있다. 적어도 그중에 몇 사람은 매우 색다른 화풍을 갖고 있다. 일러스트레이터는 누구든 작가가 미처 생각하지 못한 것을 표현해내는 능력이 있다.

작가는 간혹 일러스트레이터가 원한다는 이유로 적은 부분일망정 이야기를 바꿔 써달라는 요청을 받기도 한다. 심사숙고한 뒤가 아니면 절대 그런 부탁은 거절하면 안 된다. 조금 바꿔 쓴다고 해서 이야기 자체에 큰 영향을 미치지 않는다면 받아들이지 못할 이유가 무엇인가? 일러스트레이터는 거의 모든 작업을 작가가 만들어놓은 틀에 맞춰 진행한다. 게다가 조금 글을 바꿈으로써 두 사람이 좀더 일체감을 가질 수 있다면 그 요구를 적극적으로 받아들이지 못할 이유가 무엇인가? 또다시 강조하지만 어린이책은 여럿이 힘을 모아 만드는 합작품이다. 팀의 일원이 되자. 이기심은 모두 털어버리고 오직 최선의 책을 만들기 위해 온 노력을 기울이자.

일러스트레이터는 보통 글을 해석하고 연출하지만 순수하게 만들어낸 시각적인 요소를 글에 첨가하기도 한다. 토니 존스턴의 《퀼트 이야기 The Quilt Story(옮긴이)》는 19세기에 서부로 떠난 가족의 이야기다. 일러스트레이터 토미 드 파올라는 그 가족이 실제로 고향을 떠나는 장면이 나오기 전까지 매 장면마다 고양이를 그려 넣었다. 조사 작업을 하는 과정에서 서부로 향하는 가족들은 애완동물을 가져가지 않는다는 사실을 알아냈기 때문이다. 일러스트레이터의 세심한 장치를 알아보는 독자도 있고 전혀 모르는 독자도 있지만 이처럼 일러스트레이터란 이야기를 한 단계 높이는 사람이다.

삽화가 이뤄내는 마법을 조용히 지켜보자. 일을 거듭할수록 해럴드는 작가들에게 막상 책이 만들어지고 나니 그림이 어찌나 좋은지 너무나 기쁘고 놀라웠다는, 그 그림 덕에 책이 한결 좋아졌다는 이야기를 많이 듣는다. 작가들도 어떤 그림이 나올지 어느 정도 머리 속에 그려둔다. 하지만 마지막에 가면 그 이상의 결과를 만난다. 삽화 제작 과정이 늘 원만히 진행되지는 않지만 대부분은 그런 편이다. 만약 삽화 제작 과정에 참여할 수 있다면 자신에게 주어진 역할에 최선을 다하고 마법이 일어나는 모습을 지켜보자.

5장... 나머지 과정

일단 원고를 넘겨주고 나면 여러분은 외로운 글쓰기에서 벗어나 최고의 책을 만들기 위해 전력투구할 자세를 갖춘 팀의 일원이 된다. 이때 여러분은 자신이 쓴 글이 장차 완벽한 책의 형태로 놀라운 모습을 갖출 거라고 생각한다. 하지만 사실은 그렇지 않다. 그건 마법사의 군대가 기적을 만들어 냈기 때문이다. 이렇게 해서 작가가 쓴 책은 여러 사람의 노력으로 만든 합작품이 된다. 앞으로 몇 달 동안 많은 사람들이 책의 디자인과 제작, 홍보를 비롯해 책 만드는 작업에 뛰어들 것이다. 비록 작가와 직접 얼굴을 맞대고 일하지는 않지만 그들은 여러분의 책을 성공적으로 만들어내기 위해 매우 소중한 역할을 하는 사람들이다.

책이 만들어지는 과정

어린이책 외의 출판계에서는 책 한 권을 만드는 데 편집자 두 명이 함께 작업하는 경우가 종종 있다. 한 사람은 원고 취득을 담당하는 기획 편집자이고 다른 한 사람은 실질적인 편집 업무 대부분을 담당하는 책임 편집자다. 그러나 이 같은 업무 분담은 어린이책 출판사에서는 보기 힘들다. 대신 편집자 한 사람이 양쪽 업무를 모두 관장한다. 십중팔구 여러분 역시 원고가 교열 편집자에게 넘어가기 전까지는 그 편집자와 일해야 한다. 편집은 매우 힘든 작업이 될 수도 있고 간단히 끝날 수도 있다. 어느 쪽이 될지는 변수에 따라 달라진다.

그 다음에는 다른 사람들이 관여하기 시작한다. 오랜 편집 작업이 끝나면 원고는 교열 편집에 들어간다. 디자인과 삽화 제작은 보통 교열 편집이 끝난 뒤에 이루어지지만 때로는 동시에 시작되기도 한다. 편집장은 전 과정 동안 일일이 계획을 점검하고 책 제작에 필요한 자료들을 확인한다. 마지막으로 관여하는 사람은 제작 책임자이며 그는 인쇄소와의 일정을 협의한다. 다음에는 여러분도 잘 알고 있는 갤리(galley) 혹은 마지막 페이지 조판에 들어간다. 책의 마지막 점검은 소설류는 청사진으로, 그림책은 색상 교정지로 보는데 작가는 보통 이 과정을 볼 수 없다. 그리고 인쇄소에서 책을 찍어내고 제본을 하면 모든 공정이 끝난다. 자, 소감이 어떠신지! 이상이 대강 알아본 책 제작 공정이다.

원고에 대한 객관적 검토

편집자의 판단에 따라 일단 편집 작업이 마무리되면 원고는 교열 편집자에게 넘어간다. 그럼 여러분은 이런 생각이 든다. '뭐야, 또 어떤 놈이 내 글을 뒤죽박죽으로 만들 건데.' 하지만 그런 생각은 금물이다. 교열 편집자는 책에 광택을 냄으로써 작가인 여러분을 한층 더 돋보이게 하는 사람이다. 교열 편집자는 얼핏 성미 까다롭고 오만방자하다는 느낌을 준다. 꼬치꼬치 이것저것 물을 뿐만 아니라 작가가 쓴 문장의 구조와 철자, 대문자 사용법, 문법 및 각종 시시콜콜한 부분까지 마음대로 고쳐 쓰기 때문이다. 심지어 작가에게 왜 이런 단어를 썼느냐고 따지기도 한다. 하지만 그 사람이 꼬치꼬치 캐묻고 잘못을 지적하는 것은 모두 작가를 위해서다.

또한 교열 편집자는 작가의 원고를 출판사 나름대로의 스타일에 맞추는 작업을 담당한다. 이를테면 숫자를 글자로 풀어서 쓸 부분은 어디고 그대

갤리란 실제 책 조판이 아닌 가조판된 긴 페이지를 말한다. 페이지 교정지는 책처럼 만든 것이다. 청사진은 책의 마지막 필름을 점검할 때 사용하고 색상 교정지는 그림책 색상을 점검할 때 사용한다.

로 숫자 표기를 할 부분은 어딘지 등을 정해준다. 교열 편집자는 철자법이나 대문자 표기 방법에 일관성을 부여해주고 전후 상황을 꼼꼼히 따져가며 작가가 제대로 이름을 옮겼는지, 혹시 깜빡 잊어버리거나 소홀히 지나친 부분은 없는지 등을 확인하기 위해 눈에 불을 켜고 원고 구석구석을 점검한다.

물론 작가는 원고를 철저히 검토해서 최고의 책이 될 수 있게 해야 한다. 하지만 꼼꼼하고 예리한 교열 편집자의 손에서 그 원고에 대한 객관적인 검토가 이루어질 수 있으니 참으로 다행이 아닐 수 없다. 그런 일을 해낼 수 있는 끈기와 변함없는 태도를 유지할 수 있는 사람은 별로 없다. 겸허한 자세로 교열 편집자 앞에 머리를 조아리고 그의 능력을 칭송하자. 솔직히 교열 편집자는 팀 일원 중 여러분에게 가장 가까운 벗인지도 모른다. 그리고 마땅한 이유가 있어 그런 표현을 썼다면, 또 편집자가 동의한 상태라면 마지막에 가서 교열 편집자가 수정을 요구한 부분이 자신이 결코 원하지 않는 부분일 때 굳이 그의 의견을 따르지 않아도 된다. 교열 편집자도 그때만큼은 작가의 말을 듣는다.

출판사에 따라 교열 편집자를 정식 직원으로 두기도 하고 프리랜서를 고용하기도 한다. 그림책은 흔히 출판사 내에서 교열 편집이 이루어지는 반면 장편 논픽션과 소설류는 프리랜서가 맡을 때가 많다. 어떤 경우든 모든 책이 꼼꼼한 검색을 거친다. 십중팔구 작가가 직접 접촉할 기회는 없지만 교열 편집자야말로 책 제작을 위해 뛰는 사람들 가운데 가장 중요한 역할을 한다. 편집자는 작가에게 교열 편집된 원고를 보내는데 이때 원고는 여

교열 편집자가 수정을 요구했으나 고치고 싶지 않을 때 작가는 거부 의사를 밝힐 수 있다. 이때는 확실한 근거가 있을수록 유리하다. 어투의 특성을 살리기 위해 등장인물들에게 일부러 은어나 속어를 쓰게 했다면 좋은 근거가 된다. 주인공이 셈을 할 때 출판사가 10 이하에서 끝내라고 요구하는데도 굳이 '더 나아 보인다'는 이유로 100까지 나열한다면 좋은 근거라고 볼 수 없다.

기저기 메모가 되어 있거나 포스트잇으로 꼬리표가 달린다. 그럼 작가는 질문과 의견에 일일이 답을 달아 편집자에게 수정된 원고를 돌려보내는데 이때도 마찬가지로 원고에 직접 적거나 포스트잇을 사용한다. 교열 편집자가 제시한 의견에 의문점이 있거나 걱정되는 바가 있으면 편집자와 상담한다. 결국 마지막 결정권을 든 사람도, 만족해야 하는 사람도 편집자이기 때문이다. 물론 편집자도 많은 부분에서 교열 편집자와 다른 견해를 가질 수 있다.

책에 생기를 불어넣는 사람 – 디자이너

디자이너나 일러스트레이터는 개념화 작업을 통해 책 위에 '표정'을 입히는 사람들이다. 표지 디자인을 비롯해서 여백 설정, 일반 글자체 및 표제용 글자 선정 등 모든 작업을 통해 책 속에 생기를 불어넣어주는 사람이 바로 디자이너다. 참고로 표제용 글자란 제목과 표제에 쓰이는 글자체를 말한다. 특히 어린이책 제작에서 디자이너의 임무는 천차만별이다. 소설과 그림책을 비교해봐도 차이가 많다. 하지만 간단히 말해 실제 디자인 작업은 디자이너를 총괄하는 미술 책임자와 디자이너 본인, 또는 출판사 디자이너들이 진행한다. 그들이 바로 제1부 7장 〈책 속에 무엇이 담겨 있을까?〉에서 살펴본 책의 각종 구성 요소들을 어떻게 인쇄할지 결정하는 사람들이다.

흔히 디자이너는 몇 가지 디자인 안을 제시한다. 그럼 편집자와 일러스트레이터, 간혹은 작가가 함께 앉아 실제 사용할 디자인을 고른다.

삽화도 디자인의 일부이다. 출판사가 고성능 스캐닝 장비를 갖추고 있으면 디자이너는 삽화 원본에서 전자 영상을 만들 수 있다. 그렇지 못한 출판사는 선명도가 뛰어난 스캐닝 작업을 전문으로 하는 회사에 외주를 준다. 이때 스캐닝에 쓰일 원화를 준비하는 사람은 디자이너다. 스캐닝된 영상을 받은 디자이너는 그것으로 레이아웃 작업에 들어간다.

철저한 사실 확인

 교열 편집자와 마찬가지로 사실 확인자 역시 책 내용을 샅샅이 뒤진다. 혹시라도 있을지 모를 모순점을 찾아내기 위해 삽화에도 주의를 기울인다. 그렇기 때문에 이 작업은 책 제작 과정 후반에 이루어진다. 그러나 교열 편집자와 달리 사실 확인자는 문법을 보지 않는다. 오직 사실적인 정보에만 관심을 집중하기 때문이다. 그의 역할이 필요한 곳은 주로 논픽션 분야지만 때로 역사 소설에도 도움이 필요할 때가 있다. 사람 이름이나 날짜, 장소는 정확한지, 시대 배경과 맞지 않는 내용은 없는지, 모순점은 없는지, 이 사람이 정말 이런 말을 했는지, 과연 최신 정보를 참조했는지 등등 확인해야 할 부분은 너무 많지만 그가 사용할 수 있는 시간은 턱없이 짧다. 이 과정에서 사실 확인자는 책 속에 실수나 누락된 부분을 단 한 곳도 남겨두지 않기 위해 일일이 답을 추적한다.

 이만하면 책 점검 작업은 할 만큼 하지 않았느냐고? 미안하지만 아니다. 아직 교정관의 손을 거쳐야 한다. 그는 조판된 페이지를 보면서 조판이 실제 원고대로 이루어졌으며 교열 편집 단계에서 수정된 부분이 일일이 다 바뀌었는지 확인한다. 그 역시 한 사람의 감시자(!)로서 책이 인쇄소로 넘어가기 전에 남아 있을 수 있는 결정적인 실수를 점검한다. 교정관은 책 마무리를 담당하는 사람들을 일직선상에 놓았을 때 마지막에 서 있는 사람이다. 간혹 작가와 편집자 그리고 교열 편집자조차 간과하는 실수를 새로운 눈으로 잡아내는 사람, 그 사람이 바로 교정관이다.

제작 책임자

 교정관과 디자이너, 사실 확인자와 편집자들이 마법을 부리는 동안 제작 감독은 정해진 예산 안에서 작가의 책을 실물 형태로 만들기 위해 고군분투한다. 제작 감독은 인쇄소를 결정하고 인쇄 시기를 결정한다. 인쇄 용지를 고르고 사는 일도 그의 몫이다. 그림책 《무지개 물고기 The Rainbow Fish(시공주니어)》에 나오는 물고기가 갖고 있는 반짝이는 비늘처럼, 어린이책에는 디자인 면에서 흥미로운 요소가 자주 등장한다. 이때 종이는 물론 반짝이 비늘과 책을 찍어낼 인쇄소를 찾는 일 역시 제작 감독의 몫인데, 중요한 점은 그 모든 일을 예산 안에서 해결해야 한다는 사실이다.

디자인이 완성되고 커버 앞면의 그림에서부터 뒤표지의 바코드까지 모든 요소가 제자리에 들어간 파일이 완성되면 편집자나 디자이너는 그것을 제작 감독에게 넘긴다. 그러면 제작 감독은 파일을 인쇄소로 보내고 나머지 과정을 책임진다. 제작 감독에게 파일을 넘겨받은 인쇄소는 디자인에 따라, 그리고 정확한 위치에 삽화가 들어가도록 주의를 기울이며 파일에서 필름을 만들어낸다. 하지만 점검 작업은 인쇄소만 하는 것이 아니다. 출판사 역시 점검을 위해 교정쇄를 만들기 때문이다. 결국 인쇄소는 그 과정을 되풀이하는 셈이다. 인쇄소는 먼저 '청사진'을 만드는데 필름을 청색으로 인쇄한 청사진 점검은 출판사가 담당한다. 책에 컬러 그림이 들어가면 인쇄소는 실제 그 그림이 어떻게 나올지 보여주기 위해 컬러 교정쇄를 찍어낸다. 교정쇄는 보통 작가에게까지 보여줄 시간이 없기 때문에 편집자와 디자이너만 본 뒤 바로 인쇄 작업에 들어가 제본을 거쳐 책이 되어 나온다. 출판사 창고에 들어올 때까지 걸리는 기간은 국내에서 인쇄하면 수주, 외국에서 인쇄하면 두어 달 정도지만 상황에 따라 조금씩 달라질 수 있다.

출판사들이 왜 굳이 시간을 허비해가며 해외에 인쇄를 맡길까? 한마디로 비용이 싸기 때문이다. 전면이 컬러로 되어 있는 책을 인쇄하려면 많은 돈이 들지만 홍콩을 비롯한 극동 지역에서는 임금이 싸기 때문에, 또 안전 규제도 그리 심하지 않기 때문에 값이 싼 편이다. 그림책의 경우 권당 200~300원 차이로 돈을 버느냐 잃느냐가 결정되는 만큼 해외에 인쇄를 맡

책 재질이나 제본 방식이 예상과 다르다고 편집자에게 불평하면 안 된다. 책 제작비의 대부분을 차지하는 것이 바로 종이와 제본 비용이다. 제작 감독은 책의 품질을 높이기 위해 백방으로 좋은 종이를 찾아다니지만 값을 맞추기 힘들다. 가격과 품질은 늘 저울질의 대상이 되기 마련이다.

겨 상당한 비용을 절감할 수 있는 기회를 그냥 지나치기 어렵다.

어린이책은 완성까지 3년이 걸릴 수도 있다

공정을 생각하면 편집자가 원고를 취득한 순간부터 책이 나와 서고에 꽂히기까지 3년이 걸린다고 해도 그리 놀랄 일은 아니다. 특히 그림책 작가는 일러스트레이터가 그림의 판형을 완성하기까지 1년이 걸릴 수도 있으므로 빠른 시일 내에 서점에 자신의 책이 꽂히기를 기대하기 힘들다. 책 제작 스케줄은 편집자들이 알려줄 것이다. 끈기를 갖자. 기다림은 미덕이다. 모든 과정을 제대로 밟고 정밀한 눈을 거쳐야 좋은 책이 나온다. 1년 만에 세상에 모습을 드러냈지만 보잘것없고 초라하고 저질이라 아무도 찾지 않는 책보다는 3년이 걸릴망정 훌륭한 책, 인기 있는 책이 낫지 않을까?

그림책이 아니면 이보다 조금 단축될 수는 있지만 책이 완성되기까지는 상당히 오랜 시간이 소요되며 특히 출판사 스케줄이 빡빡할 때는 더 길어질 수 있다. 최소한 책이 완성되었으니 조만간 서점에서 볼 수 있지 않겠냐고? 반드시 그렇지만은 않다. 제5부에서 설명하겠지만 출판사는 먼저 평론가와 책 판매상들에게 책을 보여주고 싶어 한다. 그러니 실제로 서점에 내 책이 꽂히는 시기는 몇 달 뒤가 될 수도 있다. 그때가 되면 드디어 여러분의 책은 시장에 첫선을 보이게 된다. 야호!

5.

드디어 내 책이 나왔다!

마침내 내 책이 세상에 첫선을 보이는 날, 여러분은 이제 고생은 끝이라고 생각한다.
글쎄, 별로 그럴 것 같지 않다. 판로를 개척하고 책을 알리는 일이 아직 남았기 때문이다.
이제부터 책의 홍보를 위해 출판사가 할 만한 일과 할 수 있는 일, 그리고 절대 하지
않을 일에 대해 말하려고 한다. 또한 나도 한몫 했으면 하는 사람들을 위해 작가가 직접
홍보에 나서는 일부터 서점에 행사를 유치하는 일까지 효율적으로 할 수 있는 방법을
가르쳐주고자 한다.
처음 책을 낸 사람에게는 해당되지 않는 이야기겠지만 어린이책 작가가 받을 수 있는
상과 다른 형태로 인정받는 방법에는 무엇이 있는지, 또 작가로 경력을 쌓기 위해 필요한
사항들은 어떤 것이 있는지 알아보기로 하자. 앞으로 계속 책을 내고 싶다면 책이
인쇄되어 나온 뒤에 작가가 무슨 일을 해야 하는지에 대해 알아둘 필요가 있다.

1장... 당신은 자신을 위해 무엇을 하고 있는가?

여러분은 책이라는 새 생명을 세상에 내놓기 위해 온 정성을 다했고 출판사 역시 여러분의 책을 만들어내기 위해 시간과 돈을 쏟아 부었다. 이제 여러분은 출판사가 전통적인 홍보 전략에 나설 때라고 생각한다. 가능성은 반반이다. 출판사가 책을 대중에게 홍보하는 방법에는 정해진 틀이 있다. 하지만 많은 작가들이 출판사가 자기 책을 세상에 알리기 위해 대대적인 홍보 작전에 나서서 돈을 쏟아 부으리라고 생각한다. 이 장에서는 책 판매를 위해 현실적으로 출판사가 어느 정도의 일을 작가에게 해줄 수 있는지 알아보기로 하자.

카탈로그에 책 이름 싣기

정말로, 진짜로, 확실하게 언젠가 서점 어디선가 내 책을 보겠구나 하는 확신을 갖게 해주는 것이 바로 출판사 카탈로그에 책 이름이 실리는 일이다. 간단한 설명, 경우에 따라서는 표지 사진까지 덧붙여 출판사 카탈로그에 실리기 전까지 여러분의 책은 실물이 아니다. 앞에서 말했듯 어린이책이 나오기까지 3년이 걸릴 수도 있다는 점이 명백한 이유다. 언젠가 카탈로그에 실린 내 이름을 발견하고 "세상에! 내가 진짜 작가가 됐어. 이건 내 책이라고!"라고 외치는 그 순간을 상상해보자.

카탈로그는 출판사가 오랫동안 강세를 보여온 기존 도서와 함께 신상품을 소개하기 위한 수단이다. 출판사는 보통 출간일에 맞춰 카탈로그에 그 책에 대한 정보를 싣는다. 예를 들어 여러분 책의 출간 예정일이 2004년 3월이다. 그럼 출판사는 2003~2004년 가을/겨울 카탈로그에 여러분 책을 신간으로 발표할 것이다. 이는 그 회사가 1년에 세 번 카탈로그를 발행할 때에 해당하며 1년에 두 번 카탈로그를 발행하는 회사라면 2004년 봄 카탈로그에 발표할 수도 있다. 이때 나머지 시즌은 가을이 된다.

카탈로그는 여러 사람을 겨냥해서 만들어진다. 출판사 영업 사원은 서점이나 각종 회의, 그 밖에 다양한 모임에서 신간 서적을 홍보할 때 카탈로그를 사용한다. 홍보 부서는 출판계, 신문·잡지 회사 등에 있는 지인들에게도 카탈로그를 보낸다. 그리고 개인이 회사에 전화를 걸어 도서목록을 부탁할 때 출판사가 보내는 것 역시 대부분 카탈로그다. 출판사 카탈로그는 비로소 여러분 책을 시중에서 구할 수 있음을 알리는 최초의 뉴스다.

유력 평론지

대부분의 출판사는 카탈로그에 책을 소개하는 일 외에도 그림책은 신간 서적 견본을, 소설류나 장편 논픽션은 제본된 교정쇄를 주요 평론지에 보낸다. 그럼 여러분은 이렇게 물을 것이다. "좋습니다. 그런데 어디어디로 보내는데요?" 도서목록과 신간 서적 견본을 받는 회사는 항상 정해져 있다. 이들 평론지나 간행물들은 책 판매에 막강한 영향을 끼치는 큰손이며 그중에서도 가장 영향을 많이 받는 곳이 도서관이다. 출판사들이 신간 서적을 공지하고 견본을 보내는 곳은 대강 다음과 같다.

- 〈퍼블리셔스 위클리〉. 사람들은 〈퍼블리셔스 위클리〉지의 서평란을 흔히 '예보'라고 부른다. 책 판매상들이 가장 즐겨 읽는 신문이므로

책의 출간일은 출판사가 정하며 서점에서 책을 구할 수 있는 공식적인 날짜를 말한다. 물론 어느 정도 유동성은 있다. 서평 작업은 종종 출간일 이전에 이루어진다. 하지만 책은 출간일 수 주 전에 출판사 창고를 떠날 수 있으며 출간일보다 늦게 발행될 수도 있다.

이곳에 책을 홍보하면 그만큼 많은 책 판매상을 확보할 수 있다.

- 〈북리스트〉. 미국 도서관 협회 간행물. 심도 있고 권위 있는 서평이 특징이다.
- 〈스쿨 라이브러리 저널〉. 그해에 가장 뛰어난 도서들만 골라 서평을 싣지만 서평의 질은 다소 일관성이 없는 편이다.
- 〈키르쿠스 리뷰 Kirkus Reviews〉. 〈스쿨 라이브러리 저널〉보다 선택 기준이 다소 까다로우며 접근 방식이 좀더 문학적이다.
- 〈더 혼 북 매거진〉과 〈더 혼 북 가이드〉. 어린이 문학 전문 잡지. 〈더 혼 북 매거진〉은 두 달에 한 번 발행되며 서평에 많은 지면을 할애하지 않는 반면 〈더 혼 북 가이드〉는 1년에 두 번 발행되며 서평에 상당 부분을 할애한다.

위에 열거한 평론지들은 출시될 신간을 알리고 출판계의 소식을 전하기 위해 발간된 것들이다. 도서관 관계자뿐 아니라 책 판매상들도 위의 간행물들을 즐겨 읽는다. 간혹 할리우드 영화 제작자와 감독들이 영화로 만들 만한 책의 판권을 얻기 위해 구독하기도 한다.

출판사들은 이들 평론지에서 서평을 얻고 싶어 한다. 판매를 촉진할 수 있기 때문이다. 생각해보자. 이 간행물들은 모두 출판계의 대표적 평론지들이다. 만약 여러분이 회사가 쓸 비행기를 들여오는 일을 맡은 법인 조종사라면 〈비즈니스 에이비에이션 Business Aviation〉을 읽을 것이다. 그와 마찬가지로 책 관련 일을 하는 사람들은 〈퍼블리셔스 위클리〉, 〈북리스트〉, 〈스쿨 라이브러리 저널〉, 〈키르쿠스 리뷰〉 그리고 〈혼 북〉을 읽는다. 때로

출판사가 만든 책의 사전 견본을 흔히 가제본(bound galley)이라고 부른다. 갤리(galley)라는 용어는 원래 레이아웃 작업이 이루어지기 전 조판 단계에서 만들어놓은 긴 페이지를 지칭했다. 출판사는 보통 편집되기 전 그림을 넣지 않은 상태에서 만든 이 견본을 평론가와 평론지로 보내며 견본을 전해 받은 측은 책이 출판되기 전에 서평을 써 보낸다.

이들 평론지는 특별 추천 도서 서평 앞에 별표 등의 표식을 다는데 이때 평론지 한 곳 이상에서 별표를 얻으면 그 책은 그만큼 인기를 얻을 수 있다.

지방 언론 매체도 활용하라

여러분이 쓴 책에 대한 서평을 각종 대중매체, 특히 지방 신문사와 잡지사에 보내는 일을 전적으로 출판사에만 맡겨두지 말자. 먼저 출판사 홍보 담당자에게 연락해서 고향에 있는, 혹은 전국적인 유통망을 갖고 있는 마땅한 평론지를 적극 공략할 계획이 있는지 확인한다. 만약 계획이 없다면 작가는 임의로 뉴스 기사와 책 견본을 보낼 수 있다.

작가가 태어난 고장에서 발행하는 지방 신문 등의 간행물이나 대중 전달 매체에는 늘 자기 고장과 관련된 기삿거리를 찾는다. 예를 들어 새크라멘토에 사는 작가는 〈새크라멘토 비 Sacramento Bee〉에 책을 선전하면 다른 고장 출신에 비해 높은 광고 효과를 얻을 수 있다.

출판사는 좋은 선전 기회를 놓치고 싶지 않기 때문에 서평용 책 견본을 보내는 비용을 감수하고라도 어린이책을 대상으로 한 지역 평론지에 기꺼이 책 견본과 신간을 보내려고 할 것이다. 이때 작가가 할 수 있는 최선은 텔레비전 방송국, 라디오 방송국, 신문사 칼럼니스트, 그리고 지방 잡지사 등의 담당자 이름과 주소 및 전화번호까지 모든 지역망에 대한 정보를 출판사에 제공하는 일이다. 그런 다음 여러분의 바람대로 한 걸음 뒤로 물러나 인터뷰와 평론이 진행되는 모습을 지켜보면 된다. 체계가 잡힌 출판사일수록 작가에게 이런 정보를 요청한다. 출판사의 요청 여부에 상관없이 아는 정보를 제공하도록 하자.

출판사는 서평을 얻기 위해 지방 간행물 외에 전문 분야 간행물도 목표로 삼는다. 예를 들어 여러분이 어린이를 대상으로 꽃 가꾸기에 대한 논픽션을 썼다고 하자. 그럼 출판사는 그 책 견본을 전국적인 유통망을 가진 번듯한 여성 잡지사로 보낼 것이다. 〈레이디스 홈 저널 Ladies Home Journal〉이나 〈맥컬스 McCall's〉처럼 아이들과 함께 할 수 있는 여러 가지 활동을 다룬 잡지사들이 좋은 목표가 된다. 부모들을 주 독자층으로 삼고 있는 잡지들 대부분은 봄호에 어린이를 대상으로 한 꽃 가꾸기를 중점 기사로 싣는다. 부디 이런 종류의 원예 잡지를 잊지 말자.

핵심은 이렇다. 기술 면에서 이 잡지들의 독자층은 아이들이 아니다. 또 책과 잡지의 상관 관계가 확실히 증명된 것도 아니다. 하지만 홍보 담당자 입장에서는 책과 잡지를 연계시키는 방법이 훌륭한 마케팅 수단이 될 수 있다.

만약 여러분이 각종 전문 간행물에 손쉽게 광고를 싣는 법을 안다면 즉시 출판사에게 알려줘야 한다. 또 한 번 잡지사들의 홍보 담당자 연락처를 담은 목록을 만들어보자.

입소문

지금까지 우리는 출판사가 서평용 책 견본을 유력 평론지와 미리 겨냥해둔 간행물 등으로 보낸다고 말했다. 그 외에도 출판사는 종종 몇몇 개인과 간행물을 2차 대상으로 선정해 보도 자료나 카탈로그, 그리고 서평용 책 견본 요청서를 보내기도 한다. 그 대상은 수백 군데에 이른다.

예를 들어 여러분 책을 담당하는 홍보 담당자가 어린이책에 대한 기사를 자주 쓰는 프리랜서 기자를 한 사람 안다고 하자. 이때 프리랜서는 보도 자료를 통해 정보를 얻는데 만약 보도 자료에 실린 책에 관심이 있으면 견본 요청서를 보내 서평용 책 견본을 받을 수 있다.

출판사는 때로 서점에도 신간 서적 견본을 보낸다. 교정지로 만든 가제본은 제작 비용이 많이 들기 때문에 보통은 여러 개를 제작하지 않는다. 출판사는 가제본을 '입김이 센' 평론지에 모두 보내고 남을 때만 서점으로 보낸다. 적극적으로 책을 홍보할 의사가 있는 출판사는 가제본을 추가로 제작하기도 한다. 그런 다음 견본을 보낼 서점을 선정한다. 그럼 왜 굳이 서점에까지 견본을 보내야 하느냐고 반문하는 사람들이 있을 것이다. 아직 최종 견본을 구할 수 없는 상태에서 책을 팔 수도 없는데 말이다. 이유는 간단하다. 서점에 견본을 보내면 잭 판매상들이 그 책을 읽고 입소문을 낼 거라는 계산 때문이다. 이런 이유 때문에 어린이책 출판사들은 책 판매상들에게 그림책 가제본보다는 확실하고 전망 좋은 청소년 도서의 가제본을 훨씬 많이 보낸다.

물론 신간 서적 견본을 책 판매상에게 보내는 또 다른 이유는 그곳 책임자에게 일단 책을 보내줄 테니 그 책을 주문하고 고객들에게 선전해달라는 뜻이다. 서점 주인의 머리 속에 뚜렷이 각인된 책일수록 고객들 사이에서 입소문으로 퍼져갈 가능성이 높기 때문이다.

2장... 재미난 사은품과 광고

앞장에서 우리는 작가를 대신해서 책의 홍보와 서평을 얻기 위해 출판사가 어떤 일을 하는지 살펴보았다. 지금부터는 책의 종류에 따라 출판사가 여러분을 위해 어떤 일을 하려 하고 어떤 일을 하지 않으려 하는지 알아보기로 하자. 또한 출판물 광고는 어떤 식으로 하며 광고가 베스트셀러를 만드는 데 굳이 필요하지 않은 까닭에 대해서도 알아보기로 하자.

사은품

여러분은 지금 '어떻게 하면 책을 잘 팔 수 있을까' 하는 생각에 머리 속으로 온갖 궁리를 하고 있다. 도서관과 서점, 학교에는 어떻게 전시하면 좋을까, 정말 환상적인 책인데 말이야, 사은품 공세를 퍼부어서 사람들 관심을 끌어볼까 등등. 사은품이라면 앞쪽에는 책표지를 싣고 뒤쪽에는 책 내용을 간단히 실은 책갈피는 어떨까. 표지를 그려 넣은 포스터도 좋겠다. 그보다는 책 표지가 그려진 엽서에 조만간 내 책이 나올 테니 기대하시라 하는 문구를 넣어도 좋겠다.

일단 첫 번째 대답은 부정적이다. 출판사는 소비자에게 무상으로 제공하는 무료 사은품에 선뜻 주머니를 열 만큼 관대하지 않다. 때로 사은품으로 생겨나는 추가 수익에 비해 사은품 제작 비용이 더 많이 들기 때문이다. 다음은 좋은 소식이다. 간혹 책 홍보를 위해 무료 사은품을 제작하는 출판사들이 있다. 사실 출판사가 사은품을 제작할 때는 판매고를 올리기 위해서

라기보다는 책의 인지도를 높이기 위해서다.

가장 흔히 볼 수 있는 사은품이 책갈피다. 출판사가 책갈피를 만들어 서점에 배포하면 서점은 계산할 때 고객의 가방에 찔러 넣거나 아무나 가져갈 수 있도록 전시용 탁자 위에 올려놓는 방법을 통해 미니 광고물로 활용한다. 교사용이나 수업용 책갈피도 있다. 예를 들어 여러분이 초등학교 2학년 교실에서 자신이 쓴 그림책을 읽어주는 시간을 갖기로 했다. 이때 출판사가 홍보물로 책갈피를 만들어두면 여러분은 그것을 아이들에게 나눠주면서 교사와 아이들의 관심을 이끌어내고 사로잡을 수 있다.

■ 포스터, 엽서

제작 비용이 비싸다는 이유로 출판사는 보통 '장수' 작가와 그들이 쓴 책에만 포스터를 제작한다. 다시 말해 《괴물들이 사는 나라》나 《무지개 물고기》 같은 스테디셀러 그림책이 아니면 포스터를 만들지 않는다는 뜻이다. 포스터는 서점에서는 창문 전시용으로, 도서관에서는 장식용으로, 학교에서는 독서 권장용으로 쓰인다. 출판사는 보통 서점과 도서관 사서, 그리고 교사 총회에 참석한 교사들에게 포스터를 제공하며 특별히 요청한 사람이 있으면 우편으로도 보내준다.

간혹 오랫동안 관계를 유지하면서 여러 권 작업해본 적 없는 작가의 책을 홍보하기 위해 포스터를 제작할 때가 있다. 이때는 그 책이 대단한 입소문을 불러일으킬 만큼 뛰어난 작품이거나 출판사가 유난히 소문을 내고 싶어 하는 책일 경우다. 어떤 경우든 포스터 제작을 결정하는 사람들은 출판사의 마케팅 부서이며 작업은 주로 책이 출판되기 전에 이루어진다. 차차 알게 되겠지만 이런 일은 작가가 발 벗고 나설 수 있는 일이 아니다. 그냥

엽서나 책갈피 제작에 뛰어들기 전에 홍보를 마무리하는 시점을 미리 생각해둬야 한다. 또한 사은품 제작에 내가 얼마만큼의 비용을 부담하며 과연 그 계획이 쓸모가 있는지도 다시 한 번 생각해야 한다.

포스터가 나오면 감사히 받아들이면 된다.

출판사가 책에 대한 관심을 불러일으키는 또 다른 수단은 엽서다. 특히 엽서는 책과 관련된 행사에 사람들을 불러 모으는 효과가 뛰어나다. 여러분은 엽서야말로 언론 매체와 오랜 친구들에게 조만간 고장에서 있을 책 관련 행사를 알리는 이상적인 방법이라고 생각할 것이다. 하지만 과연 출판사가 선뜻 엽서를 만들겠다고 나설지 의문이다. 출판사를 잘 설득해보자. 그리고 출판사가 우편 요금을 지불하겠다고 하면 엽서는 내가 구입하겠다고 해보자.

■ 쇼핑백

출판사의 판촉용 아이디어가 엽서나 포스터에 국한되지는 않는다. 실제 출판사의 홍보 부서나 마케팅 부서는 가능한 한 적은 비용으로 책을 홍보할 수 있는 방법을 찾아내기 위해 몇 날 며칠을 씨름한다. 한 예로 찰스브리지에 사는 초등학교 교사들에게 만화 주인공처럼 생긴 벌레 그림과 책 제목 《벌레가 밥이 된대요 Bugs for Lunch(옮긴이)》를 겉에 새긴 휴대용 종이 가방을 보낸 적이 있다. 종이 가방은 제작비가 싸기 때문에 출판사로서도 해볼 만한 일이다.

어린이책 - 교사들의 관심거리

어린이책 출판은 교육자들에게 큰 관심거리다. 그렇기 때문에 출판사는 교사들의 관심을 끌기 위해 노력한다. 책과 관련된 물품을 제작해 교사들이 수업안을 짤 때 도움을 주면 든든한 후원자를 얻을 수 있다. 예를 들어

책 한 권 때문에 교사용 안내서를 만드는 출판사는 거의 없다. 대신 주제나 내용, 또는 작가별로 여러 권을 한데 묶은 안내서를 만든다. 광고 전단도 마찬가지다. 반들반들하게 인쇄된 전단지 한 장에 휴가지에서 읽을 만한 책 여러 권에 대한 정보를 한꺼번에 넣으면 한 장 제작 비용으로 여러 권의 광고 효과를 얻을 수 있다.

어떤 교사가 우연히 열대 우림에 대한 이야기책을 발견했는데 그 책에는 부록으로 용구 세트가 딸려 있었다. 그럼 그 교사는 한 세트를 교실로 가져가 열대 우림에 대한 이야기를 해줄 때 수업 도구로 쓰면 좋겠다고 생각한다. 여기서 용구란 작가와 나눈 이야기를 녹음한 테이프나 책에 대한 의견을 묻는 설문지, 광고 전단, 그리고 열대 우림과 책에 대한 여러 가지 수업안 등이 될 수 있다.

출판사는 광고비를 지출하기 전에 심사숙고한다. 광고를 내기 위해 비용을 지출하는 것보다 훨씬 효과적으로 이익을 볼 수 있는 방법이 있기 때문이다. 출판사가 광고를 낼 때는 나름대로 이유가 있어서이니 일부러 그들을 위해 로비할 생각은 하지 말자. 그럼에도 광고는 때로 효과가 있다. 출판사가 광고에 돈을 투자하는 시기는 언제이며 또 광고를 하는 이유가 무엇인지 알아보기로 하자.

서점, 도서관

서점 관계자나 서점 주인, 그리고 규모가 큰 체인 서점의 구매자들은 전통적으로 〈퍼블리셔스 위클리〉를 읽는다. 출판 업계지인 〈퍼블리셔스 위클리〉는 서평과 광고를 싣기 때문에 구독자가 많다. 마케팅 담당자라면 기왕 광고비를 쏟아 부을 바에야 수많은 출판계 전문가들이 즐겨 보는 간행물에 투자하고 싶을 것이다.

그러나 잠깐! 그럼 어린이책 전문 출판사가 통상적인 절차로 청소년용 단행본에도 광고비를 지출하지 않느냐? 그건 아니다. 어린이책 출판계에서 광고는 특별한 책에 집중된다. 예를 들어 〈퍼블리셔스 위클리〉의 편집 계획서에 어린이책을 집중적으로 다루는 기획안이 포함되어 있다고 하자. 보통 이 잡지는 1년에 두 번 새 시즌을 맞이해서 대대적으로 책 광고를 내보낸다. 위의 잡지가 어린이책에 많은 지면을 할애한다는 사실을 아는 출판사는 보다 확실하고 인기몰이가 가능한 책을 특별 주제로 삼아 광고할 수도 있고 광고 한 편에 포괄적인 내용을 담아 신간 서적 전체를 소개할 수도 있다.

어린이책 전문 출판사들이 달리 활용하는 광고 방법은 다양한 책을 한 편의 광고에 싣는 일이다. 다시 휴가용 책으로 돌아가보자. 예를 들어 출판 사가 크리스마스와 콴저(Kwanzaa 12월 26일부터 1월 1일까지 미국 흑인들이 벌이는 축제 – 옮긴이), 하누카(Hanukkah 유대교의 신전 정화 기념 제전 – 옮긴 이)를 다룬 책을 선전하기로 했다. 그럼 출판사는 〈퍼블리셔스 위클리〉에 광고를 싣되 책 전체를 한데 묶어 소개할 것이다. 현재 〈퍼블리셔스 위클 리〉에 광고를 싣는 일은 모든 출판사들의 바람이다. 비용 효율이 높고 한꺼 번에 여러 서점에 홍보할 수 있기 때문이다.

출판사들의 바람은 이처럼 전략적으로 공략한 광고로 보다 높은 수익과 판매고를 달성하는 일이다.

도서관 역시 책을 산다. 예를 들어 여러분이 쓴 책이 도서관 사서가 선뜻 고를 만한 흥미로운 논픽션이면 출판사는 시중에 나와 있는 유사한 책들을 제치고 그 책으로 관심을 집중시키기 위해 〈북리스트〉나 〈스쿨 라이브러리 저널〉 등에 광고를 싣는다. 만약 그 책이 출간된 뒤에 좋은 서평을 받거나 수상작 후보에라도 오르면 출판사는 또다시 독자들에게 그 사실을 알리기 위해 광고를 낸다.

여러분은 잡지 여백 등에 성인용 소설 광고가 실려 있는 모습을 종종 보 았을 것이다. 그럼 어린이책이나 청소년 문학서는 어떨까? 다시 말하지만 출판사는 비용이 뒷받침되고 신중히 결정된 경우에만 소비자 잡지에 책 광 고를 싣는다. 예를 들어 출판사가 10대들이 즐겨 보는 인기 텔레비전 시리 즈와 관련된 소설 일체의 판권을 획득했다고 하자. 그 쇼는 매주 시청률을 깨고 인기를 얻고 있다. 쇼의 성공에 고무된 출판사는 〈세븐틴 Seventeen〉 과 같은 소비자 잡지에 광고를 싣기로 결정할 것이다. 실제 그 소설을 사서 읽을 10대들을 겨냥한 광고다. 또는 유명 인사와 관련된 책이라면 〈유에스 에이 투데이 USA Today〉나 전국적인 유통망을 가진 소비자 잡지에 광고 를 실을 수 있다. 만약 그 유명 인사가 특정 지역에 모습을 나타낸다고 하 자. 그럼 출판사는 책의 인지도를 높이기 위해 〈유에스에이 투데이〉의 지 역판에 광고를 낼 수 있다.

하지만 출판사는 〈뉴욕 타임스〉나 그 밖에 여러분 친구들이 자주 읽는 신문에는 좀처럼 광고를 싣지 않는다. 비용도 많이 들지만 무엇보다도 이런 신문에 광고를 실어봤자 실제 책의 구매자들에게 충분히 전달될 수 없기 때문이다. 유력 신문에 광고를 내지 못한다고 슬퍼하지 말자. 광고는 일종의 투자이기 때문에 반드시 좋은 대가가 따라야 한다.

어린이책 전문 출판사들은 많은 교사들이 책을 수업 자료나 도구로 사용한다는 점에 착안해서 교사용 신문이나 전문지에 광고를 집중한다. 여러분이 지금 막 이지 리더스에 해당하는 책을 썼다고 하자. 작가가 가진 상상력이 워낙 풍부하고 내용도 재미있어 출판사 사람들이 "교사들 입맛에 딱 맞는 멋진 책이다", "못해도 10년 동안은 서고에 꽂힐 수 있을 것 같다"고 입을 모았다. 이때 교사용 잡지나 신문에 여러분이 쓴 책 광고가 실리는 일은 시간 문제다.

이제 핵심을 깨달았는지? 출판사는 좀처럼 책을 광고하지 않는다. 하지만 마케팅 부서에서 그곳이 가장 알맞은 창구라고 결론지으면 광고와 함께 집중 공략한다.

저변 마케팅

지금까지는 광고나 사은품, 또는 교사용 교재 등을 동원한 광범위한 마케팅 행위에 대해 살펴보았다. 하지만 그 밖에도 여러분 책을 시장에 내놓을 수 있는 소규모 전략들이 있다.

가령 여러분이 반스 앤 노블 서점에서 다음 달에 있을 이야기 시간에 자신의 신작 그림책을 읽어주기로 했다. 지방 신문에 내가 그 큰 서점에서 책 읽는 시간을 가진다는 문구를 실어 떡하니 광고를 내면 얼마나 멋질까? 그렇다, 충분히 해볼 만한 일이다. 그리고 서점 입장에서도 공동 자본으로만 부담한다면 그런 광고를 내겠다고 할 것이다. 공동 자본이란 서점과 출판사가 광고 비용을 공동으로 부담한다는 뜻이다.

때로 출판사는 특정한 책이나 시리즈물에 대한 독자들의 관심을 고취시키기 위해 소규모 콘테스트를 열기도 한다. 콘테스트의 대상은 소비자나 서점 누구든지 될 수 있다. 서점을 대상으로 '《만약 무스에게 머핀을 준다면》의 베스트 쇼윈도 진열 상'과 같은 콘테스트를 열어주는 방법이 한 예다. 이때 출판사는 수상자를 선정해 여행 상품이나 증서를 수여한다. 소비자를 대상으로 한 콘테스트로는 책 읽어주기 시간에 그 책에 대한 그림을 그리거나 특정 책값을 깎아주는 방법이 있다.

그 밖에도 책에 대한 사람들의 관심을 집중시키고 대중에게 호소할 수 있는 방법은 여러 가지가 있다.

베스트셀러 만들기

마케팅이 종종 예기치 않은 결과를 초래할 때가 있다는 사실을 알아두자. 만약 여러분이 쓴 책이 아주 뛰어나서 출판사가 〈퍼블리셔스 위클리〉에 광고를 내겠다고 나섰다. 그럼 여러분은 머지않아 자신의 책이 〈뉴욕 타임스〉가 선정한 베스트셀러에 오를 거라고 생각할 것이다. 불행히도 베스트셀러는 작가의 명성에 좌우되거나 오락물과 관련된 책이 대부분이다.

실제로 지난해 〈퍼블리셔스 위클리〉에서 선정한 인기 어린이책 목록을 살펴보면 사실상 거의 모든 베스트셀러가 텔레비전 쇼나 영화, 혹은 유명인사와 연관되었다고 해도 과언이 아니다. 《블루 클루》 시리즈의 성공만 봐도 알 수 있다. 이 책처럼 단순한 보급판 도서들이 단지 그 쇼가 아이들에게 인기 있다는 이유로 서점 책꽂이에서 날개 돋친 듯 팔려나간다.

우리는 〈퍼블리셔스 위클리〉가 1999년에 새로 나온 양장본 중에 가장 많이 팔린 책 스무 권을 선정한 목록을 살펴보았다. 두 권은 《해리 포터》 시리즈였다. 열 권은 텔레비전 쇼나 영화와 관련된 책이었다. 또 한 권은 유명한 '치리오스 시리얼'이라는 소비 상품과 관련된 책이었다. 또 세 권은 유

출판사는 공동 자본 형식으로 서점에 광고와 행사 비용 및 전시 비용을 변제해준다. 이때 서점은 보통 그 출판사에서 발행한 도서의 판매 비율을 제한받는다. 예를 들어 지난달에 240만 원어치 책을 판 서점은 공동 자본에서 12만 원을 쓸 수 있다.

명 인사와 관련된 책이었고 세 권은 이름 있는 어린이책 작가나 일러스트레이터의 작품이었다. 이른바 출판사의 홍보 노력에 힘입어 베스트셀러가 된 작품은 리처드 폴 에반스(Richard Paul Evans)가 쓴 《춤 The Dance(옮긴이)》단 한 권뿐이었다. 이 책은 출판사가 어른들을 주 홍보 대상으로 삼아 집중 공략한 경우다.

그렇다고 여러분이 쓴 책이 죽을 때까지 베스트셀러가 될 수 없다는 이야기는 아니다. 시간이 걸려서 그렇지 언젠가는 여러분에게도 행운이 찾아올 것이다. 하지만 반대로 여러분 책의 서평이 〈뉴욕 타임스〉에 실리지 않고 영영 베스트셀러로 선정되지 못하더라도 절망하지 말자. 그보다는 그 책이 꾸준히 팔리고 언제나 글쓰기에 전념하는 일이 가치가 있다. 비록 친구와 가족이 알아주지 않더라도, 또 자신의 이름이 J. K. 롤링 다음에 올라 있지 않더라도 여러분은 성공적인 베스트셀러 어린이책 작가가 될 수 있음을 잊지 말자. 사실 어린이책 작가 중에는 베스트셀러 목록에 단 한 권의 책도 올리지 못했으면서도 훌륭한 작가로 경력을 쌓아가는 사람들이 많다. 경지에 도달하기 위해서는 고된 노력이 필요하고 그 분야에서 오래 살아남을 수 있어야 한다. 한 권에 만족하지 말자. 부디 아이들이 좋아하는 걸작을 척척 만들어낼 수 있도록 노력하자.

3장... 작가가 직접 책을 홍보하는 방법

　책을 쓴 작가 입장에서 여러분은 출판사가 좀더 적극적으로 홍보 활동에 나서주기를 기대한다. 오만 가지 홍보와 마케팅 아이디어를 갖고 회사가 제발 그렇게 해주면 안 될까 조바심하면서 말이다. 혹은 그와 반대로 "어떻게 해야 내 책이 사람들 사이에 소문이 날지 모르겠다"고 답답해하는 사람들도 있다. 지금부터는 출판사를 잘 설득해서 좀더 적극적인 홍보 활동에 나서게 하는 방법과 '안 되겠다, 내가 직접 홍보에 나서야지'라고 생각하는 사람들을 위해 작가가 직접 책을 홍보하는 방법을 살펴보도록 하자.

홍보 방안은 부드러운 표현으로

　작가가 자신의 책을 홍보하고 판매를 촉진시킨답시고 온갖 아이디어로 출판사를 귀찮게 하고 괴롭히는 행위와 실질적으로 도움을 줘서 홍보에 기여하는 행위는 큰 차이가 있다. 좋은 아이디어를 갖고 있다면 출판사에 자신의 의사를 전할 때 전문가다운 태도를 잊지 말자. 여러분 책을 맡은 홍보 담당자는 책 홍보에 대해 작가가 갖고 있는 아이디어를 하나도 남김없이 알고 싶어 한다. 실제로 린은 홍보 담당자로 근무할 때 작가들에게 좋은 홍보 아이디어가 있으면 모두 알려달라고 부탁하곤 했다. 마케팅 부서에서도 자세한 질문을 적어 작가에게 보내기도 한다. 만약 그런 질문서를 받으면 한 칸도 남김없이 정성껏 대답하자. 여러분과 여러분 책에 대한 홍보물을 작성할 때 기초 자료가 되기 때문이다.

일단 아이디어를 전한 뒤에는 그들에게 모든 일을 맡기도록! 편집자와 마찬가지로 홍보 담당자의 일과 역시 정신이 없다. 린 역시 홍보 담당자 시절 한 시간에 열 통이 넘는 전화를 받기 예사였다. 여러분 책을 맡은 홍보 담당자가 한 시간 동안 전화 열 통을 받는데 자칫 그중에 세 통이 여러분 목소리가 될지도 모른다. 그러지 말고 대신 생각해둔 홍보 방안을 목록으로 작성해서 홍보 담당자에게 전해주고 답변이 오기를 기다리자. 이때 답변이 오기까지 2주일 정도가 걸릴 수 있으니 절대 초조하게 굴어서는 안 된다.

언젠가 해럴드가 작가 총회에서 만난 작가의 이야기다. 그 작가는 별과 별자리를 주제로 쓴 자신의 책을 홍보하기에 천문대만큼 좋은 장소가 없다고 믿었다. 그래서 그녀는 고향 도서관으로 내려가 전국에 있는 천문대와 자연사 박물관에 대한 자료를 모두 수집했다. 막상 모으고보니 자그마치 2,000군데에 달했다. 그녀는 그렇게 모은 자료를 출판사에 넘겼고 출판사는 그녀가 쓴 책의 팸플릿에 모든 자료를 넣어 그녀가 준 목록에 있는 모든 기관으로 발송했다. 이 방법은 대단한 성공을 거두었고 출판사는 엄청난 양의 책을 팔 수 있었다.

간단히 말해서 작가가 출판사 손에 마케팅 아이디어를 완성시켜줄 도구를 쥐어준 경우다. 작가는 천문대와 자연사 박물관 주소와 위치 등에 대한 자료를 모으느라 여러 시간을 고생해야 했지만 그만한 보람이 있었다.

여기서 만약 작가가 천문대에 팸플릿을 보내자고 제안해놓고 더 이상 아무 조처도 하지 않았다고 가정해보자. 과연 홍보 담당자가 도서관에 틀어박혀 팸플릿 수신자 목록을 찾을 시간이 있었을까? 천만에. 홍보 담당자를

홍보 담당자들은 책을 홍보할 때 최선의 도구는 작가라고 말한다. 작가가 창의적인 방법으로 책을 홍보함으로써 사람들에게 대대적인 반응을 일으키는 경우가 종종 있다. 그렇기 때문에 작가와 홍보 담당자가 함께 일하면 그만큼 효과가 크다. 홍보 담당자를 사귀고 자신이 갖고 있는 아이디어를 내어주자. 단 쓸모없는 아이디어로 수없이 전화를 걸어 괴롭히는 일만큼은 삼가자.

대신해서 그 이상의 노고를 아끼지 않았기 때문에 그 작가는 뜻한 만큼 결실을 볼 수 있었다.

마찬가지로 작가가 홍보 담당자에게 좋은 방안은 제시했지만 수신인 목록은 구해주지 않고 매일 전화를 걸어 마케팅 팸플릿을 마땅한 곳에 보냈느냐 어쨌느냐 하면서 메시지를 남겨두었다고 하자. 세상에 이보다 무례하고 뻔뻔한 일은 없다. 십중팔구 그 홍보 담당자는 목소리의 주인공을 대번에 알아차리고 얼른 음성 메시지를 지워버릴 것이다. 이런 일은 절대 해서는 안 된다. 강요보다는 완곡한 표현으로, 그리고 언제든 팔을 걷어붙이고 도와주는 자세를 갖자.

작가가 쓴 보도 자료

좀더 능률적으로 홍보할 수 있는 방안은 없냐고? 홍보 담당자를 대신해서 보도 자료를 마련해주자. 생각해보자. 홍보 담당자는 여러분 책에 무한정 시간을 쏟을 수 없기 때문에 일반적인 서평 목록을 작성하는 일 외에는 아무 일도 할 수가 없다. 여러분이 좀더 폭넓은 홍보 활동을 벌이고 싶다면 직접 그에게 도움을 주면 된다. 작가가 직접 보도용 자료집을 만들어주면 홍보 담당자는 일을 줄일 수 있고 그렇게 해서 남는 시간을 그 책에 대한 다른 마케팅 관련 업무와 전화 통화에 할애할 수 있다.

홍보 담당자나 마케팅 담당자에게 자신의 아이디어를 전해줄 때는 다음과 같은 방법을 사용해보자. 먼저 처음 전화를 걸었을 때는 정중한 어투로 이렇게 말한다.

"여보세요, 저는 《○○○》의 작가 ○○○입니다. 도움이 될 일이 없을까 고민하던 중에 마침 몇 가지 아이디어가 떠올라 이렇게 전화를 드렸습니다. 어디로 연락을 드리면 될까요?"

전화 분위기가 비교적 편안해서 이야기를 꺼낼 수 있으면 보도 자료를 보내도 되겠냐고 넌지시 물어보자. 이때 자료집에는 자신의 책과 관련된 신문 기사와 구상해둔 아이디어, 그리고 작성해놓은 보도용 자료들을 함께 담는다. 타이핑은 필수사항임을 잊지 말 것! 또 한 가지, 홍보 담당자가 보도 자료를 사용하지 않을 때는 여러분이 직접 써도 된다는 사실. 그런 다음 홍보 담당자에게서 전화가 올 때까지 몇 주 정도 기다려본다. 홍보 담당자도 자료를 훑어볼 시간이 필요하니까. 절대 귀찮게 하면 안 된다. 만약 내가 낸 아이디어가 전혀 활용되지 않는다 싶으면 그땐 직접 나선다. 물론 시간 여유가 있을 때의 이야기다.

다음은 보도용 자료집에 포함되는 내용이다.

- 보도 자료 또는 신간 서적 공지. 책이 발행되었음을 알리는 것으로 간단한 책 소개와 함께 연락할 담당자에 대한 정보를 넣는다. 새 책이 화제를 불러일으킬 만한 소지가 있다고 판단되면 이 점도 함께 언급한다. 예를 들어 여러분이 원자력에 대한 어린이책을 썼다고 하자. 그리고 때마침 과학자들이 원자력을 이용한 암 치료법 개발에 성공했다면! 이런 발표야말로 여러분이 쓴 책을 뉴스거리로 만들 만한 사건이다.
- 작가 약력. 지면 한쪽에 작가의 삶을 자세히 기술하고 그의 작가 경력도 적는다. 이 작업에 작가만큼 어울리는 사람이 또 있을까?
- 작가나 그가 쓴 책에 대한 신문 기사 모음. 보도 자료에는 〈북리스트〉나 〈퍼블리셔스 위클리〉 같은 잡지에 실린 서평을 넣을 수 있다. 보통은 그 책이 좋은 서평을 받았을 경우에 해당한다.
- 소형 특집 기사. 기사 형식으로 쓴다는 점에서 소형 특집 기사는 형태만 다를 뿐 보도 자료와 똑같은 정보를 담을 수 있다. 실제로 기사 형태로 작성해두면 신문이나 잡지 발행사들은 작가가 보낸 소형 특집 기사를 그대로 기사화하기도 한다. 예를 들어 여러분이 보낸 자료집에 짧

보도 자료를 준비할 때는 모든 내용을 컴퓨터에 저장해야 한다. 그래야 홍보 담당자가 즉시 즉시 내용을 수정할 수 있고 문서를 편집할 수도 있다. 그렇지 않으면 누군가 일일이 컴퓨터에 입력해야 하는 불상사가 생긴다.

은 특집 기사를 담았다. 언젠가 불이 나서 다시 집을 짓느라 죽을 고생을 했는데 그 일이 계기가 되어 불조심에 대한 어린이책을 펴내게 되었다는 내용이다. 이런 기사라면 늘 일손이 모자라 고생하는 여러분 고장의 신문사가 반가워하며 얼른 기사로 실을 것이다.

- 쇼 구성안 또는 행사 방안. 내가 쓴 책이 사람들에게 큰 반향을 불러일으켜 모닝쇼 같은 토크쇼 관계자들이 관심을 가질 거라고 생각되면 이런 내용도 함께 포함시킨다. 예를 들어 여러분이 애완동물 보살피는 법을 담은 어린이책을 썼다. 이때는 쇼의 주제를 이렇게 설정해보자. 동물을 방치하면 무서운 결과를 가져온다, 그럼 어떻게 해야 어린이들이 자신의 애완동물을 잘 보살펴줄 수 있을까. 그런 다음 방법을 가르쳐준다. 그리고 그렇게 해야만 귀여운 아기 고양이와 강아지가 오래오래 안전하게 살 수 있다고 강조한다.

- 인터뷰에서 예상되는 질문 모음. 되풀이되는 이야기지만 기자가 누군가의 책에 관심을 가지는 경우, 그 작가가 기자를 위해 일할 준비가 되어 있고 실제로 해줄 수 있는 일이 많을수록 책을 알릴 수 있는 기회도 그만큼 커지는 법이다.

그런 다음 내가 마련한 자료들이 실제로 쓸모가 있을지 신중히 생각해본다. 그리고 최선을 다해 준비한 자료를 모아 홍보 담당자에게 보낸다. 실제로는 컴퓨터 디스크에 모든 서류를 저장하고 편지 한 장만 함께 보내면 충분하다. 이렇게 하면 홍보 담당자는 여러분이 준비한 자료를 자유롭게 사용할 수 있다. 물론 여러분이 보낸 자료를 어떻게 활용하느냐 하는 점은 전적으로 홍보 담당자 마음이다. 하지만 이렇게 했을 때 홍보 담당자가 얼마나 감격할지 여러분은 상상도 못할 것이다.

어느 시점에서 일러스트레이터에게 모든 권한을 일임하듯 결국 여러분은 어느 때가 되면 마케팅 부서에 책에 대한 모든 권한을 일임할 것이다. 마케팅에 관한 한 그들은 전문가다. 그렇기 때문에 여러분이 바라는 만큼 전폭적인 지원은 아니더라도 그들 나름대로 판단에 따라 승산이 있다고 생각되는 일을 한다. 수단 방법을 동원해서 직접 홍보에 나서자. 그러나 작가의 홍보 활동이 책의 성공을 좌우한다고는 생각하지 말자.

브루스 밸런은 작가는 지나치게 자기 책 홍보에 집착해서는 안 된다고 했다.

저는 그 일에 숙달되기까지 몇 년이 걸렸습니다. 잡지사와 라디오 프로그램은 물론 신문사와도 수없이 많은 인터뷰를 가졌습니다. 안내 책자와 전단지 그리고 서평 용지를 만들어 각 서점에 뿌렸습니다. 홍보 담당자를 고용하느라 지갑도 헐어야 했죠. 출판 기념회도 열었습니다. 각종 총회와 도서전, 학교와 세미나 등지를 돌아다니며 여러 차례 설명회를 열었습니다. 그 결과 이런 결론을 얻었죠.

- 출판사가 도와주지 않으면 작가가 나서봐야 별 소득이 없다.
- 설령 출판사가 적극적으로 나서주더라도 반드시 성공한다는 보장은 없다.
- 내가 가장 존경하는 작가는 글을 잘 쓰는 사람이지 선전하는 재주가 뛰어난 사람이 아니다.

관심 이끌어내기

책을 홍보하려면 반드시 시각을 설정해둬야 한다. 어린이책도 예외는 아니다. 서점에서든 대중매체에서든 수많은 책 속에서 자신의 책을 부각시켜야 한다. 서점에서 할 수 있는 책 관련 행사에 대해서는 다음 장에서 다루었으니 여기서는 대중매체를 중심으로 살펴보기로 하자. 우선 대중매체는 독자와 평론가에게 정보를 제공한다. 텔레비전의 경우 취재 기자들 역시 시청자에게 뭔가를 보여줘야 한다. 작가와의 대화가 좋은 예다. 하지만 그때도 작가가 뭔가를 '해야' 좋은 반응을 불러일으킬 수 있다. 뉴스국이 보도 기사를 만들기 위해서는 뉴스를 다루는 시각이 반드시 필요하다. 마찬가지로 작가가 자신의 책을 홍보하는 첫걸음은 시각 및 미끼, 즉 관심을 끌 만한 문구의 설정이다. 책을 썼다는 '가정 아래' 다음에 소개하는 방법을 고려해보자. 논픽션이나 픽션 모두 해당된다.

- 여러분은 지금 어린이를 위한 채소와 꽃 가꾸기 책을 썼다. 갑자기 무서운 폭풍우가 온 마을을 휩쓴다. 꽃밭이 망가지고 나무가 쓰러진다. 이때 여러분이 택해야 할 시각은 화단을 다시 가꾸는 일이다. 즉 아이들이 망가진 화단을 새로 일구는 과정을 도와주는 일이다.
- 이번에는 한 사내아이가 나고 자란 동네를 떠나 멀고 낯선 곳으로 이사 가서 새 학교에 적응하는 과정을 그린 그림책을 썼다고 하자. 먼저 어린아이들이 전학할 때 겪는 심리적인 충격을 분석한 통계 자료를 찾는다. 그런 다음 홍보용 자료집에 새 학교에 적응하는 요령을 제시해둔다. 즉 아이에게 도움이 된다는 생각을 갖게 해서 부모들이 책을 사도록 유인한다. 이때 대중매체는 부모들에게 '유용한' 정보로 이 자료를 적극 활용하려 할 것이다.
- 이번에는 폴란드 출신 할아버지와 경험한 일을 바탕으로 다문화 그림책을 썼다고 하자. 그 사실만으로도 여러분은 모든 폴란드계 미국인 클럽 내에 자연스럽게 '미끼'를 던져놓은 셈이다. 하위 집단이 이미 드러나 있기 때문에 같은 민족 배경을 가진 사람들에게 책은 쉽게 팔릴 수 있다.

자, 마음껏 상상의 날개를 펴보자. 여러분은 과연 어떤 방법으로 자신의 책에 대한 사람들의 관심을 이끌어낼 것인가?

홍보차 나선 기차 여행에서 여러분이 처음 정차할 곳은 바로 자신이 살고 있는 고장의 대중매체다. 여러분은 분명히 책을 냈고 또 어딘가에 살고 있다. 여러분이 고장의 뉴스거리가 되는 것은 그 때문이다. 도시에 살든 지방에 살든 그 고장의 신문사와 라디오 방송국, 그리고 텔레비전 방송국 문을 두드리자. 대도시에 사는 사람이라면 〈뉴욕 타임스〉나 〈시카고 트리뷴〉, 〈샌프란시스코 크로니클〉의 문을 두드리고 싶을 것이다. 물론 누가 뭐랄 사람은 없겠지만 주요 신문사가 자기 책에 관심을 가져주리라는 기대는 버려야 한다. 대신 가까운 신문사와 지방 케이블 텔레비전 쇼 프로그램을 찾아보자. 여러분 고장에서 주로 뉴스를 얻는 곳이 어디인가? 바로 그곳으로 가라! 작성해놓은 자료를 모아 고장 언론 매체로 보내자.

일단 모든 자료를 살고 있는 고장의 대중매체로 보낸 뒤에는 좀더 규모가 큰 곳을 공략하자. 단 그 지역을 여행할 계획을 세워야 하고 인터뷰에 응할 준비가 되어 있어야 한다. 내가 할 수 있는 홍보 활동이 정확히 어디까지인지 알아두자.

찾아간 곳이 여러분이 살고 있는 고장의 신문사가 아니라면 한두 가지 요구 사항이 있을 수 있다. 뉴스거리로 그만한 가치가 있다든지 작가가 그 고장을 찾아올 수 있어야 한다는 점 등이다. 스스로 생각하기에 자신의 시각이 유행의 흐름에 맞고 뉴스 기사로 어울리면 특집 담당 편집자에게 연락을 하자. 반면 사인회를 개최하거나 그 고장을 찾아갈 계획이 있으면 어린이책 평론 담당 편집자를 찾자.

생방송이나 녹화 방송으로 작가와 전화 인터뷰를 하기에 라디오 프로그램만큼 적합한 곳은 없다. 부근의 도서관에 가서 대중매체 명부를 찾아 주제별로 쇼 프로그램 목록을 샅샅이 뒤져보자. 만약 여러분이 쓴 책이 어린이의 체력 단련을 주제로 했다면 아침 스포츠 쇼와 인터뷰를 성사시키기 위해 적극 공략한다. 라디오 방송국의 토크쇼 제작자들은 재미있고 유익한 인터뷰로 방송 시간을 채우기 위해 항상 바쁘게 뛰어다닌다. 굳이 책과 관련된 쇼에만 범위를 국한시킬 필요는 없다. 실제로 이런 쇼들은 비중 있는 성인 도서를 주로 다루기 때문이다.

반면, 텔레비전 프로그램은 시청자들에게 늘 뭔가를 보여줘야 한다. 그 뭔가가 바로 당신이라면! 남에게 자기 자신을 부각시키려면 풍부한 정보를 갖고 있거나 뉴스 기사가 될 만한 미끼가 있어야 한다. 책 주제에 따라 어떤 종류의 미끼를 사용할지 예를 들어 살펴보았지만 여러분 스스로 자신에게 맞는 미끼를 찾아야 한다. 예를 들어 데이빗 위스니우스키는 일러스트레이터로 알려지기 전까지 멋진 그림책을 그린 사람으로보다 서커스 학교를 다녔다는 사실로 많은 이들의 관심을 끌었다.

작가가 직접 자기 책을 홍보하려면 많은 시간과 노력이 필요하다. 그럴 각오가 아니라면 아예 시작하지도 말자. 어떤 방향을 택하든 여러분 마음이다. 하지만 자신이 할 수 있는 일이 무엇인지 사전에 반드시 고려해보기를 바란다.

작가들이 자신의 책을 홍보하기 위해 여행을 떠나는 경우가 있는데 그러려면 비용이 많이 든다. 게다가 어린이책 전문 출판사는 작가에게 여행비를 지불하지 않는다. 선뜻 지갑을 열 수 있는 부자가 아니라면 전국 6개 도시 순회 여행 같은 계획은 아예 세우지도 말자. 그러나 사업차 일주일 동안 보스턴에 가게 되었는데 시간 여유가 있다 싶으면 절대 기회를 놓치지 말자. 그곳에 있는 대중매체에 연락해 출연하고 싶다고 제안하자. 하지만 그런 경우가 아니라면 차라리 돈을 아껴두었다가 나중에 즐거운 휴가에 사용하도록 하자.

4장... 서점의 판매 경쟁

여러분이 책을 홍보하기 위해 전국 방방곡곡을 돌아다니든 그냥 사는 동네에 머물든 서점과 관련된 홍보 활동만큼은 절대 빠뜨리지 말자. 현재 반스 앤 노블이나 보더스(Borders) 등의 대형 체인 서점과 독립 서점들 사이에 벌어지고 있는 격렬한 판매 경쟁은 실질적으로 여러분과 여러분 책에는 도움이 된다. 어떻게 도움이 되냐고? 양측 모두 독자를 더 많이 끌어 모으려고 혈안이 되어 있기 때문이다. 최근 서점의 지역 홍보 활동 추세는 책과 관련된 '행사, 즉 이벤트' 개최다.

이 장에서는 그런 행사를 예약하려면 누구를 찾아가야 하며 사람들을 끌어 모을 수 있는 행사에는 어떤 종류가 있는지, 또 행사 현장에서 책 판매고를 높이기 위해 작가가 할 수 있는 일은 무엇인지 알아보기로 하자.

두 서점 이야기

한때 길 언덕배기에 있는 고풍스런 서점이 문학서의 보금자리였던 시절이 있었다. 온 동네 사람들이 신간 베스트셀러 소설이나 예쁜 그림책을 사기 위해 옹기종기 그곳으로 모여들었다. 그러나 지금은 점점 더 많은 독립 서점들이 10만 권이 넘는 장서를 장르별로 세심하게 분류해놓은 초대형 서점들에게 자리를 뺏기고 있는 실정이다. 맥 라이언과 톰 행크스가 주연한 로맨틱 코미디 영화 〈유브 갓 메일 You've Got Mail〉은 한 독립 어린이책 서점 주인(라이언 분)과 체인을 갖고 있는 법인 서점의 소유주(행크스 분) 사이에 빚어지는 사랑 이야기다. 현실적으로 어느 쪽이 큰 손인지는 누구나 알 수 있다. 반스 앤 노블, 보더스, 타워(Tower) 그리고 크라운(Crown)이 그들이다. 린이 살고 있는 조그만 도시에서조차 보더스 분점 두 곳과 반스 앤 노블 분점 한 곳이 서로 고객 경쟁을 벌이고 있다. 거기서 교외로 몇 킬로미터만 나가도 타워 분점 한 곳과 반스 앤 노블 한 곳이 불과 한 블록을 사이에 두고 자리잡고 있다. 어디 그뿐인가, 그보다 규모가 작은 체인 서점들과 독립 서점들도 고려하지 않을 수 없다. 이처럼 워낙 많은 서점이 난립하다보니 고객 유치와 유지에 혈투가 벌어질 수밖에 없다.

이런 서점들이 지역 사회에 이바지하면서 단골 고객을 확보할 수 있었던 것은 서점 내 지역 홍보 부서의 공이다. 현재는 각 분점에까지 섭외 담당자가 있다. 체인 서점의 섭외 담당자는 대중매체에 쟁점이 될 만한 책을 알리는 일 외에도 책과 관련한 각종 행사를 준비하고 작가 사인회를 마련하는 일을 맡는다. 본래 지역 홍보 담당자가 할 일은 매달 있을 행사 달력을 대량 제작하는 일이다. 그 달력에는 매주 개최하는 책 읽어주기 행사부터 매달 있는 북 클럽 모임, 그리고 작가 사인회와 각종 정보를 제공하는 세미나 등 모든 행사 계획이 담겨 있다. 서점은 '무료 공개' 행사를 개최함으로써 많은 고객을 끌어 모을 수 있고 자연히 많은 책을 팔 수 있다. 여러분 책이라고 예외이겠는가! 고객을 끌어 모으는 행사로는 파티와 세미나가 단연 최고다. 그리고 파티 중에서도 가장 흥겹고 규모가 큰 행사가 이루어지는 곳이 바로 어린이책 부문이다.

아이들은 책을 좋아한다. 특히 자신이 즐겨 읽는 책과 관련된 행사에 참가해 어울리기를 좋아한다. 《하디 보이스 Hardy Boys》와 《초원의 집》 시리즈에 흠뻑 빠져 있던 어린 시절을 기억하는가? 그때 여러분은 한 달에 한

대형 서점이라고 하면 보통 10만 권이 넘는 책을 보유한 큰 서점을 말한다. 대형 서점은 책 외에 CD류와 문구류, 장난감 등의 다른 물품 등을 함께 취급한다. '반스 앤 노블'과 '보더스 북스 앤 뮤직'은 대형 서점으로 알려진 체인 서점이다.

번, 로라 잉걸스처럼 차려입고 《큰 숲 속의 작은 집 Little House in the Big Woods(드라마 〈초원의 집〉의 원작 – 옮긴이)》을 한 구절 한 구절 따라 읽으면서 100년 전 로라가 했을 법한 행동을 되새기며 꿈 같은 저녁 시간을 보내지 않았던가? 그러던 소녀들이 지금은 체인 서점 소속 아메리칸 걸 클럽(American Girl Clubs)에서 주최하는 각종 행사에 참여해 여러 가지 활동을 즐기고 있다. 《애니모프스》나 《아메리칸 걸스》 같은 시리즈물에 기반을 둔 아동 클럽 외에도 서점에서는 꼬마 고객과 부모들에게 책을 좋아하도록, 나아가서는 사도록 하려고 다양한 기회를 제공한다. 책 읽어주기 시간에서부터 책의 등장인물처럼 차려입은 파티를 열고 부모와 자녀가 함께 참여하는 북 클럽을 만드는 등, 세계 각지의 서점들은 아이와 부모들을 자극해서 책을 팔기 위해 온갖 수단과 방법을 동원하고 있다.

그렇기 때문에 여러분이 직접 책을 홍보할 수 있는 기회도 그만큼 많다. 그렇다면 가장 홍보하기 좋은 곳은 어디일까? 여러분이 사는 고장의 서점을 목표로 해도 좋고 마음껏 폭넓게 여러 곳을 돌아다녀도 좋다. 그러나 행사장이 한 곳이든 여러 곳이든, 작가가 자기 책과 관련한 행사를 갖는다는 것은 결코 만만한 일이 아니다. 바빠서 넋이 빠질 지경인 매장 영업 사원에게 전화를 걸어 나는 작가인데 책 사인회를 갖고 싶다고 하면 십중팔구 실패하기 십상이다. 철저히 계획을 세워 행사 담당자나 지역 홍보 코디네이터 또는 담당자와 연락을 취해야 한다.

적당한 목표 찾기

예를 들어 여러분이 《낄낄이와 히죽이 Giggles and Grins(옮긴이)》라는 책의 저자다. 책을 펼치면 그림이 툭 하고 올라오는, 온갖 우스꽝스런 얼굴 모습과 장난으로 가득 찬 이 책이 막 인쇄소에서 뛰쳐나와 따끈따끈한 상태로 서점에 쫙 깔렸다고 하자. 여러분이 사는 고장에 행사를 열 만한 서점이 세 곳 있다. 이때 아이들의 천진한 웃음을 자아내는 행사를 계획하기에 앞서 여러분은 먼저 그 서점이 고객들에게 행사 달력을 제공하는지부터 알아야 한다. 상점가에 있는 작은 서점들은 행사를 개최할 만한 공간도 직원도 없다. 먼저 서점에 전화를 걸어 종업원에게 그 가게가 책과 관련한 행사를 여는지 확인하자. 행사를 열지 않는다면 더 이상 직원을 괴롭히지 말자. 그냥 다음으로 넘어가면 된다. 행사를 연다고 하면 담당자가 누군지 물어보자. 주의할 점! 서로 경쟁하고 있는 서점 두 곳에서 비슷한 시기에 파티를 열거나 모임을 계획하는 일은 삼가자. 이런 행동은 결국 책과 행사에 대한 사람들의 관심을 희석시킬 뿐이다. 가장 마음에 드는 서점 한 곳을 골라 우선권을 준다. 그리고 어느 정도 시간이 흐른 뒤 다른 서점을 골라 경쟁이 될 만한 행사를 계획한다. 그럼 사람들도 덜 혼란스럽고 작가인 여러분도 가는 서점마다 신뢰를 쌓을 수 있다.

현재 많은 서점들이 책 관련 행사를 주관하고 지역 주민과의 상호 관계를 전담하는 직원을 채용한다. 지역 홍보 담당 코디네이터(CRC) 또는 지역 홍보 담당자(CRM)가 그들이다. 린은 실제로 주요 대형 서점에서 몇 년 동안 지역 홍보 담당자로 일한 경력이 있다. 당시 린은 그 지역의 관할 구역 내에 있는 서점 네 곳의 섭외 활동을 담당했다.

"매달 좀더 효과 있고 품격 있는 행사, 재미와 독창성을 갖춘 행사를 구상하느라 고생이 많았죠. 그중에서도 어린이책 부문에 신경을 제일 많이 썼어요"라고 린은 말한다. 흔히 지역 담당 또는 마케팅 담당으로 통하는 이 사람들이야말로 여러분이 서점에서 책을 홍보하기 위해 접촉해야 하는 사람들이자 자기네 서점에서 계획한 행사 달력에 빈칸을 채워줄 행사의 주인공으로 여러분 같은 작가를 애타게 찾아다니는 사람들이다. 서점에 전화를 걸어 작가 관련 행사를 전담하는 직원이 있는지 물어보자. 그런 다음 직원과 통화해서 지역 홍보 담당 코디네이터의 직통 전화를 물어보거나 메시지를 남

작가 사인회나 어린이를 위한 책 읽어주기 시간, 북 클럽 및 그 밖의 작가 관련 행사를 매장 밖에서 개최하는 서점들은 흔히 월별로 행사 날짜와 시간을 적은 달력을 제작한다. 달력에는 짤막한 설명이 곁들여 있기 때문에 고객은 언제 어떤 행사가 개최되는지 정확히 알 수 있다. 이런 유인물을 흔히 '행사 달력'이라고 한다.

길 수 있는지 물어보자. 여러분이 책 관련 행사를 갖고자 하는 서점에 지역 홍보 담당자가 따로 없을 때는 직접 서점 주인과 이야기를 나누면 된다.

메시지 남기는 에티켓

곧장 지역 홍보 담당 코디네이터의 전화번호를 알아냈다면 여러분은 참으로 운이 좋은 사람이다. 메시지를 남겨달라는 부탁을 할 수 있어도 역시 운이 좋은 경우다. 지역 홍보 담당 코디네이터는 기부금을 내달라는 학교 관계자부터 책 관련 행사를 갖고 싶다는 작가에 이르기까지 수많은 사람들로부터 전화 공해에 시달리기 때문에 주로 통화 중이거나 지역 활동 때문에 외근 중일 때가 많다. 샌프란시스코 베이 지역에 있는 반스 앤 노블 서점의 전직 지역 홍보 담당자인 젠 파이퍼(Jenn Pfeiffer)는 언젠가 이틀 동안 일을 쉰 적이 있었는데 돌아와보니 그동안 쌓인 메시지가 자그마치 90여 건에 달해 한숨이 절로 나왔다고 한다. 파이퍼는 그때를 떠올리며 이렇게 말한다.

이틀 동안 쌓인 메시지를 일일이 확인하면서 바로바로 지워야 했어요. 그래야 다른 메시지를 받을 공간이 생기거든요. 그렇지 않으면 순식간에 꽉 차버려요.

그들은 과도한 전화 통화에 시달린다. 그것도 전화 건 사람이 자기 일에 대해 끝없이 지껄이는 내용이 대부분이다. 처음 서점 관계자와 접촉할 때는 요령이 필요하다. 아래에 제시한 방법대로만 하면 서점 측의 호의를 얻어 여러분이 하고자 하는 행사에 전폭적인 지원을 얻을 수 있을 것이다.

- 먼저 이름을 말하되 가급적이면 철자를 정확히 알려준다. 그리고 전화번호를 남긴다. 지역 홍보 담당자들은 거의 대부분 전화 내용을 기록한다. 만약을 대비해 전화번호를 한 번 더 강조한다.
- 책 제목과 ISBN을 말한다.

- 행사하고 싶은 시간대를 알려준다.
- 책에 대한 보도 자료 및 언론 매체에 난 기사, 그리고 계획하고 있는 행사의 세부 내용을 편지에 적어 보내겠다고 제안한다.
- 편지를 보낸다.
- 회신이 오기를 끈기 있게 기다린다.

만약 서평용 책 견본이 있으면 함께 보낸다. 그럼 여러분과 함께 행사를 열기로 결정한 지역 홍보 담당 코디네이터가 책 읽어주기 시간 전에 서점에 전시할 포스터를 제작할 때 책 표지를 스캔할 수 있다.

파티 계획

이제 여러분은 서점 행사 담당자나 주인에게 메시지를 남겼다. 어쨌든 답변을 듣기 전에는 자세한 정보를 보낼 필요가 없다. 하지만 대부분의 서점 관계자들은 여러분의 생각을 글로 검토해보고 싶어 할 것이다. 행사 아이디어를 서점에 파는 것은 여러분 자유다. 지역 홍보 담당 코디네이터는 고객을 많이 모을 수 있는 제대로 준비된 행사를 원한다. 그렇기 때문에 무명 작가의 사인회처럼 그저 그렇고 실패할 것이 뻔한 행사는 거들떠보지도 않는다. 만에 하나 그가 OK한다 해도 결국 차라리 안 했으면 좋았을걸 하는 후회만 낳는다.

사인회 같은 행사는 작가와 서점 관계자 모두에게 잔인한 결과를 가져올 수 있다. 작가가 윌 스미스나 아널드 슈워제네거 같은 유명 인사이거나 《해리 포터》 시리즈 같은 인기 절정의 시리즈물 작가가 아니면 사람들은 모이지 않는다. 그저 탁자 뒤에 우두커니 앉아 바삐 스쳐 지나가는 사람들을 쳐다봐야 할지도 모른다. 지나친 욕심은 금물!

창의력으로 무장하고 계획을 세우자. 그리고 신나는 행사를 계획할 수 있도록 서점에 각종 아이디어를 제공하자. 이때 여러분의 선택권을 제한할 수 있는 것은 오직 여러분 자신의 창의력뿐이다. 그러나 서점의 선택권은 제한되어 있으니 그들의 규정에 따라야 한다. 일반적으로 서점의 어린이책 코너에서 실천할 수 있는 행사들은 다음과 같다.

- 취학 전/취학 연령 어린이를 위한 책 읽기 시간 : 서점들은 대부분 일주일에 두 번 이상 책읽기 시간을 운영한다. 주로 어린이책 담당자가 맡지만 다른 직원이 할 때도 있는데 대충 아무 그림책이나 읽어주면서 시간을 때운다. 주제를 정하거나 손가락 놀이와 노래를 곁들이면 효율적으로 이 시간을 운영할 수 있다.
- 시리즈 클럽 행사 : 어린이 북 클럽이 한 예다. 특정 시리즈물에 푹 빠져 있는 아이들을 그룹으로 모아놓고 빙 둘러앉아 자기들이 가장 좋아하는 책을 주제로 이야기를 나누게 한다. 여기저기 우후죽순처럼 생겨나는 아메리칸 걸스 클럽이나 애니모프스 클럽 등이 이에 해당한다. 클럽을 잘 운영하는 사람은 저녁에 개최하는 행사에 다른 어린이 문학서를 함께 소개한다. 예를 들어 아메리칸 걸스 클럽이 1940년대에 살았던 주인공을 주제로 삼았다면 진행자는 그 시절에 나온 낡은 라디오를 보여주거나 제2차 세계대전 당시 여자들이 어떤 역할을 했는지 궁금한 아이들을 위해 다른 책을 소개해줄 수 있다.
- 등장인물 되어보기 파티 : 어린 꼬마들이 제일 좋아하는 행사! 이런 행사에는 여러분 자녀들이 제일 좋아하는 이야기책 주인공, 이를테면 커다랗고 붉은 개 클리포드나 《만약 생쥐에게 과자를 준다면(옮긴이)》에 나오는 쥐로 분장한 사람이 등장한다. 그런 다음 그 주인공들이 자주 나오는 책과 주인공을 만들어낸 작가가 쓴 다른 책들을 읽어준다. 책 읽기가 끝나면 축제가 열리기도 한다. 만약 여러분 책에 아이들의 눈을 사로잡을만한 등장인물이 나온다면 직접 의상을 만들어 입거나 등장인물을 꼭 빼닮은 인형을 만들어보자. 아이들에게 책을 읽어주면서 인형 쇼를 열어보면 어떨까.
- 작가가 직접 책을 읽으면서 작품 소개하기 : 작가가 직접 자신의 책을 아이들에게 읽어준다. 책장을 열자마자 벌레가 툭 튀어나오는 책 시리즈로 유명한 데이비드 카터(David Carter)처럼 아이들 앞에서 '칠판 수

업'을 해도 좋다. 이때 작가나 일러스트레이터는 어린 청중들을 앞에 두고 머리 속의 생각을 꺼내 책으로 표현하는 법을 보여준다. 인형이나 연극(물론 연습은 필수!) 역시 책읽기를 보충하는 역할을 한다.

- 여러 가지 활동 : 이런 행사에서 활동은 책을 중심으로 이루어진다. 예를 들어 《무지개 물고기》를 읽어준 다음 청중으로 앉아 있던 아이들에게 직접 반짝이 비늘이 달린 무지개 물고기로 분장할 수 있는 만들기 재료를 나눠준다. 이때 준비물은 공작용 색지와 구슬, 반짝이, 풀, 그리고 물감 등이다.

관심 끌기

다시 행사 계획 단계로 돌아가자. 여러분이 도움을 많이 주면 지역 홍보 담당 코디네이터나 매니저 역시 여러분을 적극 도와줄 것이다. 요령은 이렇다. 행사용으로 생각해둔 아이디어를 그에게 모두 알려주고 행사 홍보에 적극 참여한다. 대중매체가 이 행사를 다뤄주기 바란다면 더 열심히 노력해야 한다. 미리 준비해둔 보도용 자료집이 있으면 지역 홍보 담당자에게 보내자. 그리고 다음 내용을 적은 소개 편지를 함께 보내자.

- 작가 이름, 책 제목, ISBN, 출판사
- 일반적인 출판 방법을 택하지 않았거나 자비 출판 도서인 경우 책을 구할 수 있는 곳
- 행사 계획
- 행사를 마련할 수 있는 날짜와 시간. 적어도 세 달 혹은 그 이상 앞서 생각해야 한다는 사실을 잊지 말 것
- 행사 홍보 계획 및 구매자 모집 방안.
- 행사 달력 담당 편집자와 각종 지역 간행물로 보낼 보도 자료 및 행사 안내 템플릿(template : 어떤 서식에서 자주 사용되는 기본 골격 – 옮긴이)

행사 직전에 서점 측과 보도용 자료집은 제대로 보냈는지, 또 작가가 행

사장에 나와야 하는지 등을 확인한다. 하지만 제아무리 치밀하게 계획을 세워도 어그러질 때가 있는 법. 행사 당일이 되면 일찍 나와 서점 직원들과 먼저 인사를 나눈 다음 손님들에게 정식으로 자신을 소개한다. 그럼 행사에 대해 처음부터 끝까지 알고 싶지 않은 사람이라도 즐거운 마음으로 행사에 참여할 것이다.

이대로만 해보자. 그럼 '책 사인회'나 '책읽기'처럼 진부한 행사가 아닌 진짜 멋진 행사로 순조롭게 앞길을 열어갈 수 있다. 어느 어린이책 작가를 붙잡아도 이런 이야기를 들을 수 있다. 서점에 가서 두 시간이나 떠들었는데 처음부터 끝까지 들은 사람이 고작 세 명뿐이더라, 혹은 사인 받겠다고 찾아온 사람이 스물다섯 명이나 되기에 이게 웬일이니 하며 흥분했더니 그중 스물세 명 제발 와달라고 사정해서 할 수 없이 온 친구들이더라. 여러분은 분명 자신을 모르는 사람이 그런 자리에 와주기를 바란다. 그러려면 서점 측과 긴밀히 협조하고 철저히 계획을 세워 행사를 알려야 한다.

자신과 관련된 행사가 들어 있는 행사 달력은 물론이고 그 밖에 지역 홍보 담당자에게 보낸 행사 제안 편지와 보도용 자료집 사본들도 잘 보관해야 한다. 그럼 뒷날 서점 행사 등을 통해 책을 홍보할 때 아이디어를 재활용할 수 있고 새로 홍보 담당자를 만났을 때도 앞서 성공적으로 행사를 개최했다고 자랑할 수 있다. 달력에는 보통 서점 전화번호가 적혀 있기 때문에 새로 만난 홍보 담당자는 앞서 여러분과 함께 행사를 주최한 서점에 전화를 걸어 과연 그 행사가 얼마나 성공적이었으며 사전에 대비해야 할 문제점들은 어떤 것이 있는지 쉽게 알아볼 수 있다.

또한 후속 작업으로 잊지 말아야 할 것이 바로 홍보 담당자에게 감사 편지를 띄우는 일이다. 운이 좋았다면 그들은 여러분을 고마운 마음으로 기억해줄 것이다. 그리고 다음 책을 낼 때도 많은 도움을 줄 것이다.

5장... 내가 상을 타다니!

지금 여러분은 심혈을 기울여 만든 작품을 펴낼 생각에 몰두해 있기 때문에 앞으로 다가올 명성 같은 것은 생각할 겨를이 없다. 하지만 기억하자. 어린이책 분야는 작가에게 명성과 상을 안겨줄 수 있는 기회가 많다는 점을. 최고의 명예를 얻는다고 모든 것을 얻을 수는 없지만 오래도록 작가로서 경력을 쌓고 더욱 큰 꿈을 키울 수 있는 버팀목이 되는 것만은 확실하다. 실제 주요 어린이 문학상을 하나라도 받은 책은 고전으로 간주되어 오래도록 판매가 보장된다. 또한 출판사들은 어떤 작가가 처음으로 책을 냈는데 그 책이 미국 도서관 협회에서 수여하는 코레타 스코트 킹(Coretta Scott King) 상이나 미국 도서 상(National Book Award)을 받으면 그의 두 번째 책에도 상당한 기대를 건다. 이제부터 여러분이 작가로 명성을 얻고 동료 작가들의 존경을 얻을 수 있는 여러 가지 방법을 알아보기로 하자.

작은 서점도 좋고 큰 서점도 좋으니 아무 서점에나 들어가보자. 어디서든 뉴베리 상 수상작과 칼데콧 상 수상작을 모아둔 곳을 쉽게 찾을 수 있다. 말하자면 이들은 어린이책 부문의 아카데미 상이다. 수상이 책 판매에 즉각 영향을 미치는 다른 어린이 문학상과는 달리 이 상의 수상작은 출판사로 하여금 수만 부를 추가로 찍어내게 할 만큼 위력이 있다. 왜냐고? 사람들이 금방 알아보고 곧 날개 돋친 듯 팔려나갈 것이기 때문이다. 그럼 두 상에 대해 자세히 알아보기로 하자.

뉴베리 상

미국 도서관 협회 산하 어린이 도서관 협회(Association for Library Service to Children, 약칭 ALSC)는 해마다 전년도에 출간된 어린이책 중에 '최우수 도서'를 선정해 뉴베리 상을 수여한다. 1921년 6월 21일 프레더릭 G. 멜처(Frederic G. Melcher)가 미국 도서관 협회 내 어린이 도서관 사서들과 가진 회의에서 제안한 이 상은 18세기 영국의 서적 상인이었던 존 뉴베리(John Newbery)의 이름을 땄다.

세계 최초로 어린이책에 수여된 상이라는 점에서 뉴베리 상은 다른 상에 비해 특별한 의미를 가진다. 실제 이 상을 받는 작품은 1년에 단 한 권이지만 협회는 수상작에 버금가는 평가를 얻은 몇 권의 책을 따로 '영예 도서'로 선정한다. 이렇게 선정된 작품들 역시 상당한 명성을 얻는다.

역대 뉴베리 상 수상작으로 인기를 누린 책으로는 로이스 로리(Lois Lowry)의 《더 기버 The Giver》와 메들렌 렝글(Madeleine L' Engle)의 《시간의 주름 A Winkle in Time》, 패트리샤 맥라클란(Patricia MacLachlan)의 《사라는 못난이 꺽다리 Sarah Plain and Tall(옮긴이)》 등이 있다.

칼데콧 상

뉴베리 상은 뛰어난 어린이책 작가들에게 명예를 얻을 수 있는 길을 열어주었다는 데 그 의미가 있다. 그러나 어린이책 일러스트레이터들은 명예를 얻을 수 있는 방법이 없었다. 그래서 1937년, 그림책 속의 이야기에 생명을 불어넣어주는 일러스트레이터에게 명예와 격려를 함께 주자는 취지에서 두 번째 상이 제정되었다. 19세기 영국의 일러스트레이터 랜돌프 칼데콧(Randolph Caldecott)을 기리기 위해 그의 이름을 딴 칼데콧 상은 이렇게 해서 생겨났으며 역시 어린이 도서관 협회(ALSC)가 최우수 어린이용 그림책 일러스트레이터에게 수여한다. 물론 작가도 그림에 영감을 불어넣어준 글을 쓴 공로로 어느 정도 인정은 받지만 칼데콧 상의 수상자는 일러스트레이터다.

칼데콧 상의 수상 기준을 보자.

'위원회는 이 상이 그림책에 실린 그림 중에 가장 뛰어난 작품과 어린이들이 보기에 가장 뛰어난 회화적 표현을 담은 그림에 수여되는 상임을 명심해야 한다. 이 상의 대상은 교훈적인 그림이나 인기 있는 작품이 아니다.'

책이 잘 팔린다고 해서 전문가들이 수상작으로 선정하지 않는다는 뜻이다. 다른 상들도 이와 마찬가지니 명심하도록.

최근 칼데콧 상 수상작에는 에밀리 아놀드 맥컬리의 《줄 위의 미레트》, 데이비드 다이어즈(David Diaz)가 그림을 그린 《연기 자욱한 밤 Smoky Night(옮긴이)》과 매리 애저리언(Mary Azarian)이 그림을 그린 《눈송이 벤틀리 Snowflake Bentley(옮긴이)》가 있다. 또한 뉴베리 상과 마찬가지로 수상작으로 선정되지는 못했지만 그에 버금가는 평가를 얻은 책을 '영예 도서'로 선정한다.

그 밖의 상

하지만 아무리 노력해도 뉴베리 상이나 칼데콧 상을 못 받으면 절대 유명해질 수 없다는 뜻은 아니다. 가치 있는 작품은 어디서든 그 가치를 인정받는 법이다. 비록 뉴베리 상이나 칼데콧 상과 같은 명예는 아니지만 훌륭한 책으로 선정될 수 있는 방법은 있다.

■ 미국 도서 상

1950년, 도서 출판인 그룹 내에 한 협회가 뉴욕 시에서 1년에 한 번 개최되는 제1회 미국 도서 상 수여식과 만찬회를 후원했다. 미국인이 쓴 훌륭한 책을 사람들에게 널리 알려 교양도 넓히고 독서의 즐거움도 알려주자는 취지에서 생겨난 이 상은 50년이 넘는 세월 동안 해마다 네 개 장르, 즉 픽션과 논픽션 그리고 시와 어린이 문학 부문에서 가장 뛰어난 문학 작품에 수여되었다. 이 상의 수상작으로 선정되면 크리스털 조각상과 함께 10만 달러라는 '큰 상금'을 부상으로 받는다. 참고로 이 상의 어린이 문학 부문은 오랫동안 제외되어왔다가 최근에 다시 제정되었다.

■ 코레타 스코트 킹 상(Coretta Scott King Award)

코레타 스코트 킹 상은 문화의 이해와 가치를 진작시키고 모든 인종에 기여한 어린이 및 청소년 문학 작품을 대상으로 공로가 뛰어난 아프리카계 미국인 작가와 일러스트레이터에게 수여하는 상이다. 지금은 고인이 된 인권 지도자 마틴 루터 킹 주니어 박사의 미망인 이름을 딴 이 상은 남편이 평화를 위해 평생 노력할 수 있도록 지원해준 그녀의 용기와 결단력을 칭송하는 의미 외에도 고인이 된 지도자를 기리는 뜻을 담고 있다.

1999년에 코레타 스코트 킹 상은 30주년을 맞이했다. 이 상의 2000년도 수상작은 뉴베리 상 수상 작가이기도 한 크리스토퍼 폴 커티스의 《새싹 Bud(옮긴이)》이었다. 일러스트레이터 부문은 브라이언 핑크니(Brian Pinkney)가 그림을 그리고 킴 L. 지겔슨(Kim L. Siegelson)이 글을 쓴 《북 치던 시절 In the Time of the Drums(옮긴이)》이 차지했다.

■ '초원의 집' 여주인공이 주는 상

미국 도서관 협회 산하 어린이 도서관 협회는 미국에서 출판된 책 가운데 오래도록 어린이 문학에 큰 비중을 차지하며 기여한 작품의 작가나 일러스트레이터에게 3년에 한 번 로라 잉걸스 와일더(Laura Ingalls Wilder) 상을 수여한다. 이 상을 평생 공로상이라고 부르는 이유도 그 때문이다.

로라 잉걸스 와일더를 모르는 사람은 없을 것이다. 《큰 숲 속의 작은 집》을 필두로 시작된 그녀의 책 시리즈는 재미와 역사적인 정보를 함께 담고 있다.

이 상의 역대 수상자로는 러셀 프리드먼, 버지니아 해밀턴, 마샤 브라운 (Marcia Brown), 모리스 센닥, 루스 소여(Ruth Sawyer) 등이 있다.

그럼 미국 내의 상은 위에 소개한 것이 전부일까? 물론 아니다. 좀더 알아보면 이 상들 외에 최우수 역사 소설에 수여하는 스콧 오델(Scott O' Dell) 상, 어린이 도서 작가 및 일러스트레이터 협회가 회원을 대상으로 수여하는 황금 연(Golden Kite) 상, 전국 영어 교사 협의회가 최우수 어린이 논픽션 도서에 수여하는 오비스 픽투스(Orbis Pictus) 상 등이 있다. 앞서 말한 두 개의 큰 상과 비교하면 영향력은 크지 않지만 이 상들 역시 작가의 이름을 알리는 데 도움이 된다. 이 상을 받은 책은 급작스럽게는 아니더라도 꾸준히 판매량을 늘릴 수 있다.

■ 고뇌의 10대, 청소년 도서에 주는 상

1950년대 이전에는 '10대'라는 개념 자체가 없었다. 생활의 필요성 때문에 당시만 해도 사람은 어린아이에서 곧장 어른으로 넘어갔다. 그러나 경제가 발전하고 출생률이 급상승하면서 어느 날 갑자기 10대라는 연령층이 등장했다. 10대들의 고뇌와 기성세대에 대한 반항이 사회 표면으로 부각되었고 로큰롤이 인기를 끌었으며 심지어 10대를 대상으로 한 오락까지 생겨났다. 사춘기라는 질풍노도의 시기를 겪고 있기 때문에 이들 10대 집단은 자신들의 관심에 부응하는 책에 끌릴 수밖에 없다. 10대라는 연령층이 세상에 부각되자 곧장 '청소년' 도서 분야가 등장했다. 그리고 진실하고 분명한 목소리로 10대 독자에게 이야기를 들려주는 작가들에 대한 보답으로 두 가지 상, 즉 마거릿 에이 에드워즈(Margaret A. Edwards) 상과 마이클 엘 프린츠(Michael L. Printz) 상이 제정되었다.

■ 마거릿 A. 에드워즈 상

〈스쿨 라이브러리 저널〉이 후원하는 이 상은 1988년에 제정되었으며 청소년들에게 자신의 세계를 꿰뚫어볼 수 있는 시각을 제시하고 그들의 정체성과 사회에서의 역할을 깨닫고 성장하는 데 기여한 작가에게 수여되며 상금으로 2,000달러를 준다. 이 상의 가장 큰 의미는 사춘기 청소년들에게 자신의 정체성을 깨닫게 해주는 책, 그리고 우리가 속한 사회와 청소년들이 상호 관계를 맺으면서 빚어내는 여러 가지 문제점을 깨닫게 해주는 책에 수여된다는 점이다.

그렇다면 마거릿 에이 에드워즈는 누구일까? 그녀는 30년 이상 메릴랜드 주 볼티모어 시에 있는 이노크 프랫 프리(Enoch Pratt Free) 도서관에서 청소년 문학 감독으로 일했다. 에드워즈는 청소년 문학과 청소년을 위한 도서관 시설의 필요성을 절감하고 평생을 그 한 가지 목표를 위해 노력했다. 그녀는 또한 청소년들을 독서광으로 변화시키는 자신의 철학을 담은 책, 《아름다운 정원과 들짐승 무리 : 도서관과 청소년 The Fair Garden and the Swarm of Beasts : The Library and the Young Adult(옮긴이)》의 저자이기도 하다.

이 상의 역대 수상자로는 《아웃사이더 The Outsiders and Rumble Fish》 등을 쓴 작가 S. E. 힌튼(S.E. Hinton)과 《초콜릿 전쟁》을 쓴 로버트 코미어(Robert Cormier) 등이 있다.

■ 마이클 엘 프린츠 상

새 천년의 시작과 더불어 청소년 문학 가운데 백미 중의 백미에게 수여하는 상이 제정되었다. 마이클 엘 프린츠 상은 전년도에 출간된 청소년 소설 중 가장 문학적 가치가 높은 작품에 수여된다. 이 상의 2000년도 수상작인 월터 딘 마이어스(Walter Dean Myers)의 《몬스터 Monster(옮긴이)》는 살인 혐의로 체포된 16세 청소년이 정신적으로 겪는 문제를 다루고 있다. 향후 마이클 엘 프린츠 상의 수상작들을 눈여겨보자. 분명히 새로운 가능성에 도전하며 젊은 청춘들에게 그들의 언어로 외치고 있는 책일 것이다.

■ 미국 도서관 협회 선정, 주목할 만한 어린이책

지금까지 소개한 상들을 받으려면 실력 못지않게 운이 따라줘야 한다. 해마다 수십 권이 심사 대상에 오르지만 단 한 권 또는 몇 권만 수상작으로 선정된다. 단도직입적으로 말해서 여러분은 평생 뉴베리 상이나 칼데콧 상 근처에도 못 갈 수 있다. 하지만 그렇다고 좋은 책 목록에 오르지 못한다는 이야기는 아니다. 아래에 소개하는 목록에 선정되면 책 판매에 즉각 영향을 주는 것은 물론이고 명예를 얻고 오래도록 사랑받는 작가가 될 수 있다.

미국 도서관 협회는 그해의 최우수 어린이책을 선정할 때 수상작 몇 편만 선정하지 않는다. 이른바 '미국 도서관 협회 선정, 주목할 만한 어린이

책'이라는 이름으로 위원회 내에서 그해에 나온 어린이책 가운데 최고라고 판단되는 60~70권 정도를 선정, 발표한다. 다른 상의 심사 절차와 달리 이 위원회는 미국 도서관 협회가 1년에 두 번 개최하는 총회에 모든 회원을 모아놓고 함께 수상작을 결정한다. 이 목록에 오르면 도서관 판로를 뚫기가 훨씬 쉬워진다.

■ 어린이가 뽑은 책

문지기를 거치지 않고 바로 아이들, 그러니까 여러분 책을 읽는 진짜 독자에게 인정받고 싶다? 그럼 어린이 도서 협의회와 독서 지도 교사 단체인 국제 독서 협회가 후원하고 1년에 한 번 발행하는 '어린이가 뽑은 도서' 목록에 오르는 일을 최고 목표로 삼자. 이 상은 출판사가 발행한 책들을 대상으로 전국 각지에 있는 어린이들이 직접 뽑으며 최종적으로 100권 정도가 선정된다.

■ 뛰어난 과학책

미국의 과학 교사들은 어린이를 대상으로 한 최고의 과학책을 찾는 법을 알고 있다. 1년에 한 차례 전국 과학 교사 협회(National Science Teacher's Association)에서 지명한 심사위원단이 선정하고 어린이 도서 협의회 아래 발행되는 책 목록이 그것이다. 이 목록에는 다양한 주제를 가진 100여 권의 책이 선정된다. 해마다 선정된 책의 목록은 〈사이언스 포 칠드런〉에 발표된다.

■ 주목할 만한 사회과 책

전국 사회과 협의회(National Council for the Social Studies)에서도 과학 교사 협회와 비슷한 목록을 선정하지만 이들이 대상으로 하는 분야는 사회과 관련 책들이다. 전기문을 비롯해서 시사 문제와 역사, 세계 문화 등을 다룬 책 150여 권이 선정된다. 〈소셜 에듀케이션 Social Education〉에 해마다 발표되는 이 목록은 인터넷이나 어린이 도서 협의회에서 우편으로 구입할 수 있다.

■ 학부모가 뽑은 책

학부모 협의회(Parent Council)에서는 매달 출판된 책을 검토해 학습 추천 도서를 선정한다. 이 단체의 홈페이지에는 거의 3,000여 편에 이르는 서평이 실려 있다. 협의회의 구성원은 자녀를 가진 교사들이며 이들이 중점적으로 평가하는 부분은 그 책이 학습 교재로 얼마만한 가치가 있느냐 하는 점이다. 학부모 협의회의 추천 도서 목록에 오르거나 평가 대상으로 선정된 책은 학부모와 교사들의 주목을 받을 수 있다.

■ 전국 방방곡곡에서

부족한 교양을 쌓고 독서의 이점을 강조하기 위해 현재 많은 주에서 어린이를 대상으로 한 뛰어난 문학 작품에 자체적으로 정한 상을 주고 있다. 이때 후원자는 전국적인 규모를 가진 단체의 지부 및 주 교육부, 또는 주에서 운영하는 단체가 될 수 있다.

책 심사는 교사와 도서관 사서 또는 아이들이 맡는다. 전국의 모든 작가를 대상으로 한 상도 있고 그 주에 거주하는 작가에게만 자격을 주는 상도 있다. 어쩌다 이런 상 후보에 한번 오른다 하더라도 여러분에게는 큰 도움이 되지 못한다. 하지만 여러 곳에서 여러 번 선정되면 문제는 다르다. 학교 도서관들이 그 책을 구입할 가능성이 그만큼 높아지기 때문이다. 텍사스 블루바닛(Texas Bluebonnet) 상처럼 후보에 오른 책 판매를 후원해주는 경우도 있다. 전국의 모든 어린이가 읽고 투표를 하기 때문에 그 아이들이 다니는 학교에 책을 구비해둘 필요가 있어서다. 작가의 책을 관련 단체로

아직도 어린이 문학상에 대해 궁금한 사람은 가까운 도서관을 찾아 어린이 도서 협의회가 펴낸 《아동 도서 : 각종 상에 대하여 Children's Books : Awards and Prizes(옮긴이)》를 읽어보자.

보내는 일은 출판사의 책임이다. 언젠가 출판사가 여러분이 후보에 올랐다는 소식을 전해오거든 기쁘게 받아들이자.

■ 리딩 레인보우

기술적인 면에서 상은 아니지만 작가들은 PBS에서 방영하는 '리딩 레인보우(우리나라의 '느낌표' 같은 프로그램 – 옮긴이)' 시리즈에 소개되면 마치 상을 받은 듯한 기쁨을 누린다. 리딩 레인보우에는 품격이 뛰어나고 확실한 장점을 지닌 책만 소개된다. 여러분 책 역시 쇼에 출연하면 단숨에 유명세를 경험할 수 있다. 작가에게 이보다 더 좋은 기회는 없다. 아이들과 부모들, 수백만 명이 넘는 시청자가 매주 리딩 레인보우를 보면서 이번에는 어떤 책이 소개되고 어떤 책이 읽을 만한지 확인한다. 인기 있는 어린이 문학 프로그램에 출연하면 종종 명예와 돈을 함께 얻을 수 있다. 별로 곤란한 일은 아니니 홍보 담당자에게 연락해서 프로그램 제작자에게 여러분 책을 한 권 보내달라고 부탁해보자.

■ 연말에 선정되는 도서 목록

여러분 책 역시 '연말' 도서 목록에 멋지게 오를 수 있다. 1년에 한 번 선정하는 어린이책 목록 가운데 가장 영향력이 큰 것이 〈퍼블리셔스 위클리〉의 총평과 〈북리스트〉의 '편집자 선정 도서', 〈보스턴 글로브 앤 혼 북〉의 '올해의 최고 도서'다.

지금까지 우리는 해마다 어린이책을 대상으로 상을 수여하는 단체와 추천 어린이책을 선정해 목록을 발표하는 잡지사들을 살펴보았다. 그중에는 분명히 작가로 이름을 알리기에 좀더 유리한 곳이 있다. 또 전국적인 독자층을 얻을 수 있는 곳이 있는가 하면 특정 독자에게 좀더 쉽게 다가설 수 있는 곳도 있다. 지금 당장 그들의 모든 것을 알 수는 없는 일. 그러니 눈을 크게 뜨자. 그리고 출판사에 연락해서 혹시 내가 한 번도 들어본 적 없는 상을 받거나 목록에 오르지 않았는지 물어보자.

6장... 경력 쌓기

처음 책을 내고 나면 작가들은 대부분 고생이 끝났다고 생각한다. 앞으로 편집자가 든든한 버팀목이 되어줄 것이고 후에 글을 쓰면 그 글은 또다시 편집 공정에 따라 자연스럽게 세상 밖으로 나가게 될 거라는 기대 때문이다. 하지만 현실은 그렇게 간단하지 않다. 이 장에서는 여러분 앞길에 놓여 있는 어려운 점 몇 가지를 알아보고 가능한 해결 방법을 제시해보도록 하겠다. 세상은 넓다. 그 드넓은 세상에서 성공을 거두기 위해 이제부터 몇 가지 방법을 배워보자.

전문가 되기

아주 운 좋은 사람이 아니면 분명 여러분은 처음 책을 내기까지 어린이책 작가라는 이름으로 수년을 보내야 한다. 지금쯤 여러분은 자신도 모르게 이 책에 담긴 조언과 정보를 토대로 상당히 많은 것을 배우고 받아들였을 것이다. 이미 전문가의 기본 자질을 갖추었다는 뜻이다. 전문가가 되려면 자신이 하는 일에 대해 전략적인 틀을 세울 줄 알아야 한다.

여러분이 이제부터 직면해야 하는 문제는 작가라는 직업을 유지하기 위해 필요한 여러 가지 일과 글 쓰는 작업의 균형을 맞추는 일이다. 이미 출간된 책 선전에 온종일을 허비할 수도 없고 다른 돈벌이에만 치중할 수도 없다.

여러분에게는 분명 정기적으로 글을 쓸 시간이 필요하다. 그래야만 다른 일 때문에 새 글을 시작하지 못하는 불상사를 막을 수 있다.

정기적으로 책을 내고 싶다면 새 글을 써야 한다. 새 책이 나올 때마다 독자들은 그의 먼젓번 책을 떠올리고 다음에는 어떤 책이 나올까 기대한다. 가장 이상적인 상황은 한 권이 출판을 앞두고 있을 때 이미 후속 책에 대해 출판사와 계약을 맺고, 또 그 와중에 그 이후에 낼 책에 대한 구상을 시작하는 것이다. 출판사와 똑같이 작가에게도 준비 및 공정은 필수다.

부디 긴장을 늦추지 말자. 많은 작가들은 여러 가지 일로 시간을 배분하는 '문제' 외에는 앞날에 아무 어려움이 없을 거라고 기대한다. 한번 책을 냈으니 다음에는 훨씬 쉬울 거라는 생각은 버리자.

꾸준히 책을 내기 위해 여러 출판사와 동시에 일하는 작가들이 있다. 그러나 이 회사는 그림책 전문이고 저 회사는 챕터 북 전문이라는 식으로 각기 다른 종류의 책을 펴내는 경우가 아니면 그런 행동은 피해야 한다. 또한 이 출판사에서 저 출판사로 옮겨 다니는 일도 삼가야 한다. 한 곳에 뿌리를 내리고 여러 권 책을 내놓아야 언제든 책을 낼 때 더 많은 지원을 얻어낼 수 있다.

처음 한 권은 쉽다

사람들은 누구든지 새롭고 색다른 것에 흥분한다. 무명 작가가 처음 책을 내면 출판사는 신선한 재능을 가진 신인 작가를 발굴했다며 흥분하고, 평론가들은 도대체 어떤 작가인가 하며 캐려 들고, 독자들은 정말 색다른 내용이 담겨 있을까 하며 몹시 궁금해한다. 이를테면 여러분 책은 누구나 만나고 싶어 하던 새 얼굴이다. 그렇게 처음 책을 내고 나면 바로 현실이 기다리고 있다. 처음 발표한 책이 성공을 거두지 못하면, 즉 기대하던 만큼 팔리지 않거나 좋은 평가를 얻지 못하면 뒤에 발표하는 책은 그보다 더 힘든 상황에 처하게 된다. 아무리 정열을 다하고 노력을 기울였어도 그 작가는 이미 한물 간 퇴물이 되고 만다. 출판사가 너무 큰 기대를 걸었을 수도 있고 누군가 심기가 불편한 상태에서 서평을 썼을 수도 있다. 그것도 아니면 작가와 편집자가 이구동성으로 마음에 들어 했던 삽화가 막상 독자들에게는 좋은 반응을 불러일으키지 못했을 수도 있다. 게다가 운까지 따르지 않아 두 번째, 세 번째 책이 똑같이 그런 경우를 당한다면. 그쯤 되면 출판사는 더 이상 그 작가의 책에 관심을 기울이지 않는다.

그럼 어떻게 해야 할까? 우선은 이와 비슷한 일이 생기더라도 절대 자책하지 말아야 한다. 여러분 책에 누군가 투자를 한 것은 그 사람이 여러분 글을 마음에 들어 했기 때문이다. 다시 한 번 도전해서 기필코 멋진 글을 써내자. 아직 한 권도 책을 내지 못한 사람은 초반에 내는 책이 그럭저럭 성공을 거둘 수 있기를 기원하자. 그렇게만 되면 여러분은 훗날 어려운 시기가 다가와도 충분히 이겨낼 수 있을 것이다.

어린이책의 논란거리 – 검열

믿기 어려운 이야기지만 검열이야말로 어린이책의 큰 논란거리다. 교과서 출판사에 제출된 원고는 반대나 논란을 일으킬 소지가 없어야 한다는 규정 때문에 끊임없이 검열의 대상이 된다. 그러나 현재 학교와 도서관들은 계속해서 어린이책을 사들이고 있다. 교실이나 도서관 책꽂이에 꽂아두려면 그만큼 까다로운 검열을 거칠 수밖에 없다. 가장 자주 검열의 칼날을 받는 장르는 마법과 마녀가 항상 등장하는 판타지 소설류와 사용된 언어와 성 문제에 대한 접근 방법이 늘 문제로 떠오르는 사실적인 청소년 소설류다. 그러나 단 한 사람의 부모라도 자기 자녀에게 보여줄 수 없는 내용이 담겨 있다고 주장하면 그 책은 종류를 불문하고 검열의 대상이 될 수 있으며 심한 경우 책꽂이에서 뽑혀 나가기도 한다.

캡틴 언더팬츠(Captain Underpants)와 타이거 아이스(Tiger Eyes), 그리고 해리 포터의 공통점은? 각각 댑 필키(Dav Pilkey), 주디 블룸 그리고 J. K. 롤링이 쓴 책의 등장인물들로 셋 모두 도서관에서 퇴출 대상으로 지목된 주인공이라는 점이다. 여러분이라고 검열의 칼날을 피할 수는 없다.

검열이 작가의 이름을 손상시킬까 걱정된다고? 그럴 가능성은 거의 없다. 대부분의 일반서 출판사들은 이런 종류의 사소한 문제에 별로 영향을 받지 않는다. 정작 작가의 생명을 위협하는 것은 자체 검열이다. 반대를 예상하고 미리 지워버리는 일은 하지 말자. 적절한 방법으로 아이들이 이해할 수 있는 표현을 사용하면 아이들은 어떤 주제든 이해하고 받아들인다. 그렇기 때문에 다소 까다로운 주제를 다루고 싶을 때, 예를 들어 가족끼리 말다툼 벌이는 장면을 좀더 사실적으로 표현하고 싶을 때는 스스로 옳다고 믿는 대로 소신껏 글을 쓰자. 정말로 지나친 표현이 있다면 출판사가 알아서 지적해줄 테니.

극복해야 할 문제들

가장 극복하기 힘든 문제는 아마도 자기 자신에 대한 의심일 것이다. 여러분도 이런 생각을 하고 있을지 모른다.

'내가 정말 작가가 될 만한 자질이 있을까? 어쩌다 한번 좋은 아이디어가 떠올랐을 뿐, 혹시 그걸로 끝이면 어쩌지?'

머리 속이 온갖 새로운 생각으로 가득 차 있는데 도대체 어떤 것을 선택해야 할지 판단이 서지 않는다고, 아니 두 번 다시 새 글을 쓸 수 없으며 편집자가 내 글을 원래 상태로 바꿔놓은 걸 보면 나는 정말 실력이 형편없다고 생각할지도 모른다. 자신의 내면에서 들려오는 소리에 현혹되지 말자.

처음 영감이 떠올랐던 때를 기억하자. 그날 이후 여러분은 쓴 글을 수정하고 갈고 닦으며 몇 년이라는 오랜 세월을 기다린 뒤에야 책을 낼 수 있었다. 그런데 그 다음 책이라고 딱히 무엇이 다르겠는가? 다시 초보로 돌아간다고 무안해할 필요는 없다. 제1부 2장 〈글쓰기 훈련과 상상하는 법〉에서 말했듯이 다시 아이디어를 찾고 글 쓰는 작업으로 돌아가자. 그리고 반드시 글 쓰는 시간을 마련하자. 그것이 비록 몇 분 안 되어 일지만 간신히 쓸 정도이고 몇 가지 본 것을 적을 시간밖에 안 되더라도. 계속해서 우물가로 되돌아가자. 그러다보면 언제든 물통은 꽉 차고 자유롭게 다시 글을 쓸 수 있는 날이 온다.

도저히 피할 수 없는 슬픈 일 가운데 또 하나는 책이 더 이상 인쇄될 수 없을 때다. 작가는 자신이 쓴 책을 언제까지라도 구할 수 있기를 바란다. 그래서 이런 현실이 받아들일 수 없는 충격으로 느껴진다. 출간된 지 불과 3~4년 만에 종말을 맞이할 때는 더더욱 그렇다. 하지만 책을 살려둘 수 있는 방법이나 다시 인쇄되도록 할 방법이 전혀 없지는 않다.

출판사가 책을 '절판이 아닌' 상태로 둔다는 것은 비록 서점에서는 볼 수 없다 하더라도 오래도록 그 책을 구할 수 있다는 뜻이다. 창고 보관료와 카탈로그에 싣는 데 들어가는 비용이 판매 수익에 비해 크거나 판매에 3년 미만이 걸릴 물량을 재인쇄하는 비용이 지나치게 비쌀 경우 출판사는 그 책을 절판시킨다. 최근 들어 많은 출판사가 높은 판매율을 목표로 삼는 바람에 출간된 지 불과 2~3년 만에 절판되는 책들이 생겨났다. 작가에게는 너무나 절망스러운 일이다.

내 책과 내 권리를 찾아라

지나치게 흥분한 나머지 여기저기 자기 책을 선전하고 다니거나 편집자를 매수하면서까지 굳이 책을 절판시키지 말아달라고 애원하지는 말자. 그렇게 애쓰고 다닌다고 갑자기 매상이 오르는 것도 아니고 편집자가 절판 결정에 큰 영향력을 주지도 못한다. 사실 규모가 큰 출판사는 한 건물에 근무하지는 않더라도 재고 담당자를 따로 두고 마케팅 부서(과연 매상을 올릴 수 있을까?) 및 제작 부서(어떻게 하면 인쇄 비용을 절감할 수 있을까?)와 협의해 절판 결정을 내린다. 정작 편집자는 결정이 나서 책이 헐값에 처분되고 난 이후에야 그 책이 절판되었다는 사실을 아는 경우가 많다.

그럴 때 여러분이 할 수 있는 최선은 편집자에게 연락해서 자신의 책에

책을 절판했다는 것은 출판사가 더 이상 그 책을 인쇄할 의사가 없다는 뜻이다. 선택의 여지를 남겨두고 싶을 경우 출판사는 무기한 품절을 선언할 수 있다. 이는 아직 새 부수를 인쇄할 의사가 있다는 뜻이다.

대해 절판이 결정되는 즉시 알려달라고 부탁하는 일이다. 그래야만 책이 완전히 없어지기 전에 많은 부수를 확보해둘 수 있다. 출판사는 절판 결정이 나면 창고에 있던 책을 헐값에 팔아넘기는데 간혹 제작 비용에 준하는 2,400원 이하로 값을 매길 때도 있다. 잘만 하면 수백 부 정도는 구할 수 있다. 있는 돈을 모두 털어 살 수 있는 만큼 사들이자. 그렇게 사들인 책을 어디다 쌓아두나 하고 걱정하는 편이 책이 몽땅 사라지고 난 뒤에 절판된 사실을 알고 망연자실하는 것보다 낫다. 실제로 그런 사람들이 많다.

더불어 자신의 권리도 되찾아야 한다. 일단 책이 절판되면 정식으로 저작권을 돌려달라는 편지를 써서 출판사에 보낸다. 계약서에 그런 조항이 없었더라도 일단은 요청한다. 반대로 계약서에 그런 조항이 있었다면 강력히 목소리를 높이고 되도록이면 많은 권리를 되찾아야 한다. 또한 자신의 책에 대한 무기한 품절 상태를 용납해서도 안 된다. 앞으로 들어올 주문을 기다리는 몇 달 동안 출판사는 무기한 품절 조치를 법적으로 활용할 수 있다. 하지만 그것이 절판의 대안이 되게 해서는 안 된다.

절판된 책 판매 사이트

책과 권리를 찾은 다음에는 무엇을 해야 할까? 그렇게 확보한 책은 인터넷 책 판매상을 통해 내놓거나 backinprint.com처럼 특화된 서비스를 할 수도 있다. 이곳은 작가 조합이 회원들을 위해 운영하는 사이트로 절판된 책의 재고를 판매한다. 심지어 주문 인쇄된 책도 이곳에서는 구할 수 있다.

절판된 책을 다시 인쇄시키기는 매우 어렵다. 출판사들은 다른 출판사가 포기한 책은 좀처럼 다시 내지 않는다. 먼저 책을 낸 출판사보다 다양한 고객층을 확보할 자신이 없기 때문이다. 비록 재판(再版)하는 출판사가 소수 있기는 하지만 이런 과정을 거쳐 생명을 되찾는 책의 숫자는 해마다 수백 권의 책이 절판되어 사라지는 것에 비하면 턱없이 적다.

속성상 수명이 더 짧은데도 불구하고 전자책은 여건이 다르다. 희망자에 한해 수수료를 받고 팔리지 않는 책을 처분하거나 처분 결정을 내려주는 곳도 있다. 여기서도 오랫동안 절판되지 않은 상태로 머물러 있기는 힘들다. 해럴드가 최근 일을 시작한 ipicturebooks.com의 경우는 사정이 훨씬 나은 편이다. 이 회사에서는 절판되지 않은 그림책이나 절판된 그림책 모두 전자책 형태로 제작이 가능하며 전환 비용 및 다른 비용 일체를 회사가 부담한다. 이런 회사들은 번 돈을 순수 수익으로 계산할 수 없다. 제작 비용을 충당해야 하기 때문이다. 만약 전자 출판이 여의치 않으면 자비 출판이라는 방법도 있다.

독자적인 출판

자비 출판은 무척 힘이 드는 일이다. 성공하기 위해서는 작가가 직접 출판사가 되어 그들과 똑같이 움직이면서 편집과 디자인, 제작을 도와줄 사람을 구해야 하고 5,000부 정도 제작에 소요되는 인쇄 비용 약 2,400만 원을 마련해야 한다. 그런 다음에는 판로를 개척하고 홍보하고 배송까지 전담해야 한다. 전적으로 불가능한 일은 아니지만 제대로 하려면 정확한 방법을 알아야 한다. 자신이 없으면 이 일에 대해 잘 아는 사람을 고용할 수도 있다. 이미 책을 낸 사람이면 좀더 수월하게 일을 진행할 수 있다. 이때는 펴낸 책에 대한 저작권을 돌려받은 다음 출판사가 인쇄 때 사용한 필름을 사거나 얻는다. 작가는 자기 책에 관심을 가질 법한 사람들을 잘 알고 있으며 앞서 한번 책을 낸 경험이 있기 때문에 어떻게 독자에게 다가가야 하는지도 잘 알고 있다. 필름을 갖고 있으면 제목이나 저작권 페이지의 위치만 약간 변경하면 되기 때문에 인쇄 비용을 절감할 수 있다.

정신을 똑바로 차릴 자신이 있다면 자비 출판에 도전해보자. 단 신중하고 철저한 준비가 필요하다. 또한 1판 인쇄가 끝나 본격적으로 책을 판매하기 전에 2판 인쇄에 들어갈 수 있을 만큼 충분한 시간과 돈이 있어야 한다. 조세핀 노비소(Josephine Nobisso)의 경험담을 들어보자.

예전에는 야망에 불타는 작가들이 전화를 걸더니 지금은 의욕에 부푼 출판사들이 전화를 걸어오네요. 그들이 꿈꾸는 모험들이 제 눈에는 대부분 헛된 일로 보입니다. 제 말은 이렇게 책을 만들어봤자 아무 소용이 없다는 겁니다. 모두들 기획을 하고 준비를 거쳐 실행에 옮긴다고 하지만 문제는 마케팅을 전혀 염두에 두지 않는다는 점입니다. 하지만 뭔가 특별한 기획을 하고 싶어 몸이 근질근질한 사람이나 시장을 제대로 겨냥하고 적극적으로 홍보할 의지가 있는 작가, 또 실력 있고 책임감 강한 작가에게 지금 제가 택한 길이 머지않아 좋은 시장이 될 거라고 확신합니다.

자비 출판은 조세핀 노비소의 전공이다. 그녀는 자신의 회사이기도 한 진저브레드 하우스(Gingerbread House)에서 세 권의 그림책을 재인쇄해 처음 시즌에만 양장본과 보급판을 모두 합쳐 1만 8,000권을 팔았다. 운이 좋았나보다고? 천만에. 그녀는 경험이 풍부한 인쇄소를 사용했고 어린이책 판매상들에게 일일이 우편으로 수백 부에 이르는 서평용 책 견본을 발송했으며 www.gingerbreadbooks.com이라는 인터넷 웹 사이트도 개설했다. 또 어떤 책은 스콜라스틱 오스트레일리아와 스콜라스틱 뉴질랜드 북 클럽스에 사전 판매 형식으로 3,000부를 판 적도 있고 《할머니의 스크랩북 Grandma's Scrapbook(옮긴이)》 같은 책은 '틈새' 시장, 즉 스크랩북 제조업자들을 찾아내서 특별 가격으로 1,500부를 팔기도 했다. 자신의 책을 담당해줄 배급자를 찾아내서 그 회사를 통해 추가로 수천 부를 실어 보내기도 했다. 고생의 연속이었지만 그녀는 여전히 그 일을 하겠다고 한다.

나는 소중한 사람이다

여러분은 앞으로 살아가면서 늘 자신을 믿어야 한다. 낯선 도전이나 상상력의 고갈, 또는 출판사로부터의 도전과 같은 외부 압력에 결코 움츠리고 물러서면 안 된다. 계속 정진하자. 그럼 반드시 행복한 미래가 온다. 언젠가 데보라 코건 레이(Debora Kogan Ray)에게 들은 이야기를 아래에 옮겨볼 테니 좋은 본보기로 삼기 바란다.

현재 데보라는 성공한 유명 일러스트레이터다. 지금까지 그녀는 자신의 이름으로 100여 권의 책을 펴냈다. 1960년대에 무명 일러스트레이터였던 그녀는 자신의 작품집을 들고 생전 처음 뉴욕에 있는 출판사 두 곳의 문을 두드렸다. 그녀의 그림에 매력을 느낀 사람은 전설적인 인물 어슐라 노드스트롬(Ursula Nordstrom)이었다. 어슐라는 현재 한 출판사의 사장으로 있으며 그 회사의 전신이 바로 하퍼 앤 로 사다.

데보라는 쉽게 계약을 따낼 수 있었지만 곧바로 문제에 부딪쳤다. 그녀는 당시 그림책의 표준 제작법인 프리세퍼레이티드 아트(preseparated art)에 문외한이었다. 하지만 우직한 디자인 담당 직원의 도움으로 차차 기술을 익혀가면서 작업을 거의 끝마쳤다. 그러나 그때는 이미 계약이 파기된 뒤였다. 그녀에게는 단 한마디 설명도 없이.

데보라는 출판사를 상대로 선인세로 예정된 120만 원 가운데 미처 받지 못한 60만 원을 지급하라는 소송을 제기했다. 하퍼 사는 재판 직전에 그녀와 합의했다. 데보라는 그때의 이야기를 이렇게 전한다.

> 다른 출판사들과는 일할 기회가 많았어요. 하지만 하퍼 앤 로는 그 후 8년 동안 나를 기피 인물로 취급했죠.
> 그러던 어느 날, 하퍼 사의 편집자인 엘리자베스 고든(Elizabeth Gordon)이라는 사람이 편지와 함께 원고를 보내왔습니다. 그녀는 내가 그 회사와 문제를 일으켰을 당시에 그 회사 직원이 아니었어요. 그녀가 점심 식사를 하자고 하더니 《내게는 소리를 듣지 못하는 여동생이 있습니다 I Have a Sister, My Sister Is Deaf(히말라야)》라는 책의 삽화를 맡아달라고 하더군요. 그래서 저는 그랬죠.
> "혹시 제가 하퍼 앤 로 사를 고발했었다는 사실을 아세요?"
> 하지만 그녀는 개의치 않는다고 하더군요.
> 저는 그 책의 그림을 그렸습니다. 그 책은 지금도 절판이 되지 않았죠. 하지만 하퍼 사가 저와의 첫 번째 계약을 파기한 까닭에 대해서는 그 후로도 아무 대답을 들을 수 없었어요.

출판사를 고발하는 행동을 어느 누가 쉽게 할 수 있을까! 그러나 원칙은 어떤 상황에서도 원칙이다. 집에서 글을 쓸 수 있는 공간을 좀더 확보해야 한다면 어떻게 해서든 그만한 공간을 찾아서 만들자. 꼭 수정하라고 했는데 도무지 그 이유를 이해할 수 없으면 담당자를 만나 확실하게 담판을 짓자. 자기 책에 대한 서평을 단 한 편도 보지 못했다면 비록 반 년이 지났다 하더라도 그 이유를 묻자. 나 자신이 누구보다 소중한 사람임을 인식하고 편집자와 출판사의 정정당당한 파트너가 되도록 노력해야 한다.

데보라는 그렇게 했고 그 결과 소송에서 이겼을 뿐 아니라 하퍼 사와 다시 일을 할 수 있었다. 그리고 경험 외에 다른 소득도 있었다.

> 소송을 통해 대단한 것을 얻어냈죠. 그때 받은 60만 원으로 생전 처음 제도용 책상을 샀거든요. 보조 탁자가 달린 네모반듯한 책상이었는데 위아래로 움직일 수 있는 큰 제도판도 있고 서랍까지 있었어요. 제가 본 것 중에 가장 크고 멋진 책상이었죠.

넓은 세계를 향해

작가와 일러스트레이터 눈에 출판사는 거대하고 강한 절대 권력이다. 데보라의 예를 떠올리면 다윗과 골리앗 이야기가 생각난다. 하지만 조금만 더 시야를 넓혀보자. 그 자체로 보면 더없이 크고 복잡한 세상인 어린이책 출판 분야도 막상 출판 산업 전체를 놓고 보면 일부분에 지나지 않는다. 바꿔 말하면 나라 전체의 경제에서 지극히 작은 부분만을 차지한다는 이야기다. 우리는 여러분이 어린이책의 세계를 좀더 잘 이해할 수 있기를 바란다. 하지만 어떤 면에서 작가나 편집자는 그들 혼자서는 도저히 통제할 수 없는 절대 권력의 손아귀에 있다. 이제부터 작가로 살아가는 동안 여러분이 어린 꼬마, 이름하여 해럴드(참으로 공교롭지 않은가)가 주는 교훈을 잊지 말았으면 좋겠다.

여기서 해럴드는 크로켓 존슨(Crockett Johnson)의 《해럴드와 자주색 크레파스 Harold and the Purple Crayon(비룡소)》에 등장하는 꼬마 주인공 이름이다. 이 별난 꼬마 해럴드는 자주색 크레파스 한 자루로 마음껏 그림을 그리는데 날마다 그 때문에 말썽을 일으키고 또 그 덕에 문제를 해결해나간다. 자기가 있는 곳을 보기 위해 산을 그리다가 그만 저쪽 낭떠러지로 떨어지면 또 얼른 풍선을 그려 다시 타고 올라가는 식이다. 결국 마지막에 가서 해럴드는 가장 가고 싶었던 곳에 도착한다. 상상 속의 모험 이야기나 꿈속에서 벌어진 이야기 같은 느낌도 들지만 한편으로는 그 아이가 우리에게 세상 사는 법을 가르쳐주고 있다는 생각도 든다.

이 책의 주인공 해럴드는 눈앞에 놓인 현실에 안주하지 않는다. 자신이 살고 싶은 세상을 그려나간다. 바라던 대로 일이 되지 않으면 고칠 방법을 찾아나간다. 해럴드는 작가 총회에 참석하면 종종 우리 어른들이야말로 꼬마 해럴드를 닮아야 한다고 지적한다. 그 꼬마 해럴드처럼 우리 역시 우리가 바라는 대로 세상을 개척해나갈 수 있다.

솔직히 어린이책에 관심을 갖고 걱정하는 우리들이 해야 할 일이 바로 그것이다. 여기서 우리란 일러스트레이터와 작가, 편집자, 도서관 사서, 교사, 그리고 수백만 명에 이르는 학부모를 포함한 거대 단체다. 우리는 성인이기 때문에 모두 투표권을 갖고 있다. 적극적으로 우리 지역의, 주의, 그리고 전국의 공무원들을 설득해서 도서관 운영 기금을 늘려나가야 한다. 또한 지역 교육 위원회 회의에서 교과서 문제가 대두되었을 때 단순히 교과서뿐만 아니라 일반 도서들을 교실에서 사용할 수 있도록 적극 지지해야 한다. 우리는 우리가 갖고 있는 자주색 크레파스로 책을 만든다. 하지만 그 이상도 할 수 있다. 이곳을 우리가 관심을 갖고 있는 좋은 책들이 계속 존재할 수 있는 세상으로 만들기 위해, 지금보다 훨씬 넓은 세상으로 만들기 위해 우리는 그 이상을 할 수 있고 또 해야만 한다.

그러려면 좀더 큰 크레파스가 필요할지 모른다. 그러나 중요한 것은 절대 이 넓디넓은 세상을 시야에서 놓치지 않는 일이다. 그리고 그 세상을 우리가 움직일 수 있다는 사실이다. 자신만의 자주색 크레파스로 책 표지 사이에 존재하는 자신만의 세계를 창조하는 동시에 우리가 사는 이 세상을 우리가 사랑하는 책, 그리고 그 책을 필요로 하는 아이들이 좀더 따스하고 편안하게 살 수 있는 곳으로 만드는 데 써야 한다.

부록

작가 홈페이지

- C. S. 루이스(C. S. Lewis)
  http://cslewis.drzeus.net

- E. B. 화이트(E. B. White)
  www.harperchildrens.com/authorintro/index.asp?authorid=10499

- G. 브라이언 캐러스(G. Brian Karas)
  www.gbriankaras.com

- S. E. 힌튼(S. E. Hinton)
  www.sehinton.com

- 나탈리 골드버그(Natalie Goldberg)
  http://www.nataliegoldberg.com

- 나탈리 배비트(Natalie Babbit)
  www.cedar-falls.lib.ia.us/youth/author3.html

- 낸시 칼슨(Nancy Carlson)
  http://imageexchange.com/artists/carlson.shtml

- 다니엘 스틸(Danielle Steel)
  http://www.randomhouse.com/features/steel

- 데이빗 매컬레이(David Macaulay)
  http://www.scils.rutgers.edu/~kvander/murphy.html

- 데이빗 위스니우스키(David Wisniewski)
  http://www.bcplonline.org/kidspage/wisn.html

- 도로시 힌쇼 페이턴트(Dorothy Hinshaw Patent)
  http://store.backinprint.com/authors/patentd.html

- 래리 프링글(Larry Pringle)
  http://www.authorsillustrators.com/pringle2002/bio.htm

- 로라 뉴머러프(Laura Numeroff)
  http://www.lauranumeroff.com

- 로버트 코미어(Robert Cormier)
  http://www.teenreads.com/authors/au-cormier-robert.asp

- 로이드 알렉산더(Lloyd Alexander)
  www.cas.usf.edu/lis/alis/lis5937/prior/eliza.htm

- 루이스 토마스(Lewis Thomas)
  www.bedfordstmartins.com/litlinks/essays/Thomas.htm

- 리자 로우 프러스티노(Lisa Rowe Fraustino)
  http://www.underdown.org/ash.htm

- 마거릿 와이즈 브라운(Margaret Wise Brown)
  www.margaretwisebrown.com

- 마릴린 싱어(Marilyn Singer)
  www.marilynsinger.net

- 마이클 로스먼(Michael Rothman)
  http://www.michaelrothman.com

- 마크 브라운(Marc Brown)
  http://www.kidsreads.com/series/series-arthur-author.asp

- 메들렌 렝글(Madeleine L' Engle)
  www.madeleinelengle.com

- 맷 크리스토퍼(Matt Christopher)
  http://www.kidsreads.com/series/series-matt-christopher-author.asp

- 메건 핼시(Megan Halsey)
  http://www.charlesbridge.com/halsey.htm

- 모리스 센닥(Maurice Sendak)
  http://falcon.jmu.edu/~ramseyil/sendak.htm

- 바버라 솔링(Barbara Seuling)
  www.barbaraseuling.com

- 바버라 에스벤슨(Barbara Esbensen)
  http://www.ttinet.com/bje/writings.html

- 바버라 쿠니(Barbary Cooney)
  http://www.carolhurst.com/authors/bcooney.html

- 브루스 맥밀란(Bruce McMillan)
  http://www.brucemcmillan.com

- 브루스 밸런(Bruce Balan)
  http://www.brucebalan.com

- 비벌리 클리어리(Beverly Cleary)
  www.beverlycleary.com

- 빌 마틴(Bill Martin)
  http://www.tiill.com/authors.htm

- 샐리 메이버(Salley Mavor)
  http://www.tfaoi.com/newsm1/n1m595.htm

- 샐린저(Salinger)
  www.levity.com/corduroy/salinger.htm

- 세이모어 사이먼(Seymour Simon)
  http://www.seymoursimon.com

- 스니드 컬라드(Sneed Collard)
  http://www.author-illustr-source.com/ais_5mt.htm

- 스콧 오델(Scott O' Dell)
  www.scottodell.com

- 심스 태백(Simms Taback)
  http://www.cbcbooks.org/html/simms_taback.html

- 아론 셰퍼드(Aaron Shepard)
  www.aaronshep.com/index.html

- 아서 래컴(Arthur Rackham)
  http://www.bpib.com/illustrat/rackham.htm

- 아이작 아시모프(Isaac Asimov)
  http://www.asimovonline.com

- 알렉산드라 시(Alexandra Siy)
  www.alexandrasiy.com

- 어슐러 르 귄(Ursula Le Guin)
  http://www.ursulakleguin.com

- 에밀리 아놀드 맥컬리(Emily Arnold McCull)
  www.bcplonline.org/kidspage/mccully.html

- 에즈라 잭 키츠(Ezra Jack Keats)
  http://www.ezra-jack-keats.org

- 월터 딘 마이어스(Walter Dean Myers)
  www.scils.rutgers.edu/~kvander/myers.html

- 이브 번팅(Eve Bunting)
  http://www.friend.ly.net/scoop/biographies/buntingeve

- 자넷 보드(Janet Bode)
  http://www.stirlinglaw.com/asg/janbode.htm

- 잰 월(Jan Wahl)
  http://www.charlesbridge.com/wahl.htm

- 제니퍼 암스트롱(Jennifer Armstrong)
  www.jennifer-armstrong.com

- 제리 팰로타(Jerry Pallott)
  http://www.charlesbridge.com/jerry.htm

- 제프 홉킨스(Jeff Hopkins)
  http://home.clara.net/sjafn/jeffhopkins.htm

- 주디 블룸(Judy Blúme)
  www.judyblume.com

- 주디스 바이어스트(Judith Viorst)
  http://www.annonline.com/interviews/980112/biography.html

- 줄스 올더(Jules Older)
  http://julesolder.com

- 짐 머피(Jim Murphy)
  http://www.teenreads.com/authors/au-cormier-robert.asp

- 징어 와즈워스(Ginger Wadsworth)
  www.gingerwadsworth.com

- 찰스 기나(Charles Ghigna)
  http://www.charlesghigna.com

- 캐런 로마노 영(Karen Romano Young)
  http://members.aol.com/wrenyoung/bio.html

- 캐서린 패터슨(Katherine Paterson)
  http://falcon.jmu.edu/~ramseyil/paterson.htm#A

- 케네스 그레이엄(Kenneth Grahame)
  http://www.kirjasto.sci.fi/grahame.htm

- 크리스 반 알스버그(Chris Van Allsburg)
  www.houghtonmifflinbooks.com/authors/vanallsburg

- 태너 호번(Tana Hoban)
  www.harcourtschool.com/activity_collections_preview/auth_ill/grk/
  tana_hoban.html

- 테오도르 가이즐(Theodor Geisel)
  www.seuss.org/seuss

- 토니 존스턴(Tony Johnston)
  http://www.charlesbridge.com/johnsto.htm

- 토미 드 파올라(Tomie dePaola)
  http://www.tomiedepaola.com

- 패트리샤 로버(Patricia Lauber)
  http://www.eduplace.com/kids/hmr/mtai/lauber.html

- 패트리샤 맥키색(Patricia McKissack)
  http://www.ucalgary.ca/~dkbrown/k6/mckissack.html

- 팸 무뇨즈 라이언(Pam Munoz Ryan)
  http://www.pammunozryan.com

- 페기 래스먼(Peggy Rathmann)
  http://www.peggyrathmann.com

- 페니 콜먼(Penny Colman)
  www.pennycolman.com

- 폴 고블(Paul Goble)
  http://monet.unk.edu/mona/contemp/paulgoble/goble.html

- 하워드 노먼(Howard Norman)
  http://groups.colgate.edu/livingwriters/bird-artist.html

- 해럴드 D. 언더다운(Harold D. Underdown)
  www.underdown.org

그 밖의 사이트

- 북와이어(Bookwire) www.bookwire.com
  출판업을 하려는 사람들이 출판계 관련 정보를 얻기에 좋은 사이트. 〈퍼블리셔스 위클리〉를 비롯한 여러 잡지 기사들을 읽을 수 있다.

- 어린이 문학 웹 가이드(The Children's Literature Web Guide) www.ucalgary.ca/~dkbrown. 캘거리 대학교 도서관 사서가 운영하는 사이트로 어린이책과 어린이책 출판 관련 웹 사이트에 대한 정보를 얻기에 최적이다.

- 퍼플 크레용(The Purple Crayon) www.underdown.org 이 책에 관한 각종 기사와 인터뷰, 자료들을 볼 수 있으며 해럴드가 엄선한 웹 사이트의 정보도 얻을 수 있다.

- 다문화 문학 사이트
  www.underdown.org/multicul.htm

- 독서 연령 구분에 관한 사이트
  - 래리 데인 브림너(Larry Dane Brimner)
    http://www.brimner.com

  - 조운 브로어먼(Joan Broerma)
    www.underdown.org/early_rd.htm

전자출판 관련 사이트

- www.ipicturebooks.com

- www.iuniverse.com

- www.glassbook.com

- www.backinprint.com

- www.ipublish.com

- www.netlibrary.com

출판사에 보내는 소개 편지 예문

● 1) 편집자 귀하

선생님이나 저나 상어라는 동물이 우리가 흔히 볼 수 있는 스포츠형 4륜 구동차에 비해 사람에게 훨씬 위험하지 않다는 사실을 잘 알고 있습니다. 그러나 원시적이면서도 기민한 이 생물체는 어른이나 아이들 모두에게 여전히 매력적이고 두려운 대상입니다.

저는 아가리(Jaws) 연구소에서 상어 연구에 수년 간 종사하면서 이 생물체에 대한 식을 줄 모르는 열정을 《상어!》라는 초등학교 중학년 아이들을 위한 감동 논픽션에 쏟아 부었습니다.

물론 시중에 같은 주제를 다룬 책이 수십 권은 될 겁니다. 그렇다면 과연 제 책이 그 책들과 비교해서 어떤 차이가 있을까요? 바로 상어에 대한 최신 정보를, 그것도 현장에서 활약하고 있는 과학자의 1인칭 시점으로 들려준다는 점입니다.

귀사에서 펴낸 책들을 읽은 결과 제 책이 귀사의 도서 경향에 맞는다고 판단했습니다. 귀하의 생각이 저와 다르시다면 반송용 봉투를 동봉하오니 부디 원고를 돌려보내 주시기 바랍니다.

안녕히 계십시오.

어느 상어 과학자로부터

설명 : 위 예문에서 작가는 과학자다. 하지만 어린이책의 주제로 상어를 택한다고 해서 반드시 전문 과학자일 필요는 없다. 최신 자료를 알고 제대로 전달할 수 있으면 충분하다. 작가 자신의 직접 경험을 표현하면 십중팔구 편집자의 눈을 사로잡을 수 있다. 그것이 현재 논픽션 시장의 통념이다. 그러나 위의 작가가 쓴 글처럼 간결해야 한다. 경쟁이 될 만한 책 제목을 열거하고 자신의 책과 일일이 비교할 필요는 없다. 출판사의 도서 프로그램을 잘 알고 있으면 항상 이점으로 작용한다. 다음에 소개하는 예문에서처럼 그것을 소개 편지의 근간으로 삼을 수도 있다.

● 2) 편집자 귀하

제게는 여섯 살 난 아들이 있습니다. 그런데 그 녀석이 귀사에서 펴낸 이지 리더스 시리즈 중 하나인 《거빌은 슬퍼 보여 The Gerbil Looks Unhappy(옮긴이)》에 나오는 우스꽝스런 유머나 《엘리너 Eleanor》에 실린 시끌벅적한 익살에 질릴 줄을 모르지 뭡니까!

정말 귀사에서는 야단스럽고 별난 이야기를 많이 다루고 계시는 듯합니다. 그렇다면 제 아이들 가운데 한 아이의 실종(사실은 실종된 것으로 아는) 사건을 계기로 빚어지는 본격 모험 이야기, 《데이비는 어디 있을까?》에도 귀하께서 깊은 관심을 보여주리라 기대합니다.

제 생각이 틀렸을 때를 대비해서 반송용 봉투를 보내니 부디 원고를 돌려보내주십시오. 조만간 좋은 소식 기대하겠습니다.

안녕히 계십시오.

한 유머 하는 작가가

설명 : 작가 지망생이랍시고 하퍼콜린스 사에 소개 편지를 보내면서 누구나 훤히 아는 《잘 자요, 달님》이나 《괴물들이 사는 나라》 같은 책을 언급하면 안 되겠지만 그 밖의 경우 작가가 출판사의 출판 경향을 잘 알고 있다는 사실은 편집자의 호감을 사기에 충분하다. 이런 표현은 결코 '나도 이 정도는 알고 있다' 는 식의 과시 행동이 아니다. 자기 책을 소개할 때 기존에 그 회사가 펴낸 책에 대한 자신의 의견을 말하고 자기 작품과 비교하는 방법도 매우 쓸모가 있다. 단, 한 가지 주제에 집중하지는 말자. 개에 대한 책을 펴낸 적이 있으니 분명히 개에 대한 책을 또 펴낼 거라고 생각한다면 통찰력 있는 작가가 아니다.

● 3) 편집자 귀하

어렸을 때 어머니께서 어린 여동생의 성적표를 칭찬하시던 때가 생각납니다. 불과 5분 뒤엔가 뒷마당에서 동생을 있는 대로 구박했던 기억이 나는군요. 그리고보니 그때가 이 이야기의 시발점이 아닌가 싶습니다. 제목은 '엄마! 언니가 또 못살게 해!' 입니다.

상투적이지 않은 비감상적인 결말 그리고 유머와 극적 요소들이 제 이야기를 영원불멸한 주제, 즉 형제간의 갈등을 참신하게 각색하여 좋은 글로 만들어주었음을 귀하께서도 알아주셨으면 좋겠습니다.

저는 유익한 출판사의 《웜벳과 도도》 외에 최근 무더기 출판사에서 나온 《벽장 속에 무엇이 있을까?》를 지은 작가입니다. 귀뚜라미 출판사에서도 서너 권 책을 낸 적이 있습니다.

귀사의 정책에 따라 이 원고는 귀사에게만 독점으로 보냅니다. 좋은 소식 기다리겠습니다.

안녕히 계십시오.

어린이를 진정 사랑하는 작가가

설명 : 잡지에 기고한 경력이 있으면 함께 언급해도 좋다. 단 전국적인 유통망을 갖고 있는 주요 잡지인 경우에만 해당한다. 성인 도서 출판사는 소용이 없다. 명심하자!